JN229144

THE FIERCEST HEART
by Sharon Sala
Copyright © 2010 by Sharon Sala
TAILSPIN
by Lori Foster
Copyright © 2005 by Lori Foster
THE SHEIKH AND THE VIRGIN
by Kim Lawrence
Copyright © 2008 by Kim Lawrence
NOT JUST A SEDUCTION
by Carole Mortimer
Copyright © 2013 by Carole Mortimer

All rights reserved including the right of reproduction in whole or in part in any form. This edition is published by arrangement with Harlequin Books S.A.

® and TM are trademarks owned and used by the trademark owner and/or its licensee. Trademarks marked with ® are registered in Japan and in other countries.

All characters in this book are fictitious. Any resemblance to actual persons, living or dead, is purely coincidental.

Published by Harlequin Japan,
a Division of K.K. HarperCollins Japan, 2019

涙雨がやんだら

スター作家傑作選

シャロン・サラ
Sharon Sala
キャロル・モーティマー
Carole Mortimer
ローリー・フォスター
Lori Foster
キム・ローレンス
Kim Lawrence

Contents

初恋を取り戻して

The Fiercest Heart

シャロン・サラ

仁嶋いずる 訳

シャロン・サラ

強く気高い正義のヒーローを好んで描き、読者のみならず、編集者や作家仲間からも絶大な賞賛を得る実力派作家。“愛も含め、持つ者は与えなければならない。与えれば100倍になって返ってくる”を信条に、ファンに癒しと感動を贈り続ける。

主要登場人物

ヘイリー・ショア……………理学療法士。
リーナ・ショア………………ヘイリーの母親。
ジャド・ショア………………ヘイリーの父親。
スチュワート・ショア………ヘイリーの兄。
マック・ブローリン…………ヘイリーの高校時代の恋人。建築業者。
クロエ・ブローリン…………マックの母親。
トム・ブローリン……………マックの父親。
ジェナ・ブローリン…………マックの上の姉。
カーラ・ブローリン…………マックの下の姉。
レッタ…………………………ヘイリーの高校時代の親友。
マーナ…………………………ヘイリーの子ども時代のベビーシッター。

1

ケンタッキー州スターズ・クロッシング

十年前

十八歳のヘイリー・ショアは、大人への一歩を踏み出そうとしていた。今夜は高校の卒業式だ。父の運転する車で高校の駐車場に入った彼女は興奮が高まるのを感じた。そして後部座席の窓際に寄って外を眺め、クラスメイトがどんな服を着ているか、どんなヘアスタイルにしたかをたしかめようとした。

ヘイリー自身はエメラルドグリーンのノースリーブのドレスを選び、肩にかかる長さの黒っぽい髪は結ばずに下ろし、そのかわりメイクに力を入れた。アイシャドウを軽く入れてアーモンド形の緑色の目を際立たせ、仕上げにチェリーレッドのグロスを唇に塗った。

ヘイリーが生まれて以来、母はいつも娘のすべてにけちをつけた。とくにやり玉にあげるのが身長と唇だ。靴をはかなくても百七十五センチを超える長身だし、セクシーな厚い唇はずっとヘイリーの悩みの種だった。けれども映画界にアンジェリーナ・ジョリーが登場したとき、ヘイリーの気持ちは変わった。神に与えられた顔が短所ではなく財産だと思えるようになったのだ。それでも母のリーナ・ショアが欠点をあげつらうのは変わらず、成長したヘイリーは、これからも母に何かをほめられることがないのはわかっていた。

父が車を駐める間、ヘイリーは後部座席から身を乗り出して母の肩をたたいた。

「ママ、カメラは持ってきたわよね？　パパ、式のあと、レッタと写真を撮って」

リーナ・ショアはその質問に顔をしかめ、駐車場を見まわした。もしかしたらマック・ブローリンの赤いスポーツカーが駐まっているかもしれない。たとえ車がなくても、来ていないことにはならない。こちらもばかじゃない。娘にはブローリン家の者とデートするなと言い渡したが、だからといって本当にそうなるとはかぎらないのだから。

「カメラは持ってこなかったわ」母は答えた。

ヘイリーは胸が沈んだ。「ママ！　卒業式なのよ！　こんなに大事なことを忘れるなんて、どういうこと？」

「うっかりしていたのよ。いいじゃない。写真を撮る人なんて大勢いるんだから、焼き増しをもらえばいいわ」

「スチュワートが卒業したときはフィルムを四本も使ったくせに」ヘイリーはつぶやいた。

リーナの顔が赤くなった。何を言っても本当なのだからしかたがない。リーナは、自分が息子のほうをひいきしているのを弁解するつもりはなかった。娘を妊娠したのは予想外の出来事で、リーナはそのことをいつもヘイリーに思い知らせた。

家族の仲裁役を務める父のジャドが車を駐めた。

「ケネディの店に行って、使い捨てカメラを買ってくるよ」

だがヘイリーの気持ちは元に戻らなかった。「いいのよ。ママの言うとおり、写真を撮っている人はたくさんいるわ。子どもが卒業するのがうれしくて誇らしいのよ。うちは違うみたいだけれど」

ヘイリーは父に何か言われる前に後部座席から飛び出し、赤い角帽と赤いガウンを持って体育館のほうへと歩いていった。

ジャドは妻に目をやった。結婚して長いのに、どうしても妻が理解できない。妻はえこひいきを隠そうともしないのだ。

「カメラを忘れたのを反省するふりぐらいはできるだろう」

しかしリーナは自分だけの思いに閉じこもっていて、夫の気持ちをくもうとはしなかった。たった今、トム・ブローリンとクロエ・ブローリンが数台先に車を駐めるのが見えたのだ。この二十年間抱き続けてきた怒りが胸にこみ上げ、リーナの顔をどす黒く染めた。

「あの二人、どうしてここにいるの？」

「クロエの姪のベティがヘイリーと同じクラスだってことを忘れたのか？」

しかめ面は怒りの形相に変わったが、リーナは何も言わなかった。車から降りて夫の腕を取ると、彼女は背筋を伸ばし、目をまっすぐ前に向けて体育館へと歩いていった。

体育館のロビーでクラスメイトと合流し、入場の合図を待つうちに、傷ついたヘイリーの心は軽くなった。一時間後には正式に高校を卒業し、秋には大学へ行くのだ。

ヘイリーはいろいろな意味で家を出るのが待ちきれなかった。理由を挙げろと言われても、何から言えばいいかわからないほどだ。一人暮らしはさびしいだろうけれど、また一年、両親といっしょに暮らすことを考えれば、ずっといいに決まっている。

ヘイリーははずむ気持ちでロビーのドア口から外をうかがった。卒業生の家族が並んで体育館に入り、観覧席に上がって、息子や娘が卒業証書を受けとる仮設のステージにできるだけ近い席を取ろうとしているのが見える。

今夜のもう一つの楽しみは、マックが来るということだ。秋から大学の三年生になる彼は今も自宅に住んでいるから、絶対に彼女の卒業式に欠席するはずはない。

ヘイリーは、両親はどこに座ったのだろうと思いながら観覧席を見まわした。前に近い席でないのはたしかだ。母は、ヘイリーが大学進学で家を出ることなど悲しくもなんともないと、ためらいもなく言い放ったぐらいだ。

　ヘイリーの行動で、一度だけ母が目を向けてくれたことがある。それはマック・ブローリンを好きになったことだ。誰もその理由を語ろうとしないが、ショア家とブローリン家は控えめに言っても折り合いが悪かった。ヘイリーは何度か理由をきいたことがあったが、たたかれておしまいだった。リーナ・ショアは家庭を支配し、夫と息子をも支配していたが、娘をコントロールすることはできなかった。コントロールされるなんてまっぴらだ。両親の個人的な事情など彼女には関係ない。ヘイリーはマックを愛しているし、マックは彼女を愛している。

　それだけのことだ。今夜が終われば……もしかしたら新しい始まりが待っているかもしれない。

　ヘイリーはいつも、両親に見つからずにマックと二人きりになれるチャンスを逃さないようにしていた。デートができる年頃になると、マック・ブローリンは真っ先にヘイリーの恋人候補の列に並んだ。彼は列に並び直す必要などなかった。

　明日から二人の関係のすべてが変わる。そのことについて何度も話し合った二人は、結論がつらくてもそれがベストだと納得していた。

　地元の大学で二年を過ごしたマックには新しい計画があった。小さな大学のフットボールチームを二度全国大会に導き、二度目の大会では優勝を勝ちとった彼は、有名大学のスカウトの目に留まることになった。そして二週間前、カリフォルニア大学ロサンゼルス校（UCLA）から、学費や諸経費が全額支給される二年間の奨学金の申し出があり、それを受けることにしたのだ。

その知らせを最初に聞いたとき、ヘイリーは、マックがいなければ死んでしまうと思った。でもマックには、それは言わなかった。彼がその話を断ることはできないし、断るべきでもないとわかっていたから、喜びを装った。マックの家族にとっては大きな出来事だ。大学の学費を二年間支払わなくていいだけでなく、プロのフットボール選手としての輝かしい未来が見えてきたのだから。

両親がマックと同じ大学への進学を許してくれることなど考えられない。だから、これから二年間、二人はこれまでにないほど離れ離れの暮らしを送ることになる。

ヘイリーには、もしそれが運命なら、どんなに時間がたってもマックが自分を愛し続けてくれるだろうという確信があった。見た目はか弱い女性でも、彼女は芯が強かった。愛する人のために戦うことも、人生が与えてくれるものをしっかり守ることも、怖いとは思わない――たとえいちばんの強敵が生みの母であっても。

間もなく、指揮者が立ち上がって指揮台をたたき、指揮棒を振り上げた。その合図でバンドが演奏を始め、ブーン高校の卒業生五十七名が体育館の座席に向かって入場行進を始めた。

ヘイリーは深呼吸して笑顔を作り、顎を上げて歩き出した。この十三年間ずっとそうだったように、アルファベット順に並んでいるので、前を歩くのはチャーリー・サミュエルズだ。体育館に入ると観客席を見やったが、家族を探したわけではなかった。探しているのはマックだ。

ショア家の車が駐車場に入った直後、マック・ブローリンの車が高校に到着した。最初にヘイリーが車から出てくるのを見ていた彼は、その歩き方を見てまた母親と喧嘩（けんか）したに違いないと思った。彼自身の母は愛情あふれるやさしい女性だったので、母親なのにどうして我が子にあんなに冷たいのかわからなかった。

彼はヘイリーの両親が車から降りて体育館に向かうのを確認してから行動を起こした。駐車場は、赤い帽子とガウンを身につけた卒業生とその家族であふれている。マックはほんの二年前にこの場所にいた自分を思い出した。これから人生が始まると思うと、興奮すると同時に少し不安でもあった。彼にはたくさんの夢や希望があったが、そのすべてにヘイリー・ショアが含まれていた。

マックはヘイリーを愛していなかったときの自分を思い出せなかった。二人の愛がたしかになったのは、ヘイリーが十六歳の誕生日を迎えた夜、彼の車の後部座席で愛し合ったときのことだ。

マックは今でもあのときが人生最高の瞬間だったと思っている。女の子の初めてのときは痛くて大変だという話を聞かされていたが、ヘイリーの場合はその正反対だった。痛かったとしても彼女は一言も口にしなかった。

終わったとき、ヘイリーは笑って、もう一度と言った。あのときのことが強く記憶に残っているのはその言葉のせいだ。こんなにすばらしい恋人とうまくいかない男がいるだろうか。それ以来、彼はどうすれば二人の生活がもっとよくなるかを考えて行動してきた。

そして今、二年間の大学生活をあとにして、数週間後には大陸の反対側にある有名大学に向けて出発することになっている。カリフォルニアで暮らすとなれば、事実上ヘイリーとは会えないから、長い二年間となるだろう。これまでずっと彼女が成長するのを待っていたのに、今度は時と空間に隔てられてしまう。新たな大学生活を手放しで喜べないのは、ヘイリーがそばにいてくれないからだ。

皮肉にも、彼に強く西海岸行きを勧めたのはヘイリーだった。ウィロウ湖でピクニックしたとき、彼女の声には喜びがあふれていたものだ。こっそり体育館に入ろうと思った彼は、人気がなくなるのを待ちながら、あれ以来毎日思い出さずにいられないひとときをまた脳裏に呼び起こした。

スターズ・クロッシングの郊外にあるウィロウ湖は、夏になると大勢の人が訪れる場所だ。けれどもマックとヘイリーは誰も知らない小さな入り江を知っていた。入り江の両脇には木々が鬱蒼と生い茂り、誰も入ってこない。だからマックはボートでヘイリーをここに連れてきた。奨学金の話を打ち明けるときは、すべてを完璧にしたくて……。

「すてきな一日ね」

マックはボートを岸につけ、ヘイリーを助け降ろした。「きみもすてきだ」マックは、デニムのショートパンツとTシャツの下のほっそりした体と日に焼けた長い脚を眺めた。

ヘイリーはにやりとした。「魚以外に狙っているものでもあるの？」

マックは笑った。ヘイリー本人と同じぐらい、彼女のユーモアのセンスも好きだった。

「ぼくはこそこそ狙ったりしない。面と向かってほしいと言うタイプだ。きみも知っているとおりね」

「わかってるわ。からかっただけよ。食べ物を持ってきて。わたしは毛布を運ぶから。お腹がぺこぺこだわ。あなたはどう？」

「いつだってぺこぺこだ」目の前を歩くヘイリーの揺れる腰を見つめながら、マックは小声で言った。

ほどなく二人は〝秘密の場所〟に毛布を広げた。おおいかぶさるような大きなしだれ柳の枝の下にある広い空間だ。ヘイリーは毛布の上に脚を組んで座り、バスケットの中身を取り出した。マックは小さなクーラーボックスから食べ物に添える冷たい飲み物を出した。

二人はサンドウィッチとポテトチップスを食べ、冷たいレモネードを飲んだ。ヘイリーはすぐにマックがどこかうわの空なことに気づいた。こんなとき、遠まわしな言い方をしないでずばりと尋ねるのが彼女の性格だ。

「どうかしたの？　なんでもない、なんて言わないでね。あなたのことはよく知っているんだから」

マックはため息をつき、両手をジーンズでぬぐって、残り物をバスケットに入れた。彼が食べるのをやめたのがいい兆候ではないことを、ヘイリーは知っていた。彼女も同じように食べ残しをバスケットに戻すと、身を乗り出した。

「話して」

マックは深呼吸し、無理にほほえんでみせた。

「ある意味ではいいニュースだ。これから二年、ＵＣＬＡのフットボールチームでクォーターバックとしてプレイしないかという誘いを受けて、了承した。全額支給の奨学金つきだから、父も母も楽ができる。断るわけにはいかなかったんだ」

ヘイリーが首に飛びついて全身の力でぎゅっと抱きしめてきたので、マックは驚いた。

「マック、すごいじゃない！　どうしてすぐ教えてくれなかったの？」

「きみと二年も離れ離れになってしまうからだよ」

「だいじょうぶよ。ＵＣＬＡを卒業したら、あなたはきっとプロフットボールリーグから声がかかるだろうし、そうしたら夢がかなうじゃないの。二年たってもまだ好きでいてくれるなら、わたしはここで待ってるわ」

「好きでいてくれる、だって？　冗談はやめてくれ」

マックはそう言うと、ヘイリーを草の上に寝かせた。そして、降りそそぐ日の光の下でお互い裸になり、彼女の脚を開かせた。

マックは一度だけ動きを止め、下にいるヘイリーを見下ろした。広がる長い髪、アンジェリーナ・ジョリーを思わせる唇、目に燃える緑色の炎。そして彼は動き始めた。

マックに満たされて、ヘイリーはため息をついた。彼の顔をじっと見つめたまま脚を腰に巻きつけ、自分のほうへと強く引き寄せる。愛し合っている間、変化する彼の表情を見つめるのをヘイリーが好むのをマックは知っていた。そして、角張った顎、まっすぐな鼻、間の離れた青い目——そんな自分の顔のどこがいいのだろうと思った。ヘイリーは彼をハンサムだと言ったことがある。あのときは快感がいっきに燃え上がった。ちょうど今ヘイリーの顔に燃えているのと同じぐらい強く。

地面に届くほど長い柳の枝で陰になっていても、体にあたる日差しは温かかった。そばの梢(こずえ)では、二人の愛を歌で広めようとするかのように小鳥がさえずっている。すぐそばで一匹の亀が岩から滑って水に落ちた。けれども二人とも何も聞いてはいなかったし、どうでもよかった。この瞬間と相手の感触がすべてであり、そこには愛し合うリズムしかなかった。

一瞬が一分になり、その一分がいくつも重なっていくうち、ふいにヘイリーの視線が自分から離れるのをマックは感じた。彼女は自分を失いつつある。そう思うとたまらなかった。

マックの体がこわばり、うめき声があがった。

彼の動きが速く激しくなるのを感じ、ヘイリーはあえぎながら目を閉じた。唇からうめき声をもらしながら、彼女はマックに合わせて腰を突き上げた。

それこそマックが待っていたものだった。激しい動きのあと、彼は絶頂に達した。すべてがにじけ、彼女の中に熱いものが注ぎ込まれた。マックの汗ばんだ体が震えながら彼女の上に倒れ込んだ。たとえ手足を動かそうとしても、まったく無理に思えた。

「ヘイリー……愛しているよ。心から愛してる。これなしで……きみなしでこれから二年どうやって生きていけばいいんだ？」そう言うと、マックはヘイリーの顔にキスの雨を降らせた。

そのときだ――ヘイリーの呼吸が乱れ、泣いていることに気づいたのは。

「ヘイリー……泣かないで」

ヘイリーは笑い出した。けれどもマックはそれを聞いてもまだ信用できなかった。

「泣いていないわ。息が苦しかっただけよ」

「ああ、すまない」マックはヘイリーに体重をかけていたことに気づき、ごろりと横になった。

ヘイリーは彼の胸で顔を隠し、そして――。


突然クラクションの音がした。マックははっとして白日夢から目覚めた。ショア夫妻の姿が見えなくなったのを確認すると、彼は車から降りて体育館に向かった。しかしすぐに呼び止められ、お祝いの言葉をかけられた。

「おい、誰かと思えばマックじゃないか！　例のニュース、聞いたぞ。ロスでの成功を祈るよ。映画スターの卵によそ見するんじゃないぞ。わかってるな？」

マックはにやりとした。ミルトとパティのハウス夫妻は地元の新聞社のオーナーで、マックの最初のアルバイトはそこでの新聞配達だった。

「がんばりますよ」マックはそう言って会釈し、体育館に向かった。

体育館に入るまで、何度か同じことが繰り返された。誰もが地元の青年の前途を祝おうとした。マックは笑顔を絶やさずに体育館に入った。中に入ると、彼は足を止めてショア夫妻の居場所をたしかめた。そして観覧席の端をまわり、ショア夫妻の上の席に座った。こうすればヘイリーが彼を見つけて手を振っても、両親は自分たちに振っていると思うだろう。

マックはごまかしが嫌いだった。だが、ヘイリーと同じく、彼も両親と他人との確執を間近に見て育った。誰になんと言われようとヘイリーをあきらめるつもりはない。これからの二年はきっと苦しいだろう。ヘイリーが大学に行き、そこで新しい誰かを見つけるかもしれないと思うと死ぬほど怖かった。ヘイリーにも同じことを言われたが、そのとき彼は笑いとばした。そんな不安がどれほどばかげているか、説明する言葉すら思いつかない。彼が知っているのはヘイリーを愛することだけなのだから。

スチュワート・ショアは物陰から周囲を見まわした。マックは髪が黒く、肌も浅黒いのに対して、スチュワートは金髪で、身長は百八十センチに届かなかった。スチュワートはマックを憎んでいた。憎むように育てられたのも理由の一つだが、華やかなスポーツ選手であるマックに対する嫉妬があったのだ。

スチュワートもスポーツはできたが、抜きん出た存在ではなかった。いい生徒だが、マックのように卒業生総代にはなれなかった。この秋にスチュワートが戻る大学は西海岸の有名校ではなく、ボウリング・グリーンの大学だ。妹が両親の気持ちを裏切ってマックとこそこそつき合っていることも、彼の怒りを大きくしていた。スチュワートは、ある噂(うわさ)を聞いた。今夜、卒業式のあとヘイリーはマックと会う約束をしているという。両親が知ったら大騒ぎするだろう。

ヘイリーは雲の上を歩いているような気分で体育館に入った。マックがいたと思ったらすぐに母の顔が目に入った。彼女が手を振ってもおかしくないようにマックがあの席を選んだとわかったので、ヘイリーは手を振った。驚いたことに母がにっこりして手を振り返した。

卒業生が着席し、式が始まった。ヘイリーはどこか拍子抜けした気分だった。十三年という年月が祈りと歌と五分間の二つのスピーチにまとめられたからだ。名前が読み上げられ始めたときは、体育館から空気がなくなったような気がした。物音は薄れ、すべてがかすかなこだまになり、卒業証書を受けとるためにステージを歩いていくヘイリーの耳に聞こえるのは自分の息と耳に響く鼓動だけになった。

すべてが終わり、カメラのフラッシュがいたるところではじけた。念のためにヘイリーも笑顔を崩さなかった。次の瞬間、空中に赤い角帽と房飾りが舞い上がり、彼女は笑いながら飛び上がっていた。チャーリー・サミュエルズが飛びついてきて彼女をぎゅっと抱きしめた。

「やったね、ヘイリー！　ついに卒業だ！」そう叫ぶと、彼は踊りながら仲間の間を縫って離れていった。

ヘイリーはまっすぐ観覧席を見上げた。両親はすでに席を立って出口を探している。家族と落ち合って写真を撮ろうとする友人たちのことを、彼女は気にするまいとした。両親の無関心を記憶に残すためなら写真はいらない。もう彼女の魂にしっかりと焼きつけられているからだ。

ヘイリーはこれからレッタの家に行くことになっていた。レッタの両親が卒業記念パーティを開いてくれるのだ。ヘイリーの門限は十二時。パーティで友だちに挨拶したらマックと二人で抜け出して、許されるかぎりいっしょに過ごすつもりだった。

二人は崖へと向かった。この崖はいちゃつきたいカップルが集まる場所だ。ヘイリーは苦しいほどマックの腕の中に抱かれていたかった。

マックは車の窓を開け、大音量でラジオをかけながら運転した。風がヘイリーの髪を乱して顔や目に吹きつけるのが、なぜかたまらなくおかしかった。

マックが何か言ってヘイリーが笑ったとき、後ろから車が一台近づいてくるのがわかった。かなりのスピードだ。

「なんのつもりだ？」マックはバックミラーを見上げた。

ヘイリーは顔をしかめ、後ろを振り返った。ヘッドライト以外に何も見えなかったが、ふいに誰の車かわかった。

「スチュワートだわ！」ヘイリーはマックの腕をつかんだ。「間違いなく、スチュワートよ」

「くそっ。最後の夜なのに、静かに過ごせないのか？」

「追い抜くつもりかもしれないわ」

そう言ったとたん、スチュワートがヘッドライトを点滅させ、止まれと合図した。

ヘイリーは携帯電話をつかんでスチュワートに電話した。兄は二度目の呼び出し音で出た。

「何を考えているの？」ヘイリーは怒鳴った。「危ないでしょう！」

「車を止めろと、そのろくでなしに言え。母さんからおまえを連れてこいと言われたんだ。手ぶらでは帰らないぞ」

「兄さんとはいっしょに帰らないし、ママの命令なんかどうでもいいわ」ヘイリーは電話を切った。

マックは顔をしかめた。「家に帰りたいなら送っていくよ」

ヘイリーが答えようとしたとき、スチュワートの車がこちらのバンパーにぶちあたった。

「くそっ！」マックは自分の車を道から飛び出させ

まいとした。「どうかしてる。このままじゃ全員死ぬぞ！」

マックがスピードを落とそうとしたとき、またスチュワートの車がぶつかった。

ヘイリーは車が横滑りするのを感じた。次の瞬間、スチュワートの車が横からぶつかってきた。驚いた兄の顔を見れば、予想外の出来事なのは一目瞭然だった。車が傾き出したとき、もう止めることはできなかった。

爆発するような音がして、体が何度もまわった。やがて、すべてが真っ暗になった。

しゅうしゅういう音とゴムの焦げるにおいで、ヘイリーは目を覚ました。頭が痛い。体が逆さまだったが、ここがどこなのか、なぜこんなところにいるのか思い出せない。そのときうめき声が聞こえ、左側を見るとマックがいた。頭と腕と足から血を流している。ヘイリーはすべてを思い出した。

スチュワートだわ！　スチュワートが車でぶつかってきたのよ。

「マック！　目を覚まして！」そのとき彼女は気づいた。マックの脚がハンドルやつぶれた金属のかたまりにはさまれている。

「マック！」それでも彼は目を開けない。

震える手でシートベルトをはずすと、体がどさりと下に落ち、頭と肩が天井にぶつかった。めちゃめちゃになった車内でなんとか体を動かし、マックのシートベルトをはずそうとしたが、だめだった。マックの体は動かず、呼びかけにも応えないので、ヘイリーはパニックに陥った。彼の脚がはさまれたままなのに、しゅうしゅういう音と煙はひどくなるいっぽうだ。

携帯電話を見つけて助けを呼ばなくては。さっきバッグに戻したはずだ。でも、そのバッグはどこだろう？

「ああ神さま、どうか助けて」探したがどこにもない。そのとき兄のことが頭に浮かんだ。兄の車がぶつかってきたんだわ！　事故を起こしたのは兄だ。二人を放って逃げ出したはずがない。助けてくれるはずだ。

　ヘイリーは割れた窓から這い出すと、なんとか立ち上がった。ところがたちまち頭がくらくらし、がくりと膝をついた。それでも彼女は体を起こして大声をあげた。

「助けて！　誰か！」

　しかし夜は静まり返ったままで道路は暗く、助けに駆けつける車も見えない。ヘイリーは力を振り絞って体を起こし、めまいがおさまるまでタイヤにもたれていた。なんとか車をあとにして歩き出したとき、最初に目に入ったのがスチュワートの車だった。車は道の反対側にある一本の木に真正面から衝突していた。

「そんな、まさか」ヘイリーは兄のところに行こうと、よろめきながら走り出した。

　車の窓は残らず割れ、助手席のドアが開いていた。ヘイリーは這うようにして前の座席に入り、兄のそばに膝をついた。スチュワートの口の隅からは血が泡になってあふれ、鼻と耳からも出血していた。

「スチュワート！　聞こえる？　いったいどうしてこんなことをしたの？」

　しかしマックと同じでスチュワートも何も言わなかった。ヘイリーはパニックに陥って後ろ向きのまま車から出た。その途中で手のひらに何かがあたるのを感じた。

　スチュワートの携帯電話だ。

「助かったわ」ヘイリーは緊急電話番号を押した。

「スターズ・クロッシング警察です。どうしました？」

「ああ、よかった……助けてください。事故にあいました。兄の車と恋人の車がぶつかったんです。二人ともひどい怪我で……」

通信指令係の声が、みるみる真剣さを帯びた。

「お名前は？」

「ヘイリー・ショアです。兄はスチュワート、恋人はマック・ブローリン……二人とも車の中に閉じ込められています。わたしの力では引っ張り出せなくて。二人とも出血しています。町から西に三キロ離れたノース・ホロウ・ロードです」

「どうか電話を切らないでください。救急車と警官を派遣します。切ってもいいと言うまで電話を切らないでください。いいですね？」

「ええ」ヘイリーは泣きながらマックのところに駆け戻った。

通信指令係の声がした。「あなたの怪我は？」

「わかりません……たぶん、だいじょうぶです。自力で車から脱出したし、歩けます」

「今は座ってください。内臓を損傷しているかもしれませんから。じっと座って、このまま通話を続けてください。今、救急車が向かっています」

ヘイリーはマックの車のドアのそばにへなへなと座り込んだ。そして窓から手を入れて彼の手首を握り、膝を胸に引き寄せると、気を失わないように頭を低くした。

「マック、わたしはここにいるわ。ここにいるから」ヘイリーはつぶやくように言った。「もうすぐ助けが来るわ」

さっきはアドレナリンのおかげで車から這い出し、道を渡ることもできたが、もう限界だった。意識をなくしそうだ。声が震え出し、何か言おうとしても泣き声しか出てこなかった。

「話を続けてください」通信指令係が呼びかけた。

「両親に連絡してほしいの。それからトム・ブローリンとクロエ・ブローリンにも。マックとスチュワートが怪我をしたことを伝えて」

「伝えます。ですから、しっかりしてください。もうすぐサイレンが聞こえるはずですが、どうですか？」

遠くから、むせぶような甲高い音がかすかに聞こえてきた。

「ええ、聞こえるわ」

「よくがんばりましたね。すぐに救急車が到着しますよ」

2

スターズ・クロッシングに事故の噂（うわさ）が広まると、卒業式を祝うパーティはどれも断ち切られるように終わってしまった。緊急救命室はヘイリーを心配してやってきたクラスメイトでたちまち埋め尽くされた。

ヘイリーの両親であるジャドとリーナは、ブローリン夫妻とその娘たちが到着して間もなくやってきた。二つの家族は待合室の端と端に座り、ぴりぴりした沈黙の中、互いをにらみつけていた。どちらもヘイリーに話しかけようとはせず、だいじょうぶかと声をかけようともしない。実の両親にとっても、ちゃんと歩けるとわかっただけでじゅうぶんなのだ。

ヘイリーの顔には血の気がなく、体は震え、血まみれだった。髪の生え際には三針縫った跡があり、片方の頬にはあざができている。友人に名前を呼ばれるたびに泣き崩れたが、両親が気にかける様子はなかった。

いつも明るい小柄で金髪の親友レッタはヘイリーに寄り添い、とても答えられないような質問を誰かが彼女に浴びせるたびに、間に割って入った。

家族からも友人からも輸血のための血液提供がおこなわれたが、二人の青年の容体はわからないままだった。

警察署長のジャック・ブラードがやってきてヘイリーに話しかけたとき、ヘイリーの両親はようやく立ち上がって娘に近づいた。

「ヘイリー……具合はどうだい？」ブラード署長が尋ねた。

ヘイリーは肩をすくめた。顎がひどく震えて答えられないのだ。

「つらいと思うが、少し話せないかな？」

ヘイリーはうなずいた。

署長はにっこりしてヘイリーの隣に腰を下ろした。

「事故について、いくつかききたいことがある」

「どうぞ」ヘイリーは両手で顔をぬぐって涙を拭き、もつれた髪をかき上げた。

ヘイリーが落ち着くのを待って署長は口を開いた。

「きみ自身の言葉で、何があったのか教えてほしいんだ」

ふいにヘイリーの母が周囲を押しのけて現れ、怒鳴り出した。その声ににじむ怒りは聞き間違いようがなかった。

「何があったのか、わたしが教えるわ！　このあばずれ娘はブローリン家の男なんかとこそこそしてたのよ。この娘さえいなければ、こんなことにはならなかったんだわ」

自分たちの名前が聞こえたとたん、ブローリン家の人々は署長のそばに来て、ヘイリーの母に怒鳴り返した。

「うちの息子は悪いことなど何一つしていない」マックの父が言った。「うちの息子を追いかけまわしていたのはそっちの娘じゃないか」

ヘイリーは身を震わせ、両手で顔をおおった。今夜の悪夢はどんどんひどくなるいっぽうだ。

ふいにブラード署長が立ち上がり、片手でマックの父の胸を、もう片方の手でヘイリーの父の胸を押さえつけ、喧嘩を止めようとした。

「二人とも黙れ！　わたしはヘイリーと話しているんだ。あの二台の車に乗っていたのでないかぎり、口を閉じていてもらおうか」

ヘイリーの父は毒づいた。

マックの父は肩で息をしている。

張りつめた空気の中、ヘイリーがゆっくり立ち上がった。胸の中でついに何かが解き放たれるのがわかった。何年も耐えてきたけれど、もううんざりだ。

ふいに待合室が静まり返り、すべての目がヘイリーに向けられた。彼女の声には怒りがあった。話しながら握りしめたこぶしにもその怒りは表れていた。

「ママ、いちおう言っておくけれど、マックとつき合っていたこの二年間、こそこそしたことなんか一度もなかったわ。親同士が憎み合っているからって、わたしたちも憎み合っていたわけじゃないもの。わたしはマックを愛しているし、彼もわたしを愛してくれているわ。ママたちとブローリン家の人たちの間に何があったのかは知らないし、正直言って興味もないの。ママたちの子どもじみた態度のせいで、わたしは十八年という月日を無駄にしたわ。お互い憎しみ合えばいい……。それでしあわせになれるならね。わたしを憎めばいい……。そして、わたしはもうどうでもいいの。スチュワートとマックが助かるかどうかということ以外、何も気にならないわ。二人が助かりさえすれば、ママたちなんか地獄に堕(お)ちたっていい!」

蒼白(そうはく)だったヘイリーの母の顔がどす黒く染まり、父の顔は怒りで真っ赤になった。ブローリン夫妻はヘイリーを見ようとせず、クラスメイトたちは茫然(ぼうぜん)としている。

ヘイリーは署長のほうに振り向いた。

「マックとわたしは車で町の北に向かっていました。音楽を聴きながらしゃべっていたとき、突然バックミラーにヘッドライトが映っているのが見えたんです。誰かがものすごいスピードで追いかけてきているって思いました。そのとき、もしかしたらスチュワートの車かもしれないと思ったので、携帯で電話したんです。兄は電話に出ると、母に言われて追いかけてきた、すぐに止まれと怒鳴り出しました。だから、こう言ったんです。ママに指図される筋合いはないし、車を止めるつもりもないから、さっさと帰って、と」

ヘイリーの母は息をのみ、止める間もなくヘイリーに近づくと、唇が切れるほど激しく頬をたたいた。

ブラード署長がヘイリーの母を止めようとしたが、遅かった。「もう一度同じことをしたら、暴行容疑で逮捕します」

「この子はわたしの娘よ。何をしようとわたしの――」

ヘイリーは母の目の前に立った。その声は低かったが、口調はけわしかった。

「わたしはもう大人よ。もう二度とわたしには手を上げさせないわ。おとなしくしてて」

ヘイリーの母は、たたき返されたかのようにひるんだ。ヘイリーの顔に浮かぶ怒りはすさまじく、どう言葉を返せばいいかわからなかったのだ。

署長は話を続けることにした。「それからどうなった?」

ヘイリーは、まるで母が存在しないかのように背を向けた。「スチュワートは引き返そうとせず、逆にスピードを上げてマックの車のバンパーにぶつかってきました」

それを聞いてブローリン家の人々は息をのみ、ヘイリーの両親にスチュワートの行動を非難する言葉を投げつけた。

ブラード署長がまた間に入った。そして電話で二人の部下を呼び出した。二人はすぐに到着し、署長は二つの家族を引き離しておくよう部下に命じた。

「あと一度でもさっきみたいなことがあれば、全員を逮捕します。いいですね?」

誰も何も答えず、署長のほうを見ようともしなかった。署長は二つの家族を無視して話を続けた。

「車でぶつかられたときのマックの反応は?」

ヘイリーはパニックに陥ったときのことを思い出して身震いした。「マックはなんとか道からはずれまいとしました。でもスチュワートがまたぶつかってきたんです。今度はもっと強く。マックの車が横滑りして、体勢を立て直そうとしていたら、スチュワートの車が運転席側からぶつかってきました。わざとぶつかったわけじゃなくて、スピードが出すぎていて止まらなかったんだと思います。そのあと……車が何度も転がりました。意識を失ってしまったので、どれぐらい転がったかはよくわかりません。気がつくと車は道からはずれてひっくり返っていました。マックは意識がなくて、ひどく出血していました。片脚がはさまれていたので、引っ張り出そうとしたけれど無理でした。助けを呼ぼうにも携帯電話が見つからなくて。わたしはなんとかシートベルトをはずして車から出ました。そのときスチュワートの車が見えたんです。真正面から木にぶつかっていました。中の様子をたしかめると、兄は気を失っていました。でも兄の携帯電話を見つけたので、それで救急車を呼んだんです」

　ヘイリーの母は声をあげて泣いていた。マックの母は声を殺してすすり泣いている。父親たちは怪物でも見るような目でヘイリーをにらんでいる。

「皮肉だな。この事故を引き起こしたあばずれが一人だけ無傷で助かったとは」マックの父が言った。

　ヘイリーはびくっとしたが、何も言わなかった。

　そのとき、誰かが中傷の言葉を投げつける間もなく、外科医が廊下の奥から現れてこちらに歩いてきた。

「ブローリン家のご家族はこちらですか？」

　マックの両親と姉妹たちが医師のところに集まり、いっせいに話し出したのを見て、ヘイリーは息をのんだ。

「息子は生きているんですか？　怪我の程度は？　歩けるようになりますか？」

「ちょっと待ってください……手術の内容をお伝えしますから。まず、手術は無事成功しました。出血を止めて、脚を救うことができました。また歩けるようになります」

「ああ、よかった」マックの父がつぶやいた。

「ですが、スポーツ選手としての活躍は無理です」

「まさか……そんな！」マックの母が悲痛な叫びをあげて夫に寄りかかった。

　マックの父トムはヘイリーをにらみつけ、妻に手をさしのべた。

　医師は手術の内容を説明した。脚に入れたピンの本数のこと、筋肉の損傷のこと。けれどもヘイリーは何も聞いていなかった。頭にあるのは、マックに憎まれるだろうということだけだった。もうUCLAには行けない。プロの選手になる夢も、始まる前から消えてしまった。

　ヘイリーは椅子に座り込み、両手で顔をおおった。

レッタの声が聞こえたけれど、何を言っているかわからなかった。ああ、神さま、どうして？　考えられるのは、その言葉だけだ。

　そのとき、母が叫ぶのが聞こえた。目を上げると、人混みの中にもう一人の医師が見えた。スチュワートの手術を担当した医師だ。その医師が、ヘイリーの両親に話をしている。

「そんな！」母はそう叫んでがくりと膝を落とした。「そんなはずないわ！　わたしの大事な息子が！　誰か死ぬなら、なぜヘイリーじゃなかったの？　あの子なんかほしくなかった。どうしてヘイリーが死ななかったの？」

　待合室にいた全員が息をのみ、ヘイリーのほうを見た。クラスメイトたちもヘイリーの母の言葉に衝撃を受けている。

　ヘイリーは凍りついた。まさか……嘘でしょう？　スチュワートが……死んだ？

　父がくるりと振り向き、誰かが止める間もなくヘイリーをぐいっと引っ張って立たせると、こぶしで殴りつけた。

「パパ、やめて！　パパ！」ヘイリーは腕で顔をおおい、体を二つ折りにして父のこぶしから身を守ろうとした。

　彼女が床に倒れると、父はその上に馬乗りになり、全身の力をこめて殴り続けた。

　警官が二人がかりで父を引き離した。

「リーナの言うとおりだ！　誰かが死ぬしかなかったのなら、なぜおまえじゃなかったんだ？」

　ヘイリーは四つん這いになって体を起こした。鼻と口から血が出ている。いきなり父に殴られたせいで頭がぼうっとして、答えることすらできなかった。

　警官二人に病院から連れ出される間も、父はずっとわめき続けていた。

　看護師がやってきてヘイリーを連れ出し、ブラード署長がヘイリーの母の帰宅を手配した。母は、部屋から出ていく間も、ヘイリーを助けて息子を奪った神に怒りをぶつけ、冒涜の言葉を叫び続けていた。

気がつくとヘイリーはまた担架に寝ていた。傷は縫い直しになり、さらに三針縫われた。X線写真を撮るころには目は腫れ上がってほとんどふさがり、口を開けると痛かった。手当てが終わるともう真夜中を過ぎていた。

傷口を縫ってくれた医師は、後ろに下がって縫った跡をたしかめた。

「これでだいじょうぶでしょう。ご家族は？　看護師を呼んで、帰宅の準備ができたと伝えてもらいますよ」

ヘイリーは首を振り、担架から滑るように下りると、つかの間立ち止まって体を支え、出口に向かって歩き出した。

「だめですよ、ミス・ショア。ご家族を待たないと」医師が言った。

「家族はいません」ヘイリーは痛みを押しとどめるかのように肋骨のあたりに片手をあて、歩いていった。でも病院から出るわけにはいかない。マックに会うまでは。

集中治療室の待合室にはブローリン家の人以外に誰もいなかった。マックの家族は入れかわり立ちかわり中に入り、マックの様子を見に行っている。

入り口にヘイリーが立っているのを見つけた家族は、さっきまでの怒りを忘れて驚いた。顔が腫れ上がっているせいで、卒業式のドレスを着ていなかったらヘイリーだとはわからなかっただろう。

それでもマックの家族は彼女と口をきく気はなかった。

「ここはあなたが来るところじゃないわ」マックの母が言った。「帰りなさい」

息をするのもつらかったが、ヘイリーはこの人たちに自分がどれほど苦しいかを知られたくなかった。彼女は顎を上げ、断れるものなら断ってみろと言わんばかりに言った。「マックに会いたいんです。このまま帰るわけにはいかないわ」

「それは無理よ。息子はあなたに会いたいと思っていないから」マックの母はにべもなく言った。

ヘイリーはその言葉に魂を切り刻まれるような気がした。「嘘だわ」

「いいえ、嘘じゃありません。自分の家があるんだから、家に帰りなさい」

止める間もなくヘイリーの目に涙があふれ、頬を流れ落ちた。「わたしには、家はありません。わたしの帰る場所はマックだけだったわ」

ヘイリーはブローリン夫妻をじっと見つめた。やましくなったのか、二人が目をそらした。ヘイリーの目は、マックの二人の姉——ジェナとカーラに向けられた。

「あなたたち……どうかしているわ」ヘイリーはつぶやくようにそう言うと、背を向けて出ていった。

徒歩だったので、家まで一時間かかった。家に着いたときには、もう夜中の二時近かった。ヘイリーは小鳥の巣箱から合い鍵を取り出して裏口から中に入った。

今日という日がこんなふうに終わったのが信じられない。今朝、彼女は世界のてっぺんにいた。ところがそれから十二時間もたたないうちに、世界は粉々に砕け散ってしまった。

ヘイリーはキッチンで立ち止まり、家の中の物音に耳をすませた。温水器の電源が入る低い音、続いて冷蔵庫の低いうなり声が聞こえた。シンクに水滴が落ちる音がする。

ヘイリーは身震いしてため息をついた。

パパはいつも蛇口をちゃんと閉めない。

お腹の痛みが強くなった。パパ。そのパパに今夜殺されそうになった。警官がいなかったら殴るのをやめなかっただろう。

ヘイリーは靴を脱いで家の中を歩いていった。廊下を通ったとき、両親の部屋のドアの下から明かりがもれているのが見えた。ヘイリーはわざわざ足を止めようとはしなかった。二人に話すことなど何もない。兄が死んでしまったのはとても現実とは思えなかったが、自分のせいだとは思わなかった。あれは兄自身が引き起こしたことだ。彼女はやめてと言ったのだから。

自分の部屋に入るとヘイリーはドレスと下着を脱ぎ、衣類の山を床の上に残したままバスルームに入った。シャワーを浴び、髪についた血と草を洗い落とすと、はき古したジーンズと着慣れたTシャツに着替え、クローゼットの奥からスーツケースを引っ張り出した。

ヘイリーは無表情のまま必要なものだけをスーツケースに詰め始めた。あとに残していくもののことは考えないようにした。幼いころのおもちゃ、祖母が彼女に遺してくれたウエディングドレス。いつか自分の家を持ったときのために取っておいた品々だ。

身分証明になるものを探していたとき、卒業証書をバッグといっしょにハイウェイのどこかに置いてきてしまったことを思い出した。朝になったらブラード署長のところに寄って、車をレッカー移動したときに誰かが見つけてくれたかどうかきいてみなくては。

とうとうスーツケースにも小さなバックパックにもそれ以上何も入らなくなった。ヘイリーはベッドの端に腰かけたが、また立ち上がった。痛くて眠れないのはわかっている。彼女は痛み止めを二錠のみ、小切手帳と預金通帳を取り出してバックパックの中に入れた。

バックパックを閉めようとしたとき、マックの写真のことを思い出した。ヘイリーは彼の写真をずっとドレッサーの鏡の裏にテープで留めていた。それをはがすと、壁の写真のフレームから家族写真をはずして入れかえた。

胸が張り裂けそうだ。マックはもう二度と彼女と関わろうとはしないだろう。だからといって彼への愛を止めることはできない。フレームに入れたマックの写真をバックパックに入れ、肩に背負うと、ヘイリーはスーツケースを引いて部屋を出た。

廊下にはカーペットが敷いてあったので、音はしなかった。キッチンまで行くとスーツケースを持ち上げ、家を出るまでそうやって運んだ。両親とはもう二度と会うつもりはなかった。彼女に関するかぎり、今夜スチュワートだけでなく家族全員が死んでしまったようなものなのだ。

ヘイリーの車はまだガレージにあった。この車は十六歳の誕生日に祖母からプレゼントされたものだ。さいわいなことに彼女の名義だったので、乗っていってもかまわない。

ヘイリーは荷物をトランクに放り込むと、ガレージからバックで車を出し、一度も振り返らずに走り去っていった。

翌朝、ヘイリーは九時に銀行が開くのを入り口の前で待っていた。警察署にはもう行って、バッグと卒業証書を受けとってきた。ブラード署長はやさしく親切で、父を告訴する気はないかきいてくれたが、ヘイリーはきっぱり断った。

彼女は片手でお腹を押さえて警察署を出た。時間がたつにつれ、体は動きにくくなり、痛みが増した。自分がどんなふうに見えるかヘイリーにはわかっていた。事故にあったあと、めちゃくちゃに殴られたようなありさまに違いない。実際にそのとおりだった。ぼろぼろになった気がしたが、プライドだけは残っていた。

ヘイリーは右も左も見ずに銀行のロビーを歩いていき、最初に目についた窓口係の女性に話しかけた。「預金を下ろしたいんですが」そう言って預金通帳をカウンターに置いた。「千五百ドルをキャッシュで、残りをトラベラーズチェックでお願いします」

スターズ・クロッシングは小さな町だ。誰もが隣人のことを知っている。昨夜兄が事故死したことも、その事故でマック・ブローリンの選手生命が絶たれたことも知っている。その二つを結びつける唯一の接点が窓口にいる女性であることも。

ヘイリーの父が娘への暴行容疑で逮捕されたことも、母が娘の死を願ったことも知っている。

窓口係の女性はヘイリーを気の毒に思ったが、どう言葉をかけていいかわからなかった。

「千五百ドルは高額紙幣にしますか？」

ヘイリーはしばらく考えて言った。「千百ドル分は百ドル札で、残りは二十ドル札で」

「そのためには了解を取らないと――」

ヘイリーは体をこわばらせ、口を開いた。「了解ってなんの了解？　これはわたしのお金よ！　七年前から毎年夏に働いてためたお金なの。わたしの名義だし、年齢的にも問題ないわ。引き出すのにわたし以外の人の了解はいらないはずよ」

銀行の頭取がこの騒ぎを聞きつけ、とりなそうとしてあわてて窓口にやってきた。

「お客さまの言うとおりにするんだ」頭取は窓口係の女性にそう言い、ヘイリーの肩に手を置いてそっと言った。「あの事故は残念でした」

ヘイリーはうなずいた。

二十分後、ヘイリーは車に乗り込んでスターズ・クロッシングをあとにした。

一度も振り返らずに。

3

テキサス州ダラス
十年後の十一月

「ミスター・ワイアット、ゆっくりね。脚を動かしますよ。いいですね？」

「わ、わかったよ、ヘイ、リー。あんたに、うごかして、もらってるのを、つい、わすれるんだ」

ヘイリーはリハビリ台の上にいる年配の男性に向かってにっこりした。半年前に発作を起こしたこの男性がここまで回復したのが誇らしかった。当初ミスター・ワイアットはしゃべることができず、右半身が麻痺(まひ)していた。ところが今は、言葉はゆっくりでところどころ不明瞭だったが、笑い、話すことができる。限度はあるものの、体もずいぶん動かせるようになった。

ヘイリーの生活は患者を中心にまわっていた。雇われている理学療法施設にいないときは、いつも患者の自宅をまわっていた。

ダラスに来る前の生活を思い出すことはほとんどなく、思い出したとしても長くひたることはなかった。十年という長い年月を経ても、あのときの喪失感は肉体的な苦痛のように鮮明だった。

しばらくしてタイマーが鳴ったので、ヘイリーはミスター・ワイアットの衰えた左脚をゆっくりと下ろし、手を添えて体を起こした。

「今日はこれでおしまいにしましょう。気分はいかが？」

「おど、おどれそうだ」

「踊れそう？　すごいじゃない！　ミリーにダンス

シューズを磨いておくように言わなきゃ」

ミスター・ワイアットは笑った。ミリーは彼と同じ老人ホームで暮らしている女性だ。ヘイリーは何カ月も前にミリーが彼の恋人だと聞いていた。

この年齢になってもロマンスを求める楽天的な二人に、ヘイリーは感心していた。恋愛関係を維持するためには大変な労力がいる。だからヘイリーはずいぶん前に恋愛に見切りをつけ、仕事にすべてを捧げていた。

ヘイリーはミスター・ワイアットを車椅子に移らせ、ロビーまで押していった。ロビーには彼を老人ホームに連れ帰る運転手が待っている。

「さあ、着いたわ。帰ってからも、さっきやってみせたように運動してみてください。いい子にしていたら、また一週間後に会えますよ」

老人はにっこりしながらウインクし、帰っていった。

ヘイリーは来た道を戻りながら掛け時計を見て、顔をしかめた。いつの間に午後が終わったのだろう？　もう帰る時間だ。

従業員用の休憩室に行ってタイムレコーダーに打刻し、私物をまとめると、彼女は同僚に手を振って部屋を出ていった。

何年も前にわかったことだが、夕方五時のダラスの道路は猛烈に混雑している。

アパートメントに到着して車を駐めるころには、あたりは暗くなっていた。しばらく車の中に座ってアパートメントまでの道が安全かどうかをたしかめると、彼女は車から出た。

まるで雪の前触れのように、空気は冷たく湿気を含んでいた。コートの襟を立ててエントランスへと歩いていく。ヘイリーの長い脚だとあっという間の距離だ。

中に入ると彼女は守衛に会釈した。

「マーシャル、調子はどう？」

マーシャル・フレンチはオースティン出身の寡夫で、二度仕事を退職していたが、六十七歳で家に閉じこもるのに飽きて、体を動かすためにこの仕事を引き受けたのだった。マーシャルは、緑色の目と豊かな髪を持つこのエレガントな女性に感心していたが、二年前に守衛の仕事を始めたときと同じく、それ以上のことは何も知らなかった。

「順調ですよ」マーシャルは彼女に郵便物を渡した。

「どうぞ」

「ありがとう」ヘイリーは郵便物を小脇に抱え、後ろを振り返らずにエレベーターに乗り込んだ。

七階のボタンを押し、壁にもたれる。エレベーターは音もなく上昇していった。ドアが開いて外に出れば、右に曲がって十歩も歩かずに家に着く。ヘイリーはドアに目もやらずに鍵を差して中に入ると、後ろを向いてドアをロックした――コートも脱がずに三つの錠を全部かけた。

ヘイリーは安全を感じたことが一度もない。世界に見捨てられたあの日からずっと。一人暮らしを恐れる理由は何もなかったが、怖かった。三つの錠はいわばお守りだったが、彼女はそれを認めるのを恥ずかしいとは思わなかった。

その三つの錠がたてる音は、ヘイリーにとって安全な隠れ家に入った合図だ。廊下のクローゼットにコートをかけ、バッグと鍵をテーブルに置くと、彼女は郵便物を一つずつ見ていった。

封書が六通と雑誌が二冊あった。雑誌は『テイスト・オブ・ホーム』と彼女のお気に入りの『南部風リビング』だ。彼女はそれを全部キッチンのカウンターに置き、そのまま寝室へと向かった。帰宅したあとは、化粧を落としてシャワーを浴びるまで何もしないのだ。こうして〝仕事人としての自分〟を脱ぎ捨てないと、リラックスできなかった。

着古したスウェットパンツと長袖のTシャツに着替えると、ヘイリーは氷をいっぱいに入れたグラスにコーラを注ぎながら残りの郵便物を見ていった。と、法定サイズの封筒の消印が目に飛び込んできた。

〝ケンタッキー州スターズ・クロッシング〟

ヘイリーの体が凍りついた。グラスからコーラがあふれ、カウンターにこぼれ落ちて、彼女ははっと我に返った。こぼれたコーラを拭いてしまうと、ようやくその封筒と向き合う覚悟ができた。

内容がなんだろうと、差出人が誰だろうと、よくない知らせだというのはわかっていた。

〈お父さんが亡くなりました〉

体が揺らぎ、ヘイリーは戸棚にもたれかかった。その知らせに対して、なんであれ感情を抱いた自分が驚きだった。ずっと前に家族は亡くしたものと思っていたから、ダラスに来る前の暮らしを思い出すこともほとんどなかった。ただし、マックのことは別だ。どんなに忘れようとしても彼は今も夢に出てくる。その知らせを見て反応してしまった自分が意外だった。彼女は気を取り直し、手紙の続きを読んだ。

〈十一月十三日土曜日の午後三時から第一バプテスト教会で葬儀がおこなわれます。そのあと遺族や友人との会食があります〉

「明日だわ。ぎりぎりになってから知らせるなんて、よほど来てほしくないのね」ヘイリーはそうつぶやき、深く息を吸い込むと、手紙をカウンターに放り投げてキッチンを離れた。胸がどきどきし、脳裏にさまざまなシナリオが浮かんでは消えた。

どうして母は今さら知らせをよこしたのだろう？署名もない、無機質な手紙を書いたのが母だとしたらの話だけれど。

ダラスにやってきてから一年がたったとき、ヘイリーは白旗をあげる形で両親に自分の居場所と仕事を知らせる短い手紙を書いた。そしてその手紙を、週に一度マックに送る手紙といっしょに投函した。マックからは一度も返事がなかったが、母からは返事が来るかもしれないとしばらく期待していた。一カ月近く待ったあげく、ヘイリーは、自分のことなど誰も気にしていないし、返事も来ないということを受け入れた。それから一年後、彼女は事実を認め、マックに手紙を出すのをやめた。

ヘイリーはしばらくしてキッチンに戻った。手紙はまだカウンターの上にあった。爆発を待つ爆弾のように。もしあの町に戻ったら、どんな傷口を開くことになるだろう？　彼女は何年もかけて心のまわりに壁を作った。もうあのときのように何かを感じたり、期待したり、気にかけたりするのはいやだ。

「手紙のことは明日考えればいいわ」声に出してそう言うと、夕食を作り、家事をすませ、請求書の処理をし、ベッドに入って目をつぶるのが怖くて一時間ほどピラティスをした。目をつぶれば思い出がよみがえるからだ。

けれども、生きることの苦さを吹っ切るには、あの町に戻るのがいちばんなのかもしれない。そうすれば、精神的に監禁されているような暮らしを卒業し、未来へと足を踏み出せるかもしれない。

ヘイリーは十時過ぎにようやくベッドに入った。すると、いつものようにマック・ブローリンが夢に現れた。

ヘイリーは豊かに水をたたえた入り江のそばに立っていた。どこだろうと思って振り返ると、地面につくほど長く枝を垂らした大きなしだれ柳が見えた。どこか見覚えがある気がしたが、マックと何度も愛し合った場所だと気づくまでしばらくかかった。

その枝をかき分けてマックが姿を現し、手招きしている。ところが動こうとしても脚が動かない。マックは早くこっちに来てほしいと頼んでいる。ところがどうしても動けない。と、マックの姿が薄れ、不安だけがどんどん高まっていった。マックの姿が消える直前、声が聞こえた。〝家に帰れ〟という声が。

そして彼は消えた。

ヘイリーははっとして目覚めた。心臓が早鐘を打ち、部屋は寒いのに体は汗びっしょりだ。上掛けをはねのけ、起き上がりながら掛け時計に目をやる。もうすぐ真夜中だ。理屈に合わない夢だったが、おかげでこれから何をすべきかわかった。

「悪く転んだって知れているわ」ヘイリーはベッドを出て廊下に行き、暖房をつけると、キッチンへと向かった。

その歩幅は大きく、足どりは怒っているかのように力強かった。いやなことから目をそらしてもなくなるわけではない。彼女はコーヒーポットのスイッチを入れてから予備の寝室に入り、クローゼットからスーツケースを取り出して寝室に戻った。

アパートメントが心地よく暖まるころには着替えも荷造りも終わっていた。雇い主にメールし、帰郷して父の葬儀に出ること、患者の予約の変更か担当の交代を頼みたいことを伝えた。

タンブラーに熱いコーヒーをブラックのまま注ぎ、ピーナツバターとジャムのサンドウィッチを作ってビニール袋に入れ、バッグに放り込む。急いで行けば父の埋葬に間に合うようにスターズ・クロッシングに帰れるだろう。葬儀に出たいわけではない。けれども世の中には、いやでもしなければいけないことがたくさんある。これもその一つだ。

ヘイリーは間もなくアパートメントから出てエレベーターに乗った。受付デスクの前を通りかかると夜番の守衛は寝ていた。ヘイリーは何も言わずに通り過ぎた。三十分後には、速度制限もかえりみず、町を縦断する高速道路を突っ走っていた。喉には何かが詰まり、胸は重い。あの町に帰るのは葬儀のためなのか、それともマックに会えるかもしれないという無意識の希望のためなのか、彼女にはわからなかった。どちらにしても、いい結末を迎えるとは思えなかった。

スターズ・クロッシングの土曜日は、冷たい風と雨の気配で明けた。葬儀には向かない日だ。もっとも葬儀には天候はあまり関係ない。葬儀にぴったりの日などないのだから。

リーナ・ショアは鏡の中の自分を見つめ、表情の練習をした。かつては美しい少女だったが、落胆と悲しみが顔かたちを変えてしまった。最近の表情といえば不満に暗くなるか陰気に沈むぐらいだ。不機嫌そうな眉間と目尻のしわは、もうずっと前から深く刻まれたまま消えなくなった。

夫のジャド・ショアとは結婚の絆と彼女の嘘で結びついていたが、人生のその一幕もこれでやっとおしまいだ。リーナは自分に対してまで悲しんでいるふりをするつもりはなかった。けれども未亡人という身分には利用価値があるし、最大限活用するつもりだ。ワンピースの前を撫で下ろしたリーナは、二カ月前に衝動的にこの服を買った自分を心の中でほめた。ジャドは心臓が悪かったから、今日という日はいつ来てもおかしくなかった。葬儀を予定しているなんて自分にすら認めようとはしなかったが、先週その機会が訪れたとき、彼女はジャドの運命を止めようとはしなかった。

リーナはヘアスプレーでさっと髪型を整えた。髪はウェーブがかかって豊かだが、すっかり白くなってしまった。今日はその髪を後ろに流し、うなじで一つにまとめた。今日は落ち着きと厳粛さを見せなければならない。

「これでいいわ」リーナはヘアスプレーを置き、最後に全身鏡に映った自分を確認すると、コートを取りにリビングルームへ向かった。

ショア家から見ると町の向こう側にある家で、マック・ブローリンは落ち着きなくリビングルームを歩きまわっていた。また胸の破れるような思いに耐えられるだろうか。父は十年前に亡くなった。彼が退院してたった数日後に蜂の群れに襲われ、アナフイラキシー・ショックで命を落としたのだ。マックは事故の怪我のせいでまだギプスをしており、胸の中はヘイリーを失った痛みでいっぱいという状態で父を埋葬しなければならなかった。あのときはもう二度としあわせになれない気がした。だが時間がたつにつれ、マックはすべてを受け入れられるようになった。そして先月、母が就寝中に息を引きとったために、二人の姉をのぞいて彼を少年時代に結びつけるものはなくなってしまった。

葬儀のあと、姉たちの頼みもあって、彼は両親の家に留まり、家を売りに出す準備をした。数年前から建築業で成功している彼にまかされたのは自然なりゆきだった。壁は塗り直しが必要だし、カーペットと家電製品は取り替えなければならない。仕事を進めていくにつれ、家を売りに出せるような状態にするために次々と直さなければならないところが目につくようになった。

大がかりな仕事のときには自分の会社のチームを呼んだ。キッチンのキャビネットやカウンタートップの取り替えの場合だ。だが塗装は自分でおこなった。

母の私物の中からヘイリーの手紙を見つけたのはそんな改装作業の途中だった。手紙は色あせた黄色いリボンで束ねられていた――開けられた形跡もなく。

ショックから不信まで、さまざまな感情が胸に渦巻くのを感じながら、彼は震える手で一通目の封を切った。読み終えたとき、彼は泣いていた。およそ八年前の消印がある最後の一通は、悲しげな落胆の一言で締めくくられていた。マックの怒りは激しく、考えることすらできなかった。これまでの年月で、ヘイリーに背を向けられたと思うようになっていた。スチュワートが死んだことで恨まれていると思ったし、選手生命を絶たれた負け犬とは関わりたくないのだろうと思っていたのだ。

手紙を読み終わったとき、真っ先にヘイリーを捜し出したいと思った。だが、最後の消印のあったダラスに今も住んでいるかどうかはわからない。八年は長い。どこに行っていてもおかしくない。結婚して子どもを産み、しあわせに暮らしているのかもしれないのだ。

裏切られた気がしてマックは悲しかったが、これからどうするべきかわからなかった。嘘をついた張本人を問いつめることもできない。二人とも死んでしまったからだ。そうだ、姉たちがいると彼は思った。改装作業の進み具合を見に明日来ることになっている。二人に手紙のことを問いただそう。姉たちもこの嘘に加担していたとわかったら、怒りが爆発してしまいそうだ。

「このことを知ってたのか？　ヘイリーがぼくを愛していたことを知っていながら、父さんと母さんがぼくに嘘をつくのを黙って見ていたのか？」

いちばん上の姉ジェナは肩をすくめた。「わたしたちが口を出すことじゃないと思ったから」

マックと二歳違いのカーラはうなだれた。「教えたかったけれど、ママから絶対言うなって口止めされたのよ」

マックは激怒のあまりまともに考えられなかった。

「なんて家族だ！　ショア家と変わらないじゃないか……ばかげた仲たがいのために嘘をつき続けるんだからな」

カーラは泣き出した。「ごめんなさい、マック。でも、あなたは事故の夜に病院で何があったか知らないわ。だから、わたしたちはみんな、よけいなことを言いたくなかったの。あの夜の待合室はまるで地獄だったわ。ヘイリーにとってはとくにね」

「やめなさい、カーラ。もう過ぎたことよ」ジェナがぴしゃりと言った。

マックはジェナににじり寄り、胸に人差し指を突きつけた。

殴られると思ったのか、ジェナはびくりとした。

「黙ってられないなら出ていってくれ」マックは低い声で言った。

ジェナは身震いし、座った。

マックはカーラのほうを向いた。「ヘイリーに何があったんだ？」

「うちの親はあの人たちとは離れて座っていたわ」

「親がどこに座っていたかなんてどうでもいい。ヘイリーはどこにいたんだ？　何があった？」

カーラは床に目を落とし、ためらったが、弟の目を見た。

「ヘイリーの家族は娘の怪我の心配もしなければ、そばに座ってあげようともしなかった。ヘイリーは――」

「怪我をしたのか？　ヘイリーは傷一つなかったって、うちの親はいつも言ってたじゃないか」

「傷を縫っていたし、あざもあったわ。事情聴取に来たブラード署長がヘイリーと話すのを聞いていたけれど、あなたの命を救ったのはヘイリーだったんじゃないかしら。事故の直後、意識を取り戻した彼女はあなたを車から出そうとしたけど無理で、携帯電話も見つからなかったそうなの。車から這い出ると道の反対側にスチュワートの車が見えたので、様子を見に行ったけれど、あなたと同じで意識がなかったみたい。ヘイリーはスチュワートの携帯電話を見つけて救急車を呼んだのよ」

「くそっ！　腹が立ってまともに考えられないぐらいだ。で、病院でヘイリーに何があったんだ？」

「医師が来てあなたが一命を取り留めたと聞いたときはほっとしたわ。でも同時に選手生命を絶たれたことも告げられて、パパとママは取り乱したの。二人はヘイリーにくってかかって、ひどくののしったわ。そのとき別の医師が来て、ショア家の二人にスチュワートが亡くなったことを告げたの。ヘイリーの母親はわめき出して、なぜヘイリーじゃなくスチュワートの命を奪ったのかって言っていたわ。ヘイリーなんかほしくなかった、全部ヘイリーのせいだ、って」

「最低だな」マックは信じられない思いで髪をかき上げた。「ヘイリーもかわいそうに。あの家族はどうかしてると思っていたが、まさかそこまでとは――」

「それで終わりじゃなかったの」カーラは続けた。「ヘイリーの母親がわめき出したとき、父親も口を揃えてヘイリーを責めたわ。そして飛びかかって殴りつけたの……みんなの見ている前で。引き離すのに警官二人がかりだった。ヘイリーは傷を縫い直すはめになったし、鼻とあばら骨を折ったって噂も聞いたわ。本当かどうかは知らないけれど」

マックは姉二人を見つめた。よく知っている顔なのに、本当の姿を見たのは初めてのような気がする。

「ごめんなさい、マック」カーラが言った。

マックはジェナのほうを見た。

ジェナも弟をにらみ返したが、弟の頬に涙が光るのが見えたとき、耐えきれなくなったのかジェナは両手で顔をおおった。

「そのあと何があったんだ？　ヘイリーと顔を合わせたんだろう？　ぼくのことをきいていたはずだ」

ジェナはびくりとして、何か言いたげに妹のほうを見た。

カーラは首を振った。「ここまで言ったのよ。そのあとのことを言ったって同じだわ」

「そのあとのことって？」

「あの夜遅く、ヘイリーが集中治療室の前の待合室に来て、あなたに会いたいと言ったの。ひどいありさまだったわ。そこらじゅう縫い傷だらけで……鼻と唇が腫れ上がって、目にはあざがあって……とにかくひどかったの」

「ああ、なんてことだ……何も覚えてないなんて」

マックはつぶやいた。

「ママとパパが、あなたに会わせなかったからよ。ママがヘイリーに言ったの。あなたは会いたがっていないから出ていけ、家に帰れって」言葉が途切れ、カーラは泣き出した。「ヘイリーは、わたしには家はない、わたしが帰れる場所はあなただけだって答えたの」

マックは頭を殴られたような気がした。

カーラがまた口を開いた。

「マック、どうか——」

マックはドアを指さした。「二人とも出ていってくれ。約束どおり、ぼくはこのままここにいて家を直すつもりだが、終わっても、姉さんたちにはもう二度と会いたくない」

カーラは泣きながら腕を伸ばして弟に近づこうとした。「本気で言っているの？　もう二度と会わないなんて」

マックはうなずき、抱きつこうとしている姉を押しとどめた。「二人ともぼくにとっては他人だ。二人のことは何も知らないも同然だし、わずかに知っていることもあるが、今はそれが好きだとは思えない」

ジェナははじかれたように椅子から立ち上がり、バッグをつかんで出ていった。カーラは許してと繰り返していたが、マックは目の前でドアを閉めた。

それが二週間前のことだ。二人ともこの家では歓迎されないし、本人たちもそのことを知っていた。

あの日に真実を知ってから、マックはヘイリーを見つけ出すことしか考えられなくなった。手がかりをつかみたい一心で、グーグルで〝ヘイリー・ショア、ダラス、テキサス〟と検索してみた。

いくつか検索結果が出てきたが、ヘイリーの住所や電話がわかるものはなかった。一つだけ、新聞記事の写真につながるリンクがあった。彼のヘイリーだ――有名なフットボールチーム、ダラス・カウボーイズの選手のリハビリを手伝う理学療法士として取り上げられていた。

マックは粒子の粗い写真を何時間も見つめ、長い髪と官能的なほほえみを持つエキゾチックな長身の美女の中に、かつて知っていた少女の面影を見つけようとした。そして、これからどうすべきか自問自答した。

そうやって考え込んでいたとき、ジャド・ショアが亡くなり、答えがわかった。マックは警察署に行って署長と会うことにした。

ブラード署長は、ヘイリー・ショアがスターズ・クロッシングから出ていったときから十歳年を取っていたが、スチュワート・ショアが死んだ夜にヘイリーが実の父親から暴行を受けた光景を決して忘れることはできなかった。それがあったからこそ、マック・ブローリンが警察署に来てヘイリーの最近の住所を知りたいと言ったとき、正式な手続きを無視してその頼みを引き受けたのだ。

「本当は、こんなことはしちゃいけないんだが」ブラード署長はそう言って、テキサス公安局から入手した住所をマックに手渡した。

署長が気を変えないうちに、マックはそれをポケットに入れた。

「彼女のストーカーになる気なんてありませんよ。でも、いくらろくでなしといっても、ヘイリーには父親が亡くなったことを知る権利がある」

ブラード署長はうなずいた。「きみの家族と彼女の家族は仲が悪かったな……そもそも何が原因なんだ？」

マックは肩をすくめた。「知りません。子どもには教えてくれなかった。ただ、互いに近づくなと言われて育てられただけです。そのせいで、ご存じのとおり、あんな悲劇を引き起こしてしまいました」

「そのとおりだ」署長はそう言って探るようにマックを見た。「で……ヘイリーとはあれきり会ってないのかい？　あの夜以来ってことだが」

マックはうなずいた。「ぼくが最後に覚えているヘイリー・ショアは、転がり出した車の中で叫んでいる姿です」

署長はうなずいた。「そうだな。彼女が現れたときにまた騒ぎにならないことを祈るよ」

「騒ぎになったほうがいいのかもしれない。すべての真相を知っていてまだ生きているのはヘイリーの母のリーナだけです」マックはポケットをたたいた。「住所、ありがとうございました」そして警察署から出ていった。

家に着いたマックは、気が変わらないうちに父親の葬儀の案内を記した手紙をヘイリーに送った。リーナとヘイリーが連絡を取り合っているかどうかはわからなかったが、最近知ったことから考えれば音信不通に間違いないだろう。

手紙を受けとったヘイリーは、きっと母親からだと思うはずだ。マックはそのことに賭けた。ごまかすのはいやだったが、いきなり家に訪ねていく以外にヘイリーと再会するにはこの方法しか考えられなかった。もし再会できたら、彼女がほかの誰かと結婚しているかどうかがわかるだろう。結婚していなければ、学生だったときに負けない意志と情熱で彼女を追いかけるだろう。マックの心の中ではヘイリー・ショアは自分のものだった。だからどうしても取り戻したい。

それが数日前のことだ。ヘイリーが手紙を受けとったのか、戻ってくるのかどうか、彼にはわからなかった。

マックは掛け時計を見た。二時二十分。小さな教会は席の数も知れている。ジャドもリーナもそれほどたくさんの親戚がいるわけではなかったが、それなりの人数が参列するだろうから、早く行って席を取ったほうがいい。

塗り残した寝室を名残惜しそうに眺めると、マックは上着と車のキーを取りに行った。葬儀の日にしてはずいぶん寒かったが、ジャド・ショアはもう天気のことなど気にしないだろう。恨みなど存在しない場所にいるのだから。

マックは冷たい風に首をすくめながらポーチから外に出て車へと向かった。間もなく彼は教会へと続く道へと車を走らせた。

ヘイリーは正午直前にスターズ・クロッシングに到着した。十二時間の運転で体は冷えきり、すっかり疲れていた。町がほとんど変わっていないのを見て動揺したが、変化の印を見つけて喜びも感じた。そんな変化の一つが新しいモーテルで、彼女はここに泊まることにした。

あの手紙を送ったのは母に違いないが、母は娘と同じ家で夜を過ごすことを望んではいないはずだ。

ヘイリーは食事時に現れたくなかった。家はきっと親戚でいっぱいだろう。母のホームグラウンドで、敵に囲まれて母と対面するなんて考えられない。

モーテルの部屋に入ると、ヘイリーはベッドに倒れ込み、アラームを二時半にセットして目をつぶった。寝入ったばかりに思えたとき、アラームが鳴った。

「ああ、眠い」立ち上がりながら彼女はつぶやいた。

着替えて教会に行くまで三十分しかない。ヘイリーはバッグから化粧ポーチを取り出し、用意してきた喪服を手に取って広げると、バスルームに行った。

最初は気分どおりの顔だった。疲労と睡眠不足が表に出ている。スターズ・クロッシングを出たときはうちひしがれていたかもしれないが、戻ってきた今も同じ自分でいるつもりはない。彼女は成長したし、強くなった。もし町の噂になるなら、最高の自分を見せたかった。噂にならないわけがないとヘイリーは思った。黒のワンピースとそれに合わせて買ったハイヒールが力を貸してくれるだろう。

父の死を悲しんでいるふりをする必要などない。両親にとって自分はどうでもいい存在なのだと気づいた数年前、悲しみは底をついてしまった。

でも万が一マック・ブローリンが教会にいたら、今のありのままの自分を――強くたくましい女性となった自分を見てほしいと思った。

マックは教会の後ろの席を選んで座った。ヘイリーがもし現れるなら、対面する前に感情の乱れを抑える時間が必要だ。ヘイリーには言いたいことがたくさんある。まず告げたいのは謝罪の言葉だ。

遺族が席につき、牧師が最初の賛美歌の斉唱を知らせようとしたとき、教会のドアが開き、冷たい風がさっと吹き込んできた。

ドアが閉まり、未亡人以外の全員の目がそちらに向けられた。はっと息をのむ気配が広がるのに気づいて、リーナ・ショアも出入り口に目をやった。

この日、まさか会うとは思っていなかった女が通路を歩いてくる。ヘイリーはどうやって葬儀のことを知ったのだろう？　リーナの頭の中にはその疑問しかなかった。

ヘイリーが身につけているものは、すべて一つの目的のために選ばれた。名前ばかりの家族に、自分が元気にしていること、立派に生きていることを知らせるためだ。

長身が有利なのもわかっていた。八センチ近いハイヒールをはくと、身長は百八十センチを超える。長袖の黒いワンピースは正面がすべてボタン留めで、Vネックの襟開きが形のいい胸を隠している。きわどいほど深い開きではないが、生まれつきのスタイルを際立たせる深さだ。

ひょろっとしていた少女のヘイリーは今や大人の女性であり、体もその物腰にふさわしかった。鍛えられた細い体、それに反して豊かな胸。長い髪はやわらかなウェーブとなって背中に流れ落ちている。唯一色彩が感じられるのが口紅だった。アンジェリーナ・ジョリーを思わせる唇は真っ赤に彩られていた。

ヘイリーは脇見もせずにまっすぐ母だけを見つめていた。母のリーナは席から立って通路の突きあたりにいた。近づけるものなら近づいてみろと言わんばかりに。

母の顔に浮かぶ表情から、娘が来たのを驚いているのがすぐに読みとれた。

あの手紙を送ったのは、あなたじゃなかったのね。でも、そんなことはどうでもいい。わたしはここに来たのだから。

リーナはショックのあまり動けなかった。

ヘイリーが親族の席までやってきたが、誰も席を詰めて彼女を座らせようとはしなかった。昔のヘイリーならすごすごと逃げ出していただろう。だが今の彼女は違う。

「ソール叔父さん、詰めてちょうだい」ヘイリーはそっけなく言った。

親族の間に衝撃が走ったが、リーナの兄ソールは動いて席を空けた。

ヘイリーは母親のほうを見もせずに席についた。茫然とするあまり何をしていいかわからず、リーナはしかたなく前を向いて自分の席に座った。

牧師が咳払いした。

葬儀が始まった。

ヘイリーを見た瞬間、人々はマックのほうに目をやった。彼は視線を感じたが、今感じているショックをあらわにして周囲を満足させようとは思わなかった。

粒子の粗いあの新聞の写真はヘイリーの姿をちゃんと伝えていなかった。学生時代の恋人は、息をのむような美女に変わっていた。

たとえ十年という月日が流れても――たった今通路を歩いてきた女性がかつて愛した少女とどんなにかけ離れていようとも、マックは自分のしたことが正しいとわかっていた。これがどんな結果を招こうと、ヘイリー・ショアにどうしても言わなければいけないことがある。

4

葬儀はぼんやりした霞(かすみ)の中で終わった。最初、あまりに胸がどきどきするので、ヘイリーは牧師の言葉が何一つ聞きとれなかった。やがて彼女は気づいた。母の怒りがまるで呼吸をする生き物のようにはっきりとこちらに伝わってくることに。

ヘイリーが前触れもなく現れたことだけでなく、主役が未亡人の自分ではなくなったことに対しても、リーナはむっとするどころか激怒していた。葬儀はすっかり〝放蕩(ほうとう)娘の帰還〟の場になってしまった。

参列者が通路を歩いて遺族の脇を過ぎ、棺(ひつぎ)に弔意を示してから外へ出ていくという流れの中、ヘイリーにようやく歓迎の言葉がかけられた。誰かが彼女の肩をぎゅっとつかみ、身を寄せて頬にキスしたのだ。

「お気の毒だったわね、ヘイリー」その女性はそう言うと足早に通り過ぎていった。

ヘイリーはそれがレッタだったことにあとになって気づいた。見たところ妊娠していて髪は前より短かったが、かつての親友は昔と同じだった。教会から人がいなくなり、親族だけが残るまで、十人以上の参列者が足を止めてヘイリーを抱きしめ、キスし、握手した。母のリーナがふいにこちらを向いてにらみつけたが、ヘイリーは気づかなかった。目に涙があふれていたからだ。

ドアが閉まる音がしたとき、ヘイリーは、棺を動かして墓地へと運ぶ前に親族だけの時間が与えられたことに気づいた。これからどうなるのか予想はつかないが、一つだけわかっていることがある。今度は逃げないということだ。

リーナは礼儀を装おうともしなかった。教会の中が親族だけになると、彼女は立ち上がってヘイリーを指さした。

「今ごろ戻ってくるなんて、いったいどういうつもり？　中身と同じで外見も尻軽そのものだわ」

ヘイリーは席から立ち上がり、通路に歩み出た。そして眉を上げて母を見つめた。

「父の葬儀に来ただけよ。外見のほうは、両親の遺伝子を受け継いでいるわけだから、気に入らないなら自分を責めるしかないわね……大事なママ」

リーナは驚いた。ヘイリーがこんな冷たい皮肉を言うとは。リーナはようやく自分を取り戻し、吐き出すように言った。「何をしに来たの？」

ヘイリーは母の周囲の人々を眺めた。この叔父や叔母、いとこたちは、いつもリーナのやり方を見てヘイリーへの態度を決めた。

「不思議なことに、葬儀のことを知らせる手紙を受けとったの。てっきりママからだと思ったわ。勘違いだったみたいね」

ヘイリーはバッグを手に持ち、背を向けると、出入り口に向かって通路を歩き出した。

「どこに行くの？」リーナがわめいた。

ヘイリーは足を止め、振り向いた。「そんなこと、ママが気にするとは思えないけれど」

リーナはこぶしを握りしめ、ヘイリーに近づこうとした。

しかしソールがとっさに腕をつかんで引き戻した。「放っておけ、リーナ。今はそんなことをしている場合じゃない」

リーナはソールの手を振りほどいたが、怒りがおさまらない様子だ。

「ここはおまえの来る場所じゃないわ。実の兄が埋葬されるのも待たずに逃げ出したくせに。スチュワートを殺したのはおまえよ。もう家族じゃないわ」

ヘイリーはため息をついた。「同じことを何度も繰り返すのはやめて。スチュワートが亡くなったのは……ママのせいよ」

リーナの顔から血の気が引いた。周囲の者も、さすがにヘイリーは言いすぎたと思い、口々に何かつぶやいた。

「そんなわけないでしょう。おまえがあのいまいましいブローリン家の男といっしょにいなければ――」

「違うわ！」ヘイリーは母の言葉をさえぎった。「それこそ誤解よ。ママが手出ししなければ、スチュワートはまだ生きていたはずよ」

リーナはヘイリーに殴られたかのようにひるみ、座席に寄りかかって体を支えた。「どういう意味？」

「簡単なことよ。卒業式の夜、わたしたちは別れることになっていたの。マックはカリフォルニアに出発して、わたしは反対方向に行くことになっていたわ。離れ離れになるはずだったのよ。だから二年間様子を見ようって決めたの。二年たってもまだ互いに同じ思いなら、先に進もうって話したのよ」ヘイリーは肩をすくめた。「でも様子を見るチャンスはなくなってしまった。ママがいつものように邪魔したのよ。自分が異常な憎しみにとらわれているせいで、誰でも、なんでも支配しないと気がすまなかったんだわ」

リーナは身震いした。背後にスチュワートの亡霊が忍び寄ったような気がした。

「知らなかったわ。どうしてちゃんと――」

「ママに言わなかったのかって？　娘のしあわせをいつもいちばんに考えている理解ある母親だから？　冗談はやめて。スチュワートが死んだ日、ママは本性を現したわ。わたしを妊娠したのは間違いだったんでしょう？　ママは、わたしがいらない子どもだということを生まれてからずっと思い知らせ続けてくれた。そうよ、ママ、スチュワートが死んだのはママのせい。わたしのせいじゃないわ」ヘイリーは後ろを振り返らずに教会から出ていった。

リーナはうめき声をあげ、よろめきながら親戚のほうを向いた。彼らの表情を読みとることはできなかったが、裁かれているのをまざまざと感じた。罪悪感でいたたまれなくなり、リーナはソールを押しのけて棺のほうへとふらふらと歩いていった。

ヘイリーが出ていくのと入れ違いに戻ってきた牧師は、リーナがよろめくのを見て駆け出したが、間に合わなかった。リーナは気を失っていた。

ヘイリーが教会から出たとたん、雷が鳴り響いた。完璧だ。天が号泣しようとしている。それもいいだろう。ほかの誰も泣こうとしないのだから。

ヘイリーは目も上げずに自分の車に向かって歩いていった。モーテルに戻り、一刻も早くスターズ・クロッシングから出ていきたい。今回の帰郷は無駄だった。母は今も最悪の存在だし、マックは影すら見あたらなかった。

車のドアを開けたとき、誰かに名前を呼ばれたような気がした。振り向こうとした瞬間、雨が降り出した。ヘイリーはあわてて車に乗り込み、ドアを閉めると、エンジンをかけて後ろも見ずに走り出した。今はとても過去の世界に足を踏み入れる気にはなれない。

大通りに戻り、モーテルを目指して走り出したとき、誰かが後ろから追いかけてくるのに気づいた。クラクションの音が聞こえ、ヘッドライトが点滅するのが見えた。止まれと言っているらしい。誰が運転しているのか見ようとしたが、雨脚が激しくてよくわからない。ヘイリーは止まる気はなかった。何もかもが、最後にマックと車に乗っていてスチュワートに追いかけられたときとそっくりだ。きっと親戚の誰かが、彼女が母に投げつけた言葉に言い返そうとして追いかけてきたのだろう。ヘイリーは不安な気持ちで運転し続けた。すぐ右側で稲妻が光ったとき、彼女は身をすくめ、黄色から赤に変わる直前の信号を走り抜けた。

またバックミラーに目をやると、後ろには誰もいなかった。追いかけてきたのが誰であれ、赤信号につかまってしまったのだろう。よかった。

しばらく走ってからヘイリーは車をモーテルの駐車場に入れ、できるだけ外階段に近いところに駐めた。そして傘をつかみ、キーをバッグに入れた。

「さあ、行くわよ」ヘイリーはドアを開け、傘を差しながら外へ出た。

雨が脚に打ちつける中、彼女は階段へと走り出した。ハイヒールをはいていても、ヘイリーの長い脚ならすぐの距離だ。

屋根付きの通路に走り込むと、彼女は傘を閉じて階段をのぼっていった。

バッグから部屋の鍵を取り出したとき、誰かが階段を駆け上がりながら名前を呼ぶのが聞こえた。

ヘイリーはパニックに陥った。父には半殺しの目にあわされた。叔父か誰かに同じことをされるのはごめんだ。彼女は誰なのかたしかめもせずに部屋の鍵をあけ、急いで中に入った。ドアを閉めようとしたが、手遅れだった。風でドアが内側に押し開かれ、ヘイリーはあやうく頭をはさまれそうになった。

あわててあとずさったとき、ドア口に大柄な男のシルエットが見えて、ヘイリーは凍りついた。逃げ出す間もなく、その男が彼女の名を呼んだ。

「ヘイリー……ぼくだよ」

男の顔は見えなかったが、その声はわかった。マックだ。

記憶にあるよりも肩幅が広くなり、背も高くなっているのは、何も驚くようなことではない。でも、どうして追いかけてきたのだろう？　ここでも十年分の怒りをぶつけられるのだろうか？

マックが遺族が出てくる教会の脇のドアの様子をうかがっていたとき、突然ヘイリーが正面から出てきて車へと歩いていくのが見えた。肩をそびやかした様子と緊張で体がこわばっているのを見て、また母親とやり合ったのだなとわかった。

マックはうめいた。自分のせいだ。

「ヘイリー、待ってくれ！」

しかし、彼が声をかけた瞬間、雷がとどろき、雨が降り出した。

「くそっ」マックはあわてて車に戻った。

ヘイリーはどうやら墓地に行かないらしい。あの表情からすると、あとで母親の家に行く気がないのははっきりしていた。

マックは急いで駐車場から車を出して追いかけた。信号のところで追いつきそうになったが、ヘイリーは黄色の信号を走り抜け、止まらなかった。昔と変わらない。マックはそっとほほえんだ。ヘイリーは前から車を飛ばすタイプだった。

信号が緑に変わるやいなや、マックはアクセルを踏み込んで交差点を抜けた。スターズ・クロッシングにはモーテルが二つしかない。町のこちら側にあるのは一軒だけだから、ヘイリーはそこに泊まっているに違いない。それでも、モーテルの駐車場に入ってヘイリーが階段を駆け上がるのを見たとき、マックはほっとした。

「やっぱりそうだ」マックはヘイリーの車の隣に車を駐めた。階段まで行ったとき、ヘイリーはもう階上にいた。「ヘイリー！　待ってくれ！」マックは大声で呼びかけながら階段を一段飛ばしでのぼっていった。

角を曲がったとき、ヘイリーはちょうどドアを開けて中に入ろうとしていた。

マックは閉まる直前のドアを止めようとして飛び出した。ところが手のひらにドアがぶつかって内側に開いてしまった。ヘイリーの顔を見て初めて、怖がらせたことに気づいた。「ヘイリー……ぼくだよ」

ヘイリーは体を震わせた。すると、体から緊張が抜けていくのがわかった。美しい唇の端が上がったかと思うと、ヘイリーらしい皮肉が出た。「ノックしてくれればよかったのに」

「ごめん……すまなかった……。驚かせるつもりはなかったんだ」

「親戚がわたしを縛り首にしに来たのかと思ったわ」

事故の夜にヘイリーの身に起きたことを知って、マックはまだ動揺していた。実の父にあんなふうに殴られたと思っただけで、全力でヘイリーを守ってやりたくなった。

「ぼくがそんなことはさせない」

ふいに風が吹き抜け、屋根の下に立っているにもかかわらず、うなじに雨がかかった。マックは身震いした。

「入ってもいいかな？」

「教会で騒いだ罪で、警察に突き出すつもり？」

「とんでもない。打ち明けたいことがあるんだ」

ヘイリーは顔をしかめ、あとずさった。

「それなら入って、ドアを閉めて。凍えそうだわ」

マックは中に入って上着を脱ぎ、ノブにかけた。

ヘイリーは椅子の背に服をかけている。

「びしょ濡れですまない」

その声はヘイリーの耳にも届いたが、彼女はマックの外見に気をとられていて、ろくに聞いていなかった。彼の体はしなやかでありながら、たくましい。腕と肩の筋肉に白いシャツが張りついている。濡れたウールのグレーのスラックスが筋肉質の長い脚にまとわりついている。歩き方からすると、あの怪我はもう治ったようだ。

「聞いてくれ……」マックはそう言って口をつぐんだ。

ヘイリーはまばたきした。「聞いているわ」

「きみに手紙を送ったのは、ぼくだ」

ヘイリーの目が驚きで丸くなった。「あなたの仕業だったの？　どうして？」

マックは上着のところに戻り、内ポケットから紙の束を取り出して彼女に渡した。

「これのせいだ」

ヘイリーはそこに書かれた筆跡を見て息をのんだ。

「わたしの手紙？　どういうこと？　これを書いたのは十年前よ。あなたは返事をくれなかったわ。今さら何を言うつもり？」

「先月、母が亡くなったんだ」

ヘイリーは顔をしかめた。「それはお気の毒に」

彼女は自分が本気で言っていることに気づいた。マックの家族は仲がよかったのを覚えている。「お父さんにお悔やみを伝えてちょうだい。でも、それがこのこととなんの関係があるの？」

今度はマックが驚く番だった。「ヘイリー、父は十年前に死んだよ。ぼくが退院して数日後のことだった」

ヘイリーはショックを受けた。「知らなかったわ。ごめんなさい。でもやっぱりわからないの、それがこの手紙とどんな関係が――」

「ぼくは建築業を営んでいる。両親の家を売りに出せるよう、改装しているんだ。この手紙は、母の私物の中にあるのを見つけるまで、一度も見たことがなかった。それが一カ月ほど前のことだ。手紙は黄色いリボンで結んであった……未開封のまま」

ヘイリーは息をのんだ。「まさかあなたは――」

「一度も読まなかったし、きみから手紙が来ていたことすら知らなかったよ。お兄さんが亡くなったせいで、きみがぼくに腹を立てていると聞かされた。それに、もうフットボールができなくなった負け犬とは関わりたくないから町を出たとも聞いた」

集中治療室での夜のことや、マックの家族に彼と会わせてほしいと頼んだときのことを思い出すと、苦痛がナイフのようにヘイリーの胸を切り裂いた。

「嘘だわ。わたしは、あなたはわたしと手を切りたいと言っていると聞かされたわ……。選手生命を絶たれたのは、わたしのせいだと思っているって」

マックは首を振った。「この手紙を見つけたあと、姉たちを問いただして、やっと真実を聞き出すことができたんだ。きみを捜したいと思ったが、あまりにも時間がたっていたから、きみはもう先に進んでいるかもしれないと思うと怖かった」

彼はヘイリーの手に視線を落とした。指輪はなかったが、それはなんの証拠にもならない。

「きみは先に進んだのか？」

ヘイリーは喉のかたまりをのみ込んだ。

「わたしには仕事があるわ。友だちもいる。でもベッドで寝るときは一人よ」

マックはうなり声をあげた。もう我慢できなかった。次の瞬間、彼はヘイリーを抱きしめていた。

「すまない、ヘイリー。きみの身に降りかかったことをすべて……きみは一人で乗り越えたんだね。ぼくは知らなかった。神に誓って知らなかったんだ」

ふいにヘイリーの目に涙があふれた。マックの声のやさしさ、そして抱きしめる腕のぬくもりと強さに、何も感じないふりをすることはもうできなかった。

マックはヘイリーをぎゅっと抱きしめた。二人が失ったものへの怒りでこの瞬間をだいなしにしたくなかった。彼はヘイリーの顔を両手で包み、顔を寄せて唇で唇をかすめると、頬へと滑らせて涙を味わった。

「ああ……スウィートハート……泣かないでくれ。きみの涙を見ると苦しくてたまらなくなる」

ヘイリーは弱々しく息を吸い込み、目を上げた。年月を経てたくましくなったけれど、マックは昔と変わらない。未来に何が待っているかはわからないが、これは十年遅れてようやくやってきたひとときだ。「今まで長かったわ。長すぎたぐらい。あなたは結婚したの？」

マックは首を振った。

ヘイリーは彼の腕の中から抜け出したが、離れようとはしなかった。そしてワンピースのボタンをはずし始めた。「わたしのためにこうしたいの。あなたの未来を縛りつける気はないわ。いいかしら？」

マックは胸がどきりとした。だが、ためらいは消えた。すぐに彼はヘイリーの手を押しのけてボタンをはずし始めた。ワンピースは一瞬で肩から落ち、ヘイリーの足元に漆黒の池を作った。マックはブラジャーへと手を伸ばしたが、その手を止めてしばらく無言で心ゆくまで胸を眺めた。

ヘイリーはもう待てなかった。下着を脚から引き抜き、背中に手をまわしてブラジャーのホックをはずす。すべてがワンピースと同じく床に落ちると、彼女はそっと息を吐いた。これで自由だ。二人の過去を含め、すべてのものから自由になった。

マックが服を脱ぎ出したので、ヘイリーは胸がどきどきした。脚を見ると、引きつれた長い傷が腿の真ん中から膝の下まで続いている。彼が失ったものを思うと、ヘイリーは後悔に胸を突き刺されるような気がした。

マックはそんな彼女の思いを読みとった。「いいんだ」うなるように言うと、彼はヘイリーを抱き上げてベッドへと運んでいった。

ヘイリーは身震いした。なんて長かったのだろう……。夢でしか味わえなかったものを、ようやく味わうことができる。

マックは隣に横たわり、彼女の首のくぼみに顔を埋め、香水のにおいを吸い込んだ。その香りは、つけている女性と同じく魅惑的だった。

「いいにおいだ。感触も最高だよ。夢を見てるみたいだ」そうつぶやくと、彼はヘイリーの全身をキス責めにした。

やがて彼女は欲望に負けて身をくねらせた。

マックが体を起こすと、ヘイリーの脚は自然に開いた。鋼のような高まりが滑り込んできたとき、彼女はあえいだ。だがそれは痛みのせいではなかった。欲望だ。

「マック、もっとちょうだい」

高まりはさらに奥に入った。

ヘイリーはうめいた。

「もっと激しくして……お願い」

コンクリートにあたって跳ね返る弾丸のように、二人の体はぶつかり合った。ヘイリーは頭がベッドのヘッドボードにあたるのを感じた。たまらなく熱い感覚に襲われたが、まだ足りなかった。

一分が二分、三分になり、やがてヘイリーの目の裏に明るい光が点滅し始めた。クライマックスの波にすべてをさらわれ、理性は狂気に屈した。頭が空っぽになるほどの快感の波が次から次へと押し寄せ、蜂蜜のようにゆっくりと体中の神経と筋肉をおおい尽くしていく。ヘイリーはすっかり力を失い、震えながら空気を求めた。

マックは最後の瞬間まで快感に抵抗したが、ふいにヘイリーの体が甘く溶けたとき、自制心を失った。彼女の脚はマックの腰に巻きつき、手は彼の首に絡みついている。マックはヘイリーの中で、心臓も止まるような強烈な感覚にのみ込まれて正気を失った。

この瞬間が永遠に続けばいいと彼は願った。

ヘイリーがうめくのを聞いて、マックの中のすべてが解き放たれた。そして、その体が跳ね上がり、頭の中が真っ白になった。

一つ息をする間に十年間の思いと後悔はかき消え、二人は互いの腕の中でぐったりと震えた。

マックはヘイリーを抱いたまま横向きになった。彼女が動こうとしたので、マックはさらに奥に入り、できるだけ深く身を埋めようとした。

「だめだ。まだ離さない。ここに来るまでずいぶん待ったんだ。追い払おうとしても無駄だよ」

ヘイリーは彼の豊かな髪を指でかき上げ、頭の後ろに手をまわして自分の胸の上に彼の頬を引き寄せた。

「あなたに無理やり何かをさせたことなんかないわ」

「それはどうかな」マックは身動きしてヘイリーと視線を合わせた。

「何かあったかしら？」

マックはかすめるようにやさしく唇にキスした。

「ぼくをとりこにした」そうささやくと、彼はヘイリーの鼻の頭にキスした。「きみに恋した」今度はまぶたにキスした。「一度だけじゃない」次はもう片方のまぶただ。「何度も」

ヘイリーはため息をついた。今この瞬間、このベッドで、またやり直せるだろうか。この十年がなかったふりができるだろうか。

「何を考えているんだい？」

「わたしたちが失った十年のことよ。取り戻せるかしら？」

マックは首を振り、肘をついて体を起こすと、人差し指で彼女の唇の形をたどった。

「いや。その十年はもうなくなったものだ。ぼくがほしいのは、これからのきみの人生だ。だが、きみがゆっくり進みたいと言うならそうしよう。きみに望むのは、ぼくを締め出さないでほしいということだけだよ」

ふいにヘイリーの目に涙があふれた。「事故の夜、あなたのお母さんに言われたわ。家に帰れ、ここはあなたのいるところじゃない……わたしたちといっしょにいるのはおかしいって。だから言ったの。わたしには家なんかない、唯一帰れる場所はあなただけなんだって」

マックはため息をついた。その言葉の痛々しさに体を刺されるような気がした。

「本当にすまない。きみの身に起きたことは変えられないが、未来は変えられる……もしきみがそうさせてくれるなら」

「わたしにはわからないわ。でも、たぶんだいじょうぶ。さっきも言ったけれど……わたしが帰る場所はあなただけだから」


ヘイリーが腰に脚を巻きつけてきたので、マックは彼女の中で息を吹き返した。その感覚はまるで媚薬のようだ。

「もう一度、いいかい？」

ヘイリーは官能的なまつげの下から彼を見上げ、ほほえんだ。「ええ、いいわよ」

5

ようやく夜が訪れ、地獄のような昼に終止符が打たれたが、リーナの悩みは終わらなかった。あの事故の夜、ヘイリーとマックが別れるつもりでいたことを知って、彼女はショックを受けていた。頭から〝もし〟が離れない。ヘイリーが卒業した夜、もしあんなふうに怒りにまかせて行動していなかったら？　もしスチュワートにヘイリーを連れ戻しに行けと言わなかったら？　そうしたらスチュワートは今も生きていただろう。しかし、すべてをたどればその元となっているのは一つの事実だ。もしトム・ブローリンがクロエではなくリーナを選んでいたら、こんなことは何も起こらずにすんだだろう。

リーナは家の中を歩きまわり、丁寧にたたんでソファの腕にかけてあるアフガン編みの毛布のしわを伸ばし、ひだがきれいに出るようにカーテンを直し、ソファのクッションをふくらませると、一歩下がって部屋の整い具合をたしかめた。

すべてが完璧だ。彼女の人生をのぞいて。人生はあまりにも混沌（こんとん）としていて、彼女もその中に引き込まれそうだ。掛け時計を見たとき、最初に頭に浮かんだのは、ガス工場で働くジャドの帰りが遅いということだった。そのときリーナは思い出した。ジャドはもう二度と家に戻ってこない。彼女がそう仕向けたのだから。

リーナは歯をくいしばり、部屋から出た。もう寝る時間だ。決まった時間に決まったことをすることで、彼女は日々をやり過ごしていた。一人暮らしになったからといって、だらしなくするのはいやだ。

シャワーを浴び、歯磨きをしてデンタルフロスを使うと、顔と首にナイトクリームを塗ってナイトガウンを着た。彼女は鏡を見ようとしなかった。未亡人なのだから、外見などもうどうでもいい。リーナは自分にそう言い聞かせていた。しかし、自分自身と自分がしでかしたことを直視できないというのが真実だった。

バスルームを出ようとした彼女は、ジャドの睡眠薬に手を伸ばした。夫は何年も不眠症に悩まされていた。リーナは眠れないことなどほとんどなかったが、今夜は早く寝てすべてを忘れたかった。錠剤を二つ口に入れ、水で流し込む。ベッドに入って間もなくリーナは眠りに落ちた。夢に出てきたのは彼女の過去だった。

緊急救命室は混乱していた。夢の中で、ブローリン家とショア家は隣同士にいて、奇跡が起きますようにと祈りながら、医師が息子たちの手術に尽力するのを見守っていた。

スチュワートの怪我（けが）がどの程度のものなのか、医師が判断し、家族に伝えた。出血がひどく、頭部も外傷を受けていた。予断を許さない状態だという。医師が輸血と脳外科手術について話し合っているのを聞いて、リーナはパニックに陥った。二十年以上も秘密を抱えて生きてきたが、今になってそれが肩にのしかかってきたのだ。トム・ブローリンが息子のベッドを囲むカーテンから出てきてトイレに向かうのを見て、リーナは夫にちょっと席をはずすと言い残してあとを追った。

トムが小用を足していたとき、背後のドアが開いた。目を上げるとリーナの姿が見えた。トムは飛び上がりそうなほど驚き、毒づいた。

「何を考えているんだ？　ここは男子トイレだぞ！　出ていってくれ！」

リーナは個室のドアの下から中をのぞき、誰もいないことをたしかめてから話し出した。

「スチュワートに輸血が必要だと先生に言われたわ」

トムはうんざりした顔をしてズボンのファスナーを上げた。「それはおれの問題じゃない。リーナ、頼むから出ていってくれ」

リーナはトムの腕をつかんで振り向かせた。「それはあなたの勘違いよ。スチュワートの血液型はＡＢのＲｈマイナスなの。あなたの輸血が必要だわ」

トムは顔をしかめた。「どうしておれが責任を取らなきゃいけないんだ？　マックのことなら当然――」

「スチュワートは、あなたの息子だからよ」

トムの顔に衝撃が走り、彼は壁に手をついて体を支えた。その言葉の意味に気づいて愕然としたのだろう。リーナはそう思った。ＡＢのＲｈマイナス――トムと同じ血液型だ。

「本気で言っているのか？」

「こんなことで嘘はつかないわ。とくに……今は。息子の命がかかっているのよ」

「どうしてこれまで言わなかったんだ？」

「だって、あなたはクロエを選んだじゃないの！　わたしとベッドをともにしておきながら、クロエを選んだわ！」

「すまない。まさかこんなことに――」

リーナは怒りで顔を真っ赤にしてトムの頬を平手打ちした。「謝罪なんかいらないわ。もうじゅうぶんよ。ただ、わたしたちの息子の命を救うために血液を提供してほしいの。わたしがほしいのはそれだけよ。このことは誰にも言わないで。言ったら後悔するわよ。息子の命にかけて誓うわ。もし息子が死んだら、かならずあなたを後悔させてやる」


過去の罪が悪夢となって再現されるのを感じなが

ら、リーナは眠ったままうめいた。もしトムと実際にこんな会話を交わしていたら……もしかしたら……。

家の横を通った車が突然大きな音をたてたので、リーナははっとして目覚めた。心臓が早鐘を打ち、ナイトガウンは汗びっしょりで、肌は赤く上気している。

夢の内容に心を乱された彼女は、起き上がってベッドの端に腰かけ、飲み物を取りに行くことにした。だいじょうぶ、こんなことはすぐに忘れられる。いつもと同じように、悩みを解決すればいい。家の中を歩いていると、家まで送ってくれた葬儀業者が置いていったお悔やみ状の束が目に入った。花と料理を持ってきてくれた人たちに礼状を送らなければいけない。

明日やらなければならないことができたことに満足し、リーナは飲み物を持ってベッドに戻ろうとした。そのとき部屋の奥の鏡に映った自分の姿がちらりと目に入った。暗闇の中で遠くから見ると、それはヘイリーに似ていた。娘と自分が似ていると思ったのはそれが初めてだ。リーナはそれがいやだった。下火になっていた怒りがいっきに燃え上がった。あんなに冷たい、心のないあばずれを産んでしまったとは。親に感謝の気持ちすらない娘という重荷を、どうして自分が抱えなければならないのだろう？

教会でマックを見かけたが、あの男は墓地には来なかった。なんでもないことかもしれない。雨が降り出したからしかたがないだろう。最初は墓地に行くつもりでも、葬儀のあと気を変えて帰宅した人もたくさんいたはずだ。その人たちを責めることはできない。

けれども、ヘイリーがさっさと帰ったこととマックが姿を消したことがリーナの疑いをかき立てた。娘を思いどおりに動かすことができないのは昔も今も変わらないが、あの二人がまた会っているのを見るぐらいなら死んだほうがましだ。自分の娘とトムの息子が、自分とトムにはかなわなかった強い絆で結ばれているのを見るのは残酷な運命のいたずらに思えた。こんなことはとても耐えられない。ベッドに戻ったものの、もうぐっすり眠ることはできなかった。眠りから覚めてはうとうとし、はっとして飛び起きるのを繰り返した。トムとジャドがベッドの足元に座り、責めるようにこちらを指さしているのを見たような気がしたのだ。

ゆっくりと目覚めたマックは、まずなじみのない香りに気づき、ベッドにいるのが自分だけでないことを思い出した。彼は目を開けた。

隣にはヘイリーがいて、片手を頬の下に入れ、もう片方の手を彼の腕に置いている。眠っていても彼から離れたくないのだ。マックは静かに息を吐き、心ゆくまでヘイリーを眺めた。こんなことになったのが信じられない。長い間ずっと彼女に嫌われたと思っていた。ヘイリーもまた同じことを吹き込まれ、彼に嫌われていると思い込んでいたとは。夜の間、二人は寝入っては目を覚まし、愛し合い、また互いの腕の中で眠りに落ちた。だがあれは、果てしなく続く熱いセックスだけの夜ではなかった。破れたハートと傷ついた魂を癒やすための夜だった。

ヘイリーのまぶたが震え出すのが見えたので、もうすぐ目覚めそうだと感じた。朝から愛し合うことを彼女がどう思うかわからなかったが、答えはすぐにもわかるだろう。マックは片肘をついて体を起こし、ゆっくり目覚めさせようと思ってかすめるようにキスした。ところがヘイリーは手を伸ばして彼の頭を両手で抱き、自分のほうへと引き寄せた。思ったより早くから目を覚ましていたようだ。

「あんな貧弱なキスで、わたしが満足すると思うの？」ヘイリーはけだるく言った。

マックは笑って彼女の上になり、腰の下に手を滑り込ませた。

ヘイリーが脚を開いた。

彼は中に入った。

ヘイリーは彼の腰に脚を巻きつけた。「これがあなたの望み？」

「きみが与えてくれるものは、なんだってぼくの望みだ」

「なんの約束もできないけれど、好きなだけ奪っていいわ」ヘイリーはそうささやくと、誘惑するようにゆっくりとほほえんだ。

マックが動き始めると、ヘイリーの官能のボタンはすべて押され、情熱の目盛りは最高レベルへと跳ね上がった。

一時間以上もたったあと、二人はようやく服を着て朝食をとりに行くことにした。

「噂の的になると思うけれど、覚悟はいいかしら？」ヘイリーが言った。

「どういう意味だい？」部屋から出て階段を下りながら、マックはきいた。

「二人でいっしょに店に入って朝食を食べていたら、きっと昨夜はいっしょだったと思われるわ」

「実際そのとおりだ。ぼくたちは大人だ。自分たち以外の誰にも釈明する筋合いなんかない。それに、そんなことでうるさく言うような人はもう誰も残っていないよ」

「わたしの母がいるわ」

マックは肩をすくめた。「噂は、しょせん噂でしかない。両親の家の改装を終えたら、ぼくはフランクフォートに戻るつもりだ……できればきみを連れて」

ヘイリーはにっこりした。マックがこのモーテルから出たあとの話をしたのは初めてだ。「そこが仕事の拠点なのね？」

「自宅を仕事場にしている。同時に三つのプロジェクトを担当できるよう、三人のスタッフを抱えているんだ。今、一人はサヴァナに、一人はフランクフォートに、もう一人はアラバマにいる」

彼の車へと案内されながら、ヘイリーは考え込んだ。車に乗り込むと、彼女はまた質問した。

「あのとき選手としてのキャリアがだめになったことに……怒ったの？」

マックは顔をしかめると、ヘイリーの手を取ってぎゅっと握りしめた。「ハニー、あのときのぼくがどんな気持ちを抱いたにしろ、それはきみとは関係なかった」

「でも、あの事故はうちの兄が――」

マックの顔つきが暗くなった。「あいつのせいで、きみも死にそうになった。そのことは絶対に忘れない」

「わかったわ。この話はもうおしまいにしましょう。次の質問よ。スポーツ選手からどうやって建築業者になったの？」

駐車場から車を出しながらマックはにやりとした。

「ヘイリー、ぼくを見てくれ。身長は百九十センチ以上で、体重は百キロを超えていて、体は筋肉のかたまりだ。だが右脚は不自由だし、料理の才能はない。つまり……ぼくは神がくれたもの――体格と筋肉を利用したんだ。大学に戻ったあと、父の古い友人に雇われて実習生として建築現場で働いた。体力はあったし、脚のいいリハビリにもなったよ。そこでこの仕事が自分に向いているとわかったんだ。向いているだけじゃなく、得意でもあった。それからいろんなことがつながって、今こういう仕事をしている。きみのほうはどうなんだい？　理学療法士を選んだ理由は？」

ヘイリーに迷いはなかった。研修を始めた日に劣らず今もその理由には確信があった。過去に起きたことへの罰を自分に与えたのだ。その仕事が好きだとわかったのは、いわばボーナスだった。

「あなたに起きたことが理由よ。あなたと同じように、得意だし、結構好きでもあると気づいたの」

マックは胸がふくらむような気がした。少女から大人になった恋人を愛する理由がまた一つ増えた。

「きみの選択に感謝している人がたくさんいるだろうね」

状況を誤解していないことをたしかめたくて、ヘイリーはまっすぐ彼の顔を見た。「ええ、いるわ。でも、この仕事はどこにいてもできるの」

マックのほほえみが大きくなった。「それは、ぼくたちの関係を新しくしたいと思っていることをきみなりに表現したと考えていいのかな？」

中に何があるかもわからないまま真っ暗な水に飛び込むようなものだと思ったが、ヘイリーはマックを信じていた。彼女にとってはそれだけでじゅうぶんだ。「ええ、そうよ」

「ぼくはしあわせな男だ」マックは〈マーサズ・ダイナー〉の駐車場へと曲がり、車を止めてエンジンを切った。そして身を乗り出してヘイリーの唇に強くキスした。

彼女はため息をついて体を離した。「これはなんのキス？」そう言いながらも、胃がひっくり返りそうな気がした。

マックは彼女の手を取った。筋肉の力強さを感じながら、これまでの人生でヘイリーがおこなってきた善行について考えた。「キスできるからキスしたんだ。さあ、もうおしまいだ。死にそうなほど腹が減ってる」

ヘイリーはにっこりした。「あなたって飽きない人ね」

「それを忘れないでくれ」マックはゆっくりと言った。「食事が終わったら……きみは何をする予定だい？」

ヘイリーの決意は揺らがなかった。これだけはやり遂げなければならない。「母に会うわ。あなたの家族との間の確執がなんだったのか、わたしたちには知る権利があると思うの」

マックは顔をしかめた。ヘイリーがまた傷つくことを考えたくなかった。「過去をそのままにしておきたいとは思わないんだね？」

「母が息をしているかぎり、わたしたちは母の憎悪にとらわれたままだわ。誰が敵なのか、その敵がどこから攻めてくるのか、知っておきたいの」

マックはほほえんだ。「言いたいことはわかったよ。そうだな……きみの親なんだから、自分で決める権利がある。その前に食事だ」

マックは彼女の手を握り、レストランへと歩いていった。

マックとヘイリーが〈マーサズ・ダイナー〉に現れていっしょに朝食をとったという噂は、すぐにリーナの耳に入った。どうしてそんなことになったのかは、すぐにぴんときた。喪に服すべきときに娘がしていたことを考えると、リーナは怒りで気分が悪くなった。こんなのは公平ではないし、正しくもない。ヘイリーは償いをしなければいけない。

さらに悪いことに、リーナの耳に、間違った思い込みを叱り、死に追いやったことを責めるスチュワートの声が聞こえてきた。現実でないことはわかっていたが、その声を頭から追い払うことができなかった。頭を空にしようとして床をモップで掃除したが、だめだった。トムとジャドが、別々に、あるいはいっしょに、部屋を出たり入ったりしている。そして、きれいにした床一面に足跡をつけていくのだ。

言葉は何一つ通じず、二人のせいで掃除はどんどん大変になっていくばかりだった。

「二人とも死んでるのよ！　もうこの世にはいないんだから、わたしのことは放っておいて！」


その日は寒かったが空は雲一つなかった。ヘイリーはジーンズと白いケーブル編みのセーターを選んでよかったと思った。濃紺のピーコートの裾が膝の裏にあたるのを感じながら、彼女は母の家の階段をのぼってベルを鳴らした。マックは壁にペンキを塗るために家に戻った。あとで再会するのが今から待ちきれなかった。

硬材の床に落ち着いた足音が響くのを聞いたとき、ヘイリーは幻想を捨て、母との対面に向けて自分を奮い立たせた。家の中に入るまでもなく、室内がちり一つなくぴかぴかに磨かれていることはわかっていた。見る分にはいいけれど、冷たくて人を寄せつけない家。ちょうど母と同じように。

ドアが内側に開いたとき、母の顔にショックが走ったのが見えた。驚いたことに母は一歩下がって手招きした。

「入りなさい」

ヘイリーは母の気が変わらないうちに中に入り、コートを脱いで椅子の背にかけた。

「ハンガーにかけてあげるから貸して」

「気にしないで。すぐに帰るから」

リーナは警戒するように目を細くし、顎を上げた。

「座る時間はあるの？　それとも、また立ち話で終わらせるつもり？」

ヘイリーはにっこりとした。「ママったら……冗談を言っているみたいに聞こえるわよ。ユーモアのセンスがあるとは知らなかったわ」

リーナは唇を引き結び、前で両手を握りしめて、苦痛の種でしかない娘に真正面から向き合った。

「なんの用？　どうして来たの？　喧嘩をするつもりなら、わたしはそんな気分じゃないわ」

しげしげと母を見つめたヘイリーは、左目の周囲の筋肉が引きつっていること、両手を握ったり開いたりしていることに気づいた。今にも怒りが爆発しそうな様子だ。意外にもヘイリーは母に共感した。二人の間にこれまで愛があったためしはなかったが、母が夫を亡くしたばかりなのを忘れてはいけない。同情するのはむずかしいけれど、せめて少しぐらい理解は示したい。

「ごめんなさい。喧嘩を売るつもりはなかったの。町を出る前に話したかっただけよ」

「あら、出ていくの？」

「すぐにね」母の声に安堵がにじむのを聞きとって、ヘイリーは笑いたくなるのをこらえた。彼女はクッションのきいた椅子に腰を下ろし、母がソファに座るのを待った。

「で、何を話したいの？」

「ブローリン家と仲が悪かったのはどうして？」

リーナは体をこわばらせた。「おまえには関係ないことよ」

ヘイリーは身を乗り出し、膝に肘をついた。「でも……わたしも巻き込まれたわ。ママがみんなを巻き込んだのよ。向こうの家族との間に憎しみがあるのは、誰の目にもはっきりしていたわ。マック・ブローリンは名字をのぞけば悪いところなんか一つもないし、そんなことで人を憎むのは間違いよ。わたしはもう子どもじゃないわ。わたしもマックも、理由を知る権利があると思うの」

リーナは鼻の穴をふくらませた。頭に血がのぼるのを感じ、どんなに抑えようとしても声のトーンが高くなってしまった。

「あら、〝わたしとマック〟が復活したのね。おまえがあの男と一夜を過ごしたのは知ってるわ」

ヘイリーはうんざりした顔をした。「やめてちょうだい。わたしは二十八歳でマックは三十歳よ。二人とも未婚だし、わたしが彼とベッドをともにしようがどうしようが、さっきの質問とはなんの関係もないわ」

リーナはいきなり立ち上がった。「それはわたしだけが知っていればいいことよ。過去のことをほじくり返してもしかたないわ。わたしがどういう気持ちになるか知っているのに、おまえはまた汚らしいことを続ける気なのね」

ヘイリーは立ち上がった。「ママは心がねじまがっているから、マックとわたしが互いに抱いている気持ちを〝汚らしい〟なんて言えるんだわ。いいことを教えてあげましょうか？　たとえどんなにママがいやがろうと、マックはいつか義理の息子になるかもしれないわよ」

リーナは金切り声をあげ、両手で顔をおおった。

「やめて。そんなこと、聞きたくないわ。さっさと出ていって！」

ヘイリーはコートを着てドアへと向かった。「もう行くわ。でも、これで終わりじゃないから。ママのせいでわたしたちは人生をつぶされそうになったのよ。だから理由を知りたいの。ママの口から聞いてもいいし、ほかの誰かから教わったってかまわない。もうママの言いなりにはならないわ。それから一つ言っておくわね……パパとの間に本当の愛情を感じたことは一度もなかったけれど、ママが夫を亡くしたことは気の毒に思うわ」

ドアを閉め、階段を半分ほど下りたところで、母の叫び声が聞こえた。うなじの毛が逆立ったが、ヘイリーは足を止めなかった。車に乗り込んで走り出してからも、さっきの叫び声がどれほど狂気にあふれていたか、考えずにいられなかった。まるで突然背後に亡霊が現れたかのように体が震えた。一人なのをたしかめたくて、彼女は思わずバックミラーをのぞき込んだ。

「ああ、戻ってからまだ一日しかたっていないのに、もうあの人のせいでおかしくなっているわ」そうつぶやくと、ヘイリーは車を大通りに向けた。

間もなくレッタと母が薬局から出てくるのが見えた。こちらに気づいたレッタは、必死に手を振って車を止めようとした。

ヘイリーは車を歩道脇に寄せ、にっこりした。レッタは歓声をあげながら、ハグしてと言わんばかりに両腕を広げている。小柄なレッタのお腹（なか）は大きかった。身長はレッタのほうが十センチ以上低かったが、こんなに歓迎されて、ヘイリーはこれまで記憶にないほど守られ愛されていると感じた。

「久しぶりね」ヘイリーはレッタのお腹を軽くたたいた。「お祝いを言わなきゃ」そしてレッタの母にほほえみかけた。「ミセス・ウッドリー、お元気そうですね。おばあちゃまになる覚悟はできました？」

レッタはくすくす笑った。「この子たちは二人目と三人目なのよ。だから、もうその喜びは知ってるの。でも今回の妊娠はビリーに負けないぐらいびっくりしたみたい」

ヘイリーは声をあげて笑った。「双子なの？　すごいじゃない。上のお子さんは何歳？」

「四つよ。ありがたいことに保育園に行っているから、わたしも正気でいられるの。あの子はビリーにそっくりよ」

「ビリーって？」

「ビリー・タイラーよ」レッタはそう言ってまたくすくす笑った。「わかってるって。何も言わないで。たしかに以前はビリーに我慢できなかったわ。でも彼、変わったの」

ヘイリーはにっこりした。「何も言わないわ」

「これからお茶を飲みに行くところなの。いっしょに来てよ。積もる話があるから」

そのときふいにヘイリーは、レッタの母ならリーナに関する疑問の答えを知っているかもしれないと思った。

「ええ、いいわ……少しなら時間があるから。ただし、わたしにおごらせて」

「喜んで」二人はそう言うと、先に立って歩いていき、小さなティールームに入った。この店もスターズ・クロッシングの変化の一つだ。

「すてきなお店ね」中に入りながらヘイリーは言った。

ミセス・ウッドリーはうなずいた。「いとこのモリーがオーナーなの。あそこに座りましょう。あそこなら静かだわ」

レッタは噴き出した。「ママ、ほかに誰もいないじゃないの」

ミセス・ウッドリーはにやりとした。「わかってるわ。だけど人が多くなってきても、あの席ならだいじょうぶよ」

ヘイリーはそのやりとりを見て後悔に襲われた。自分も母とこんな温かい関係を持てればよかったのに。大人になるまで、母とはいつも喧嘩ばかりだった。

ウエイトレスに注文を伝えると、ヘイリーはレッタの母のほうを向いた。「ミセス・ウッドリー……」

「ジュディよ……ジュディと呼んでちょうだい」ミセス・ウッドリーはそう言った。

ヘイリーはにっこりした。「わかったわ……ジュディ。少し質問してもかまわないかしら？」

ジュディはちょっと驚いたようだが、すぐに受け入れてくれた。「いいわよ。でも、二人で積もる話をするんじゃなかったの？」

ヘイリーはレッタの手をぎゅっと握った。「許してくれるわね……いつも許してくれたみたいに……

どういう質問か知ったらきっとわかってくれるわ」

「どういう質問なの？」レッタがきいた。

ヘイリーの笑顔が消えた。「うちの母のことよ」

レッタはうんざりした顔をした。「ああ、あの人のこと。わたしは何も言わないでおくわ」レッタはあきれたように両手を振り上げると、椅子の背にもたれた。

「ジュディ、あなたはスターズ・クロッシングで育ったんでしょう？」

「ええ。生まれも育ちもここ。よそに移ったことは一度もないわ」

「じゃあ、生まれたときからショア家のこともブローリン家のことも知っているわね？」

ジュディはうなずいた。

「二つの家族の間に何があったの？　母は何も言わないし、わたしが尋ねると怒るの。でも、そのせいでわたしはひどい目にあったから、何が原因なのか知りたいのよ。心あたりはないかしら？」

ジュディは顔をしかめた。「そうね……わたし自身、ずっと不思議に思っているのよ」

ヘイリーはうめき声をあげた。「そう。てっきりあなたなら――」

「でも……学生のころはみんな仲がよかったの」

ヘイリーはぽかんと口を開けた。「嘘でしょう？」

「本当よ。仲がいいどころか、リーナはトム・ブローリンに首ったけだったわ。二人は有名なカップルだったのよ。そこにクロエの家族がスターズ・クロッシングに引っ越してきて、トムはクロエ以外の女の子には見向きもしなくなったの」

ヘイリーは驚きのあまり声が出なかった。長年の憎しみの元になったのが、学生時代のなんでもない失恋だったなんてことがありえるだろうか？　普通なら、若いころの失恋なんて成長とともに乗り越えるものなのに。

「知らなかったわ」ヘイリーはやっと口を開いた。

ジュディは肩をすくめた。「高校を卒業してほぼ一カ月後に、トムはクロエと結婚したの。あなたのお母さんとジャドの結婚はもう少し早かったわ」

「信じられない」ヘイリーはそうつぶやいてレッタのほうを見た。「あなたは知っていたの?」

「まさか。もし知ってたら教えたわよ。秘密は守れないたちだから」レッタはくすくす笑った。

ヘイリーはにっこりした。「今まで気づかなかったけれど、そのくすくす笑い、久しぶりに聞けて本当にうれしいわ」

レッタの目に涙が光った。「ああ、ヘイリー。そんなこと言われたら泣いちゃうじゃない」レッタはテーブルの紙ナプキンを取って鼻をかみ、またくすくす笑った。「ごめんなさい、最近は本当に涙もろいの。それで……話題を変えるけれど、お父さんのこと、お気の毒だったわね」

「父は他人も同じよ」

レッタは顔をしかめた。「仲直りしなかったの?あの……あのとき、あんなことがあったあと……」

「父がわたしを殴ったときのこと?」

レッタはため息をついた。「あなたはなんでもはっきり言うのね。そう、あの緊急救命室の夜のことよ。あれ以来、口をきいていなかったの?」

「町を出て一年ほどたってから家に手紙を出したわ。でも返事は来なかったの。それっきりよ」

「だけど、お葬式には戻ってきたのね」

ジュディは顔をしかめた。「レッタ!　なんてことを言うの」

レッタは母の批判を手の一振りでかわした。「あら、ママ、相手はヘイリーよ。わたしの言葉の意味はわかってるわ」

ヘイリーはうなずいた。「ええ、そのとおり。十年も音信不通だったのに、なぜ戻ってきたのかということでしょう？　簡単よ。父の死と、葬儀の日時を知らせる手紙が届いたの。だから帰ってきたのよ」

「そう、お母さんがようやく心を開いてくれたのね」ジュディが言った。

ヘイリーはゆっくりとほほえんだ。「あのときはわたしもそう思ったわ。でも手紙を送ってくれたのはマックだとわかったの」

レッタは歓声をあげた。「お葬式でマックを見たわ。そして思ったの。これでようやくあなたたち二人が……。あの人、結婚していないわよ」レッタの目が大きくなった。「あなたは？」

「独身よ」

「マックと話したの？」レッタは尋ねた。

ヘイリーはほほえんだ。「二人の間にあった誤解を解いて、これから先のなりゆきを見守っているところ、と言っておくわ」

レッタは椅子の背にもたれ、大きなお腹の上で腕組みした。

「あなたたち、いずれ恋人同士に戻るわ。わたしにはわかるの。宿命の相手なのよ」

ヘイリーは首を振った。「ありがとう。予言者の言葉、感謝するわ」

二人は笑った。注文したものが届き、楽しい時間が過ぎていった。

一同がそろそろ店を出ようとしたとき、ヘイリーはもう正午近いことに気づいた。

「二人に会えて本当によかったわ。ジュディ、昔話を教えてくれてありがとう。レッタ、いい子にするのよ。そろそろ行かないと、わたしに何かあったかもしれないってマックが心配するわ」

「しあわせにね！」レッタが言った。

ヘイリーはうなずいた。「がんばるわ」

ティールームを出ると空はすっかり曇っていて、朝よりずっと寒くなりそうに思えた。

ヘイリーは車に乗り込み、町を抜けた先にあるブローリン家に向かった。マックが昼に何を食べたいかきいてみなくては。

6

ヘイリーはマックの車の後ろに車を駐め、家に向かって駆け出した。ノックする前にマックが出迎えてくれ、彼女を抱き上げて足でドアを閉めた。

笑って息ができないと思った次の瞬間、ヘイリーは壁に押しつけられ、頭がぼうっとするほど強くキスされていた。

寝室を探したくなったまさにそのとき、マックの電話が鳴り出した。

「くそっ」発信者の名前を見てマックは毒づいた。「出ないわけにいかないな。会社のスタッフからだ」

最後のキスを封じるようにヘイリーの唇に人差し指をあてると、マックはウインクして離れていった。

ヘイリーは、部屋から出ていく後ろ姿のたくましい肩や引きしまった背中を見つめずにいられなかった。

「最高だわ」マックは本当にたくましくなった。ふれられたくてたまらないほどだ。ゆっくり関係を進めようという決意はどこへいってしまったの？

マックの電話が終わるのを待っている間、ヘイリーは部屋を見てまわり、この家で育った彼の姿を思い浮かべながら、生家を売るのはどんな気持ちだろうと考えた。彼女と違って、マックはすばらしい子ども時代を送った。この家にはいい思い出がいっぱい詰まっているに違いない。

書斎らしき部屋に写真が集めてあったので、ヘイリーはその前で足を止め、笑い出した。小学校の二年生か三年生のころのマックの写真がある。片方の髪が逆立ち、歯が一つ欠けている。しかしヘイリーの心を奪ったのはその笑顔だ。この年齢でもマックのいたずらっぽい性格はありありと表れていた。

歩き出そうとしたとき、別の部屋で何かが床に落ちて壊れる音がした。どすんという音、ついでガラスが割れ、毒づく声が聞こえた。ヘイリーはびくりとし、すぐに振り向いて駆け出した。

「マック！　どこなの？」

「キッチンだ！」マックが返事をした。

廊下を右に曲がってキッチンに駆け込むと、ちょうどマックがキャビネットに背を向けてシンクの前に立とうとしていた。腕から血が流れ、ぽたぽたと床に落ちている。

「まあ！　どうしたの？」ヘイリーはマックのそばに駆け寄った。

「はしごにのぼって照明器具の金具を留めてたら、突然壊れたんだ。今ははしごも照明器具も床に落ちてる。ひびが入ってたのに気づかなかったみたいだな」

ヘイリーは傷口をよく見ようとしてマックの袖のボタンをはずしてまくり上げた。胃がよじれそうな気がした。

「マック、ひどい傷だわ。ほとんど筋肉にまで達してる」

「ほとんどってどういう意味？　ぼくはひとかどの男だ。腕は全部筋肉のはずだよ」

「こんなに出血しているのに、まだマッチョを気取りたいの？」

マックの笑顔は少し震えていたが、笑顔には違いなかった。

「どうしようもない人ね」

ヘイリーはそばのラックから食器拭き用のタオルを取り出し、傷口をしっかり縛った。そして近くの椅子からマックの上着を取り、肩にはおらせた。

「ほら、緊急救命室に行かなきゃ」

マックが一言も反論しなかったので、ヘイリーの不安はつのった。

マックを車に乗り込ませて自分もハンドルを握ると、ヘイリーは忙しく頭を働かせた。

「病院は今も同じ場所にあるの？」

マックはうなずき、座席にもたれて目を閉じた。

エンジンをかけ、私道からバックで出ると、タイヤがきしるのもかまわずにヘイリーは車のスピードを上げた。

「五体満足で病院に到着できるといいんだが」マックはうなるように言った。

「手遅れよ。もう無傷ってわけじゃないんだから」ヘイリーは言い返した。

片輪でカーブを曲がったような気がして、マックは顔をしかめた。「ぼくらの子どもは、少なくとも一人はカーレースが好きになりそうだな」

「黙って」ヘイリーはバックミラーをのぞき込んで毒づいた。「友だちが来たみたいよ。まったくこんなときに！」

　パトカーがライトを点滅させながら後ろに近づいてきたので、ヘイリーは片側に車を寄せた。

　警官が出てくる前に彼女は外に出てパトカーに駆け寄った。「マックが腕にひどい怪我をしたんです。出血がひどくて……」

　ジャック・ブラード署長はヘイリーと会うのは十年ぶりだった。昔と同じに見えるが……どこか違う。

「ヘイリーか？」

「ええ、そうです。マックが怪我したんです。病院に行かないと」

「おいおい、このままじゃいつ事故を起こしてもおかしくないぞ。車に戻って、わたしのあとをついてきなさい。病院まで先導するから」

　ヘイリーは車に駆け戻って飛び乗った。署長がパトカーのライトをつけてサイレンを鳴らしながら先に走り出したので、彼女は車をスタートさせた。

「がんばってね、ハニー。すぐに着くわ」

　食器拭き用のタオルから血がしみ出し、また腕を伝っている。血を見たヘイリーはうめきたくなるのをこらえ、スピードを上げてパトカーについていった。病院へ到着すると、医師と二人の看護師がすでに担架を用意して外で待っていた。署長が無線で連絡してくれたようだ。

　ヘイリーは屋根の下に車を入れて止めた。外に出て反対側にまわったとき、看護師がマックを降ろそうとドアを開けてくれた。

　マックが車の外に脚を出して立ち上がろうとしたので、ヘイリーは腰に腕をまわして引っ張り上げた。マックはそのとき初めてヘイリーの力強さに気づき、きっと職場では有能に違いないと思った。相当な重さなのに、担架へと連れていこうとするヘイリーは彼を持ち上げんばかりだ。

「横になって」医師がそう言った。

マックは言われたとおり脚を伸ばした。すぐに医師たちはマックを中に運んだ。

「車を動かしてくるわ。終わったらすぐに戻るから」

ヘイリーが行こうとすると、ちょうどブラード署長がやってきた。

「ありがとうございます」ヘイリーはそう言って署長に抱きついた。

ブラード署長はにやりとした。「かまわないさ」そしてヘイリーの車の中を見て顔をしかめた。「血管を切ったらしいな。何があったんだね？」

「お母さんの家で照明器具を取りつけようとしていたら、壊れたらしいんです。ちょっと車を移動させて、また戻ってきます。本当に助かりました」ヘイリーは車に飛び乗った。

「あわてるな！」ブラード署長が呼びかけた。

ヘイリーはうなずき、私道から出てそばの駐車場に車を駐めた。そして車から飛び出すと、署長の脇を駆け抜けていった。

ヘイリーが治療中のカーテンの中に入ると、医師たちはマックのシャツの袖を切り、傷口を洗浄しているところだった。

「くれぐれも傷口を――」

「ハニー、ぼくならだいじょうぶだ」マックが言った。

ヘイリーは脚が震え出すのを感じて壁に寄りかかった。マックの手当てが自分の手から離れたとたん、体中を駆けめぐっていたアドレナリンが引き始め、体からいっきに力が抜けてしまった。

「よかった。外で座って待っているわね……邪魔にならないように」

ヘイリーはよろよろとカーテンから外に出て、廊下の向かい側にある椅子にどさりと座り込んだ。誰かが来て隣の席に座った。

「久しぶりね、ヘイリー。マーナ・フィッシャーよ。よくお宅にベビーシッターに行っていたんだけれど、覚えてる？」

ヘイリーはその看護師を見てうなずいた。「もちろん、覚えているわ。元気だった？」

「相変わらずよ。お父さんのこと、お気の毒だったわね」

ヘイリーはうなずいた。

「マックならだいじょうぶ」マーナはヘイリーの腕を軽くたたいた。「あなたに会うのは卒業式の夜以来だわ。あなたたちが運び込まれたとき、勤務についていたの」

ヘイリーは身震いした。こうして緊急救命室に座っていると、いやな記憶が何もかもよみがえる。マーナがあの夜のことにふれたせいで、不安な気持ちが強くなった。

「覚えていないわ」

「それも当然よね。最悪の夜だったもの。男の子たちはひどい怪我だったわ。あなたは奇跡的に助かったのよ。二人が大変な状態なのにあなたが自力で歩いてきたことを、みんな驚いていたわ。恵まれていたのね……生き残る運命だったのよ。あなたが二人を救ったんだわ」

「スチュワートは救えなかったけれど。兄は亡くなったの」

「でも手遅れで亡くなったわけじゃなかった。あなたはやるべきことをやったわ。手術を担当した医師は天才と呼ばれていた人よ。誰もが彼を助けようとして献血したわ。スチュワートの血液型を入力していて、ＡＢのＲｈマイナスだとわかったときは大騒ぎになったのよ。めずらしい血液型だから。さいわいミスター・ブローリンが同じ血液型だったから輸血できたけれど、あなたのお兄さんを救うことはできなかったわ」

最初、その話がぴんとこなかった。だが次の瞬間、ヘイリーはいきなり立ち上がった。「ミスター・ブローリンが兄に血をくれたの？」

「ええ」

「うちの父でも母でもなく、ミスター・ブローリンが？」

マーナは自分が何気なくもらした話の意味に気づいた。彼女は顔を赤くして目をそらした。「あら、ごめんなさい。わたしったら何を考えていたのかしら。本当にこんなこと――」

マーナは飛び上がるように立って急ぎ足でどこかへ行ってしまったが、口から出た言葉はもう取り戻せなかった。

ヘイリーの頭の中ではさまざまな思いが駆けめぐっていた。母は昔トム・ブローリンとつき合っていた。そして父ではなくトム・ブローリンがスチュワートと同じ血液型だった。

「まさか、そんな」

誰かがヘイリーの腕をたたいた。「マックはこれから傷を縫い合わせるところだ。きみを呼んでいるよ」

急いでカーテンの中に戻ると、マックはこれから縫うところに麻酔をかけていた。マックの唇は真っ白で顔には血の気がなかったが、彼女が入ってくるのを見て笑顔を浮かべた。

「来てくれたんだね」彼は小声で言って片手を差し出した。

ヘイリーはありがたい気持ちになってその手を握り、そばに寄り添うと、医師が傷口を十五針も縫い合わせるのを見守った。

包帯を巻き終わり、痛み止めの処方箋をもらい、後日抜糸のための予約を入れるようにという注意を受けて、手当ては終わった。

「出入り口に車をまわすわね」ヘイリーがそう言う

と、用務係がマックのための車椅子を取りに行ってくれた。

「待って」マックが彼女の手をつかんだ。

ヘイリーは身を乗り出して彼の唇にキスし、そっとため息をつきながら体を離した。「一時はどうなるかと思ったわ」

「ぼくもだ」マックは顔をしかめてみせた。「これがどういうことかわかるかい？」

ヘイリーは包帯を巻いた彼の腕を見つめ、顔に目を戻した。外に座っている間に何か見逃したのだろうか？　一瞬心臓が止まり、また動き出した。

「どういうこと？」

「しばらくは、きみが上にならないといけないってことだ」

ヘイリーは目を見開き、やがて笑った。

「何を言うかと思ったわ。車を取ってくるから、それまでおかしなことをしないようにね」

「それじゃあ、二人でいるときにおかしなことをしよう」マックは何くわぬ顔で言った。

ヘイリーは車を取りに外へ出てからもまだ笑っていた。

神さま、今度こそうまくいきますように。

リーナはぐるぐると歩きまわっていた。もう何時間にもなる。友人が電話をかけてきて、ヘイリーがレッタとジュディといっしょにお茶を飲んでいたと教えてくれた。リーナはなんでもないと自分に言い聞かせた。あのあばずれは町を離れる前に昔の友だちと会っていただけだ。これまでの年月、秘密を守るためにしてきたことを思えば、その秘密が明るみに出そうだとは考えたくなかったし、考えるわけにもいかなかった。

けれどもヘイリーがどんなに強情か、よく知っている。答えがほしいと思えば、それが手に入るまであきらめようとはしないだろう。そんなことをさせるわけにはいかない。彼女には世間体というものがある。まともな女性は結婚という神聖な契約もなしに妊娠したりしない。そのときスチュワートが耳元でささやいた。まともな女性は嘘なんかつかないよ、まともな女性は人を殺したりもしない、と。

リーナはぴしゃりと両手で耳をふさぎ、半狂乱で振り返って彼女にしか聞こえない亡霊を怒鳴りつけた。「スチュワート、やめなさい！　知らなかったのよ！　わたしのせいじゃないわ！　教えなかったあの娘が悪いのよ！」

ヘイリーは言いふらすぞ、とスチュワートの声が言った。

リーナは叫び、花瓶を持ち上げてスチュワートに投げつけたが、そこにスチュワートはおらず、花瓶は壁にあたって粉々になった。

リーナはガラスの破片を見つめていたが、やがて深呼吸し、箒を取りに行った。

「無駄をしなければ不足も起こらないっていうからね」そして自分が散らかしたものを片づけ出した。

ヘイリーはマックを家ではなくモーテルに連れて帰った。来たときに比べれば帰りはなごやかだった。マックは休まなければいけないし、彼の家は塗り立てのペンキのにおいがするから、とヘイリーは言った。ふだんの彼なら窓を開けてにおいが消えるまで空気を入れ換えただろう。だがこれ以上不便な目にあうのはいやだったので、ヘイリーの言うとおりにした。それに大事にされるのは気分がいい。これまでただ一人愛した女性にあれこれと世話を焼かれるのは、わくわくするような新しい経験だった。

「このシャツはもうだめね」ヘイリーはマックが頭からシャツを脱ぐのを手伝い、血に染まって一方の袖がなくなったその服をベッド脇に放り投げた。

「痛み止めが効いてきたよ。頭がぼうっとする」

「あなたの頭はすてきよ」ヘイリーはキングサイズのベッドの上掛けをめくると、彼のジーンズのボタンをはずして膝まで引き下ろした。「座って」

マックは逆らわなかった。「これから愛し合うのかい？」

ヘイリーは鼻先で笑った。「そのうちね。でも今はだめ。傷口が開くといけないから」

「でも、きみが上になってくれるんだろう？」

ヘイリーはかがんで彼のブーツを順に脱がせながらほほえんだ。ジーンズとソックスも脱がせると、彼女は立ち上がった。「横になっていいわ」

マックはベッドに寝そべった。腕がマットレスにあたって顔をしかめたが、目を閉じてつぶやいた。

「きみの好きにしていいよ。ぼくのほうは準備オーケーだ」

そう言うとマックはたちまち眠りに落ちた。

ヘイリーはマックに上掛けをかけると、ジーンズとブーツを拾い上げてクローゼットに持っていった。つかの間立ち止まり、眠っている彼を見たとき、突然感情がこみ上げてきた。視界が涙でぼやけるのを感じ、ヘイリーはあわてて背を向けた。この世界でもう一人ではないという事実に慣れるのがまだむずかしかった。彼女が望むなら、この男性といっしょに人生という海にこぎ出すことができる。どうしようもないけれど、すてきで頑固なこの男性と。

コートを脱ぎかけたとき、ポケットの携帯電話が脚にあたるのがわかった。ヘイリーは今日知った事実を思い出した。電話を一本かければ、それが真実なのかどうかたしかめることができる。そんなことはやめなさいという自分の声が聞こえないうちに、ヘイリーはルームキーを持ち、最後の電話をかけるために外へ出た。

リーナは歯ブラシを持ってキッチンの床に四つん這いになり、そばに水の入ったバケツを置いて、白いタイル張りの床の目地をこすっていた。ふいに電話が鳴り、彼女はびくりとした。そのままにしておくと留守番電話に切り替わったが、娘の声がしたのであわてて電話に出た。

「もしもし？　ヘイリーなの？」

ヘイリーは顔をしかめた。母の声が変だ……ひどく興奮しているみたいだ。

「ええ、そうよ。だいじょうぶ？」

リーナは床に目を戻した。一面に足跡がついている。ジャドとトムに何度濡れた床を歩くなと言えばいいのだろう？

「だいじょうぶよ」リーナは顔にかかった髪を払いのけた。「なんの用？」

「ただ言いたかっただけよ……知ってるって」

リーナの心臓が一瞬止まった。ゆっくりと深呼吸すると、ようやく鼓動が元に戻った。

「知ってるって、何を？」

「スチュワートのこと……トム・ブローリンのことを」

リーナの耳に雑音が響き始めた。彼女は首を振り、また受話器を耳にあてた。

「人に言うようなことは何もないわ。おまえが何を言ってるのかさっぱりわからない」

「高校生のとき、トム・ブローリンとつき合っていたでしょう。二人は恋人だった。違うかしら？」

「黙りなさい」リーナの目に奇妙な光が宿った。

「あの事故の夜、スチュワートに輸血が必要になったわね。でもパパは血液型が合わなかった。トム・ブローリンが血を提供してスチュワートを救おうとしたけど、だめだったわ」

「もうやめて」

しかしヘイリーはやめようとしなかった。二人の間には嘘ばかりの年月があった。真実が明るみに出れば、二人は自由になるはずだ。

「ママ、べつにたいしたことじゃないわ」

「やめなさいと言っているのよ。おまえは絶対に人の言うことを聞こうとしないんだから。わたしが何を言ってもその逆のことをする。おまえを信用したことは一度もないわ……今もね」リーナは電話を切った。

ヘイリーを悩ませたのはふいに切れた電話でもなければ、奇妙な母の声でもなかった。だが、これで氷にひびが入った。スターズ・クロッシングを去る前に、もう一度母と話してみよう。友人にはなれないけれど、二人の間の闘いを終わらせたい。

ヘイリーは新たに知った事実を考えずにいられなかった。マックが目覚めたら、なんとか話してみよう。彼には知る権利がある。スチュワートは知っていただろうか。いや、知らないはずだ。あの母のことだから、この秘密は墓場まで持っていくつもりだっただろう——あの事故の夜までは。たぶんそのとき、母はしかたなくトム・ブローリンにこっそり教えたはずだ。トムは最初から知っていたのだろうか。子どもたちをかわいがるトムを見てきたから、実の息子を否定することは考えられないとヘイリーは思った。知らなかったのかもしれない。あの夜ほかのみんながしたように、トムも血液を提供しただけかもしれない。

そのときヘイリーははっとした。父は知っていたのだろうか？　たぶん知らなかったに違いない。ああ、なんてひどい話だろう。

真夜中にトイレに行きたくなって目覚めたマックは、なぜ腕が痛むのか思い出そうとした。そして隣で眠っているヘイリーを見て、夢を見ているに違いないと思った。そのとき彼は、この三十六時間の出来事と緊急救命室に行ったこと、痛み止めのせいで眠ってしまったことを思い出した。そのせいで頭が混乱しているらしい。

彼が身動きしたとたん、ヘイリーが目を覚ました。

「どこに行くの？」

「きみのところだ」マックは身を乗り出してキスを求めた。

ヘイリーはマックにさっとキスすると、上掛けをめくってベッドから飛び出し、彼のほうにまわって助け起こそうとした。

「ハニー、痛むのは腕で、脚じゃないんだ」

ヘイリーはまばたきした。「あら、そうよね。わたし、〝看護師モード〟で目覚めてしまったみたい。支えは必要かしら？」

「トイレなら行けるよ。でも、いっしょに来たいなら来てくれてもいい」

ヘイリーはうんざりした顔をした。「よく言うわね。一人で行ってきて。帰りに水を一杯お願い。薬をのむ時間だから」

「了解」

ヘイリーはベッドに腰かけ、手のひらに錠剤を二粒取り出すと、床に目を落とした。母の話が頭から離れなかった。母がどうしてあんなふうになったのか、生まれて初めてわかった気がした。母を突き動かしていたものは、すべて噂（うわさ）話や世間体に関係している。ヘイリーはうなだれた。もっと早く知っていればよかったと思う一方、知っていたところでどうなっただろうという気もした。マックを心から愛したことは変わらないだろう。他人のもとで育てられたのが自分でなくてスチュワートでよかった。マックと血のつながりがあるとわかったら、二人とも死ぬほど絶望しただろう。

マックがそばに来たのでヘイリーは飛び上がった。

「気がつかなかったわ」

「そうみたいだね」マックはヘイリーの手から錠剤を取って口に入れ、持ってきた水で流し込んだ。「うまい」二つ目をのみ込みながら彼は言った。「昼を食べそこねたからな……夜も」

ヘイリーは考え込んだ。「食べ物ならあるわ」そしてバッグを持ってくると、買っておいたジャンクフードをベッドの上に広げた。「食べて」

マックは中身をより分け、ピーナツバタークラッカーとスポンジケーキを選んだ。「炭酸飲料はないよね？」

「廊下の先に自動販売機があったわ。硬貨ならあるわよ」

「冗談だよ、ヘイリー。水でいい。外には出ちゃだめだ。ひどく寒いから」

ヘイリーは足を止めた。「本当にいいの？」

「もちろんだ。それはともかく、何かあったのかい？　きみのことならよく知ってる。ぼくのこと以外の何かで悩んでいるみたいだ。またお母さんと喧嘩したのか？」

ヘイリーはため息をつき、マックの隣に腰を下ろした。そして彼の手からピーナツバタークラッカーの袋を取って破り、何も考えずにまた彼に返した。

マックはにっこりした。ヘイリーはプロだ。悩みがあっても〝看護師モード〟のままなのだ。

「ありがとう」マックはやさしく言って食べ始めた。

「わたしたちの両親がなぜ仲が悪かったのか、その理由がわかったの。母がなぜあなたの家族を憎むのか知っているのよ」

「本当に？」マックはクラッカーに手を伸ばして口に放り込み、噛み砕いた。「どうして？」

「うちの母とあなたのお父さんは、高校生のときにつき合っていたの。スチュワートはあなたの腹違いの兄だったのよ」

マックは息を詰まらせ、咳き込みながら水に手を伸ばした。

ヘイリーは待った。マックがどんな気持ちか、よくわかる。

「なんだって？」ようやく息ができるようになると、彼はそう言った。「なぜわかったんだ？　本当なのか？」

「あの事故の夜、あなたのお父さんがスチュワートの命を救うために血液を提供してくれたの」

「あのときは大勢の人たちが献血した。きみの言っていることは――」

「スチュワートの血液型はＡＢのＲｈマイナスよ。あなたのお父さんと同じだわ」

マックは凍りついた。なんということだろう。

「ジャドの血液型は――」

「ＯのＲｈマイナスよ……わたしと同じ」

「きみのお母さんは？」

「ＯのＲｈプラスだわ」

「信じられない」

ヘイリーはマックを見つめ、ため息をついた。

「わかるわ」

「なぜだ？」そう言ってから彼は顔をしかめた。

「いや、理由はわかった。ぼくがききたいのは――」

「うちの母とあなたのお父さんは昔つき合っていて、高校生のときはかなり仲がよかったらしいわ。そこにあなたのお母さんが引っ越してきた。そのあと、お父さんはお母さんしか目に入らなかったみたい」

「誰にきいたんだ？」

「レッタのお母さんのジュディよ。今朝二人といっしょにお茶を飲んだんだけど、そのときにいろいろ質問してみたの。両親が高校生だったころのことを何もかも教えてくれたわ。それから今日、あなたが傷を縫ってもらっていたとき、昔わたしのベビーシッターをしていた看護師さんが来て、あの事故の夜の話をし始めたの。それで、あなたのお父さんの血液型のことをぽろりともらしたのよ。それを言った瞬間、彼女は動揺して立ち去ったけれど、そのときすべてがわかったの」

「きみのお父さんは知ってたんだろうか？」

「きっと知らなかったと思うわ。父は苦しみを我慢するような人じゃないから」

「これからどうするつもりだ？」

「とくに何も。でも、これでやっといろいろな謎が解けたわ。母にとっては父は代用品だったのよ。そしてわたしは……どうでもいい存在だった。母のことは気の毒に思うけれど、かといって仲よくしようとは思わないわ。それに母は世間体にこだわるタイプだから、わたしが正しいと認めたら、良妻賢母という仮面が使えなくなってしまうわ」

「きみは悲しんでるのか？」

「何を？　状況は何も変わらないのよ。ただし、わたしたちのことだけは別ね。それを悲しいと思うことは絶対にないわ」ヘイリーはにっこりして少しだけマックに寄りかかった。「スポンジケーキも食べて。あなたは体を休めなきゃ」

「袋を破ってくれるかい？」

ヘイリーは鼻先で笑った。「わたしが上にならなきゃいけないのなら、だめよ」

マックはにやりとした。「ああ、きみといっしょに年を取るのはさぞかし楽しいだろうな」

ヘイリーは笑い出したが、その笑いは涙となって終わった。マックは狼狽（ろうばい）した。ヘイリーはため息をつき、スポンジケーキを一つ取った。

「あなたのせいじゃないの。自分が悪いのよ。今日一日でショックが多すぎたわ……あなたがまだわたしを求めていることを含めて」ヘイリーはスポンジケーキを上げてみせた。「わたしたち二人に乾杯」

そしてマックが持っているスポンジケーキに自分のスポンジケーキを軽くぶつけ、一口食べた。

マックも自分の分を食べてヘイリーにキスした。そのキスは甘い味がした。マックが体を離すとヘイリーはため息をつき、彼にもたれかかってお菓子をたいらげた。

マックは最後のスポンジケーキを口に入れ、仰向けに寝そべった。しかし目は閉じなかった。

「好きなようにしてくれ」

ヘイリーはそのとおりにした。

7

この六日間は、まさに神の贈り物だった。ヘイリーはマックとの関係に迷う気持ちを捨てると、いっしょにフランクフォートに行くことを受け入れ、新たな関係がどう進むか試すことにした。今、二人をこの町につなぎとめているのは、マックの母の家の改装作業だけだ。

ヘイリーは寝室の壁に使った最後のマスキングテープをはがし、ごみ箱に入れた。

「これでテープは最後よ。完成かしら？」

マックはうなずいた。「そうだ、これで完成だよ。ちょうどよかった。あさってまでにはフランクフォートに戻らないといけないからね。ボスにメールしたかい？」

ヘイリーはにっこりした。「昨日メールしたわ。これで正式に失業者よ。あなたが面倒を見てくれなければホームレスになるわ」

突然、家のどこかでどすんという大きな音がし、沈黙が続いた。

「今のは何かしら？」ヘイリーは尋ねた。

マックは肩をすくめた。「あとで見てくるよ。大変なことになっていたとしたら、知りたくないな」

ヘイリーは肩越しに振り返った。「この町を離れられるのがうれしいわ。今週ずっと誰かにあとをつけられているような気がしたの。きっと被害妄想ね」

マックは笑った。「考えすぎさ。だけど、ぼくの家には予備の寝室が三つあるって言ったら、きみはうれしいんじゃないかな。そのうちのどれかには、きみも満足するぐらい大きなベッドがあるはずだ。ぼくのベッドは小さいからね」

ヘイリーは顔をしかめた。「予備の寝室なんていらないわ。あなたの部屋に大きなベッドがあればいい話よ」

マックは笑った。「嘘だよ。ぼくのベッドだってかなり大きいんだ。きみをからかいたかっただけさ」

ヘイリーはいたずらっぽく光る彼の目を見つめた。

「青い目の悪魔は信用できないって言うわよね」

「ぼくの目は青いけど、信用できるよ。身元保証人だっている」

ヘイリーが答える前に携帯電話が鳴った。彼女は発信者名を見た。「この電話は出なきゃ。保証人の話はまたあとでね」

ヘイリーは携帯電話で話しながら廊下に出ていった。

マックは頬がゆるむのを止められなかった。ヘイリーは失業中かもしれないが、会話の様子からすると、向こうに残してきた患者をまだ気にしているようだ。

　マックは最後に家をひとまわりしようと思った。売りに出す前に、手直しが必要だと思ったところが仕上がっているかどうか一つずつチェックしなければいけない。手始めに裏の寝室に入ったとき、ヘイリーが追いついてきた。

「ここにいたのね！　このへんにファックスを送れるところはあるかしら？」

　マックは顔をしかめた。「銀行かな……いや、ちょっと待ってくれ。四年前にできた印刷屋がある。デュヴァル家具店の旧店舗の裏だよ。ほら……怪物（ガーゴイル）の飾りがある建物だ」

「ああ、あそこね。わかったわ。患者を引き継いでくれた療法士にくわしい指示書を送ったら、すぐに戻ってくるわね」

「ゆっくり行ってきてくれ。ぼくは家の中を最終チェックしておくよ」

「作業するのは、わたしがいるときにして」ヘイリーは彼の腕を指さした。

「わかった」マックは腕時計を見た。「もう十二時半だ。腹がぺこぺこだよ。きみが戻ってきたら、〈マーサズ・ダイナー〉で昼食をとろう。いいね？」

　ヘイリーはうなずき、投げキスをすると部屋を出ていった。

　家の中を歩きまわる音に続いて、玄関のドアを閉めるばたんという音が聞こえた。ほどなくヘイリーの車のエンジンがかかり、タイヤをきしらせて出ていくのがわかった。

「私道からバックで出るときにタイヤの跡を残すのは、ヘイリーぐらいだな」マックはそうつぶやいて首を振ると、家の中の確認を続けた。

　それから十五分ほどですっかり家を見てまわった

あと、彼はキッチンに戻った。そのとき玄関のドアが開くのが聞こえた。

「キッチンにいるよ」マックは呼びかけた。足音がおずおずとこちらに近づいてくる。自分の声が聞こえなかったのかと思い、彼はまた大きな声で言った。

「ぼくはここだ！」

しばらくすると、足音がドアで止まった。

ヘイリーだと思って笑顔でそちらに振り向いたマックは、ドア口に女性が立っているのを見てひどく驚いた。「リーナ！　すみません。ノックの音が聞こえなくて」

リーナ・ショアが彼の母のキッチンにブラウニーの皿を持って立っていた。マックは逃げ出すべきか椅子を勧めるべきか迷った。

「ノックの音が小さかったみたいね」リーナは言い訳をするようにブラウニーを指さした。「ヘイリーはどこなの？　あなたたち二人と話をしたいんだけれど」

「ちょっと用事で出かけてます。すぐに戻りますよ」マックはそう言ってキッチンの椅子のほうに手を振った。「座ってください」

リーナはブラウニーの皿をテーブルに置くと、コートを脱いで座った。

「おいしそうだ。これをぼくたちのために？」

リーナは不安げな様子だったが、ほほえんだ。

「ヘイリーもいると思って来たのよ。そのとおり、これはあなたたちに」そして背筋を伸ばしてまっすぐ彼を見た。「怪我(けが)をしたって聞いたわ。経過は順調なの？」

「はい。ちょっとした事故で、家に手を入れているとよくあるんです。飲み物を持ってきましょうか？　ジュースがあるし、ぼくがさっきいれたコーヒーがまだ残っているはずだから」

「いいえ、いいのよ」リーナはそう言って後ろをうかがった。「ヘイリーはすぐ戻ってきそうにないかしら？」

リーナが居心地の悪い思いをしているのはわかったし、実を言うと彼自身同じだった。でも、これがヘイリーと母親との歩み寄りの第一歩になるなら、自分のせいでだいなしにしたくはなかった。

「これ、うまそうですね。実はお腹がぺこぺこで」

マックはブラウニーを一つ取って、リーナが口を開く前に一口かじった。「見かけどおりうまいな。ありがとうございます」マックはリーナの向かいに座り、彼女が見守る前でブラウニーをたいらげた。

「家を売りに出すために改装しているそうね」

「ええ。姉たちはここに住みたくないと言うし、ぼくはフランクフォートだし、貸し出すよりは売ってしまうほうがいいと考えたんです。いい家ですよ。きっと誰かが満足してくれるって思ってます」

リーナはにっこりしたが、内心は気もそぞろだった。マックがまたブラウニーを手に取り、二口でたいらげたのを見て、リーナは顔をしかめた。物事が計画どおりに運んでいないが、起きてしまったことはしかたがないし、もう後戻りはできない。ヘイリーさえ戻ってくれれば、すべてがうまくいく。リーナはつややかなオーク材のテーブルにありもしないしみを見つけて、ふいに身を乗り出した。

「あの子から話を聞いたかしら？」

マックは二つ目のブラウニーの最後の一口をのみ込みながら顔をしかめ、手を払った。

「話って？」

「スチュワートのこと。それから、あなたのお父さんのことよ」

マックはため息をついた。くそっ。どうしてヘイリーは肝心なときにいないんだ？

「いいですか、過去は過去です。もうほじくり返すのはやめましょう」

リーナは低く笑った。「あの子はぶちまけたのね」そう言ってワンピースの前についた小さなごみを払い、ほつれた髪を耳にかけた。「あの子は秘密を守れたためしがないのよ。これまでずっと、正直でいなさい、口の堅い人になりなさいと言い聞かせてきたのに、どちらも守れなかったわ」リーナはまた低い笑い声をあげた。

マックは顔をしかめた。リーナの笑い声は奇妙で場違いだ。言っていることも意味がよくわからない。

「ヘイリーとは結婚しようと話しているんです。両親の中で生き残っているのは、あなただけだ。そばにいてくれたらヘイリーもきっと喜ぶでしょう」

リーナはバッグをつかんで中からコンパクトと口紅を取り出し、塗る必要もないのに唇を塗り直した。ところが指が震えているせいで口紅がはみ出している。だがリーナは気づかない様子だ。

「ブラウニーをもう一つどうぞ」

マックはまた一つ取って口にした。リーナが何を考えているのかわからず困ったせいもあるし、口をいっぱいにしておけば話さなくてすむという計算もあった。だが三つ目を半分ほど食べたとき、ふいに部屋が暑く思えた。

「空気を入れ換えないと」マックはそう言って立ち上がろうとしたが、突然床が傾いてこちらに迫ってきた。「おっと」彼は倒れないように椅子に座り直した。「なんだか変な気分だ」

マックが最後に見たのは、ほくそえむリーナの顔だった。

ヘイリーは自分の目が信じられなかった。母の車がマックの家の前に駐まっている。ヘイリーは道ばたに車を駐め、私道を駆け上がってマックの名を呼びながら家に飛び込んだ。

「ここよ！」リーナの声がした。

胸をどきどきさせながらキッチンに駆け込むと、ヘイリーの目は驚きで大きくなった。テーブルにブラウニーの皿がのっているのを見て、夢だろうかと思った。そのときマックの姿が目に入った。どこか変だ。

「マック？」

彼はリーナを指さした。「おいしいブラウニーだよ。もう一つ、食べようと、思って……」それだけ言うとマックはテーブルに突っ伏して目を閉じた。

ヘイリーは息をのんだ。事情を知らなければマックが酔っていると思っただろう。母のほうを振り向くと、その目は怖いほど輝いていた。

「何をしたの？」

リーナは肩をすくめた。「何も。口を閉じていられないのは、おまえのほうよ。母親のことをもっと大切にすればよかったんだわ」リーナは歌うように言うと、席を立ってキッチンから出ていった。

ヘイリーはうめいた。ブラウニーを手に取って半分に割り、においをかぐ。チョコレートの香りしかしなかったが、あきらかに別の何かが混じっている。なんのつもりか知らないが、母は二人に薬物をのませようとしたらしい。ヘイリーはマックの脈に指をあてた。脈拍は規則的で力強い。ブラウニーに入っていたのが毒物でありませんように。ヘイリーは祈った。

すると、救急車を呼ぶ間もなく母がシンナーの缶を持って戻ってきた。

母がシンナーを床や壁にぶちまけるのをヘイリーは信じられない思いで見つめた。母は独り言をつぶやいている。

「噂話はもうおしまいよ。親の言うことをちゃんと聞かなかったおまえが悪いのよ。おまえは信用できない。誰も信用できない」

ヘイリーは叫んだ。「ママ！　こんなことはやめて！」

　リーナはヘイリーのほうに振り向いてシンナーをかけた。ヘイリーはとっさに飛びのいたので、服は濡れずにすんだ。

「トム・ブローリンに実の息子を助けてと言ったのよ。輸血はできたけど、スチュワートは助からなかったし、トムは気にかけようともしなかった。だから償わせてやったのよ。あの人は蜂にアレルギーがあった。おまえは知ってたかしら？　わたしは知ってたわ」リーナは低く笑った。「だから瓶にいっぱいの蜂をトラックの中にぶちまけてやったのよ。スチュワートが生きられないなら、トムだって生きる権利はないわ」

　ヘイリーは茫然とした。今耳にしていることが信じられなかった。「マックのお父さんを殺したの？」

「わたしがやったんじゃないわ。蜂がやったのよ」

　リーナはそう言って高笑いした。「わたしは手を汚してないし、良心に恥じるところもない。男っていうのは自分の持っているものに決して満足しようとしないのよ。いつももっといいものを探そうとするんだから」

　ヘイリーは吐きそうな気がした。これほどの恐怖を感じたのは生まれて初めてだ。この一週間、誰かに見られていると思ったのは思いすごしではなかった。しかも、それは実の母だったのだ。

「ジャド・ショアのことは精いっぱい我慢したわ」リーナは空になった缶を投げ捨てた。「わたしが本気だったってことをみんな思い知るはずよ」

　ヘイリーは身震いした。「どういうこと……精いっぱい我慢したって？　マックのお父さんだけじゃないの？　パパにも何かしたの？」

　リーナは顔にかかった髪を両手でかき上げ、ワンピースを撫でつけた。

「指一本ふれてないわ」リーナは上を向いて両手を

振り上げた。「指一本もね。血も涙もない計算高い女だって言われたから、この役立たずって言ってやったのよ。血がつながっているたった一人の子どもは、くず同然だってね」

ヘイリーは息をのんだ。「スチュワートが実の子じゃないってパパに言ったの？　いったいいつ、そんなことを？」

リーナはくるりと振り向き、ヘイリーの胸に人差し指を突きつけた。「リビングルームの床で息絶える直前に言ってやったのよ」

ヘイリーは悲鳴を抑えようとして両手で口をおおった。

リーナは頭を振り上げた。「目にものを見せてやったわ。あの人は自分が死にかけているってわかっていた。そしてわたしに助けを求めたのよ。でも助けるわけにはいかなかった。わたしは血も涙もない計算高い女なんだから。あの人は薬をくれと言ったけど、自分で取れって言ってやったわ」

ヘイリーは母の口からほとばしる言葉が理解できなかった。母は二人の男性を殺した。父が何をしたにしろ、そんなふうに命を奪われるいわれはない。そして母は今、ヘイリーたちを殺そうとしている。ふいにヘイリーは自分とマックの身に死が迫っていることをまざまざと意識した。

携帯電話を取り出し、警察に通報しようとしたとき、突然リーナが叫びながらつかみかかってきた。ヘイリーが気づく間もなく母は携帯電話をひったくり、踏みつけてばらばらに壊した。

「誰にも言っちゃだめ！」リーナは叫んだ。「わたしがそんなことはさせないから！」そしてこぶしを握りしめてヘイリーの頰を殴りつけ、床に倒した。

力を振り絞って起き上がろうとしたとき、ヘイリーは母がライターを持っていることに気づいた。

「やめて、ママ！　お願いだから、やめて！」

しかし母はもう駆け出していた。

ヘイリーは母を追ってリビングルームを抜け、手遅れになる前に必死につかまえようとした。

けれどもリーナのほうが先に玄関に着いた。振り返ったリーナは薄笑いを浮かべてライターの火をつけ、床に落とすと、玄関のドアをばたんと閉めて外に出た。

廊下のカーペットが燃え上がるのを見てヘイリーは息をのんだ。そのとき彼女は、母が玄関からリビングルームを通ってキッチンに入るまでずっとシンナーをまいていたことに気づいた。家が炎に包まれる前にマックのもとに戻って二人で外に逃げ出すには、もうほとんど時間がない。

ヘイリーはこんなに速く走ったことがないというほどのスピードで走り出した。シンナーが燃え上がる低い音が聞こえたが、背後のことは考えないようにした。マックのことだけを考えなければいけない。

腕をつかんで椅子から立たせようとしたが、体が重くてまったく動かない。

「マック！　力を貸して！」ヘイリーは呼びかけると、彼の顔を上げさせて頬をぴしゃりとたたいた。

マックがはっとして目覚めたので、ヘイリーはなんとか彼を立ち上がらせた。

「急いで！　今すぐ逃げ出さなきゃ！　家が燃えているのよ！」

ヘイリーの声は聞こえたが、マックは頭がぼんやりしてわけがわからなかった。動こうとしても脚が鉛のように重い。

マックに寄りかかられ、ヘイリーはうめいた。炎が廊下を伝って近づいてくる。キッチンに達したらおしまいだ。

マックの腕をつかんで肩にまわし、その体をぎゅっと脇に引き寄せると、ヘイリーは走り出した。裏口まで行ってドアを開けたとき、炎がキッチンに入ってきた。マックを引きずるようにして裏のポーチを抜けると、キッチンが爆発するような音が聞こえた。窓が粉々に割れ、ガラスが飛び散って、炎が建物の壁を這い上がった。

「マック、走って！　止まっちゃだめよ！」なんとか庭まで出ると、彼が足元に倒れ込んだ。ヘイリーは膝立ちになって必死に息を吸い込もうとした。

　そのとき隣人が駆け寄ってきた。

「消防署に電話して！」ヘイリーは叫んだ。

「もう通報したよ」

「じゃあ、警察と救急車も呼んで。放火犯が逃亡中なの」

　知らない隣人だったが、すぐに言うとおりにしてくれた。隣人が電話をかけるのを聞きながら、彼女は家の脇をまわって玄関のほうにマックを引っ張っていき、私道に向かった。道に出るころには涙が止まらなかった。ヘイリーは道の縁に座ってマックに膝枕をした。背後ではすべてが燃え上がっていた。

　救急車のすぐあとからブラード署長がやってきた。署長は救急隊員と話すヘイリーに駆け寄った。

「母がブラウニーに何を入れたのかわからないけれど、マックが意識を失ったので引きずるようにして家から逃げ出したんです」ヘイリーはマックの腕を指さして泣き出した。「腕の傷口が開いてしまったみたい。でも時間がなくて――」

　ブラード署長は彼女の肩に手を置いた。「ヘイリー、どうしたんだ？」

　署長の顔を見た彼女は、そこに心配と混乱を読みとり、とても信じてもらえそうにないいきさつを話し始めた。

「母が……マックの食べたブラウニーに毒を入れていたんです。わたしが家に戻ると、マックは意識を失っていました。母は秘密を誰にも言うなと口走って、あげくの果てに家に火をつけたんです」

「なんてことだ！」

「それだけじゃありません」ヘイリーは弱々しく息を吸い込んだ。「母はトム・ブローリンが蜂にアレルギーを持っていることを知っていて、車の中にわざと蜂を入れてトムが死ぬのを黙って見ていたんです」

「なんだって？　ちょっと待ってくれ。つまりそれは――」

「母は父とも争いました。父が心臓発作を起こしたとき、薬を渡さずに助けを求める父を見殺しにしたんです」

「驚いたな！　とても信じられない話だ。きみのお母さんは、どうしてそんなことをしたんだ？」

「スチュワートのためです。スチュワートは父の子じゃなくてトムの子だったんです……。母は秘密を守るため、世間体を取り繕うために人殺しをしていたんです」

ブラード署長は言葉を失った。「今お母さんはどこに？」

「わかりません。自分の車に乗って出ていきました。普通の精神状態じゃないと思います」

「事情を聞いたわたしも同じ気持ちだよ」署長はそう言って話題を変えた。「きみはだいじょうぶなのか？　連絡したほうがいい人がいるんじゃないかい？」

ヘイリーはしゃくり上げたが、その一言を聞いて笑いそうになった。「仕事柄、こう言われるのは初めてじゃないと思うけれど、とにかく……母には電話しないで」

その言葉を聞いて署長は胸が痛くなった。彼はヘイリーを抱き寄せ、しばらくそのままでいた。

マックを乗せた救急車が走り出すと、署長はヘイリーをパトカーに乗せ、病院に連れていった。

病院に到着する前に、署長はリーナ・ショアの捜索指令を出した。

「マックといっしょにいてやってくれ。何か情報が入ったら会いに行くから」

「ありがとう」ヘイリーは言った。「いろいろと」

ヘイリーは車から飛び出し、駆け出した。病院の中に入ると、ちょうどマックが胃洗浄を受けていた。

マックのそばに座って寝顔を見守っていたとき、ドアがばたんと開いてマックの姉たちが入ってきた。ヘイリーは立ち上がり、一悶着があるのを覚悟したが、何も起きなかった。

ジェナが泣き出すと同時に、カーラがヘイリーに抱きついた。

「あなたがしてくれたことを聞いたわ……弟を一人で家から運び出してくれたって」カーラは泣いた。「また弟の命を救ってくれたのね。ありがとう。いくら感謝してもしきれないわ！」

ヘイリーはこの状況が信じられなかった。きっと二人はくわしい話を知らないのだろう。

「家に火をつけたのは、わたしの母なのよ」

「知ってるわ。ブラード署長が教えてくれたから。署長が全部話してくれたの。かわいそうなパパ。ママもわたしたちも何も知らなかったわ」

マックが身動きする気配がした。この一時間、うとうとと眠ったり目を覚ましたりを繰り返していた。何があったのかは話したけれど、マックが覚えているかどうかわからなかった。マックが彼女の名をつぶやいたので、ヘイリーはベッドに歩み寄った。

「ここにいるわ。お姉さんたちも来てくれたのよ」

マックは顔をしかめ、起き上がろうとした。

「だめよ」ジェナが大きな声で言った。「寝てなさい。もうだいじょうぶだから。あなたとヘイリーが生きているなら、それだけでいいの」

マックはふらふらしながらも顔をしかめた。「ずいぶんな変わりようだな」

ジェナは声をあげて泣いていた。「ごめんなさい。わたしたちのことを許して。三人だけのきょうだいなんだから」

カーラも口を開いた。「マック、あなたのことを大事に思ってるわ。ヘイリーにはどんなに感謝してもしたりないぐらいよ。二度もあなたの命を救ってくれたんだから。ヘイリーが許してくれるなら、もう一度家族に戻りたいの」

ヘイリーは涙をこらえてマックを見つめた。「何があったか覚えている？」

「部分的にね」

「家は焼け落ちてしまったわ。母のせいで」

「保険がかけてある」

「でも、せっかくあなたが改装したのに……」

「おかげできみを取り戻せた」マックはヘイリーの言葉を引きとって起き上がり、ベッドの脇に脚を下ろした。ヘイリーが彼の腕の中に飛び込んできた。

マックはため息をついた。まだ頭がぼうっとしているが、いずれ意識ははっきりするだろう。ヘイリーがいてくれさえすれば、ほかにはどんな薬もいらない。

ドアにノックの音がした。

一同が振り向くと、ブラード署長が入ってきた。

「母は見つかりましたか？」

署長はうなずいた。

「どこで？」

「墓地だ」

ヘイリーは身を震わせ、喉のつかえをのみくだした。「死んでいたんですね？」

署長はうなずいた。「きみのお兄さんの墓の前で拳銃自殺していたよ」

「ああ、なんてこと」ヘイリーは言った。「母の憎しみのせいで失われた命のことを考えると……。母が秘密を知られたくないばかりに、こんなことになって……」

「残念だよ、ヘイリー。今は……きみをそっとしておくつもりだ。何か手助けが必要なことがあったら、あとで連絡してくれ」署長はそう言って外に出ていった。

ふいにマックがヘイリーに腕をまわし、ぎゅっと引き寄せた。マックの姉たちも近づいてきて、いっしょに泣きながら二人を抱きしめた。

「もうだいじょうぶだよ、ヘイリー。ぼくらは二人とも無事に生きている。それ以外は関係ない」

「わたしたちもついているわ」カーラが言った。

マックはヘイリーの顔を両手で包み、目と目を合わせた。

「ぼくを見てくれ」その声は低かった。

「見ているわ」ヘイリーはささやいた。

「何が見える？」

ふいに体が不思議な安堵感に満たされ、彼女はため息をついた。

「未来が見える。ともに年老いていく男性が見えるわ。わたしはあなたを愛する権利を勝ちとるためにずっと闘ってきたの」ヘイリーはマックを見た。

「あなたは何が見える？」

「ぼくの心と人生を手に握る女性が見えるよ。結婚する気は変わらないと言ってくれ」

「変わらないわ」

「大きなベッドのある大きな家でいっしょに暮らしてくれるね？」

ヘイリーは笑いそうになった。「ええ」

「それなら苦労も報われるよ」マックは姉たちのほうを向いた。「先生を呼んできてくれないか？　もう家に帰れるから」

ヘイリーはマックの胸に顔を埋めた。ダラスの古いアパートメントと、安全のために三つつけた錠のことが頭に浮かんだ。もうあんなふうにして身を守る必要はなくなった。

これまでずっとマックを愛する権利を勝ちとるために闘ってきた。必要とあれば繰り返したってかまわない。

人生には運命で決められていることがある。マック・ブローリンは彼女のものになる運命なのだ。

セクシーな隣人

Tailspin

ローリー・フォスター

平江まゆみ 訳

ローリー・フォスター
愛に対する確固たる信念を、セクシーな作風と切れ味のいい文章で表現し、読者の支持を得ている。高校時代からの恋人である夫と共にアメリカのオハイオ州に住む。小説を書くことは大好きだが、いちばん大切なのは、どんなときも家族だという。

主要登場人物

セイディ・ハート……獣医師アシスタント。
バック・ボズウォス……貯木場のオーナー。
ライリー……バックの友人。
レジーナ……ライリーの妻。
ハリス……バックの友人。
クレア……ハリスの妻。
イーサン……バックの友人。
ロージー……イーサンの妻。

1

その土曜日、オハイオ州チェスターは朝から曇っていた。太陽が雲間から顔をのぞかせようとあがいていた六時前、バック・ボズウォスは歯磨きをすませ、髭を剃っていない顔に冷たい水をたたきつけた。土曜日の朝は寝坊するためにあるのだ。それも、できれば柔らかく温かな女性と一緒に。だが、当分の間はそんな贅沢も言っていられない。

　原因はブッチ——友人夫婦から預かった小さなチワワだ。これから二週間はブッチの世話をしなくてはならない。ブッチはいつも面倒ばかり起こしていた。二キロ弱の小型犬にしてはあきれるほど騒々しかった。

　今朝もブッチは用足しに外へ出た。休暇中のバックが早起きしたのはそのためだ。用さえすめば、ブッチはまた毛布の上で丸まる。犬なりに幸せな夢の続きでも見ているのだろうか。昨日も一昨日もそうだった。夜明け前に起きて、朝の儀式をすませ、再び眠りに就く。それがブッチの習慣になっていた。

　あいにく、バックにはそれができなかった。いったんブッチに起こされたら、そう簡単には眠れない。せっかくの休暇だというのに、男盛りの独り身だというのに、まるで老人のような暮らしぶりだ。

　情けないにもほどがある。

　ブッチの飼い主は彼の親友の一人、ライリーだ。ブッチの世話を頼まれた時、彼はライリーから妻のレジーナと船旅をするためだと聞かされた。だが、ブッチが雄鶏並みに早起きだということは聞かされていなかった。

　バックは貯木場を経営していた。週に六十時間も働く彼にペットを飼う余裕などなかった。貴重な自由時間は友人や家族、魅力的な女性たちに費やしている。動物にかまけている暇はない。

そんな彼に今回の任務が回ってきたのは、仲間内でただ一人の独身者だったからだ。しかも、ふわふわの生き物に不慣れな男だというのに、なぜかブッチは彼に懐（なつ）いていた。

だったら、ブッチは何が気に入らないんだ？　なぜ哀れっぽく鳴いている？

バックは顔を拭き、タオルを放り出した。いつも裸で寝ているので、ブッチを外に出す時はまずパンツをはかなくてはならない。今朝、暗がりの中で選んだパンツは、イーサンの妻ロージーが冗談でプレゼントしてくれた猿柄のボクサーパンツだった。パンツのほかは何も身につけていなかった彼は、騒ぎの原因を確かめるために角から頭だけ突き出した。

ブッチはアパートメントの奥に面したフレンチドアの前に座り、薄暗い庭を見つめていた。

「おい。どうした、相棒？」

バックに気遣わしげな視線をよこすと、ブッチはまた庭を見つめた。バックはフレンチドアに近づき、身を乗り出した。ぼんやりとした暗がりを見通すために目を細くする。長く伸びた芝生の上を、ほっそりとした人影が動いていた。

セイディ・ハートだ。

ブッチが荒ぶる狼（おおかみ）のごとく吠（ほ）えていたのは彼女のせいだったのか。確かに彼女を見ていると、僕もときどき吠えたくなる。僕の理解を超えた存在。僕が知る女性たちとはまったく違う。でも、とても気になる存在。

セイディはまだ若い。それなのに、堅苦しくて上品ぶっている。そして、恐ろしく地味だ。だからといって、僕が彼女を邪険に扱ったか？　とんでもない。僕は思いやりのある男だ。そんな彼女にも気さくに接した。時にはちょっとからかったり、気のあるそぶりをしてみせたりした。

まったくの空振りだったが。

彼女はいつも冷淡だ。礼儀正しくふるまっているが、本当は僕のことを嫌っているのかもしれない。隣に引っ越してきて三カ月もたつのに、彼女は一度も僕を自宅に招いてくれない。こっちが仲間内の集まりに誘っても、いつも断ってばかりいる。庭で会えば言葉を交わすし、通りすがりに挨拶もする。でも、僕がちょっとでも関わろうとすると、彼女は怯えた様子を見せる。友達になることさえいやがっているみたいだ。

一度だけ彼女がうちに来たことがあるが、それは騒音に苦情を言うためだった。

なぜ彼女は心を開かないんだろう？　僕は女性受けのいい男なのに。僕は人食い鬼じゃない。いちおう事業家の端くれだし、マナーに母さんから仕込まれたし、笑うことが大好きだ。そう捨てたもんじゃないだろう？

それなのに、なぜセイディは僕を近づけようとしない？

謎だらけの女性。僕は彼女のボーイフレンドを見たことがない。彼女の家族も、友人も見たことがない。そもそも、彼女が誰かと一緒にいるところを見たことがない。

でも、彼女は動物を保護している。尾を後ろ足の間に巻き込み、耳を倒し、人が近づくと尻込みする哀れな生き物たちを。そんな生き物たちに彼女は辛抱強く接している。優しさと慎重さと思いやりをもって。彼女が狭い裏庭で犬の相手をしているところは何度か見たことがある。窓を開けると、彼女の優しい声が聞こえた。犬の信頼を得ようと、なだめる声が。

あれは泣かせる光景だった。何より泣かせるのは、彼女が犬たちを手元に残さないことだ。彼女は犬たちを助け、いい家庭を見つけてやる。柵に囲まれた広い庭があって、遊び相手の子供たちがいるような愛情あふれる家庭を。

でも、今朝は様子が違うぞ。セイディはいつも学校教師のような冴えない格好をしている。庭で犬たちの相手をしている時でさえ、平べったい靴に長いスカートをはいて、若い女性よりも年配の女性に似合いそうなぶかぶかのブラウスを着ている。僕が知る限り、彼女はジーンズを持っていない。たぶん、ショートパンツも水着も持っていないんじゃないだろうか。

いつも取り澄まして隙を見せないセイディ。だからこそ想像してしまう。もっと露出度の高い服を着たら、どんな感じになるのかと。まあ、男なんてそんなもんだ。手に入らないものに限って欲しくなる。僕はお上品なミズ・セイディ・ハートの裏の顔を見てみたいんだ。

今日がそのチャンスかもしれない。

バックは壁にもたれ、目の前の光景に見入った。なぜだかわからないが、セイディは狭い裏庭を走り回っていた。

薄い寝間着一枚の姿で。

これで彼女が寝る時の格好はわかった。薄いコットンでできた白く長いナイトガウン。清らかで、ロマンチックで、その下にある体をそれとなくほのめかしている。常々想像した裸とは違うが、これはこれで悪くない。かえって妄想をかき立てる。

セイディが目の前を駆け抜けた。バックは彼女の頭のてっぺんから朝露に濡れた足先まで全身をくまなく観察した。眠気が興奮に変わった。もしセイディがもっと頻繁にこういう格好をすれば、デートの申し込みが殺到するはずだ。

彼女も起き抜けなんだろうか？　もしかして悪い

夢でも見たとか？　僕が知る限り、彼女は大げさに騒ぎ立てるタイプじゃない。話し方に分別が感じられるし、服装からして実に控えめだ。でも、今朝の彼女は部屋着さえ身につけていない。

その瞬間、雲間から朝の光が差し込み、セイディのガウンをわずかに透けさせた。バックは息をのみ、女性的な曲線をほのめかす影に見とれた。

これは興味深い展開だ。バックは彼女のくびれた腰を、小さく盛り上がった胸のふくらみや長く伸びた腿を記憶に留めた。ベッドで丸まってまどろむセイディのイメージが脳裏に忍び込んできた。

ブッチが再び鳴き声をあげた。ドアを前足でひっかき、バックを現実に引き戻した。

「彼女と追いかけっこがしたいのか？　やめとけよ、相棒。おまえまで頭がおかしくなったと思われる」

セイディは何かに取りつかれたように走りつづけている。細く柔らかなライトブラウンの髪を弾ませながら。バックは以前から髪を下ろした彼女が見たいと思っていた。彼女はいつも髪を結い上げていたので、その髪がまっすぐだということも、肩までの長さがあることも、日差しを浴びると赤や金色に輝くことも知らなかったからだ。そして、それを知った今、彼は新たな疑問を抱いた。なぜセイディはいつも髪をまとめているのだろう？　肩に垂らしたほうがずっと魅力的に見えるのに。

不意に、セイディがバランスを崩した。濡れた芝生のせいで足が滑ったのだろう。彼女はあせって両腕を振り回した。なんとか体勢を立て直すと、また走り出した。

やれやれ。

バックはブッチが逃げ出さないようにドアをわずかに開いた。セイディがびっくりしないことを祈りつつ、そっと声をかける。「セイディ、どうかしたのかい？」

　セイディがはっとした様子で振り返った。チョコレートブラウンの瞳で彼の姿をとらえると、いきなり突進してきた。寒さのせいでピンクに染まった鼻を除けば、真っ青な顔をしている。

「ちょ、ちょっと――」予想外の攻撃に備えて、バックは身構えた。

　セイディは悲鳴とともにドアをつかみ、彼を押し倒しそうな勢いで中へ飛び込んできた。濡れた足が床のタイルで滑り、彼女はまたひっくり返りそうになった。バックはとっさに彼女の両腕をつかんで支えた。骨は細く、体は軽い。本当に華奢(きゃしゃ)にできているんだな。

　だが、セイディは彼に目もくれなかった。ガラスががたがた鳴るほどの激しさでドアを閉めると、そのガラスに鼻を押しつけ、荒い息を繰り返しながら、じっと庭を観察した。これから起きる大事件を予期しているかのような態度だ。

　バックは壁にもたれ、腕組みをして、セイディを見下ろした。百九十センチ近い彼はたいていの人より背が高いので、相手を見下ろすことに慣れている。ところが、セイディはたいていの人よりも背が低かった。身長の差は三十センチくらいありそうだ。

　しかも、彼女は寝間着姿だった。髪は寝起きのままで、小さな女らしい足には泥と草の汚れがついていた。

　バックがその足をじろじろ見ていると、不意にセイディが飛び跳ねた。「いやだ！　あの子、あんなところにいるわ！」

　バックも彼女の肩ごしに庭をのぞいた。そして、一匹のチワワに気づいた。体格はブッチとそう変わらないが、ひどく太ったチワワだ。そのチワワは芝生を走り回ったせいでびしょ濡れだった。おまけに、額に毛がなく、腹や背中にも禿(は)げがあった。バックが見た小型犬の中で最も不細工な犬と言っていいだろう。その犬が彼のアパートメントのドアに駆け寄り、ガラスに前足を当てた。

セイディが悲鳴をあげた。なんて声を出すんだ。こっちがびっくりするじゃないか。戸惑いながらも、バックは彼女の腕をつかみ、自分のほうを振り返らせた。

「いったい全体、何がどうなっているんだ？」

「蟬よ！　蟬！」

「蟬じゃない」バックは冷静に指摘した。「あれはチワワだ。確かに、あんなに不細工なチワワは見たことがないが……」

セイディは彼に向き直り、爪先立ってにらみ返した。「いるのよ。あの子の口の中に」

相手のきつい口調にうろたえつつも、バックは問題のチワワを見下ろした。ああ……。

チワワの歯の間に、丸々とした蟬の姿が見えた。蟬は赤い目をして、まだ鳴いていた。バックは心底震え上がった。あんなものばかりくわえていたら、毛が抜けるのも無理はない。

「まさか、あいつを食うつもりなのか？」

「それはわからないけど」セイディは手足をばたつかせた。「あの子はいつも何かを捕まえて、私に見せに来るの。死んだ蛙。ぬめぬめしたミミズ。そして、今度はこれ」

禿げたチワワがくんくん鳴いた。震える蟬をくわえたまま。

「中に入れて、と言っているわ」セイディが通訳した。

「死んでも断る」バックは答えた。

セイディが振り返った。真剣な面持ちで胸に手を当てられ、バックは心臓が止まりそうになった。

「外に出て、あの子からあれを取り上げて」命令口調で彼女は訴えた。

バックは身を硬くした。よりにもよって、なぜそんな頼み事をするんだ？　こっちの姿はパンツ一枚。彼女のほうは寝間着のみ。この状況なら、ほかに頼めることがいろいろとあるだろうに。

彼女をがっかりさせたくはないが、世の中には無理なこともある。「悪いが、それはできない」

セイディの唇が震えた。「なぜ？」

「僕は蝉が苦手でね」

鹿を思わせる瞳が見開かれた。「でも、あなたは男でしょう！」

「最後にチェックした時はそんな感じだったね」少なくとも、彼女もその点には気づいているわけか。

「あと、大声を出すのはやめてくれ。犬たちが動揺する」

もっとも、ブッチに動揺している様子はなかった。むしろ……恋煩いをしているように見えた。もう一匹のチワワが現れた瞬間から、彼はぴくりとも動いていなかった。頭を傾げ、小さな目を丸くし、喉から低いかすれ声をもらしていた。情けないとは思うが、バックにはブッチを責められなかった。ブッチもまた雄なのだから。

それにしても、ブッチは目が悪いのか？　相手の禿げが見えていないのか？　あるいは……。

セイディはバックの胸に当てていた手を拳に握った。「ぐずぐずしていると、あの子が行ってしまうわ。早く捕まえて」

バックは、ただひるんだだけだった。

すると、彼女は戦術を変えた。「お願いよ。あの子が迷子になったら大変だわ。でも、私には近づけない。とにかく無理なの。あの子があれをくわえている間は」

禿げたチワワが小走りで角を曲がった。バックはかぶりを振り、無駄な抵抗を試みた。「蝉は苦手なんだよ。蜘蛛なら平気だし、蛇でもどうってことはない。でも、蝉だけは……」

セイディは彼の胸毛をむしり取りかねない勢いだった。「あの子が迷子になっちゃう！」

ああ、その可能性は否定できないな。内心うんざりしながら、バックは胸毛をつかむ彼女の指をそっと広げ、前屈(かが)みになって、二人の顔を近づけた。

「わかった。ただし、これで一つ貸しだぞ」

セイディはわけがわからないといった表情で目をしばたたいた。

「いいな？」

唾をのみ込んでから、彼女は小さくうなずいた。

「ええ」

バックはブッチを抱え上げ、彼女に手渡した。

「こいつを捕まえててくれ。すぐに戻る」

「あの子の名前はティッシュよ」セイディが叫んだ。いちおう協力するつもりはあるのだろう。

バックはそろそろと外に出た。蝉の声が聞こえないかと耳をそばだてながら、あちこちに視線を動かす。犬の姿は見えないが、幸い、人の姿も見えない。なにしろ、こっちはパンツ一枚なのだ。

体重百キロを超える筋肉の塊のような大男にしてはあきれるほど甲高い声で、彼は呼びかけた。「ティッシュ？　おいで、スウィーティ・パイ。こっちだよ……」

建物の角を曲がったところで、バックはティッシュを発見した。ティッシュは芝生に丸い尻を埋(うず)めて座っている。蝉はすでに解放されていた。だが、動いてはおらず、赤い目をむき出しにして、ただそこに転がっているだけだった。見ているだけで吐き気がする。なぜこいつは飛んでいかないんだ？

バックは大きく息を吸い込み、自分に活を入れた。

「ほら、おいで」

ティッシュは頭を傾げて彼を見つめた。ぴんと立った耳のせいで禿げた額に皺(しわ)が寄っている。雌犬の腹を見て、バックは眉をひそめた。あれは傷跡だろうか？　しかし、考えている暇はなかった。ティッシュが震える蝉に片足をのせたからだ。

本当に吐きそうだ。よくあんなものに触れるな。

「おいで、ティッシュ。いい子だね。怖がることはないだろう？　僕は君を抱っこしたいだけさ。ほんと、それだけなんだよ」

背後からセイディのつぶやきが聞こえた。「その台詞、あちこちで使っているんでしょう」

バックは目を鋭く細めた。ティッシュを驚かせないように気遣いながら、ゆっくりとセイディに向き直る。「君は外にも出られない腰抜けかと思ったが」

セイディは寒そうに震えていた。濡れたガウンの裾が足首にまとわりついている。彼女はブッチを抱きかかえることで胸元を隠していたが、ブッチは気にしていないようだった。それどころか、すっかりくつろいでいるように見える。

「あなたが壁になっているから」セイディの表情は強ばっていた。「だいぶましよ」

あることに気づいたバックは、はっと目を見開いた。「ドアは閉めなかっただろうな？」

その切羽詰まった口調に気圧されたのか、セイディは少しためらってから答えた。「あの……閉めたけど、それがどうかしたの？」

今朝はどこまでついてないんだ。

相手に視線を据えて、バックはうなった。「ドアは閉めたらロックがかかる。君は気づいてないかもしれないが、僕はパンツ一枚なんだよ」

セイディは咳払いをした。「それは、ええと、気づいていたけど」

気づいていた？　そりゃそうだろう。なにしろ、全面に猿の絵をあしらった派手な黄色のパンツなんだから。

バックの目がさらに鋭く細められた。「で、賢い君に尋ねるが、僕はどうやって――」

セイディがあとずさりした。「こっちに来るわ！」

バックはあわてて向きを変え、最悪の事態に備えた。しかしありがたいことに、蝉はティッシュの背後に残されたままだった。

「いい子だ、ティッシュ。こっちにおいで」彼はひざまずき、両腕を差し伸べた。ところが、ティッシュは彼の横に回り込んだ。

バックは犬を捕まえようとして体勢を崩し、濡れた芝生に尻餅をついた。猿柄のパンツはたちまち朝露でびしょ濡れになった。

セイディはブッチを彼の膝に置き、ティッシュのあとを追った。何度も転びそうになりながら駆けずり回った末に、ようやくティッシュを捕まえた。怯えた目をした小型犬はじたばたと抵抗した。そうやってセイディのガウンを濡らしたあげく、彼女の腕の下に頭を突っ込んだ。

「よしよし、ティッシュ」セイディは優しくなだめすかした。「もう大丈夫。私がついているわ。誰もあなたをいじめたりしないから」バックのそばに戻った彼女は、太ったチワワの耳にキスをした。幸い、その部分は禿げていない。「ありがとう、バック」もう一度犬にキスをしてから、彼女は穏やかな声で続けた。「三頭のグレートデーンより手がかかる子だけど、私はティッシュを愛しているの」

バックはセイディを見つめた。なぜだか胸が熱くなる。地味で堅苦しいセイディ・ハート――彼女は自分が預かった生き物を本当に大切に思っているらしい。愛情を注いだペットを手放すのはさぞつらいことだろう。

でも、彼女はそうしている。どんなに大切に思っても、保護した動物をすべて手元に置くことはできないから。彼女は動物を更生させ、いい家庭を見つけてやる。そして、さよならを言う。

たいした女性だ。

背後に放置されていた蝉が鳴き声とともに飛び立った。バックは身を屈め、セイディは悲鳴をあげた。幸い、蝉は彼らとは逆の方向へ逃げていった。

「これで一件落着だな」とはいえ、ぐずぐずしていたら、蝉が戻ってくるかもしれない。バックは芝生から立ち上がり、背後に手を伸ばして、濡れて貼りついているパンツの生地を尻から引きはがした。「あとは僕がどうやってうちに入るかだ」

セイディの頬が鼻と同じピンクに染まった。彼女は肩を落とし、下唇を噛んだ。

ふっくらとした愛らしい唇。その唇が歯にいじめられているのを見るうちに、バックの心臓の鼓動が速くなった。セイディ・ハートは矛盾の塊だ。杓子定規で堅苦しい部分と、とてつもなくセクシーな部分を併せ持っている。

彼はかぶりを振り、セイディの瞳に意識を集中させた。黒っぽいまつげに縁取られたミルクチョコレートを思わせる優しい茶色の瞳。今、その瞳には罪悪感があふれていた。

「あの、私のうちに来て、管理人さんに電話したらどうかしら？」

「朝の六時に？」バックはブッチを小脇に抱えて身じろいだ。それなりの時間になるまではヘンリーを煩わせるな。ここの住人たちの常識だ。ヘンリーにとっての〝それなりの時間〟は正午前後を指すが、バックはそんなに長くパンツ一枚で暇を潰すつもりはなかった。

セイディは苦悩の表情でふっくらとした下唇を噛みつづけた。

見かねたバックが助け船を出した。「こういうのはどうかな？ 僕は君のところでコーヒーをご馳走になる。なんなら、一緒に朝食をとってもいい。そして、八時になったらヘンリーに電話をする」

茶色の瞳が丸くなった。「コーヒー？」

「ああ。朝の飲み物だよ。カフェインたっぷりの熱い飲み物。今朝はまだ一杯も飲んでないし、今の僕にはあれが必要だ」

「コーヒーがなんなのかは知っているわ」セイディはまた苦悩の表情に戻った。それから、観念した様子でティッシュを抱え直した。「実は、もう用意してあるの」

「よかった」濡れたガウンが胸に貼りついている。「寒くて凍えそうなんだ。乳首も芝刈りができるくらい硬くなってる」

セイディはあんぐりと口を開け、彼の胸に視線を移した。

熱いまなざしにぞくぞくしながら、バックはさりげなく指摘した。「君もね」

セイディはぎょっとしてバックと視線を合わせた。それから、その場で回れ右をして彼に背中を向けた。

バックはガウンに包まれた細い腰と小さなお尻の丸みを観察した。

乳首に関する彼の指摘を無視して、セイディはしどろもどろで尋ねた。「つまり、その、これから二時間は私のアパートメントにいたいってこと?」

「ああ。かまわないよね?」上の空で答えてから、バックは彼女の気乗り薄な口調に気づいた。「それとも、何か問題でも?」

セイディは肩をすくめた。

「こっちを向いて、セイディ。君の後頭部に話しかけるのはいやだな」話しかける時は彼女の目を見ていたい。表情豊かな目。僕はあの目で見つめられるのが好きだ。すぐに顔が赤くなるところも気に入った。

セイディは振り返ったが、ティッシュで胸元を隠していた。「別に問題はないわ。ただ気が進まないだけよ」

僕は彼女の犬を救ったんだぞ。蝉を食うような禿げた犬を。それなのに、彼女はコーヒーもご馳走してくれないのか？　ほんの二時間ばかり相手をするだけなのに、それも我慢できないほど僕のことを嫌っているのか？

バックは再び身じろいだ。文句を言おうとしたところで、セイディの視線が自分のへその下に注がれていることに気づいた。セイディは小さなため息をついた。それから、はっと我に返り、バックの顔に視線を戻した。反抗的な表情は、自分の失態を指摘するならしてみろと挑戦しているかのようだった。嫌いな男のことをここまで観察したりはしないよな？

バックはにんまり笑った。「じゃあ、僕は自宅に戻って、裏のポーチに腰かけ、ヘンリーが起きるまで待つしかないのか？　濡れたパンツ一枚で？」まだ迷っているセイディを見て、彼はだめ押しをした。「チワワを膝に抱えて？」

犬の話を持ち出したのは大正解だった。

「まあ」セイディは眉をひそめた。華奢な肩をすくめ、つややかな髪を耳にかけた。「それは、ええと、まずいわよね」そう言って、彼女はまたバックの膝に視線を落とした。「ブッチがかわいそうだわ」

このままだとパンツに描かれた猿たちが踊り出しそうだ。たとえ地味で堅苦しいタイプだとしても、女性に下半身を見つめられたら、男はたいていそうなる。そして、今の僕にそれを隠す手立てはない。彼女をますます赤面させるだけだとわかっていても。

気まずい雰囲気を払拭するかのように、ブッチが見事なタイミングで吠えた。そして、あの情けない声をもらしながらティッシュを見つめた。バックはブッチの耳を掻いてやった。おまえの気持ち、よくわかるぞ。

「ほらね？　ブッチはティッシュほど……頑丈にできてないんだ。寒さに参って、家の中に入りたがっている。それに僕が見たところ、ちょっとティッシュに気があるらしい」

セイディはつんと顎を上げた。「少なくとも、ブッチはこの子を醜いと思っていないようね」

おいおい。セイディは僕がティッシュを侮辱したと思っているのか？　僕は嘘はついていない。ティッシュが禿げて太っているのは、誰の目にも明らかだ。でも、セイディはこの犬を溺愛している。彼女とお近づきになりたいなら、ここは謝っておくべきだろう。

「僕は別に――」

セイディは彼をにらみつけた。「この子は美人よ。ただ愛情と栄養が必要なだけ。それさえ与えれば、抜けた毛もまた生えそろって、美人コンテストで優勝できるくらいになるわ」

不細工なチワワにここまで愛情を注げるとは。ティッシュを美人にできる人間がいるとしたら、セイディ以外には考えられない。

「僕の意見を聞きたいかい？　僕は君の言葉を信じるよ」

バックは向きを変え、セイディの家のドアへと歩き出した。数歩進んだところで彼女が追ってこないことに気づき、肩ごしに視線を投げた。セイディは彼の尻を見つめていた。

鑑賞してくれるのは嬉しいが、こっちは寒くてたまらないんだ。

濡れたパンツが尻に貼りついていることを承知のうえで、バックは言った。「君のせいだぞ。十分前にはいたばかりなのに、また着替えなきゃならない」

セイディは興味津々の表情で問題のボクサーパンツを見つめた。

「僕は裸で寝る。パンツをはいたのは、ブッチを外に出すためだ」

「まあ」セイディは何度も瞬きを繰り返した。

答えはわかっているが、ちょっとからかってみたい。バックは無邪気そうに尋ねた。「君は？」

「何？」

話に集中できないようだな。「君も裸で寝ているのか？」

セイディは一歩あとずさった。「まさか！」

「なぜ？」答えあぐねている彼女に、バックはたたみかけた。「夜は冷えるから？」

セイディはその返答に飛びついた。「ええ、そうなの」

バックは再び彼女に背中を向けた。「誰かと一緒に眠ればいいんだよ。体を冷やさないためには人と温め合うのが一番だ」セイディの息をのむ音を耳にして、彼はにやりと笑った。よし。上々の流れだ。

「来いよ、セイディ。僕が肺炎になる前に中に入れてくれ」

「そうね」セイディはガウンの裾をなびかせて走った。ぎりぎりで彼を追い越してドアを開けると、また下唇を噛みながら、彼が通れるように後ろへ下がった。

こうなったらチャンスはすべて利用してやる。バックはわざと彼女の体をかすめるようにして戸口を抜けた。セイディははっと息をのんだ。一瞬身を硬くしてから、二人の距離を広げた。

狭いキッチンに向かって、セイディは手を振った。「ご自由にどうぞ。私は服を着替えてくるから」

なんだ。バックはがっかりした。寝間着姿のほうが堅苦しくなくて、取っつきやすそうに見えるのに。着替えるってことは、何枚も服を着るってことだろう。ボタンを全部留めて、いつもの地味で堅苦しい女性に戻るってことだ。

でも、ここで彼女に着替えるなと言ってなんになる？　パンツ一枚で外に放り出されるのがおちだぞ。

ティッシュを抱えて部屋を出ようとするセイディに、バックは声をかけた。「ついでに大きなタオルを持ってきてくれないか？　濡れたパンツを脱ぎたいから」

セイディの足が止まった。華奢な肩が強ばり、背筋がぴんと伸びる。彼女はバックを振り返らなかった。そして禿げたチワワを床に下ろし、小さくうなずくと、逃げるように部屋を出ていった。

バックは頬を緩めた。その場に突っ立ったまま、セイディの態度について考察した。彼女の本音は簡単に読める。ただし、本音と言動が違っているところがややこしい。

彼女は何度も僕を盗み見ていた。ということは、僕を見るのが好きなんだろう。もっとも、僕を見る時はいつも顔を赤らめているが。

彼女はためらうことなく僕のうちに飛び込んできて、僕に犬を捕まえろと命令した。そのくせ、僕を自分のうちに入れることをいやがり、僕が近づくたびにうろたえる。

僕が知る限り、彼女はまったくデートをしない。下着姿の男を見たのも、これが初めてなのかもしれない。

世の中には暗闇の中でしかセックスをしない女性がいるが、セイディもそうなんだろうか？　たまにはそういうのも悪くないさ。どっちかと言うと、僕は女性に触れる時は相手の姿を見ていたいほうだ。でも、セイディが暗闇のほうがいいと言うなら、僕はそれでもかまわない。

ただ一つ問題がある。彼女にセックスの経験があるかどうかだ。ありえない話だが、どうしても疑問が拭いきれない。彼女のあの態度。あれは……男を知らないとしか思えない。

いや、まさか。今時の女性は高校を出る前にそういう経験をすませている。大学を出る頃には立派な大人の女になっている。セイディは二十代半ばくらいか。たぶん二十四、五歳というところだろう。その年でまだ経験がないなんて、どう考えてもありえない。

それでも、バックは疑問を捨てきれなかった。その疑問は彼をからかい、男の妄想をかき立てた。考えるべきではないことを考えさせた。

たとえば、彼女にどの程度の経験があるのか。キスは間違いなく経験しているはずだ。キスをしない人間はいない。たとえその人間が地味で堅苦しい、お上品な女性であっても。

でも、本当にすばらしいキスとなるとどうだろう？　自制心を吹き飛ばし、常識を忘れさせるような強烈なキス。そういうキスを彼女はしたことがあるんだろうか？

男に胸を触られたことは？　乳首にキスをされたことは？　だめだ。そのことを考えるだけで、顎に力が入ってしまう。

彼女の胸は控えめだ。でも、小柄な彼女に大きな胸は似合わない。ガウンごしに硬くなった乳首が見えた時は、頭に血がのぼった。彼女はあわてて隠したが、僕ははっきりと見てしまった。硬く尖った小さな乳首。あの乳首を味わってみたい。

その場合、僕が初めてってことになるんだろうか？

ばかなことを考えるな。彼女は僕を好きでさえないんだぞ。僕がごり押ししなかったら、ここに入れてくれることもなかったはずだ。

だいいち、彼女と僕には共通点が何もない。僕は特に犬好きってわけでもないし……。いや、待てよ。犬好きでもない僕にライリーはブッチを託したわけだ。ということは、セイディが犬たちを保護していることは気にしなくていいんじゃないか？

ついでに言うと、僕は地味で堅苦しいタイプも好きじゃない。どうせ付き合うなら、僕と似たタイプ――社交的で陽気な遊び好きの女性がいい。それなのに、僕は初めて会った日からセイディ・ハートが気になって仕方がない。彼女のせいで頭の中は生々しい空想でいっぱいだ。一人でコーヒーを飲むよりは、彼女が頬を赤らめるのを眺めたり、彼女がしどろもどろにしゃべるのを聞いたりするほうがずっといい。

ティッシュが彼の足下を駆け抜けた。我に戻ったバックは、ティッシュを撫でようと身を屈めた。だが、ティッシュは素早く飛びのいた。明らかに怯えた様子だ。

「ほら、ベイビー」バックは手を差し出し、においを嗅がせようとした。

しかし、ティッシュは部屋の隅にうずくまった。耳を倒し、丸い目に警戒の色を浮かべている。まるで最悪の事態を予期しているみたいだ。本気で僕を怖がっている。セイディにもそういうところがあるが、これは尋常じゃないぞ。

ティッシュを動揺させないために、彼はゆっくりと背中を起こし、一歩後ろへ下がった。この犬には特別に注意を払う必要があるらしい。セイディと同じように。

ブッチがじたばたと動き、自由になりたいと訴えた。バックは友人のチワワを禿げたチワワのそばに下ろした。ブッチはティッシュの全身をくんくん嗅ぎはじめた。目を大きく見開き、耳をぴんと立てている。ティッシュとの体重差は一キロ近くありそうだが、ブッチは気にしていない。

まさに恋は盲目だな。

ティッシュが挨拶代わりに尻尾を振った。少なくとも、ブッチのことを気に入り、信用しているらしい。たいていの男はせっかちだが、ブッチも例外ではなかった。ただし、ティッシュの反応は違った。

彼女が求めているのは遊び相手であり、恋の相手ではなかった。

「よくあることさ」バックはぶつぶつ言った。セイディも似たようなもんだ。僕に犬を捕まえろと命令しておきながら、コーヒーをご馳走することさえいやがった。

この二匹なら仲よくやれるだろう。バックは犬たちから目を離し、セイディのアパートメントを見回した。女性ならではのごちゃごちゃした感じがいいな。くだらないがらくた。瑞々しい植物。そして、あちこちに配されたフリル。キッチンの白いカーテンも、小さなテーブルにかけられたクロスもフリル付きだ。

冷蔵庫の扉には写真が何枚も貼られていた。だが、そこに写っているのは男性でも家族でもなく、種類も年齢も様々な犬と猫だった。この動物たちはどんな苦しみを味わってきたのだろう？　彼らの傷を癒やせるのは、大きな心を持つ強い女性――特別な女性だけだ。

いつも遊び歩いているような女性には、そんな大役は務まらない。

冷蔵庫の横にはカレンダーがかけてあった。バックは躊躇した。さすがに気が引けたのだ。だが、セイディが戻ってくる気配はなく、誘惑はあまりに大きかった。セイディはガードが堅すぎる。彼女のことを知りたければ、このチャンスを逃す手はない。

バックはカレンダーに歩み寄り、九月のページに書き込まれたメモを読んだ。ほとんどは空欄だったが、四日だけ予定が埋まっていた。獣医師との約束。歯医者の予約。図書館の本の返却期限。カーペット洗浄業者の来訪。

デートもなく、パーティもない。刺激的な行事が一つもない。

八月のページも似たようなものだった。七月のページをめくったところで、バックは動きを止めた。

セイディは七月二日に葬儀業者と会い、四日に弁護士と会っていた。〝母の遺産整理〟という言葉が女らしい筆跡で記されている。その二日後には〝死亡証明書の受け取り〟という言葉もあった。

なんてことだ。バックは唾をのみ込んだ。セイディは母親を亡くした。だから、ここに引っ越してきたのか？　タイミングはぴったりだが。彼はぼんやりと宙を見つめ、セイディと初めて会った時の記憶を呼び覚まそうとした。あの時の彼女は無口で孤独だった。最初の一週間近くは、毎日一人で車から荷物を運んでいた。段ボール箱やランプや小さな家具を両腕に抱えて、車とアパートメントを何度も往復していた。

抱えきれない荷物は押すか引きずるかして動かしていた。弱音を吐かずに黙々と。そして決然とした態度で。

僕は手伝いを申し出た。でも、彼女はそれを断った。僕に礼を言って、また作業に戻った。そのあともずっと同じことの繰り返しだった。僕が何を申し出ても、彼女は必ず断った。

バックの足下を犬たちが駆け抜けた。丸い頭に耳を倒し、小さな体を流線型に伸ばしている。なんともかわいいもんだ。ブッチは恋の虜か。ティッシュもブッチといると楽しそうだな。

バックは目を鋭く細めて考え込んだ。休暇はまだ二週間ある。ブッチの世話があるから、特に予定は入れていない。ここにいることでブッチが幸せになれるなら、ブッチといることでティッシュが幸せになれるなら、セイディもそのほうが嬉しいはずだ。

この状況をうまく生かせば、全員のためになるんじゃないか？

両手をこすり合わせながら、彼はプランを練った。ミズ・セイディ・ハートもこれ以上僕を拒絶することはできないだろう。

彼女の心をつかむには、彼女の犬を利用するのが一番だ。

2

セイディは記録的な速さで朝の日課をすませた。自分自身にも認めたくないが、彼女は半分恐れていた。あまり長く待たせたら、バックは痺れを切らして帰ってしまうかもしれない。なにしろ、彼がここにいること自体が奇跡みたいなものなのだ。

彼女はもつれた髪に容赦なくブラシを当て、素早くねじってまとめた。出来は今一つだけど仕方ないわ。パンツ一枚のハンサムな大男を待たせて、髪をまとめるのはこれが初めてなんだから。

ああ、嘘みたい。

彼女は震える手で歯を磨いた。念のために口内洗浄液も使った。別に何かを期待しているわけじゃないのよ。ただ……バックは平気で他人の個人空間(パーソナルスペース)に入ってくる人だから。

セイディは鏡に映る自分の姿を見つめ、荒い息を吐いた。バックに近づかれるのは嫌いじゃないわ。たぶん、彼にとっては意味なんてないのよ。体が大きいから自然と場所を取ってしまうだけ。でも、こっちはどきどきする。どきどきするだけ無駄なのに。彼は私なんかには手の届かない人なのに。

バックはいいにおいがするわ。熱い男のにおいが。朝の爽やかな空気の中であのにおいを嗅ぐと、頭がぼうっとしてしまう。

セイディは目をつぶった。深呼吸で興奮を静め、急いで顔を洗う。もともとアクセサリーや化粧はしないので、身支度には十分もかからなかった。ピンクのブラウスに茶色のスカートを合わせ、同じ茶色のカーディガンを羽織って、週末用の歩きやすいローファーをはくと、彼女はバスタオル――うちにある中で最も大きなタオルを腕にかけた。

ここまで来ても、彼女の中にはまだためらいがあった。バック・ボズウォスはとにかく……過剰なのだ。過剰な男らしさ。過剰な筋肉。過剰な魅力。

そんな過剰な男が今、彼女のキッチンの椅子に座っている。パンツ一枚の格好で。たくましい胸と広くて硬い肩と引き締まった腹部をさらして。

セイディは身震いした。彼女は怖いほど興奮し、期待と不安を同時に感じていた。

二十五年間生きてきたが、自宅のキッチンに半裸の男がいるのは初めての経験だ。もちろん、男性を家に呼んだことはある。彼女もまったくの社会不適応者ではないのだから。だが、それはすべて仕事がらみの来訪だった。ペットを預けに来た動物保護センターのスタッフや、彼女の署名をもらうために母親に関する書類を持ってきた弁護士だったのだ。

でも、今回は違うわ。

いいえ。ある意味では同じかも。

事実を直視しなさい。バックがここにいるのはデートのためじゃないのよ。いつも友好的にふるまっているけど、彼は私なんかに興味はないのよ。彼が付き合っている女性たちを見たでしょう。みんな、私とは全然違うタイプだったわ。

もし私が彼のアパートメントのドアをロックしなかったら、彼はここにはいなかった。私はティッシュを助けてと彼に命令をしたわ。そのあげく、下着姿の彼を自宅に入れなくしてしまった。ひどい話よね。彼が怒るのも当然よ。

過去に受けた仕打ちのせいで怒って怯(おび)えている雄の大型動物なら、今までにたくさん扱ってきたわ。私は彼らをなだめ、撫(な)でてやった。そうやって彼らを落ち着かせ、信頼を勝ち取ってきた。ついでにいくつか傷跡もできたけど、そんなのはたいしたことじゃない。人生を変えるほどのものじゃない。

それに、バックはそこまで怒ってはいなさそうだわ。彼が女性に噛(か)みつくとも思えないし。そもそも、私が彼を撫でるなんてありえないでしょう?

その可能性について考えたとたん、セイディの心臓がどきりと鳴った。

いいえ。やっぱり、ありえない。仮に私にそれだけの勇気があったとしても、向こうがいやがるに決まっている。それに、私には無理よ。あの力強い体を撫でるなんて。絶対に無理。でも、そのことを考えただけで顔が火照ってくる。ばかばかしいったらないわ。

セイディは腹をくくり、自分の部屋を出た。廊下の角を曲がった彼女は、まず小さなキッチンテーブルに目を向けた。そこには誰もいない。彼女は落胆したが、それも一瞬のことだった。常識的に考えなさい。バックは下着姿なのよ。だから、ここに入れろと要求したのよ。そんな人が外に出ていくわけないでしょう。

　セイディは少し足を速めてリビングルームに入った。そして、大きな体につまずきそうになった。バックがカーペットに腹ばいになっていた。狭い床の大半を占領しながら、ティッシュを呼び寄せようとしていたのだ。ブッチも彼のかたわらに座り、くんくん鳴いたり吠えたりしながら、じれったそうに様子を見守っていた。

　セイディは心がとろけそうになった。初めて会った日から、彼女はバックの大きさに圧倒されていた。冗談が大好きで、いつもふざけてばかりいるが、彼の力強さは否定できない。彼女の両手に余るほど太い二の腕。大きな石を思わせる肩。木の幹のような太腿。たいていの人間はバックがただそこに立っているだけで怖じ気づくだろう。セイディも最初のうちは彼が怖かった。

　そんな恐ろしげな人が、今は必死に小さな犬をおだてている。なんとも不思議な光景だわ。

　セイディは床に長く伸びた力強い体を目でたどった。くしゃくしゃになった茶色の髪から始めて、盛り上がった筋肉に挟まれた背中の溝を経由し、分厚い太腿と毛に覆われたふくらはぎを通り過ぎ、ようやく大きな足に行き着いた。

　私が知る中で一番大きな男性。私が下着姿を見た唯一の男性。しかも、誰よりも優しく甘い声の持ち主で……。

「寝返りを打って、反対側も見せてやろうか？」

　笑いを含んだ声が問いかけてきたので、セイディはぎょっとしてバックの顔に視線を向けた。だが、バックは彼女を見ていなかった。唇の端を歪めて微笑しながら、ティッシュを眺めている。

　セイディは咳払いをし、もっともらしい嘘を口にした。「私はただサイズを確認していただけよ。このタオルで間に合うのか心配だったから」

「なるほどね」

　話題を変えたほうがよさそうだわ。それも、今すぐに。

　セイディはまた咳払いをした。「あなたの努力はありがたいけど、ティッシュは本当に内気な子で、特に男の人を怖がるの。私が呼んでも近づこうとしないのよ」

「僕はあきらめないよ。いつか彼女の心を勝ち取ってみせる」バックはウィンクを返し、床から起き上がった。

　セクシーだった。その姿は堂々としていた。

　無言で見上げるセイディに彼が手を差し出した。私に触れるつもりなの？　反射的に飛びのいたところで、セイディは彼が手のひらを上に向けていることに気づいた。

　ああ、そういうことね。

　彼女はタオルを渡した。「下着を乾かしたいなら、椅子の背にかけておくといいわ」

　バックは微笑してキッチンへ向かった。「そうだね。一分待ってくれ。のぞくなよ」

　誰がのぞきなんて！　そうね……するかもしれないわ。絶対にばれないという保証さえあれば。

　犬たちもバックのあとを追った。一人残されたセイディは小さなリビングルームで待った。廊下に顔を突き出して様子をうかがったあと、さらに待ちつづけた。

　今、うちのキッチンには裸の男性がいるのね。とても信じられないわ。セイディはその場面を想像してみた。脳裏に浮かんだ鮮明なイメージが彼女のみぞおちを締めつけた。

「準備完了」バックが叫んだ。

　根が慎重なセイディはそろそろとキッチンへ向かった。顔はすでに妄想で赤らんでいた。なるほど。ちゃんとタオルを巻いているわね。やれやれ、一安心だわ。

　とりあえずは。

　パンツよりずっとましとは言えないが、へそから膝下まで覆っている分、タオルのほうが露出度は控えめだ。もっとも、キッチンの固い椅子に座るバックは太腿を広げ、長い脚を片方だけ前へ伸ばしている。

　前々から聞いてはいたわ。男には慎みがないって。あれは本当のことだったのね。もし今、私がほんのちょっと身を屈めたら、タオルの中まで……。

「コーヒーのいいにおいがするね」

　セイディはバックのからかうようなまなざしに気づいた。彼には私の考えが読めるのかしら？　彼女は屈辱感とともにバックに背中を向け、戸棚からマグカップを二つ取り出した。「勝手に飲んでてくれてよかったのに」

「僕はそこまで厚顔無恥じゃないよ」

　セイディは苦笑した。よく言うわ。これだけ好き勝手なことをしておきながら。彼女は背後に視線を投げた。椅子の背に猿柄のボクサーパンツがかけてある。白いキッチンの中で、鮮やかな黄色のパンツはバック本人と同じくらい場違いに見えた。

「あなたに借りができてしまったわね。ティッシュを救ってもらったうえに、あなたが家に戻れなくしてしまったんだもの」

　バックは大きく頑丈な肩をすくめた。「あれは僕にも非がある。ドアがロックされることを君に警告しておくべきだった」

　体だけじゃなく度量も大きいのね。それに、親切でもあるわ。なぜ私は今までそのことに気づかなかったのかしら？

　答えはわかっているわ。私が傷ついていたせいよ。私は母を亡くし、生まれ育った家を手放した。誰かと――特にバックのような男性と関わる余裕はなかった。彼は強すぎるもの。あまりに脅威的だもの。私の心をかき乱すもの。

それに、バックは私なんか眼中にないってこともわかっていたわ。彼は大きくて、セクシーで、いつもにこにこ笑っている。いつも女性の連れがいる。彼が裏庭で女性をはべらせながらステーキを焼いているところを何度目にしたことか。

別に、のぞきたくてのぞいたわけじゃない。笑い声が聞こえたから、つい目がいっただけ。バックはよくキスをしている。周囲の女性たちをからかい、撫でている。人前だから露骨な触り方はしないけど、二人きりの時はもっとべたべたしているはずよ。とにかく、彼は女性が近くにいると、すぐに手を握ったり、さりげなく腕をさすったり、頬を撫でたりするのよ。

彼はくすぐるのも好きね。さんざんくすぐったあげく、女性を抱き上げて家の中に入っていくの。ああいうのを見ると、私にも誰かいてくれたらいいのにと考えてしまうわ。

でも、考えても虚しいだけよ。男性たちは私のことなんて無視しているんだから。

今のバックは私を無視していないようだけど。

「迷惑な話よね。親しい隣人というわけでもないのに」おざなりな謝罪をごまかすために、セイディは彼の前にコーヒーを出し、早口で問いかけた。「クリームとお砂糖は？」

「どっちもけっこう」一口すると、バックはうなずいた。「うん、うまい。これでようやく目が覚めそうだ」

皮肉をこめて、セイディは尋ねた。「昨夜は忙しかったの？」

「僕の望むような忙しさじゃなかったが」バックは友人のチワワを顎で示した。ブッチは四六時中ティッシュのあとをついて回っていた。「まだあいつがうちにいることに慣れなくてね。ライリーが……ライリーってのは僕の友人だ。よくうちに来るから、君も見たことがあるんじゃないかな？」

「赤毛の女性を連れた人ね」もちろん、気づいていたわ。ブッチも一緒だったから。ブッチはチワワとしても小柄なほうだし、赤地に黒いぶち模様のチワワなんてそうはいないもの。

「彼女はレジーナだ。ライリーはレッドと呼んでいる」

　ライリーはバックの友人たちの中では口数が少なく落ち着いているほうだった。物腰に自信と凄みが感じられるが、気遣いの人でもあり、特に妻には優しかった。それでも、男たちが集まってばか騒ぎをする時には、必ず彼も参加していた。

「ブッチはライリーの飼い犬で、何度もうちに来ていた。でも、泊まるのは今回が初めてなんだ。あいつが変な時間に寝起きするから、こっちもそれに合わせなきゃならない」

　セイディは冷蔵庫の前へ移動し、食料を漁った。二時間も一緒に過ごすのなら、彼に食事を出したほうが間が持つだろう。

「だったら、私はブッチに感謝するべきね。あなたが早起きしなかったら、私は一人であの蝉と向き合うことになったんだもの」彼女は冷蔵庫の扉ごしにバックを振り返った。「認めたくはないけど、私に対処できたとは思えないわ」

「わかるよ。蝉は気持ち悪いもんな。たぶん昆虫界一じゃないか」

　彼の賛同の言葉で、セイディは少し気が楽になった。「卵とベーコンでいい？」

「ありがたいね」バックは椅子の背にもたれた。彼の重みを受けて、小さな椅子がきしんだ。「で、さっき君が言ったことだけど……」

「私が？」セイディはフライパンを取り出した。

男性のために料理を作るのもこれが初めてだわ。私は一人っ子で兄弟がいない。パパは私が子供の頃に家を出ていった。ママは再婚もせず、女手一つで私を育ててくれた。そういえば、ママはもともと病気がちで食が細かったわ。バックみたいな男性は卵をいくつ食べるのかしら？

彼女はバックの大きな体を眺めた。二つ？　いいえ、三つは必要かも。

「親しい隣人じゃないって話だよ」

セイディは危うく卵を落としそうになった。その話題は避けたいわ。余計なことを言うんじゃなかった。でも、助けてもらった以上、謝罪はするべきよね。

バックから視線を逸らしたまま、彼女は熱くなったフライパンにベーコンを並べはじめた。「それも原因は私にあるのよね」

バックは身を乗り出し、テーブルに片方の肘をついた。「気を悪くしないでほしいんだが、今までの君はちょっと冷たい感じがした」

セイディの背中が強ばった。「冷たい？」

「素っ気ないというか」バックは説明した。「よそよそしいというか。少しばかり――」

「もうけっこう」セイディは彼をにらみつけた。

バックはにやりと笑った。「わかった。僕の顔を噛みちぎるなよ」

ふん。セイディは調理台に向き直った。そりゃあ、きつい言い方をしたことはあったかもしれないわ。でも、冷たいだなんて。たいていの女性は彼に尻尾を振る。でも、私はそうじゃない。それだけのことよ。彼女は唇を噛み、ベーコンを二枚追加した。

「それは悪うございました」

大きなため息に続いて、椅子がきしむ音がした。不意に彼女の背後にバックが現れた。バックは何も言わなかったが、彼女は追いつめられたような気分になった。大きな体から発せられる熱を背中全体に感じた。そして、またあのにおいを意識した。ぬくもりのある男らしいにおい。

彼女は振り返らなかった。バックと顔を合わせる勇気がなかったのだ。

「怒らせちゃったかな」

「怒ってないわ」セイディは素早く首を振って否定した。

「セイディ、僕は君のことをもっと知りたい」

ああ、どうしよう。こういう場面は何度も想像したわ。でも、現実にそうなると、何をどうしていいのかわからない。

バックは長くごつい指で彼女の手首をとらえた。彼女の腕を持ち上げ、小さな傷跡をざらつく親指で撫でた。「これはなんでできた傷だ？」

声が出てこないわ。心臓が破裂しそう。セイディは咳払いをした。「犬よ。私が預かる犬たちはときどき……情緒が不安定になるの」

「だから、自分を噛ませるのか？」

「わざと噛ませているわけじゃないわ。偶発的な事故よ」バックの触れ方があまりに自然だったので、彼女も少しは落ち着きを取り戻した。「うちに来る犬たちの大半は虐待を経験しているの。捨てられた子もいれば、飢え死にしかけた子もいる。それで人間を信頼しろというほうが無理な話よね。だから、ちょっとしたことに驚いてしまうの」

バックは親指で彼女の手首を撫でつづけた。「ふうん。具体的にはどんなことだい？」

この状況で会話を続けろっていうの？　彼がこんなに間近にいるのに？　真剣な表情で私に触れているのに？　たいていの女性にとっては、よくあることなんでしょうね。でも、私にとっては前代未聞の事態なのよ。

セイディは咳払いをし、落ち着いた声を出そうとした。「一番怖がるのは大きな音ね。大きな音がすると、興奮して暴れるの。犬なら噛むし、猫なら引っ掻く。私を傷つけたいわけじゃないの。それだけ怯えているってことなのよ」

　バックは顔をしかめた。

「彼らのせいじゃないわ。彼らを預かる時、私が最初に心がけるのは安心感を与えることよ。静かな環境で愛情と慰めをたっぷり注いであげるの。そして、私に慣れてくれるように努力する。そんな時に大きな音が聞こえたら……」

「たとえば笑い声とか？」

　察しがいいのね。セイディはうなずいた。「まあ、それもあるわね」

　バックは慎重に手首を引っ張り、彼女を自分のほうに向かせた。セイディの背は彼の顎までしか届かなかった。無精髭で覆われたバックの顎は強ばっていた。彼の唇も固く引き結ばれていた。

　セイディは彼の胸を見つめた。大きな体。大きすぎる体。引き締まっていて……セクシーだわ。

　この黒い胸毛に指を這わせたら、どんな感じがするかしら？　柔らかい感触だってことはわかっているのよ。さっき助けを求めた時に触ったから。でも、あの時はティッシュのことで頭がいっぱいで、彼の感触を味わう余裕なんてなかった。もしこの胸に頬を当てたら……。

　バックは彼女のもう一方の腕を持ち上げ、傷跡をチェックした。「僕はばかだ」

　セイディは妄想から現実に引き戻された。「何を言うの？」

「だから、君は僕が友人たちを呼ぶのを嫌っていたんだな。僕たちが騒々しい音をたてるから。だから、君は僕の誘いを断っていたんだ」

　恩人に嘘はつけないわ。正直に認めるのはいやだけど、ここは本当のことを言うべきよ。

「確かにあの音で動物たちが興奮することはあるわ。でも、私が誘いを断ったのは、人付き合いが苦手だからよ」

バックはひざまずき、彼女と視線を合わせた。

「苦手？　なぜそうなった？」

吸い込む空気にさえ彼の体温が感じられる。これでは近すぎるわ。全身が裏返ったみたいにざわざわしてしまう。でも、バックはそのことに気づいてないんでしょうね。私を口説いているつもりはないんだから。

私を口説こうと思う男性なんているわけがないんだから。

彼の右の乳首を見つめながら、セイディはささやいた。「ここに引っ越してきてからは、ずっと忙しかったし」

「忙しかった？」バックの声は懐疑的だった。

セイディはうなずいた。「仕事と動物の世話があるから、人と付き合う時間はないの」

「でも、僕は隣に住んでいるんだぞ」

バックはセイディの手を取り、自分の胸――彼女が見つめていた乳首のすぐ上に押しつけた。

ああ、指を丸めたい。猫みたいに撫で回して、彼のたくましさを確かめたい。暴走する衝動をセイディはぎりぎりで押しとどめた。

「動物も連れてくればいいじゃないか」

私は夢を見ているのかしら？　とても現実とは思えないわ。私のアパートメントに男性がいるだけでも嘘みたいなのに、その男性に動物と一緒に遊びにおいでと誘われるなんて。バックはどうしてそんなに寛大なことが言えるの？

「でも私……いつも機嫌がいいわけじゃないのよ。寝不足の時は怒りっぽくなるわ。犬と暮らしていると、眠れないこともあるの。犬も人間と同じで悪夢にうなされたりするから」セイディはバックの反応をうかがった。彼のおかしそうな表情を見て、さらに言い募った。「思いどおりにいかなくて、いらつくこともあるし」

落ちてきた前髪がセイディの目にかかった。髪をまとめる時に手を抜いたせいだ。バックに片手をつかまれ、もう一方の手を彼の胸に当てていたセイディは息でそれを吹き払うしかなかった。

バックはしばらくは何も言わなかった。強いまなざしで見つめられ、セイディは膝から力が抜けそうになった。

やがて、彼は心をとろかすような声で言った。

「君は本当に優しい人だね」

セイディは驚いて視線を上げた。「えっ？」私、今、彼に褒められたの？

バックは彼女の代わりに乱れた髪を直し、にっこり笑った。「料理は僕がやるから、ティッシュのことを聞かせてくれ」

なんなの、これ？　あんなことを言っておきながら、何事もなかったようなこの態度は？

バックの真意が知りたい。だが、セイディにそれを追及する度胸はなかった。「あなた、料理ができるの？」言ったとたんに彼女は後悔した。間抜けな質問ね。彼が栄養失調に見える？

「ああ、できるよ」バックは彼女の手を自分の胸から離し、手のひらにキスをした。それから、彼女を横に押しやり、調理台の前に立った。「手のこんだ料理は無理だけど、朝食抜きってわけにはいかないからね」彼はフォークでベーコンを裏返し、卵を焼くために別のフライパンにバターを落とした。「君にはトーストを担当してもらおうかな。僕の分は四枚で」

セイディはぼうっとしながらパンを取り出し、トースターに向かった。

「ティッシュはなぜ禿げてるんだ？」

彼女はきっとして振り返り、バックの広い背中をにらみつけた。でも、今回は〝不細工〟と言わなかっただけましかしら。彼女は話題の主に視線を移した。ティッシュは日差しを浴びて丸くなっていた。その背後にはブッチが寄り添っていた。ブッチはティッシュが動くたびに飛び起きるのね。でも、ティッシュが何もしないから、がっかりしてまた横になる。なんともかわいらしいコンビだわ。

「ティッシュは前の飼い主に大きな犬と交配させられたの。だから、お産も大変だったのよ。自力では産めなくて、帝王切開になってしまったわ」

「犬にもそんなことをするのか？」バックは熱したフライパンに卵を二つ同時に落とした。「帝王切開を？」

「必要な場合はね。でも、問題は子犬のサイズだけじゃなかったわ。栄養失調だったティッシュは、妊娠でぼろぼろの状態になったの。前の飼い主にそんな彼女を動物保護センターの前に置き去りにしたのよ」

バックは調理台から振り返り、なんとも言えない表情でセイディを見つめた。「子犬たちは？」

「無事に産まれたわ。五匹全部」怒りがセイディの声を詰まらせ、みぞおちを締めつけた。「でも、かわいそうなティッシュには何が起きているのかわからなかった。陣痛の苦しみにただ怯えることしかできなかったの。毛が抜けたのは手術――特に麻酔のトラウマのせいかもしれない。でも、きっとまた生えてくるわ」

バックは動きを止め、太ったチワワを見やった。「小さい体でつらい思いをしたんだな」

声をかけられたティッシュは、顔を上げて彼を見つめ返した。

セイディの胸に痛みが走った。「ティッシュは前の飼い主に殴られていたのよ」

犬に視線を据えたまま、バックは身を硬くした。

「なぜわかるんだ？」

「私がそばで手を上げると、あの子はびくっと体を動かすの。あれは殴られると思っているからだわ。首輪をつけられると怯えた様子で抵抗して、必死に首輪を外そうとするし。だからといって、首輪をきつく締めたら、あの子に痛い思いをさせてしまう。そんなこと、私にはできないわ」セイディはバックに視線を投げた。「今朝、ティッシュが脱走したのはそのせいよ」

バックもその事実にショックを受けているようだった。「だったら、首輪なんてしなきゃいい」

「首輪をしないと、逃げて迷子になるかもしれないでしょう。あの子をまたひとりぼっちにするなんて、考えただけでも耐えられないわ」

バックは調理台に背を向け、少し考えてから、中庭のドアへと歩き出した。ティッシュが素早く飛びのいた。ブッチもあとに続いた。二匹のチワワは離れた場所から彼の動きを目で追った。

セイディのアパートメントは彼のアパートメントほど高級な造りではなかった。彼のドアはフレンチドアだが、セイディのドアはスライドドアだった。バックは外を眺め、顎をさすりながら考えた。

「僕が小さなフェンスを作ってやるよ。芝刈りの業者が入る時も邪魔にならないような簡単なやつを。ティッシュは小さいから、フェンスも小さいのでいいか。そうすれば、ティッシュが君に懐くまで首輪をつけずにすむ」

セイディはむっとして言い返した。「ティッシュはもう私に懐いているわ。だから、しょっちゅうプレゼントを持ってくるのよ」

「プレゼント？」

「だから、その……虫とか色々」

「ティッシュは好きな人間に蝉をプレゼントするっ

てことか？」バックはうなった。「じゃあ、嫌いな人間には何をするんだ？」

その問いかけを無視して、セイディは説明した。

「とにかく、私たちはうまくやっているわ。ティッシュはただ用心深いだけよ」

「君みたいに？」

セイディは動きを止めた。確かに私は用心深いわ。でも、そのことをうまく隠しているつもりだったのに。「それ、どういう意味？」

バックは調理台に戻り、慣れた手つきで卵をひっくり返した。「僕が近づくたびに、君は身を硬くする。まるで僕に殴られると思っているみたいに」

それは違うわ。私が身を硬くするのは、そうしないと彼に飛びついてしまいそうだからよ。私は地味だし、経験も足りない。そんな私にも好奇心はあるの。人並みに欲望を抱いているの。ただ、内気な性格のくせに理想だけは高かったし、ママの看病もあったから、そういう欲望を満たすチャンスがなかったのよ。

ときどきは欲求不満で頭が爆発しそうな気がすることもあるわ。そんな私をバックみたいな男性――自信とセックスアピールにあふれた男性の隣に置くなんて、ガソリンに火をかざすようなものよ。私はみっともない醜態をさらしたくない。だから、必死に自分を抑え込んでいるのよ。

もちろん、彼にそんなことは言えないけど。

「それは、その……」

「君はあまりデートをしないよね？」

その〝あまり〟が〝まったく〟という意味なら……。

「ごめん」いちおう謝ったものの、バックに反省している様子はなかった。「詮索するつもりはないんだ。いや、あるのかな。でも、君を困らせたいってわけじゃない」

セイディはカウンターにもたれかかり、混乱した頭で考えた。バックはどういうつもりなの？　なぜ私の社交生活について知りたがるの？

壁の時計が大きな音で時を刻んでいた。犬たちは期待の表情で彼女を見つめている。さんざん迷った末に、セイディは背中を起こした。今、私のキッチンには男性がいる。それも、ただの男性じゃなく、バック・ボズウォスが。彼は興味を示している。向こうは裸同然だけど、恥ずかしがっている場合じゃないわ。私には訊く権利があるのよ。

咳払いをすると、彼女はうわずった声でためらいがちに問いかけた。「どうして知りたいの？」

バックは二枚の皿をテーブルに運んだ。「男はそういうことが気になるんだよ」

セイディは二匹のチワワを見やった。犬たちも見返してきた。二匹そろって困ったような顔をしている。彼らに助けを求めても無駄のようだ。彼女はバックに視線を戻した。「でも……なぜ？」

バックは悠然とトースターに近づいた。そして意思の力でパンを焼き上げようとするかのようにトースターを凝視した。「僕たちはお隣同士だ。お互い独身だし、年齢的にも近い」彼はセイディのほうを向いた。「僕は三十一歳になる」

答えを期待している顔ね。「私は二十五歳よ」セイディが答えると、彼はうなずいた。

「僕たちは二人ともチワワと暮らしている。つまり、共通点がたくさんあるわけだ」

冗談でしょう？　私たちには共通点なんて一つもないわ。

「僕はもっと君と行き来したいと思っていた。君とティッシュと一緒にだらだら過ごすとかね。でも、君が忙しいなら、邪魔するわけにはいかない」

「行き来する？　だらだら過ごす？」しっかりしてよ、セイディ。このままじゃ彼におつむが空っぽだと思われてしまうわ。

バックは肩をすくめ、セイディの反応をやり過ごした。「別に何をどうしようってわけじゃない」彼は温かな緑色の瞳でセイディを見下ろした。「今のところは」

今のところは？　先々は何かするつもりだってこと？

「僕たちにはそれぞれ犬がいるわけだろう？　ブッチはティッシュほど神経質じゃない。でも、独りぼっちにされるのはいやみたいで、僕が何をする時でも必ず後ろをついてくる」

セイディはあからさまな事実を指摘した。「今はあなたの後ろにいないけど」

バックはにやりと笑った。「それはティッシュに気に入られようと必死だからさ。でも、僕はブッチから見える位置にいる。もし僕の姿が見えなくなったら、ブッチは動揺するかもしれない。というわけで、僕たちが一緒に過ごすってのも悪くないと思うんだ。場所は僕のうちでもいいし、君のうちでもいい。一緒に映画を観るとかね」

「まあ」

彼はセイディにほほ笑みかけた。「君、映画は好きかい？」

「ええ」大好きよ。私にとっての娯楽は、自宅でペットと一緒に映画を観ることだもの。

「よかった。一緒に過ごす時間が増えれば、ティッシュももっと君に懐くんじゃないかな？」

セイディは唇を噛んだ。「今だってずっと一緒にいるように心がけているわ。仕事に行く時を別にすれば」

「ポイントはそこだよ。僕は休暇中だから仕事に行く必要はない。君の留守中もここにいられる。ティッシュもすぐ僕に慣れてくれるだろう」

セイディは足に根が生えたように突っ立っていた。

ここまで言われては、反論のしようがない。「まあ、そうでしょうね」

信じられないわ。あのバック・ボズウォス――女性たちにもてもての大男が一緒に過ごそうと私に提案するなんて。

それとも、彼はティッシュと一緒に過ごしたいだけなの？

セイディは眉をひそめた。少なからず頭が混乱していたのだ。

「僕がここで過ごす時間が増えれば」バックは続けた。「ティッシュも僕に心を開きはじめるだろう。一人の人間を信頼できれば、ほかの人間も信頼するようになる。違うかい？」

セイディはうなずいた。「筋は通っているわね、いちおう」

「そして、そうなれば……」バックは大きな手で彼女の頭を撫で、乱れた髪を整えた。「君も少しは僕を信用してくれるかもしれない」

さりげない触れ合い。こんなふうに私に触れた人間は今まで一人もいなかったわ。死んだママを除けば。セイディは深呼吸を二度繰り返した。体がぐらぐら揺れているみたい。いったい何が起こっているの？

バックは声をひそめてつぶやいた。「君の髪は本当に柔らかいね」彼はセイディの顎のラインを親指でたどった。「君の肌も」

セイディの体の奥に熱が生じた。このままだと全身が溶けてしまいそう。ぽんという音とともにトーストが飛び出し、ぎょっとした彼女も一緒に飛び上がった。

先にトーストへ手を伸ばしたのはバックだった。「で、さっきの質問に戻るけど、今のところ本気で付き合っている相手はいないんだね？」

本気で妄想に取りつかれてはいるけど。「ええ」

バックは一瞬考える顔になった。「気軽なデートの相手は？」

セイディは首を横に振った。

眉間にかすかに皺（しわ）を寄せると、バックは探るような表情で彼女を見つめた。「デートはまったくしないのか？」

白すぎる肌が恨めしいわ。顔を赤らめても、ちっともきれいに見えない。ただ火傷（やけど）したように見えるだけ。

「ええ」

「なぜ？」とんでもない量のバターをトーストに塗りながら、バックは彼女の返事を待った。

何を言えばいいの？　本当のことを？　セイディは身震いした。冗談じゃないわ。世の中には永遠に秘密にするべき恥もあるのよ。たとえば、高校のダンスパーティをすっぽかされたこととか。当時を思い返し、彼女はさらに頬を赤らめた。気合いを入れた髪型でおしゃれなドレスを着て、期待に胸をときめかせていた私。でも、二時間待っても、デートを約束した相手は現れなかった。それから高校を卒業するまで、私はずっとジョークのネタにされたのだ。

セイディの膝に力が入った。「そんな時間はなかったから」彼女は目をつぶった。嘘が下手ね。時間ならいくらでもあるでしょう？　それくらい、バックにもわかっているはずだわ。

「じゃあ、以前はデートしていたけど、今はあまりしていないってことかい？」

本当のことは言えないわ。自分の弱みをさらけ出すわけにはいかない。私は大人の女よ。傷ついた子供じゃないんだから。

セイディはつんと顎をそびやかした。「朝食をとるんでしょう？　それとも、おしゃべりを続けたほうがいい？」

「同時にやろう」バックはトーストをテーブルへ運

ぼうとして向きを変えた。そして、犬たちにつまずきそうになった。

ブッチは人の食べ物をねだるような真似はしない。だが、ティッシュは違った。躾がなっていないのか、ぴょんぴょん飛びはねながら懇願するように吠えつづけた。

「少しは僕のことが好きになったかな？」バックは笑顔でティッシュに問いかけた。

「ごめんなさい」セイディはあわてて戸棚に走り、ドッグフードの箱を取り出した。「この子、保護された時には哀れなくらいに痩せていたのよ。だから、ちゃんと食べるように、みんな手で餌を与えていたんだけど、そのせいで、人の手の近くにある食べ物はなんでももらえると思い込んでしまったの」

「そのかいあって、これだけ太ったわけか」

そう言われても仕方ないわ。今のティッシュはペンギンみたいに丸々しているもの。骨型の小さなドッグフードをつまんでから、セイディは尋ねた。

「ブッチにも一つあげていいかしら？」

「もちろん」トーストをテーブルに置くと、バックは腰を折ってティッシュを撫でようとした。

ティッシュはきゃんと一声鳴いて彼の手をよけた。

バックはため息をついた。「いいんだ、ベイビー。気持ちはわかる」

バックはひざまずいていた。膝を広げているせいで、タオルが大きく開いている。セイディは思わず身を乗り出したが、たくましい太腿しか見えなかった。

振り返ったバックが笑顔でセイディを見上げた。彼女がしていることに気づいていないのだろうか？それとも、気づいていながら、あえて無視しているのだろうか？

「ティッシュを抱っこしてみたいな」

「私も同じ気持ちよ。いつかは抱っこさせてくれると思うけど」

バックは禿げたチワワに視線を戻した。「僕は欲しいものは辛抱強く待つ主義でね」

甘い声に誘われたのか、ティッシュがそろそろと近づいてきた。彼を見つめながら、少しずつテーブルへと移動する。

「いい子だ」バックは優しくおだてた。

そして、慎重にティッシュのほうへ手を伸ばした。ところが、あと少しというところで、ティッシュは椅子の背から彼の派手なパンツをひったくり、走り去っていった。

バックは呆気にとられて立ち上がった。「おい！」

セイディはリビングルームへ逃走したティッシュを見送った。「ああ、もう……」

ブッチがティッシュを追って駆け出した。バックとセイディもあとに続いた。犬たちは長椅子の下に逃げ込んでいた。バックがひざまずいてのぞき込むと、二匹そろって吠えたて、彼を追い払おうとした。

「ティッシュは僕のパンツをどうしたいんだ？」

セイディは長椅子の下をのぞき込む彼の姿を眺めた。「それはわからないけど」そして、立ち上がり、こちらに向き直ったバックに言った。「少し待てば取り返せると思うわ。あの子が長椅子から出てきたら」

バックは少しためらった。それから、彼女の肩に太い腕を回して、キッチンへ引き返した。「まあ、いいか」

セイディは重く温かな腕を意識した。体が強ばり、うまく歩くことができない。キッチンに入ると、バックはセイディのために椅子を引き、彼女が座るのを待って、自分も席に着いた。

「君の仕事について聞かせてくれよ。君が動物保護センターに勤めていることは知ってるけど、具体的には何をしているんだい？」バックは食事に取りかかった。彼女よりも食べることに集中しているようだった。

おかげで、セイディも落ち着いて答えることができた。「獣医のアシスタントよ」

バックはうなずいた。「そんなところだろうと思った」

「私、昔から動物が大好きだったの」

「見ていればわかるよ」

彼は開けっぴろげで気さくなのね。これなら話しやすいわ。

「本当は獣医を目指していたのよ。でも、資格を取るところまでいけなくて」

「どこまでいったんだ？」バックは一枚のトーストを二口で平らげた。

セイディは目を丸くした。あっと言う間ね。がっついているふうでもないのに。彼女はバックから視線を引きはがし、卵料理を味見した。うん、上手にできているわ。

「獣医科大学に合格はしたの」自慢に聞こえないことを祈りつつ、彼女は答えた。

「へえ？　よっぽど優秀だったんだな」

バックの口調ったら、まるで感心しているみたい。あの時はママも大喜びしてくれたわ。とても誇らしげだった。

「厳しい競争率だったけど、私はすでに獣医学の基礎カリキュラムを終えていたから。解剖学に生理学、化学、微生物学。あと、臨床科学も」

「どれも難しい科目だ。で、それから？」

セイディはフォークをもてあそんだ。「母のために家に残ることになったの」こんな言い方をしたら誤解を招くわ。ママが身勝手な人間だったと思われる。彼女はあせって説明を続けた。「母は女手一つで私を育ててくれたのよ。私が物心がつく前からずっと。母は気丈にふるまっていたけど、長年病気を患っていたの」

「病気？」

「癌よ」その言葉を口にするだけで、胸が痛くなるわ。「母の病状は寛解と悪化を繰り返したわ。そのたびにどんどん悪化して、回復にかかる時間も長くなっていったわ。そして、癌が転移しだしたの」セイディの声が震えはじめた。母親が亡くなってからまだ日が浅い。その話をすると今でもつらい気持ちになるのだ。「私はママを一人にしたくなかったの」

バックは空になった皿を押しやり、眉間に皺を寄せて気遣いと同情を示した。「君がお母さんの看病をしたんだね？」

「私と週に三日来てくれる看護師さんとで」

「お母さんが最初に癌と診断されたのは君がいくつの時だ？」

言われてみれば、ママは昔から癌だったわけじゃないわ。若い娘が自由を求めて、家から巣立とうとする時期に、私はママのそばにいるしかなかった。要はそれだけのことよ。「最初に胸の腫瘍が見つかったのは、私が十五歳になる少し前だった。母は手術を受けたわ。それから一年くらいは問題なさそうに見えたの。でも、腫瘍がほかにも見つかって。肺と骨に」セイディは唾をのみ込み、自分の皿を押しのけた。もう一口も食べられそうになかった。「最後は脳にまで」

バックはテーブルごしに手を伸ばし、彼女の手を握った。「大変だったね」

衰弱していく母親を見守るのは生き地獄だった。だが、セイディは一人で耐えた。彼女を支え、助けてくれる他人――医師や看護師、法律関係の人々を除けば、頼れる者など一人もいなかったからだ。

セイディはずっと人のぬくもりに飢えていた。その穴を埋めるために、動物たち――彼女が最も理解している存在へ気持ちを向けるようになった。しかし今、バックは彼女の手を握っている。本気で彼女のことを案じているかのように。セイディは驚嘆した。そして、心から感謝した。

「亡くなる前のママは、ほとんど寝たきりだったから」

バックはセイディの手を裏返し、親指で手のひらをさすりながら、彼女の目をのぞき込んだ。セイディはすべてに触れられている気がした。肌だけでなく心にまで。彼女はつらい記憶を忘れた。悲しみは別の感情――もっと温かな感情に変わっていった。

そして、彼女は奇妙な感覚にとらわれた。深い温水プールに落ちていくような気がした。しばらく沈黙が続いた。

やがて、バックはわずかに目を鋭く細め、肩を強ばらせた。「食事はもういいのか？」

「ええ」もうつらくはないけど、食事は無理だわ。こんなに胸がどきどきしているんだもの。

犬たちがキッチンに戻ってきた。ティッシュは人間たちの様子をうかがいながら慎重に歩を進めた。そのかたわらで、ブッチはただ飛びはねていた。ティッシュはスライドドアの前まで派手なパンツを引きずっていった。そこにパンツを置くと、まずは鼻でつつき回し、次に歯でくわえて三回ぐるぐる回った。それから、うなり声とともにパンツの中央に尻を据えた。

ブッチは人間たちに戸惑いの視線を向けた。だが、自分だけ残されるのはいやだったのだろう。ティッシュに視線を戻すと、彼女の横で体を丸めた。

バックの顔にゆっくりと笑みが広がった。「ティッシュは僕が好きなんだな」

セイディはくすくす笑った。「好きでもない人の下着の中で眠りたいとは思わないものね」

バックはセイディに顔を向けた。「君はどうなんだ？」

「私はあなたの下着の中で眠りたくないわ」

バックは笑った。彼女を引き寄せながら、自らも身を乗り出す。「でも、僕のことは好きなんだな？　僕は君が好きだよ。大好きだ」

そう言うと、彼は唖然(あぜん)としているセイディにキスをした。

3

バックは屈強な男に張り飛ばされたような衝撃を受けた。ただのキスなのに。唇を軽く触れ合わせただけで、舌は使っていないのに。

全身がざわざわしている。

彼はわずかに身を引き、セイディの表情を確かめた。セイディは目を閉じていた。柔らかなまつげが赤く染まった頰に影を落としていた。彼女の体が少しだけ前へ動いた。

くそっ。

こうなる前はあせらないつもりだった。僕はただ彼女のことをもっと知りたかっただけだ。僕のことを好きじゃなさそうに見えたから、その理由を突き止めたかっただけだ。

この表情から見て、彼女が僕を好きなのは間違いない。でも、彼女は女一人では耐えられないような重荷を背負っている。内気で優しくて、とても心が広い。

バックはまた身を乗り出した。彼女の喉に鼻を押しつけ、女らしい甘いにおいを吸い込んだ。朝から晩まで動物と戯れているのに、セイディはとてもいいにおいがする。なんだか……やみつきになりそうだ。

僕がこんなことを考えていると知ったら、友人連中は大笑いするだろう。

バックは親友たち――イーサンとライリーとハリスから、落ち着きのない人間と思われていた。彼らの妻たちも同意見らしく、ロージーに〝おばかさん〟と呼ばれたこともあった。あの時はクレア――ハリスの妻が〝大きな愛すべきおばかさん〟と訂正してくれたが、どっちにしろ、褒め言葉ではないだろう。しかし、バックは気にしなかった。彼女たちの口調には、侮辱ではなく好意が感じられたからだ。

確かに、バックはライリーほど真面目ではない。消防士として活躍するイーサンやハリスのような勇気もない。ただ気さくで陽気な男だ。彼は仕事と家族と友人たちを愛していた。女性たちを愛し、セックスを愛していた。女性たちは大柄な男を好む。彼の一族の男たちは全員大柄だった。その遺伝子を受け継いだおかげで、彼も背が高く、筋骨隆々の体をしていた。

僕は今まで人生について真剣に考えたことがなかった。体は丈夫だし、仕事も順調だったから。でも、セイディは違う。彼女にはお気楽に生きるという選択肢はなかった。

彼女は優しい心の持ち主だ。小柄で内気で愛情にあふれている。意志が強くて頭もいいが、とても引っ込み思案だ。僕は彼女を殻の中から引っ張り出したい。彼女が笑うところを見てみたい。

そして、彼女を裸にして、柔らかな体を全身で感じたい。絶頂にのぼりつめた彼女の悲鳴が聞きたい。

それが一番の望みだ。

「バック？」セイディがおずおずと呼びかけた。

バックは彼女のにおいを嗅ぎながら、首筋から耳へと鼻を向けた。こめかみの産毛を鼻先でくすぐる。興奮は高まる一方だ。「うん？」

セイディは咳払いをした。彼女は体を強ばらせ、ただじっとしていた。「何をしているの？」

「君のにおいを嗅いでいるんだ」バックは背中を起こし、彼女の顔をのぞき込んだ。「君はいいにおいがするね。食べてしまいたいくらいだ」

セイディの頬が真っ赤に染まった。「私、あの……」

「今すぐ取って食うつもりはないよ。それはあとのお楽しみだ」セイディは今にも卒倒しそうな顔だ。バックはくすりと笑い、カーディガンのネックラインをもてあそんだ。「こんなのを着ていたら暑いだろう？」

「いいえ」セイディはカーディガンの前をかき合わせた。

「本当に？」バックはゆっくりとセイディの指を広げた。その仕草には、ティッシュに対する時と同じ気遣いが感じられた。「ここは快適だよ、セイディ」カーディガンは上から二つ目までボタンが留められていなかった。そこで、彼は三つ目のボタンを狙った。胸のふくらみの上に位置するボタンを指でつまみ、ボタン穴から解放する。「僕はタオル一枚でも寒くない」むしろ暑いくらいだ。

セイディの瞳が大きく見開かれた。少し頭がぼうってしているのか、押し殺した息も乱れていた。

すべてのボタンを外し終えると、バックは彼女を立たせ、慎重な手つきでカーディガンを脱がせた。華奢（きゃしゃ）な骨格。手荒に扱ったら壊れてしまいそうだ。彼女のそばに立っていると、自分が巨大な雄牛になった気がする。

セイディは警戒のまなざしで彼を見つめていた。だが、そこには期待の色もあった。

バックはカーディガンを椅子の背にかけた。「ほら、寒くないだろう？」

荒い息を繰り返しながらセイディは唇をなめ、二度瞬（まばた）きしてからうなずいた。ピンクのブラウスの下で、彼女の胸のふくらみが上下に動いている。

なんて愛らしいんだろう。

バックは彼女の顔を両手でとらえた。「立ち入ったことを訊（き）いていいかな？」

セイディは彼の唇を見つめた。「何？」

「最後にちゃんとしたキスをされたのはいつだい？」バックは返事を待った。一週間前？　一カ月前？　僕が何をするつもりか、セイディはまるでわかっていないみたいだ。ということは、もっと前なのか？

セイディは強ばった脚で前へ踏み出した。一歩、また一歩。そして、そろそろと上げた両手をバックの胸に当てた。広げた指を彼の胸毛に埋（うず）め、小さな円を描くように左右の親指を動かした。

バックの頭に血がのぼった。

彼はブラウンの頭のてっぺんを見下ろした。「僕を見てくれ、セイディ」

セイディは頭をのけ反らせ、彼を見上げた。

「質問に答えてくれ」

彼女はばつの悪そうな表情を浮かべた。それがあきらめの表情に変わると、華奢な肩をすくめ、ため息まじりに答えた。「一度もないわ」

「一度も？」バックは耳を疑い、ついきつい口調になってしまった。

セイディはかぶりを振りながら顔をしかめた。

「私、デートをしたことがないの。ボーイフレンドもいなかったし。そういうことにはまったく……縁がなかったのよ」

バックの中で様々な感情がせめぎ合った。最も強かったのは優しさだ。彼はセイディを膝に抱いて、慈しみたいと思った。

もちろん、欲望はある。僕もしょせんはただの男だ。無垢な女性を見れば、自分の色に染めたくなる。セイディはまだ誰からも触れられたことがない。あらゆる意味で僕が最初の男になれるんだ。僕なら色々なことを彼女に教えてやれる。たくさんの経験を彼女にさせてやれる。

それに、このままじゃ彼女がかわいそうだ。どんな女性だろうと、ここまで世間に無視されていいわけがない。僕はばかだ。三カ月も無駄にしてしまうなんて。ぐずぐずせずに行動を起こせば、もっと早く彼女を孤独から救ってやれたのに。

でも、隣人として親しくなるだけじゃ足りない。できればもっと強い絆を築きたい。一番の早道はセックスだろうか？　僕がいつも付き合う女性たちにとって、セックスは遊びに過ぎないが、彼女にとっては重い意味を持つはずだ。

「僕はこれから君にちゃんとしたキスをする。いいね？」

予告してからキスをする。なんとも間抜けな話だ。でも、僕はセイディの純真さにつけ込むつもりはない。そのことを彼女に理解してもらわなければならない。

「もし……もしあなたが本気でそうしたいなら」

もちろん、そうしたいに決まっている。バックは彼女の顔をとらえ、上を向かせた。心臓が激しく轟いている。これでうまくやれるんだろうか？

「ああ、そうしたい」

キスに集中しなければならないのはいつ以来だろう？　普段の彼にとって、キスはプレイの一つに過ぎなかった。集中すべきは相手を絶頂に導くことであり、その前段階ではないのだから。

バックの中には、セイディの唇を貪りたいという強い衝動があった。彼はその衝動に耐えて、ゆっくりと事を進めた。軽く唇を触れ合わせるうちに、セイディが力を抜き、ため息をついた。バックは彼女の下唇をなめ、そっとついばんだ。セイディがはっと息をのんだ。

「唇を開けてごらん」

小さな興奮のうめき声とともに、セイディは指示に従った。バックは逸る心にブレーキをかけた。両手で彼女の体を固定して、熱く湿った口の中を遠慮がちに探る。まずは彼女を僕の舌に慣れさせることだ。

すっかり忘れていたが、キスはこんなに楽しいものだったんだ。こんなにセクシーなものだったんだ。二人の間に立ちのぼる熱を感じながら、バックは彼女の後頭部をとらえ、唇の角度を変えてキスを深めた。これなら一日じゅうでもキスを続けられる。一日では足りないくらいだ。

セイディが恐る恐る舌を動かし、彼の舌と触れ合わせた。強烈な衝撃に見舞われ、バックはうなり声をあげた。

バックは顔を上げた。自分の反応に唖然としながら、セイディを見下ろす。情熱的なキスなら数えきれないほど経験している。でも、こんなに感じるキスは初めてだ。

セイディは頬を火照らせ、半分目を閉じていた。彼女はゆっくりと自分の唇をなめた。キスの余韻を味わうかのように。

バックは、またしてもうなりそうになった。彼女をこの場に横たえたい。僕の舌がどんな働きをするのか見せてやりたい。

彼は自分を押しとどめ、セイディを胸に引き寄せた。しばらく言葉が出てこなかった。彼は無言でセイディの背中を撫で、頭のてっぺんに顎をこすりつけた。

でも、セイディはどう思っているんだろう？　バックはその疑問を口にした。「ご感想は？」

セイディのうわずった声に、彼はにっこり笑った。「もう、びっくりよ」

セイディは自ら体をバックにすり寄せた。「もう一度できる？」

「気に入ったかい？」

僕を殺すつもりか？「ああ。でも、まずは休憩だ」

セイディは顔を上げ、目をしばたたいた。「ごめんなさい。図々しいことを――」

バックは彼女の唇に指を当てた。柔らかな唇は少し腫れている。「今、もう一度キスをしたら、僕は獣になってしまう。君を急かしたくないんだ」

セイディはむきになって反論した。「あなたは獣じゃないわ」

むきになった彼女もかわいいな。

バックは唇の端を歪めて微笑した。「でも、このペースで行けば、じきにそうなる」

「私はかまわないけど」

ちくしょう。自制心が吹き飛びそうだ。

「セイディ――」

「わかっていないのね、バック。私は自分の身にこんなことが起きるなんて思ってもいなかったの」

彼女はいかにも傷つきやすそうに見える。こっちが心配になるくらいに。本人はそう信じているようだが、彼女に興味を示した男は今までにもいたはずだ。

「そんなわけないだろう」

「いいえ、そうなの。あなたみたいな人は私なんて眼中にないのよ」

「僕みたいな人？」

「すてきな人よ。魅力的な人」セイディは再び顔を伏せた。「デートに誘われたことは何度かあるわ。でも、その気になれなかったの。理想が高すぎるせいかしら。たぶん私は期待しすぎなんだわ。だけど、興味が持てない人にいい顔なんてできないし」

「誰に誘われたんだ？」

セイディは小さな鼻に皺を寄せた。「動物保護センターの清掃係の人。彼は……変なにおいがするの。髪もいつも不潔な感じで」

バックは皮肉っぽく言った。「それは理想以前の問題だな」

「あと、猫に避妊手術をしない飼い主。彼は産まれた子猫たちをセンターに押しつけたのよ。それも三回も」今度は彼女の眉間に皺が寄った。「ああいう人は好きになれないわ」

「ペットをまともに世話しないやつは人間の屑だ。屑とデートしても仕方ない」バックは頭を傾け、彼女の顔をのぞき込んだ。「高校や大学の頃はどうだった？　きっと――」

質問が終わるのを待たずに、セイディは首を振った。

「なぜ？」

十代の頃はどんな人間でもデートをする。学校のダンスパーティに行くだけだとしても、デートはデートだ。

セイディは下唇を噛んだ。彼の胸に手を当てて、上の空で胸毛をもてあそんだ。自分が何をしているか、気づいてさえいないようだった。

「セイディ？」

「当時もデートはしなかったわ」

セイディはこういう話題が苦手らしい。でも、これは大切なことだ。避けて通るわけにはいかない。

「僕を信用してくれたんじゃなかったのか？」

セイディは長々とため息をついた。「高校では数人の男子にデートに誘われたわ。でも、全部断るしかなかったの」

「どうして？」

「向こうが冗談半分だったから。肝試しみたいなものよ」

「嘘だろう？　なぜそう言いきれるんだ？」

「一度だけ誘いをオーケーしたの」セイディは顔を上げ、彼と視線を合わせた。「ダンスパーティの時よ。でも、相手は現れなかった。それからの一週間、学校はその話題で持ちきりだったわ」

バックのみぞおちが締めつけられた。くそったれ。セイディの心を傷つけやがって。そいつを見つけ出して、ぼこぼこにぶん殴ってやりたい。「損をしたのは向こうだ」

セイディは微笑し、それから声をあげて笑った。

「彼はそうは思わなかったみたいだけど」

「じゃあ、君は僕に興味があるんだね？」バックはわざと唐突な質問をぶつけた。話題を変えたいという気持ちもあった。

「え？」

「さっき言っただろう。興味が持てない男とは関われないって。僕たちはこうして関わりはじめている。ということは……」バックはセイディの反応を待った。彼女は否定しなかった。「君は僕に興味があるわけだ。そうだろう？」

セイディは目を丸くして彼を見つめ返した。「当然でしょう。あなたに興味がない女性なんているの？」

バックは思わず笑った。彼女の戸惑った顔。最高だ。「ハニー、僕に興味のない女性は大勢いるよ」

「でも……どうして？」

彼女を笑いものにしていると思われたくない。バックは彼女の顔を自分の肩に押しつけた。「僕を自惚れさせるつもりだな」

セイディの唇が彼の肌に触れた。「そんなつもりはないけど、あなたはセクシーでたくましくてハンサムで面白い人だわ」

「もういいから」

「でも、本当のことよ」

これだけ褒められたら、舞い上がってもおかしくないところだ。しかし、バックは彼女が自分たちを比較していることのほうが気になった。「確かに君はたくましくはなさそうだね。でも、とてもセクシーだ」

セイディが鼻を鳴らした。

バックは彼女の顔をとらえて仰向かせた。「嘘じゃないよ。僕は君ほど柔らかなものに触れたことがない」彼が左右のまぶたにキスをすると、セイディは長いまつげを震わせた。「君なら目だけで男をいちころにできる」

セイディはきまりが悪そうに視線を逸らした。

「そして、その大きな心で僕をめろめろにしてしまう」

彼女は弾かれたように視線を戻した。「大きな心？」

「君は動物たちに愛情を注いでいる」あれだけ豊かな愛情があるなら、少しは僕にも分けてくれたらいいのに。「知ってたかい？　僕が窓辺に立って、君と動物たちを見ていたことを。君たちにまぜてほしくて、庭でぐずぐずしていたことも一度や二度じゃないんだ」バックは彼女の鼻の頭をつついた。「でも、君は一度も誘ってくれなかった」

セイディの眉が跳ね上がった。「考えもしなかったわ。あなたがそんな気持ちでいたなんて」

「でも、今はお互いのことが少しずつわかってきたよね」

ティッシュが一声鳴いて、人間たちの注意を引いた。

セイディはうなった。「大変。あの子、また外に出たがっているわ」

ティッシュはバックのパンツの上に立ち、耳を倒して待っていた。

「リードをつけるのを手伝おうか」

「言うほど簡単じゃないわよ。絶対に逃げるから。あの子を捕まえるのは大仕事なのよ」

一か八かだ。バックはティッシュに近づいた。案の定、ティッシュは彼のパンツをくわえて逃走した。ブッチもあわててあとを追った。バックが止めるより早く、二匹は長椅子の下に飛び込んだ。

セイディがバックの背後に歩み寄った。「ほらね？　だから、うちはカーペットの洗浄業者に来てもらっているの」

「なぜ？」

「外に出たいけど、人間は怖い。そうなったら、ここぞ隠れて用を足すしかないでしょう」

そういうことか。バックはにんまり笑った。「じゃあ、一致団結して事に当たろう。こっちは人間だ。犬より大きいし、知恵もある。僕はそれほど利口な男じゃないが、知恵比べでチワワに負けることはないだろう」

セイディは彼の向かいの椅子に座った。「何かアイデアがあるの？」

バックは腰を折り、長椅子の下をのぞき込んだ。ブッチがティッシュの前に立ちはだかり、歯をむいてうなった。普段は愛嬌たっぷりのチワワが悪魔の犬に変身している。

「そんな態度をとるなよ。僕がチワワいじめをしていると思われる」バックはぶつぶつ言った。

「ティッシュを守っているつもりなのよ」

「まあ、落ち着け。ティッシュはおまえのものだよ」しかし、いくらなだめてもブッチの態度は変わらない。そこでバックは名案を思いついた。「外に出たいんだろう？　おいで、ブッチ。外に行くぞ」

　ブッチは耳をぴんと立て、興奮した様子で吠えると、長椅子の下から這い出そうとした。だが、途中でティッシュが追ってこないことに気づき、哀れっぽい声を出した。

　バックはセイディの椅子の背後に移動した。「少し静かにしてみよう。君は動くな。いいね？」

　セイディは肩をすくめた。

「ほら、ブッチ。外に行くよ」

　ブッチが長椅子から現れ、嬉しそうに喉を鳴らした。やがて、ティッシュも禿げた頭を長椅子から突き出した。口には派手なパンツをくわえている。人間たちの様子を確かめると、ティッシュは少しずつ中庭のドアのほうへ移動した。

「リードはどこだ？」

「ドアの横の壁よ。でも、いきなり飛びかからないで。そんなことをされたら、あの子は永遠に私を信じてくれなくなるわ」

「僕がいきなり君に飛びかかったりしたか？」

「それは……いいえ」

「だったら、信じてくれよ」バックは椅子の背後から踏み出した。ブッチがそれに気づき、嬉しそうに吠えはじめた。犬たちから少し離れた場所で、バックはゆっくりとひざまずいた。「こっちにおいで、ブッチ。おまえが来れば、ティッシュも来るかもしれないよ」

　人と遊ぶことが大好きなブッチは、言われたとおりに行動した。バックはブッチを撫で、遊びの相手をした。たっぷりと時間をかけてかわいがったのだ。その様子をティッシュはじっと眺めていた。離れた場所から羨望のまなざしで。

まるでセイディみたいだ。

バックはセイディに向き直った。「ティッシュは君のほうが慣れている。君もこっちに来て。ゆっくりとね」

セイディは横歩きで移動した。壁にかけてあったリードを握り、バックのかたわらにひざまずくと、ブッチの耳の後ろを掻いてやった。長い時間が過ぎた。セイディは平気そうに見えたが、バックの忍耐力は切れかかっていた。もう限界だと思ったその時、ティッシュが数歩近づいてきた。

そして、動きを止め、警戒のまなざしで人間たちを見つめた。

二人はわざとティッシュを無視した。そのほうがティッシュも安心して遊びに加われると考えたからだ。ティッシュは少しずつ距離を詰め、ついにセイディの足に寄りかかった。ティッシュの口の端からは、黄色いパンツが旗のように垂れ下がっている。

セイディは慎重に手を伸ばし、ティッシュの顎を掻いてやった。彼女が手を上げたり、急に動いたりしなければ、ティッシュも我慢できるのだ。だが、セイディが頭を撫でようとしたとたんに、ティッシュは飛びのいた。

バックはいらだちを隠し、穏やかな口調でなだめた。「大丈夫だよ、ベイビー・ガール。誰も君をいじめたりしないから」彼は手のひらを差し出した。ティッシュはにおいを嗅いだが、再び近づこうとはしなかった。

無視されたブッチが吠え立てた。外に行く約束はどうしたんだと文句を言っているようだ。

バックは少しずつ手を伸ばし、そろそろとティッシュを捕まえた。ティッシュの反応は激しかった。吠え、うめき、じたばたともがいた。

バックはティッシュにしがみつき、ティッシュは彼のパンツにしがみついた。

犬がこれほど怯えていなければ、笑ってしまうような光景だ。「パンツは君にやるよ、ベイビー・ガール。なんでも君の言うとおりにする」

セイディが素早くリードをつけてドアを開けた。我が子を案じる母親のようにおろおろとした様子だ。バックは庭を見回した。そこに誰もいないことを確かめてから、ティッシュを外に出した。意外なことに、ティッシュはリードをいやがらなかった——ブッチがそばにいる限りは。

動物の本能がそうさせるのか、ブッチはぴたりとティッシュに寄り添っていた。二匹の犬が派手なパンツにつまずき、体をぶつけ合っている。その光景は滑稽でさえあった。

セイディが一つしかないガーデンチェアに腰を下ろすと、バックはリードを手にそのかたわらに立った。「ティッシュがいたら、ブッチにリードはいらないな」

セイディはにんまり笑った。「保護本能のなせる業ね」

バックは前屈みになり、彼女のこめかみにキスをした。「犬だけじゃないよ。たいていの雄はそれで苦労しているんだ」

二人はしばらく外で過ごすことにした。犬たちが楽しそうにしていたからだ。降り注ぐ日差しが肌を温め、朝の冷気を消し去った。今日は気持ちのいい一日になりそうだ。犬たちは時に遊び、時に温かな芝生に寝そべった。ティッシュはリードのことをすっかり忘れているようだった。

セイディは嬉しそうな笑顔で犬たちを眺め、バックはそんな彼女を眺めた。

日差しを浴びた髪がとてもきれいだ。肌には染み一つない。まつげの先は金色なんだな。鼻に小さなそばかすがある。セイディは美しい女性だ。特に笑顔が最高だ。

バックはセイディを椅子から立たせると、自分がその椅子に座り、彼女を膝にのせた。

「いいことをしようか？」

「ここで？」セイディはぎょっとして無人の庭を見回した。「誰かが見ているかもしれないのに？」

「誰が見るんだ？　たいていの人間はまだ眠っているさ。もし起きていても、彼らに僕たちは見えないよ。僕のアパートメントには誰もいないし、君のアパートメントは角にあるんだから」

セイディは後ろめたそうに頬を染めた。

この顔がいいんだ。バックは彼女をからかった。

「正直になれよ。君だって本当はそうしたいんだろう？」

セイディのためらいは一瞬だった。「ええ」

犬たちは居眠り中か。今ならセイディに集中できる。

これはまたとないチャンスだぞ。

僕はタオル一枚という情けない格好だ。でも、いいじゃないか。休暇中なんだから。今はセイディとキスをすることが何より重要なんだ。確かにキスだけってのはもどかしい。こんなに無邪気なキスをするのは中学生以来だし、セイディの熱い反応を見ると、早くその先に進みたくなる。僕がリードすれば、彼女はどこまでもついてくる。僕が喉にキスをすれば、彼女は喜びの声をもらし、僕の肌に柔らかな唇を押し当てる。僕が彼女の腰を撫でれば、彼女も僕の胸や腹に手を這わせる。

その無邪気な反応が僕を興奮させる。ほかの女性たちとのセックス以上に。

かなり時間がたったあと、バックはしぶしぶアパートメントの中に入り、管理人に電話をかけた。ヘンリーは迷惑そうに文句を並べたが、バックが裸同然の格好だと知ると、ようやく彼のアパートメントの裏で落ち合うことに同意した。

セイディはくすくす笑い、バックの苦難を面白がっていた。しかし、彼が不満げなブッチを抱えてドアへ向かうと、急に真顔に戻り、重い足取りでついてきた。

バックはドアの前で立ち止まった。「昼も一緒に食べないか？」

セイディの表情がぱっと明るくなった。「ええ」

バックはかぶりを振った。なんて素直な反応なんだろう。無防備すぎて、こっちがはらはらするくらいだ。

「僕はいくつか雑用があるけど、昼までには片づくと思う。ピザは好きかい？」

「好きよ」

「じゃあ、買っておく。場所は僕のうちでいいかな？」

セイディは首を横に振った。「ティッシュを置いていくわけには……」

「じゃあ、ティッシュも連れておいで」バックは身を乗り出し、彼女の唇にキスをした。ああ、早く昼になればいいのに。「君たちはセット販売なんだろう？　大丈夫、気にするな。それに、ティッシュを招待しなかったら、ブッチに何をされるかわからない」

セイディは笑った。「そういうことなら、私たち、喜んでお呼ばれさせてもらうわ」

4

誰かがバックの玄関のドアをノックした。きっとセイディだ。買い物から戻ってきたばかりの彼は、満面に笑みを浮かべてドアを開けた。イーサンとハリスの顔を見たとたん、彼の笑顔はしかめ面に変わった。

「なんでおまえたちがここにいるんだ？」

ハリスが彼を押しのけるようにして中へ入ってきた。「なんだよ、その態度は？　せっかく来てやったのに」

ブッチが勇んで角から飛び出してきた。ハリスとイーサンを見たとたん、ブッチはぴたりと動きを止めた。尻尾を振るのをやめ、露骨にがっかりした表情を浮かべた。

気持ちはわかるぞ、ブッチ。運命だと思ってあきらめろ。でも、レディたちには予定変更を知らせておかないと。

イーサンがバックのかたわらをすり抜けた。「よう、ブッチ」それから、バックに向かって言った。「ちびがしょぼくれた顔をしているぞ。おまえ、こいつに拷問でもしていたのか？」

「ブッチは、おまえたちをティッシュと勘違いしたんだよ」

「ティッシュ？」ハリスが興味を示した。「変な名前の女だな」

「いい名前じゃないか」イーサンが反論した。「でかいおっぱいをしてそうだ」

ハリスは笑った。「そして、おつむは空っぽさ」

「人のことを言えるのか？」バックはなじった。「誰かに利口だと言われたこともないくせに」

ハリスは得意げな表情になった。「言ってくれたよ。クレアが」

「クレアはなしだ」イーサンが物言いをつけた。「亭主をおだてるのは妻の務めだからな」

このまま放っておくと、ハリスの知性を巡る論争に発展しそうだ。バックは素早く口を挟んだ。「いや、ティッシュは禿げて太っている。しかも、今朝は僕のパンツを盗んだ」友人たちの唖然とした表情を見て、彼はくすくす笑った。「ティッシュっていうのは僕の隣人のチワワだよ。ブッチは彼女に一目惚れしたんだ」

「気の毒になあ」イーサンは同情した。「その気持ち、痛いほどわかるぞ」

「よく言うな」ハリスはにやにや笑った。「おまえ、ロージーに惚れていると気づくまでどれだけかかったんだよ？」

「前からわかっていたよ。彼女を愛しているってことはね。ただ、それが恋だと気づかなかっただけだ。おまえだって似たようなもんだろう。クレアの裸の写真を見るまでは、ただぼやぼやしていたくせに」

ハリスはむっとした。クレアの写真というのは、彼女の前のボーイフレンドが隠し撮りしたものだ。その話題になると、彼は決まって神経を尖らせるのだった。

「喧嘩はなしだぞ。ブッチが動揺する」バックは友人たちに背中を見せて、キッチンへ向かった。「じゃあ、おまえたちは一目惚れを信じてないのか？」

「ああ」ハリスが答えた。

「ありえないね」同意してから、イーサンは付け加えた。「でも、ライリーは別だ」

冷蔵庫にコーラの缶をしまっている途中で、バックは動きを止めた。「そうか。ライリーは初対面でレッドにノックアウトされたんだったな」

「一発であの世行きだ」イーサンはバックからコー

ラをひったくった。「あいつののぼせ方ときたら。こっちが恥ずかしいくらいだった」

「あいつがここにいたらいいのに」

ハリスとイーサンは顔を見合わせた。二人の顔に悪巧みをするような笑みが広がった。

ハリス——二人のうちではよりお調子者なほうが口を開いた。「何を悩んでいるのかな？　ハリスおじさんに話してごらん」

「地獄に墜ちろ」

「女の悩みだな」イーサンが決めつけた。「態度でわかる」

「来るべきものが来たか」ハリスもコーラの缶をつかみ、イーサンの缶と合わせた。「幸せな所帯持ちに乾杯」

バックは指摘した。「所帯を持っても、全然成長してないけどな」

イーサンは平然と聞き流した。「で、そのラッキーなレディは誰なんだ？」彼は眉間に皺を寄せ、考える表情になった。「ベスか？　おまえ、彼女のことを気に入っていたよな。でも、これだけは言っておく。ロージーは彼女があまり好きじゃないみたいだ」

「亭主に愛想を振りまく女を好きになれる女房がいるか？　答えはノーだ。ベスじゃない」

「じゃあ、レイチェルだな」ハリスは両手を前に突き出し、メロンをお手玉するような仕草をした。

「彼女には愛すべき点がたくさんある」

バックは目を細くした。「そんなことを言っていいのか？　クレアに殺されるぞ」

「勘弁してくれよ。ただの冗談なんだから。クレアには絶対に言わないでくれ！」

その時、フレンチドアがノックされた。ドアの向こうにセイディが立っている。彼女の腕の中では、バックのパンツにくるまったティッシュが身をよじっていた。イーサンとハリスに気づくと、彼女は退散しそうなそぶりを見せた。

この邪魔者二人を消す方法はないものか。バックは友人たちの様子をうかがった。無理だな。荒馬の一団に引っ張らせても、こいつらは動きそうにない。

彼は腹をくくり、ドアを開けた。

「やあ」そうささやくと、バックはいきなりセイディにキスをした。

キスが終わった時には、セイディの顔は赤く火照っていた。驚いて声も出ないようだ。彼女はハリスとイーサンに目をやった。二人が笑みを返すと、彼女はますます頬を赤らめた。

「私はまたあとでうかがうわ。お邪魔しては悪いし――」

ハリスが前に飛び出した。「邪魔なもんか。さあ、中に入って」

イーサンは彼女のために椅子を引いた。「ここに座って。コーラはどう？」

二人の歓迎ぶりにセイディは圧倒されているようだった。「あの……」

バックは思わずにやついた。僕はいい友達を持ったな。二人とも、とんでもないばかだが――そこがやつらの魅力だったりもするが――いざという時は頼りになる。

角から現れたブッチが、セイディとティッシュを見つけた。ブッチはたちまち舞い上がった。ぐるぐると円を描き、大興奮で吠（ほ）えまくり、セイディにティッシュを下ろせと要求した。

「青春だなあ」ハリスが胸に手を当てて、歌うようにつぶやいた。

ハリスはティッシュを撫（な）でようとした。ティッシュは必死に抵抗した。セイディの腕から身投げしかねない勢いだった。セイディはじたばたもがく犬を床に下ろした。ティッシュはセイディからパンツをひったくり、ブッチとともに逃走した。

ハリスは目を丸くした。「彼女に嫌われちまったよ」

「おまえの評判でも耳にしたんだろう」イーサンはにやりと笑った。

「ふん」ハリスは鼻を鳴らしたが、ティッシュに拒絶されたことに驚き、傷ついているようだった。バックには友人の気持ちが痛いほどよくわかった。

ハリスを安心させるために、セイディは説明した。「あなたのせいじゃないわ。あの子はとても内気なの。私にもまだ慣れていないのよ」

「ティッシュは虐待を受けていたんだ」バックも言葉を添えた。

「虐待？」イーサンが聞き返した。「誰があんな小さな犬を虐待するんだ？」

バックは友人たちにティッシュの身の上について語った。それから、セイディが動物たちを保護していることを教え、彼女の献身と思いやりを褒めそやした。

ハリスとイーサンに称賛されて、セイディはまた頬を赤らめた。ほどなく男たちはテーブルに着いた。コーラを飲み、ピザをかじりながら、セイディの話に耳を傾けた。セイディの言葉が途切れるたびに、彼らは新たな質問をぶつけた。彼らの関心は本物だった。だが、バックは気づいていた。友人たちがセイディを歓待し、くつろがせようと努めていることに。

確かに、セイディには男の保護本能をくすぐる何かがある。彼女は広い心の持ち主だ。でも、その心をさらけ出してしまう危なっかしさもある。

そろそろ邪魔者たちを追い出すか。いや、これはセイディが彼らと親しくなるいい機会だ。どうせすぐに彼女と二人きりになれるんだから。

少なくとも、バックはそう考えていた。

それから二時間が過ぎても、ハリスとイーサンに腰を上げる様子はなかった。犬たちは水と餌をもらいに戻ってきたが、それがすむと、また二匹だけの時間を過ごすために姿を消した。バックはそんな彼らを羨ましく思った。

バックはセイディと愛し合うことばかり考えていた。最初はためらいもあった。徐々に関係を深めていくほうがいい気もしたからだ。一週間くらいはキスだけにして、次の一週間はペッティング……。いや、無理だな。僕にそこまでの自制心はない。セイディに対しては。

それに、ぐずぐずしていたら、セイディが勘違いをするかもしれない。僕に興味を持たれていないと思うかもしれないのだ。それだけは避けたい。

バックは客たちの会話に関心を戻した。ちょうどセイディがしゃべっているところだった。

「ええ、犬たちを手放すのは身を切られるほどつらいことよ。でも、私はいつも彼らがちゃんとした、すてきな家庭に行けるように努めているの」

「だったら」ハリスがためらいがちに切り出した。「僕のうちはどうかな？　もうじき持ち家に引っ越す予定があって、クレアがペットを飼いたいと言っているんだが」事情を説明するために、彼は付け加えた。「イーサンの妻のロージーは不動産業をやっていて、いつもいい掘り出し物を見つけてくるんだよ。僕たちが薦められたのは、日曜大工好きにはたまらない改修し放題の物件だった。バックの大工の腕はプロ並みだし、これを見逃す手はないと思ったわけだ」

イーサンはうなずいた。「ロージーは手回しがいいんだ。僕のプロポーズにイエスと言う前に、子供を作って犬を飼い、住む家まで準備した」彼はウィンクした。「子作りに関しては、僕も大いに協力したけどね。子供を作るには時間がかかるし、僕も犬で彼女をびっくりさせてやるか。僕たちはどうだい？　飼い主になる資格があるかな？」

そう言われても、ハリスとイーサンとはまだ知り合ったばかりだ。セイディは助けを求めて、バックに視線を送った。

バックはうなずいた。「こいつらは本物のヒーローだ。なにしろ、消防士だからね。イーサンは勇敢な行為で新聞記事になった。ハリスは子供が飼っているモルモットを救うために火に飛び込んでいったこともある。どっちも動物を虐待するような人間じゃないし、夫婦揃って善人だよ。犬にとって、これ以上にいい家庭はないと思う」

ハリスは鼻をすするふりをした。「ちくしょう、バック、泣かせやがって」

イーサンは笑った。「真の友は互いの悪口は言わないものさ」

「ありがとう」セイディは微笑した。「お二人の白し出は心に留めておくわ」

バックはイーサンの肘をつかんだ。「真の友ならそろそろ遠慮したらどうだ？」

イーサンは素直に席を立った。ハリスも気を悪くしたふりをしながらあとに続いた。「なんだよ？　デザートはなしか？　コーヒーもなし？　ホスト失格だぞ。これだから独身男はだめなんだ。とっとと身を固めろよ」

「ああ、努力してみる」

バックの言葉に、友人たちはぽかんと口を開けた。セイディの反応はどうだろう？　わざわざ振り返って確かめる必要はないか。じきにわかることだから。

バックは友人たちを玄関へ引っ張っていった。セイディに向かって別れの挨拶を怒鳴ると、ハリスとイーサンはにやにや笑い、自分たちを押し出そうとするバックを肘でつついた。

バックは白旗を掲げた。「で、どう思う？」

ハリスは眉を上下に動かした。「能ある鷹(たか)は爪を隠す」

「かわいいし」イーサンが付け加えた。「気立てもいい」

バックは内心ほっとした。友人たちにセイディのよさが理解できるか、少し心配していたからだ。彼女はグラマーではないし、とびきりの美人でもない。特に個性的というわけでもないし、ファッショナブルでもない。

彼女の魅力はわかる者にしかわからない。

だからこそ、僕は不安だった。こいつらにセイディの魅力がわかるのかと。かくいう僕自身も最初はわかっていなかった。でも今は、セイディを通じて少しずつ学んでいる。動物たちのことを。女性たちのことを。僕自身のことを。僕が人生で本当に望んでいるものはなんなのかを。

僕の望みはセイディだ。

彼女のように優しく思いやりのある人間には、誰かがたっぷり愛情を注いでやるべきだ。

そして、僕には有り余る愛情がある。

「ありがとう」バックは友人たちに告げた。「じゃあ、またな」

ハリスがまだ何か言いたそうにしていたが、彼はかまわずドアを閉め、念のためにロックもかけた。ドアの向こうから、引き揚げていく男たちの笑い声が聞こえた。

バックは前屈(かが)みになり、長椅子の下をのぞき込んだ。ブッチとティッシュが寄り添って黄色いパンツにくるまっている。かわいいもんだな。ほとんど一心同体だ。

ティッシュが片目を開けた。バックに気づいて、さらに奥へ体をずらした。

「大丈夫、邪魔はしないよ。安心して眠ってくれ」

それでも、ティッシュはバックから目を離さなかった。攻撃に備えて身構えているかのようだ。

バックはため息をついた。いつかはティッシュの信頼を勝ち取ろう。そして、この腕に抱っこしてやろう。

セイディがキッチンの戸口に立った。「あの子たちは？　かくれんぼ中？」

バックは背中を起こし、唇を開いた。セイディと視線を合わせた。彼女がわずかに唇を開いた。息遣いが速くなっている。みぞおちを締めつけられ、バックは全身に力を入れた。

セイディにもわかっているんだ。いよいよその時が来たってことが。

「ああ」彼はセイディに歩み寄り、片手を差し出した。「連中は、いつまで昼寝するつもりかな？」

セイディは差し出された手に自分の手を預け、彼の唇を見つめた。「当分は寝ているんじゃない？　少なくとも、私はそう願っているわ」

バックはにっこり笑った。期待で胸がどきどきしている。ばかみたいだが、これでいいんだ。最高の女性が目の前にいるんだから。

これから彼女は僕のものになるんだから。

セイディはおぼつかない足取りでバックの寝室へ向かった。みぞおちがざわついていた。心臓は破裂しそうに轟いている。期待で息が止まりそうだ。

バックの手の中にある自分の手が小さく感じられた。セイディは大きな背中を眺めた。シャツを着ていても、筋肉の動きがわかるわ。なんてゴージャスなのかしら。バックは罪深いほど、信じられないほど魅力的だわ。

そんな人が私を求めている。

でも、その状態はいつまで続くの？　一時間？　一日？　一週間？　どうでもいいわ。私にノーと言う選択肢はないんだから。私はずっとバックみたいな人を夢見ていた。体は大きくてたくましいけど、心は優しくて愛情深い男性。そんな男性に私の夢をかなえてほしいと思っていた。

　バックは私が知るどの男性よりも本気で動物の気持ちを考えている。ティッシュに話しかける時の態度にも、彼の気遣いが感じられる。私は彼の見た目と男らしさに気圧(けお)されて、わざと距離を置いてきた。でも、心の中ではずっとすてきな人だと思っていた。そのうえ、ティッシュにあんな態度をとられたら、好きにならずにいられないわ。

　セイディを寝室に引き入れると、バックはドアを閉めた。彼女と向き合い、熱いまなざしでまっすぐに見つめる。「犬たちに入ってこられたくないからね」

「どうして？」

「僕には露出趣味はないんだ」

　バックは冗談好きなのね。「彼らには理解できないと思うけど」

　理解していないのは君のほうだ。でも、今にわかる。

　バックは閉めたドアに寄りかかった。「またカーディガンが復活してる」

　セイディは言い訳をしようとしたが、何も言葉が出てこなかった。

　バックは物憂げに長い腕を伸ばし、改めてボタンを外しはじめた。「気にするな。僕が脱がせてやるよ」ちらりとセイディの顔を見てから、彼はカーディガンに視線を落とした。「いいかな？」

　いいって何が？　緊張で頭が働かないわ。わかっているのは彼の体を知りたいってことだけ。

「暗いほうが落ち着くかい？　ブラインドを閉めてもいいけど……僕は死ぬほど君が見たいんだ。君の柔らかな体を余すところなく」

　ああ、神様。そんなことを言われたら、怖(お)じ気(け)づいてしまうわ。

セイディは唇をなめた。「私、今まで誰にも見られたことがないの」

バックの表情がさらに熱を帯びた。「知ってる」

彼はドアから背中を離し、最後のボタンを外しながらセイディの唇にキスをした。それは今朝のキスとはまるで違っていた。彼はセイディの唇を貪り、味わい尽くした。

「くそっ」カーディガンをはぎ取りながら、バックは震える声で笑った。「正直に言うよ。僕は君に経験がないことにすごく興奮している。早く君を僕のものにしたいと思っている。僕を受け入れた時の君の表情を見てみたい。君が絶頂に達した時の表情も……」

セイディははっと息をのんだ。私もよ。私も早く知りたい。「あなたが先よ」

バックの動きが止まった。「僕が先に何をするんだ？」彼は小さく笑った。「僕が先にいったら、そこで終了ってことになる。せめて一時間は――」

「違うわ」セイディは真っ赤になった。「私が言いたかったのは……あなたが先に脱いでくれない？そうすれば、私もそんなに……恥ずかしくないと思うの」

バックは肩をすくめた。「いいよ。僕はもともと慎み深い人間じゃないし」彼は背中に手を回し、シャツをつかんで引き抜いた。それを床に放り出すと、セイディにほほ笑みかけながら、両足の靴と靴下を取り去った。

セイディの鼓動が加速した。バックは特に毛深いほうではないが、発達した胸の筋肉の間に茶色の巻き毛が生えている。巻き毛は下へ伸び、へそを経由してジーンズの中まで続いていた。その毛がシルクのように柔らかいことを、彼の肌が温かく張りがあることを、セイディはすでに知っていた。

バックはジーンズのスナップを外し、彼女をじっと見つめた。「いいかい？」

「ええ」

いいに決まっているでしょう。下着姿の彼はもう見たわ。タオル一枚の彼も。今度は彼のすべてを見てみたい。

バックはジーンズと下着を一緒に下ろし、脇に蹴りやった。それから改めて体を起こし、セイディに自分のすべてをさらけ出した。

セイディは全身が熱くとろけるのを感じ、羞恥心を忘れて夢中になった。私は今まで男性の裸を間近で見たことがなかった。初めて見る裸がこんなに男らしくて完璧だなんて、本当に運がいいわ。

バックの顔を見上げて、彼女は言った。「すばらしい肉体ね」

バックはぷっと噴き出した。「好きなだけ見ていいよ、ハニー。なんなら触ってみるかい？」

「ありがとう」セイディはためらうことなく彼に近づいた。「もう一度キスしてくれる？」そんな探るようなまなざしで見られていたら、彼の体を探検しづらいもの。

彼女の予想に反して、バックは真剣な口調で答えた。「なんでもするよ、セイディ。君の望むとおりに」

彼は再びセイディにキスをした。じらすように舌を使い、長くゆったりとキスを続けた。

セイディはまず両手をバックの肩に置いた。熱く滑らかな肌。でも、私は胸毛の感触のほうが好きだわ。セイディの手のひらが乳首をかすめると、バックは小さくうなり、自分も彼女の胸のふくらみに両手を当てた。

セイディはブラウスを着ていたが、それでも彼の手のひらの熱と力を感じることができた。バックは彼女の胸のふくらみを両手でとらえ、円を描くように親指を動かした。強い衝撃に襲われ、セイディは驚きに息をのんだ。

「気持ちいいだろう?」バックは彼女の唇につぶやいた。

「ええ」セイディはうめくように答えた。

「服を脱いだら、もっと気持ちよくなる」

ずいぶん露骨なヒントね。「そうね」

　バックはそれをセイディの答えとして受け取った。そして再び激しいキスをしながら、ブラウスのボタンに手を伸ばした。ボタンが小さいせいか、ブラウスにはカーディガンより手間取った。しかし、セイディは気にしなかった。その間もバックの力強い体を楽しむことができたのだから。

　彼女は引き締まった腹部に指を這わせると、へその下の滑らかな毛をもてあそび、さらにその下へ手を向かわせた。硬く突き出した男の体にうっとりとしながら、両手で包み込む。

　バックは低くうなった。彼女と額を合わせ、かすれた声でささやいた。「そうされると、すごく感じるよ」

　うろたえたセイディは思わず口走った。「あなたはすごく熱いのね。それに、とても柔らかいわ」

「柔らかいどころか」

「違うわ。そういう意味じゃないの。あなたの肌ってベルベットみたいね。意外だったわ」セイディは探索を続けた。バックが苦痛と喜びの入りまじった声をもらす。「それに、生き生きとした感じ。脈動が伝わってくるわ」

　バックはセイディの手をつかみ、もっと強く握らせた。セイディは彼を撫でた。一度。さらにもう一度。

「もう充分だよ」うわずった声で笑うと、バックは彼女の両手を引きはがした。左右の手のひらにキスをしてから、自分の肩に導いた。「少なくとも、今はこのほうが安全だ」

セイディは戸惑った。「私、間違ったことをしたの？」

「いや、正しすぎることをしたんだ。でも、君の初体験でへまはしたくない」

「まあ」

ずいぶんはっきり言うのね。本来なら恥ずかしがるべきところだけど、これだけ率直な態度をとられたら、かえってほっとするわ。

バックがブラウスを引き下ろした。その下から現れたのは、まったく飾り気のない白いコットンのブラジャーだった。

だが、バックはそのことに気づいてさえいないようだった。ブラウスを取り去ると、彼はセイディの背中に両手を回し、慣れた手つきでブラジャーのホックを外した。そして、そのまま後ろに下がり、彼女の肩に指先を這わせて、肩紐をずらしはじめた。

セイディはただ立っていた。肩紐が彼女の肘を通り過ぎ、ブラジャーは床に落ちていった。

セイディは弱気を振り払い、ぴんと背筋を伸ばして胸を張った。

バックが私の胸を見つめている。熱い称賛のまなざしで。私の胸はそんなに大きくないわ。でも、これはこれでいいのかしら？

彼女はバックの言葉を真似てささやいた。「好きなだけ見ていいのよ。なんなら触ってみる？」

「いいのかい？」バックの顔に少しずつ笑みが広がった。「やれやれ、助かった。今はマナーを気にしている余裕はないみたいでね」

だが、彼はただ触れるだけではなかった。セイディの腰をつかんで持ち上げると、自分は前屈みになり、左の胸のふくらみに口を近づけた。そして、ざらつく舌でなめてから頂を吸った。

「バック」セイディは命綱にしがみつくように彼の

髪をつかんだ。

　バックは荒々しくうなり、もう一つの胸のふくらみに狙いを移した。

　セイディはあらゆるところに彼の唇を感じた。左右の胸に。震える腿に。そして、みぞおちの下に。その部分にひりひりするようなうずきが生じ、全身に広がっていった。

「ベイビー、そろそろスカートも脱ごうか」バックは彼女を床に立たせ、素早くファスナーを開けた。「ごめん。わかっているんだよ。僕には辛抱が足りないって」彼は片膝をつき、スカートを足首まで引き下げた。「でも、どうしても君が欲しくて、自分を止められないんだ」

　セイディは大きな体を見下ろした。彼女は感動し、喜びと興奮を感じていた。「あなたが望むとおりにして、バック」

　バックは彼女の靴とスカートを取り去った。「これが僕の望みだ。気絶しないでくれよ」

　警告を受けた次の瞬間、セイディは尻をつかまれていた。バックは彼女を引き寄せ、白いコットンのショーツごしにキスをした。

「ああ、そんな」

「いいんだ」バックはつぶやいた。セイディには彼が吐く息さえも官能的に感じられた。「君はおいしそうなにおいがするね」

　今まで想像したことさえなかったわ。男の人がこんなことをしながら、こんなことを言うなんて。

　舌で探られ、セイディは崩れ落ちそうになった。

「私……私、座らないと無理みたい」

「まだだ。一度君をベッドに横たえたら、僕はもう自分を抑えきれなくなる」バックは彼女の尻を揉んだ。親指を使ってショーツを下にずらした。「足を上げて」

　セイディは大きな肩につかまってショーツを脱ぎ、

一糸まとわぬ姿でバックの前に立った。彼も立ち上がるだろうと思ったが、そうではなかった。彼は太い腕を回してセイディを引き寄せた。それから背中に両手を広げて、彼女の腹に頬を押しつけた。

「きれいだ」

こういう時の決まり文句ね。セイディは微笑し、彼の髪を撫でながら考えた。この幸せはいつまで続くのかしら？

たぶん、そう長くはないはずだわ。

バックは身を引き、彼女を見上げた。「僕の言葉を信じてないね？」

セイディの笑顔が歪んだ。彼女はバックの顎を両手でとらえた。「いいのよ。私は今とても幸せなの。ほかの誰でもなく、あなたと一緒にここにいられるんだから」

バックは彼女と視線を合わせたまま、背中から腿へと両手を動かした。「なぜ？」

「わかりきったことでしょう？」

彼の指が腿の内側へ回り込み、上へと向かった。

「何がわかりきったことなんだ？」

「あなたはセクシーで、ハンサムで、すばらしい体をしているってことよ」

そこで彼の動きが止まった。だが、それもほんの一瞬だった。セイディは指先で触れられるのを感じた。これも想像していなかったことだわ！

「ほかには？」

「それは……この状態では話せないわ」

「いいから話してごらん」

一本の指がセイディの敏感な部分に届き、彼女の中に入ることなく、優しく探るように動いた。自分の湿り気を感じて、セイディは思わず目をつぶった。

「答えてくれ。なぜ僕なんだ？　なぜほかの男じゃだめなんだ？」

「あなたはティッシュを気遣ってくれるわ。ブッチに対しても優しいし」セイディは再び目を開けた。

「私を笑わせてくれるわ」

バックは指を深く潜らせた。彼の表情は強ばり、息も荒くなっていた。「君はとてもきついね」

セイディは頭をのけ反らせてうめいた。

「痛いかい？」

彼女は首を左右に振った。「いいえ」

わかっているのよ。バックは絶対に私を傷つけたりしない。肉体的には。でも、私の心はきっとぼろぼろになるわ。この関係が終わった時に。

バックはセイディのお腹にキスをした。へそから下へと舌でたどり、親指で彼女の秘部を広げた。

「濡れているね、セイディ。でも、僕はもっと君を濡れさせたい。痛い思いをさせないために。君はとにかく小さいだろう。でも、僕は小さくない」

「そうね」セイディは微笑した。「小さいとは言えないわね」

私はこんな時でも笑えるのね。バックのおかげだわ。彼が私を楽しませ、心を軽くしてくれるから。彼は奇跡みたいな人よ。そんな人を私は今、ひとり占めしているんだわ。

舌で探られたセイディは膝を閉じずにいられなかった。「バック、私、もう立っていられないわ」

「あとちょっとだ」バックは二本目の指を彼女に差し入れ、ゆっくりと前後に動かした。

「ああ、神様」セイディは反射的に脚を広げ、彼のもたらす快感に浸った。

バックは鼻をこすりつけ、熱い息を吐きながら、濡れた舌で彼女の蕾を探り当てた。

セイディは全身を震わせた。心臓と肺が破裂しそうな気がした。

バックが再び吸いはじめると、セイディの体に衝撃が走った。その衝撃は波のように引いては返しながら、しだいに強くなっていく。セイディは身震いした。これから何が起こるのか、彼女にはわかっていた。

セイディはバックの髪にしがみつき、襲ってくる衝撃の波に身を委ねた。

気がついた時には、セイディはベッドに横たわっていた。バックの指はまだ彼女の中にある。彼は胸のふくらみを強く吸いながら、指でセイディの絶頂を保とうとしていた。セイディは身をよじってうめいた。とてもじっとしていられなかったのだ。込み上げてくる叫び声を抑えることができない。

苦痛にも似た喜びの瞬間が過ぎ去ると、バックはセイディのこめかみにそっとキスをした。そして彼女を引き寄せ、ただ抱きしめた。

セイディは呆然（ぼうぜん）として天井を見つめた。夢にも思わなかったわ。想像もしなかった。

「バック？」

「なんだい？」バックは彼女の耳に唇を当てた。

「すばらしかったわ」

バックは肘をついて上体を起こした。彼はほほ笑んでいなかったが、緑色の瞳には愉快そうなきらめきがあった。「君はすごいよ。自分でわかってるかい？」

セイディは首を振った。私はただの凡人よ。誰からも無視されるような地味な凡人だわ。

バックは彼女の胸のふくらみを見下ろし、指先で片方の頂をなぞりはじめた。「僕は君のことを恥ずかしがり屋なのかと思っていたんだ」

「そのとおりよ」

「君は生真面目な人だから、僕がリラックスさせなければと思っていた」バックは身を屈め、セイディに素早くキスをした。

彼が別の場所にもキスをしたことを思い出し、セイディは頬を染めた。

バックはにんまり笑った。「でも、君は本質的には快楽主義者なんだね」

セイディはバックの指摘について考えた。「確かに、私はあなたのしたことを楽しんだわ」彼女は少し体の向きをずらし、バックの胸と腹を撫でた。

「それに、あなたといると緊張せずにすむの。あなたはなんに対しても率直な人だから。今度のことにしても、何をどうすればいいのか、私にはよくわかっていなかったわ。でも、あなたと一緒だと自然なことのように思えたの」

「そう、僕と一緒なら」バックは真剣な面持ちでうなずいた。「それを忘れないでくれ」

彼は起き上がると、ベッドのかたわらの引き出しを開けた。そして、そこから見つけ出した避妊具を装着した。

「これから最終段階に入るの？」

「いや、まだ始まったばかりだよ。でも、僕はどうしても君と一つになりたい。二人で絶頂を迎えたいんだ。それがすんだら、少し体を休めよう。軽く腹ごしらえしてもいいし、映画を観てもいい」バックは彼女に覆い被さり、顔をとらえて鼻先にキスをした。そして、欲望でかすれた声で言った。「そうすれば、また一からスタートできる」

「本当？」最高のプランだわ。

「ああ、本当だ。今夜はうちに泊まっていくよね？」

バックはセイディの返事を待たずに深いキスをした。彼女が肩を拳でたたいて先を促すまで、延々とキスを続けた。

「わかったよ」笑いながら答えると、バックは手を下へ伸ばした。セイディの脚を広げて、そろそろと中に入る。

セイディは息をのんだ。

バックは歯を食いしばった。

信じられないほどの圧迫感だわ。バックは本当に大きいのね。

「行くぞ、セイディ」バックが両腕を突き立てると、圧迫感がさらに強まった。彼は目をぎゅっとつぶり、顎に力を入れた。それにもかかわらず、セイディにはこう言った。「力を抜いて」

「無理を言わないで」

バックはうなった。「膝を曲げて、ハニー。腰を浮かせてごらん」彼は片肘をつき、もう一方の手をセイディの腰の下に差し入れた。「これでよし」

バックは彼女のお尻をつかむと、一声長くうなってから体を沈めた。

セイディは叫んだ。だが、それは苦痛の悲鳴ではなく、喜びの声だった。バックはペースを落とさなかった。セイディに順応する時間を与えず、彼女の腰を持ち上げ、さらに奥へ入った。彼の体は温かく重かった。その体がもたらす摩擦は信じられないものだった。

セイディはバックの首に両腕を絡ませ、腰に両脚を巻きつけた。彼のリズムに必死についていこうとしたのだ。

バックが身を強ばらせるまで、それほど時間はかからなかった。彼が絶頂を迎えつつあることを知って、セイディは好奇心に駆られた。だが、それも彼に喉を甘噛みされるまでのことだった。なんて官能的な行為なの。まるで自分のものだと主張するかのようだ。再び快感が押し寄せてくるのを感じ、セイディは身構えた。バックとともに迎える絶頂は前回のものとは違っていた。いっそう満ち足りた喜びだった。

セイディの手足が震えた。バックも震えていた。全身の筋肉を強ばらせて、荒々しくうなっている。やがて、彼はセイディの上に崩れ落ちた。だが、すぐに寝返りを打ち、二人の位置を入れ替えた。

それからしばらくの間、二人はただ横たわっていた。数分が過ぎた頃、セイディはバックが自分から離れるのを感じた。それもまた楽しい経験だった。

「お尻が冷えちゃったわ」

バックはうなると、手で探り当てたシーツを引き寄せて彼女の体を覆った。「少し眠ろう。体力を回復させないと」

セイディの頬の下で、バックの心臓が安定したリズムを刻んでいた。温めようとしているのか、彼の両手はセイディのお尻を包み込んでいた。こうしていると、すべての不安から解放された気がするわ。気だるい充足感の中で、セイディは眠りに落ちていった。

5

二日後の未明、セイディはベッドに戻ってきたバックの気配で目を覚ました。二人は週末を一緒に過ごした。犬たちと遊び、食事をし、映画を観（み）て、愛し合った。

その夜もセイディはバックの腕の中で長く激しい絶頂を味わった。そして、しばらくの間ぐったりとしたあとでバックに言った。「知らなかったわ。人生って、こんなにくつろいで楽しめるものなのね」

その言葉にバックは胸を詰まらせた。わがままも言えず、孤独な少女時代を送った彼女を幸せにしてやりたいと心から思ったのだ。

表面的には、セイディは相変わらず内気でおどおどしているように見えた。しかし、彼女には大胆で奔放な一面もあった。自分がセックスを愛していることを隠そうともせず、遅れを取り戻すのだと言って、どんなことにも挑戦したがった。

バックは喜んで協力した。

バックはセイディを甘やかしたかった。だから、いつもセイディにキスをした。理由はなんでもよかった。セイディがコーヒーをいれるたびに、彼はお礼のキスをした。彼女があくびをした時も、かわいいからという理由でキスをした。

セイディがティッシュ相手に苦戦している時や、ティッシュが散らかしたあとを片づけている時も、バックは進んで手を貸した。ティッシュが家の中に持ち込んだ虫も、セイディに代わって始末した。それから、怯(おび)える彼女を抱擁し、何度もキスをして落ち着かせた。

セイディのためなら、バックは蝉(せみ)とさえも戦った。

自分があの赤目の怪物を死ぬほど嫌っていることを、ほかの人間のためなら絶対に戦わないことを、セイディにわかってほしいと願いながら。

バックがベッドを離れたことに気づいていなかったのか、セイディは怪訝(けげん)な表情になった。「どこに行っていたの？」

セイディは適応能力が高かった。ずっと一人で眠ってきたというのに、今ではもう大男にベッドの半分以上を占領されることに慣れていた。その代わり、彼女はバックの上に手足を投げ出した。バックは彼女のそんなところも好きだった。

バックはわざと体を近づけ、冷えた足をセイディの足にくっつけた。セイディは悲鳴をあげ、足を彼の脛(すね)の位置まで引き上げた。

「外に出ていたんだ」

「外で何をしていたの？」

「チワワの駆り集めだ」バックは微笑し、セイディの肩にキスをした。セイディは赤ん坊のようにきめの細かい肌をしている。それに、どこもかしこも柔らかい。「ブッチが外に出たがったんだ。そうなると、当然ティッシュもついてくる。ところが、リードをつける前に、ティッシュは僕の横をすり抜けた。ブッチもあとに続いた。僕はティッシュを追いかけ、ブッチは僕を追いかけた」

その場面を想像して、セイディはくすくす笑った。

バックはわざと憤慨してみせた。「おい、僕がティッシュを捕まえるのにどれだけ苦労したと思ってるんだ？　せめてもの慰めは、今回はジーンズをはいてたってことだな」

まだ忍び笑いをしながら、セイディは上体を起こした。寝乱れた姿がセクシーで愛らしい。「私を起こせばよかったのに」

バックは彼女の背中を引き戻した。「よく眠っていたから、起こしちゃ悪いと思ったんだ」彼はむきだしの胸のふくらみを両手で包み込んだ。

僕はこの感触が好きだ。

セイディがたまらなく好きだ。

「バック？」

「でも、今の君は起きている」

セイディは大きな体にもたれかかった。「ええ、すっかり目が覚めたわ」

バックは彼女と上下を入れ替えた。愛の言葉が喉まで出かかった。

いや、まだ早すぎる。セイディにはもう少し時間が必要だ。まずはベッドに男がいる状況に彼女の体を慣れさせる。感情的な問題はそのあとだ。

セイディの肩にキスをしながら、バックはつぶやいた。「まだ朝の四時半だよ。もう一度寝直したほうがいいんじゃないのか？」

「今日は仕事だもの。どのみち、一時間後には起きることになるわ」

バックは彼女の喉を唇でたどった。「一時間でも眠れるだろう」

僕はもうセイディの秘密を知っている。彼女が特に敏感なのは喉と耳の後ろと胸のふくらみの下だ。もちろん、腿の内側をなめても激しく反応するし、その上の……。

セイディに体の一部を握られ、バックは動きを止めた。

「私がその一時間で何をしたいかわかる？」

まったく、彼女は想像を超えている。ベッドでの彼女はとても寛大だ。でも、僕を困らせて楽しむやんちゃなところもある。

「降参するから教えてくれよ」

セイディは空いたほうの手でバックを押しやった。バックは素直に仰向けになり、彼女に主導権を委ねた。

「あなたの全身にキスをしたいの」

バックの体に興奮の震えが走った。そんなことをされたら、僕は途中で死んでしまう。「わかった」

セイディは笑顔でバックの上になった。新たに発見した女性の力が嬉しくてたまらないといった感じだ。彼女はバックの体を堪能した。彼の力強さやサイズについて、あれこれと感想を口にした。

「力を抜いて」

バックは笑った。「無理だよ、ハニー」

セイディは彼の唇にキスをした。「じゃあ、せめてじっとしてて」

難題だな。

バックは両手を頭の下で組み、できるだけ努力すると約束した。それはまさしく試練だった。二十分後、セイディは彼の太腿の間にひざまずいていた。柔らかな唇で大きな体をたどり、ようやくここまでたどり着いたのだ。

彼女の手がバックの欲望の証をとらえた。これは拷問だ。夢のような拷問……。

バックは低くうなった。「もう勘弁してくれ。僕が死ぬ前に」

セイディは笑った。「了解よ」そうささやくと、彼女は体を倒してバックの欲望の頂にキスをした。それから口を開けて、彼を包み込んだ。

バックはうなり声とともに身を硬くした。

舌を回し、最後にひとなめしてから、セイディは顔を上げた。「じっとしてて」

「できないよ」

セイディは小さな拳でバックをぶった。「それでも努力して」

セイディは再びバックを口の中にとらえて刺激した。彼女はのみ込みが早い。セイディに教えることは喜びであり、苦痛でもあった。

窓から差し込む月の光が、小さく丸い胸のふくらみを照らし出した。もう充分だ。充分すぎる。バックは彼女の肩をつかみ、自分の胸の位置まで引き上げた。

「バック」セイディは文句を言った。

「ごめん、ベイビー」バックは片手でセイディの動きを封じ、もう一方の手をベッドの脇のテーブルに伸ばした。探り当てた避妊具の袋を歯で引きちぎってから彼女に手渡す。「ほら、これを僕につけてくれ」

「これって？」背中を起こしたセイディは避妊具に目を留めて、にっこり笑った。「わかったわ」

彼女の熱っぽい表情を見ているだけで、バックは爆発しそうになった。

「こんな感じでいいの？」セイディは几帳面な手つきで避妊具を欲望の証の半ばまで被せた。

バックは歯を食いしばった。「この小悪魔め」

彼は素早く残りの作業を終えた。

セイディはくすくす笑っていたが、彼が中に入ってくると笑うのをやめた。

彼女はバックの胸毛を握りしめた。それは彼女が激しく興奮している証だった。

「君の好きなようにしてくれ」バックはなんとか声を絞り出した。「速くても遅くても僕はかまわない。君が動きつづけている限りは」

ありがたいことに、セイディは速いリズムを選んだ。バックは彼女の胸のふくらみをとらえ、その頂を軽く引っ張った。セイディは彼に馬乗りになり、何度も腰を上下に動かした。彼女に深く包まれながら、バックは絶頂を迎える彼女の顔を眺めた。セイディはすべてを彼にさらけ出した。しかし、最後には彼の胸に崩れ落ち、主導権を明け渡した。

もはやセイディにできるのは、うめくことだけだった。

なんてかわいいんだろう。僕はセイディを愛している。彼女の厄介なチワワでさえも愛している。

じきに彼女も僕を愛するようになるだろう。必ずその日が来るはずだ。

セイディは動物保護センターでの仕事を楽しんでいた。だが、自宅でペットを待たせているので、職場に居残りをしたことは一度もなかった。ティッシュを預かってからは、特に帰宅を急ぐようになった。ティッシュには何よりも安心と人のぬくもりが必要だとわかっていたからだ。

その状況は今も変わっていなかった。しかも、今ではバックがいた。

セイディは笑顔で車を走らせた。うちに帰ったら、バックが抱きしめてくれる。ティッシュとブッチが駆け寄って、出迎えてくれる。何もかも完璧だわ。完璧すぎて怖いくらい。

もし私が愛していると言ったら、バックは誤解するかしら？　それは愛じゃなくて一時的なのぼせ上がりだと否定するかしら？　確かに、私には彼以外の男性と付き合った経験がないわ。でも、バックは特別よ。私にとって特別な存在なの。どうすればそのことを彼にわかってもらえるかしら？

　その答えが見つからないうちは、迂闊に愛しているとは言えないわ。

　バックと出会うまでの私は、自分の人生にどれだけ多くのものが欠けているかを知らなかった。でも、知ることは諸刃の剣だわ。そのおかげで、何かを失う怖さも知ってしまったんだから。直視したくない現実。もうこれ以上いやな現実は見たくない。

　セイディは角を曲がり、自宅のある通りに入った。考えに耽っていたせいで、駐車場の前の歩道にいたバックを危うく見逃すところだった。彼女は車の速度を落として向きを変えた。そして、驚嘆に目をみはった。

　バックは顔いっぱいに自慢げな笑みを浮かべていた。それもそのはずで、彼が握るリードの先には二匹のチワワがつながれていた。ティッシュに抵抗する様子はなかった。

　ああ、夢みたい。

　セイディは自分の駐車スペースに車を停め、エンジンを切った。バックが大股で近づいてきた。二匹の犬も小走りでついてきた。彼女を出迎えるために。

　セイディは車から降り立ち、ティッシュの様子を観察した。「怯えてはいないみたいね」

「ああ」バックはにんまり笑った。「ティッシュを散歩に連れ出すのは一苦労だったよ。でも、ブッチが一緒で助かった。最初、ティッシュは僕のほうばかり見ていたけど、じきにブッチについていくだけで精いっぱいになった」

　セイディは笑った。「この子、あなたの靴下をくわえているわ」

「知ってる」バックは肩をすくめた。「洗濯用に出しておいたのを盗まれたんだ。汚いから清潔なのと取り替えてやろうとしたんだけどね。まあ、いいさ。口の中がいっぱいなら、虫を食うこともできないだろうし」

筋骨隆々の大男が二匹の小型犬を連れている。その光景にセイディは胸を詰まらせた。

バックには男としての自信があるわ。だからこそ、ためらうことなく二匹のチワワを愛せるのよ。

こんな人を愛さずにいられるかしら?

少しかすれた声でセイディは言った。「あなたは奇跡の人ね」

「違うよ」バックは頭を傾げた。緑色の瞳には温かな愛情があふれている。「僕は君から忍耐を学んだんだ」

彼の真剣な口調と思いのこもった言葉に、セイディの目頭が熱くなった。「ありがとう」

「どういたしまして」バックは犬たちに笑顔を向けた。「こいつらはレディ・キラーだね。散歩の間、色々な年齢のレディたちに声をかけられたよ。車のクラクションを鳴らされたり、立ち止まって雑談をしたり。お年を召したレディには〝スウィーティ〟と呼ばれて、頬をぺたぺた触られた。もう一人のレディ——もう少し若いレディからは電話番号のメモを渡された」彼はポケットからくしゃくしゃに丸めた紙を取り出した。そして、セイディに気を揉む暇も与えず、にやっと笑った。「もちろん、僕たちを見て大笑いする野郎どももいたけどね」彼は電話番号が書かれた紙を近くのゴミ箱に放り込んだ。

それを見て、セイディは胸を撫で下ろした。「ひどい人たちね」

「あれは嫉妬だな」バックはひざまずき、手を差し出した。

ブッチがすぐに飛んできた。ティッシュは体を低くして耳を倒した。それでも、じりじりと前に進み、バックのそばまで近づいてきた。

バックはティッシュの顎をくすぐり、優しい声で続けた。「こんなすてきな犬を二匹も連れた僕が羨ましかったんだ」

これこそ殺し文句ね。仮に私がまだ恋に落ちていなかったとしても、これで間違いなくノックアウトされるわ。

バックは体を伸ばして立ち上がった。「行くぞ、ギャングども。うちに帰ったら夕食だ」

彼はセイディに歩み寄った。そして彼女に腕を回して温かいキスをすると、肩を並べて自分のアパートメントへ向かった。


二週間の休暇中、バックは空いた時間のすべてをセイディのために使った。セイディが仕事に行っている間は犬たちの世話をし、彼女が帰宅した時はドアで出迎えた。バックに会うと、セイディはいつも笑顔になり、自ら彼の腕の中へ飛び込んだ。

ティッシュは相変わらずバックのものを盗みつづけた。自力で引きずれるものは長椅子の下に持ち込み、それをベッドの代わりにした。幸い、バックの長椅子は大きかったので、黄色いパンツ以外にも色々と収納することができた。靴下、Tシャツ、布巾。さらに、ぼろぼろになった軍手や、彼のお気に入りのブーツの靴紐まで。

靴紐はさすがに痛手だった。しかし、それはブッチにも責任がある。靴紐好きにかけてはブッチもティッシュに負けていなかったからだ。学習したバックはブーツをクローゼットにしまうようになった。ここなら小さな盗賊団も手が出せないはずだ。

人間たちの暮らしにも習慣のようなものができてきた。バックはセイディが帰宅する前に犬たちの散歩を終わらせた。そうすれば、犬たちに邪魔されることなく一緒に夕食の準備ができるからだ。

どっちも料理が得意なので、食事は交代で作ることにした。時にはデリバリーを利用することもあった。

夕食がすむと、二人は庭で犬たちと遊んだ。ベッドに入る前には、床に座ってくつろいだ。バックはブッチを抱っこして、ティッシュも膝にのるように誘ったが、今のところ、その努力は報われていなかった。ティッシュは前ほどびくびくしなくなったものの、まだ彼を信用してはいないようだった。

それでも、バックから見れば、二匹は家族のような存在だった。彼はその家族を守りたかった。セイディとティッシュを幸せにしたかった。だが、明日にはライリーとレジーナが船旅から戻ってくる。ブッチが飼い主たちのもとに帰れば、ティッシュはまた新しい環境に順応しなければならないのだ。

九月にしては寒い夜が続いていた。外で座るにはジャケットか毛布が必要だった。だが、バックもセイディも外で犬たちと過ごす時間をあきらめたいとは思わなかった。バックは約三メートル四方の可動式フェンスを作った。それを毎日違うところに設置して、犬たちが新しい場所を探検できるようにした。

フェンスはすばらしい効果を発揮した。ただし、自由度が増したおかげで、ティッシュが見つける虫の数も増えてしまった。ティッシュを外に出すと、五割を超える確率で何かを捕まえ、セイディのところに持ってきた。蜘蛛（くも）、バッタ、大ミミズ。幸いなことに、蝉は二匹で止まっていた。

ブッチはえり好みが激しいのか、虫には興味を示さなかった。ティッシュが虫を捕まえると、少しいやそうな顔さえした。それでも、彼は必ずティッシュに協力した。それをゲームとして楽しんでいるようだった。

二匹のチワワは固い絆（きずな）で結ばれた友となった。

ブッチといる時のティッシュはこのうえなく幸せそ

うに見える。

　セイディは自宅の裏にある小さなポーチでバックと並んで座っていた。バックから目を逸らしたまま、彼女はぽつりとつぶやいた。「明日、ブッチが帰っちゃったら、ティッシュは寂しくなるわね。もう一匹、犬を引き取るべきかしら」

　バックは唾をのみ込んだ。そのアイデアはいただけないな。「ティッシュにとってはいいことだよね。それでブッチのことを忘れられるかもしれない。でも、ブッチはどうなる？　あいつのことも考えてやれよ。あいつがどんなに寂しい思いをするか」彼は犬たちのほうに視線を向けた。そこでは彼の言葉を証明するような光景が繰り広げられていた。「ほら、あいつを見てみろ。伴侶みたいにティッシュに寄り添ってるじゃないか」

　セイディはため息をついた。「わかっているわ。もし可能なら……あなたがそう望むなら……」

　バックは息をひそめて待った。「何？」

「あなたがブッチをここに連れてきてあげたら？」

　バックは顔をしかめた。僕が聞きたかったのはそういう提案じゃない。「できなくはないよ」彼はセイディを見つめ、なんとか彼女の考えを読もうとした。「逆にティッシュをブッチのうちに連れていくこともできる。友人たちの奥方連中は、最低でも週に一回はみんなに集合をかけているからな」

「奥方連中ですって？　あなた、彼女たちをそんなふうに呼んでいるの？」

「実際、そのとおりだからね」

　セイディはすでに先週末の集まりに参加し、クレアやロージーと顔を合わせていた。犬たちを自由に遊ばせて、人間たちはおしゃべりに興じた。彼女たちがセイディを気に入ったことは間違いないが、セイディも彼女たちに好意を持ったようだった。

「僕たち男連中は結婚したら友人とは疎遠になるも

んだと思っていた。でも、そうじゃなかった。僕たちは今もしょっちゅう集まっている。前と違うのは、奥方連中も一緒だってことくらいだ。僕らが何をしようと、彼女たちは気にしない。釣りに出かけようと、トランプで夜更かししようとね」

セイディは不思議そうにバックを見つめた。「彼女たちは、あなたたちのことをよく理解しているもの。それのどこが問題なの？」

バックは間の抜けた気分になった。「僕が言いたいのは、もし僕たちがティッシュを連れていっても、レジーナは気にしないってことだ。それに、ローリーやクレアもブッチをかわいがっている。きっとティッシュのことも気に入るはずだ」

そうでなければ困る。ティッシュは僕の家族の一員になるんだから。前にセイディにも言ったが、彼女とティッシュはセット販売だ。つらい思いをしてきたティッシュを置いてきぼりにするわけにはいかない。

バックはセイディの反応を待った。その時、ハリスとクレアが建物の角から現れた。

「ああ、いた、いた」ハリスはのんきに叫んだ。自分が友人の未来を左右する大事な場面を邪魔したことに、まるで気づいていないようだった。

「私たち、バックのうちのドアをノックしたのよ」クレアが説明した。「でも、返事がなくて。それで、こっちをのぞいてみることにしたの」

ハリスがフェンスの前でひざまずいた。ブッチは来客に挨拶しようと寄ってきたが、ティッシュはフェンスの一番遠い角まであとずさった。

「相変わらず内気なんだな」ハリスは気遣わしげに眉をひそめた。「そんな態度をとられると、胸が潰れそうになる。君はよく頑張ってるね、セイディ」

ハリスに何度か撫でられると、ブッチはティッシュのもとに駆け戻った。

セイディはティッシュに笑顔を向けた。「簡単なケースもあれば、難しいケースもあるわ」彼女は椅子から立ち上がった。「何か飲み物を持ってきましょうか？」

ハリスは首を振った。「いや、けっこう。ちょっと提案したいことがあって寄っただけだから」バックをちらりと見やってから、ハリスは咳払いをした。「実は、ライリーの隣の家が売りに出ている」

バックの動きが止まり、頭の中が真っ白になった。

「本当か？」

「大きな家じゃないぞ」ハリスはあわてて牽制した。「僕たちが選んだ家と似たようなもんで、色々と修理が必要だ。でも、もしおまえがあれを買えば、犬たちはこれからも近くにいられる」ハリスはウィンクした。

バックはすぐにその意味を察した。

やるな、ハリス。こいつにしてはなかなかの名案だ。

クレアもひざまずいた。犬たちに手を差し出しながら、セイディに話しかけた。「ティッシュがこのままあなたのもとに残ると仮定しての話よ。あなたが動物たちを一時的に保護していることは知っているけど、ティッシュは……特別だわ」クレアはセイディに視線を投げた。「そうでしょう？」

セイディは下唇を噛みながらうなずいた。か細い声に感情をあふれさせて言う。「とても特別な存在よ。実は前々からティッシュを手元に置けたらと考えていたの」彼女はバックを見やり、また視線を逸らした。「ティッシュが安心して人に抱かれるようになるには、まだ時間がかかるわ。もともと内気な性格だったようなのに、色々な目に遭ったせいで、さらに臆病になってしまったのね」

ハリスは咳払いをした。「だったらなおのこと、毎日ブッチに会えるほうがいいんじゃないかな？」

「ええ、ブッチと一緒の時はティッシュも安心できるみたいだし」

　セイディを見ていたバックの脳裏に愚かな疑問が浮かんだ。彼女はどれくらいティッシュを愛しているんだろう？　僕と結婚してもいいほど？　家を買って、家庭を作ってもいいほど？

「その家、いくらで売りに出されているの？」そう尋ねてから、セイディは付け加えた。「私に手が届くような値段じゃないでしょうけどね」

　ハリスは再びバックに視線を投げた。「二人の収入を合わせれば……」

　バックは立ち上がり、友人の言葉を遮った。確かに僕はセイディが欲しい。こんなに何かが欲しいと思ったのは生まれて初めてだ。でも、友人に代理でプロポーズしてもらう必要はないし、家を餌に彼女を釣るのもいやだ。

　セイディが僕を愛していない限りは。

「ちょっと寄っただけだと言ったな。どこかに行く途中なんだろう？」

　ほのめかしに気づいて、クレアが口を挟んだ。

「これから私のボスとその奥さんと四人で食事をするの。ただ家のことをあなたたちに伝えておきたかっただけよ」クレアはセイディに向き直った。「値段のことだけど、けっこう安いと思うわ。ロージーもこれならすぐに売れるだろうと言っていたし」

「ありがとう。チェックしてみるよ」バックはセイディのかたわらを通り過ぎた。「じゃあ、車まで送ろう」

　セイディも立ち上がり、バックに急き立てられて去って行く夫婦に叫んだ。「ありがとう」

　角を曲がり、セイディに聞こえない距離まで来ると、バックはハリスの背中をたたいた。「面倒をかけたな」

　クレアは微笑した。「ちょっと背中を押してみるのも悪くないかなと思って」

「最初の頃から考えてはいたんだよ。でも、セイディは慎重派だから。なんとか彼女を納得させようと目下努力中だ」

「のんびりしている暇はないぞ」ハリスは警告した。「明日にはライリーとレッドが帰ってくるし、ああいう掘り出し物は右から左に売れちまう」

「わかってる」

できればセイディを急かしたくない。彼女に必要なのは、ゆったりとしたロマンチックな求愛だ。でも、相棒をなくしたあとのティッシュの孤独を思うと……。

庭に戻ってみると、セイディはフェンスの中に移動していた。日の当たる場所に座り、ブッチを撫でながらティッシュに優しく話しかけていた。

バックは腕組みをし、彼女を見下ろした。「で、君はどう思う？」

セイディは犬を撫でつづけた。「なんの話？」

バックはいらだち、彼女に指を突きつけた。「わかっているだろう。家の話だよ」

セイディはうなだれて肩をすくめた。「私にはなんとも言えないわ。あなたはどう思っているの？」

バックはもどかしげにフェンスを乗り越え、彼女の隣に座った。「君はティッシュを飼いたいと思っているんだよな？　この際だから言っておくが、君が飼わないなら僕が飼う」

セイディははっと顔を上げた。「本気なの？」

「ああ、本気だとも。ティッシュには、たっぷり愛してくれる人間が必要だ。落ち着いた静かな環境で、一生大切にしてくれる人間が。僕がティッシュと出会ってまだ二週間にしかならないが、そんな短い間でも少し毛が増えたじゃないか」

セイディは泣いているのか笑っているのかわからない表情になった。「今のティッシュは小さなアザラシみたいよね？」

「ティッシュは美人だよ」バックはセイディの頬に触れた。自分の手が震えていることに気づき、愕然とする。「君が言っていたとおりだ」

セイディの笑顔が曇り、悲しげな目つきになった。

「でも、ますます太っちゃったわ」

「僕から何か盗もうと忍び寄ってくる時なんて、まるで小さな相撲取りみたいだもんな」バックはティッシュを眺めた。「正直なところ、優雅とは言いがたい」

セイディは彼にもたれかかって笑った。

バックの胸が熱くなった。

不意にティッシュが近づいてきた。

人間たちは身を硬くした。ティッシュは耳をぺたりと倒している。茶色のつぶらな瞳には警戒の表情があった。そして、何かを期待するような表情も。

ティッシュは匍匐前進を続けた。そろそろと少しずつ距離を詰めて、ついにセイディの膝までのぼってきた。

「嘘みたい」セイディはささやいた。

予想外の事態に驚いたのか、ブッチも大きな目をしばたたいた。セイディの膝には先にブッチが座っていたせいで、ティッシュはブッチの上に座る格好になった。二匹の間には少なくとも五百グラムの体重差がある。体重が二キロもないブッチにとって、五百グラムの差は大きいはずだ。

だが、ブッチは文句を言わなかった。

「ゆっくりでいいんだ」バックはささやいた。「少しずつでも進んでいけば」彼は手を伸ばし、一本の指でティッシュの顎をくすぐった。

ティッシュは不安そうに彼を見上げ、尻尾を一度だけ上下に動かした。諸々の葛藤はあるようだが、逃げ出そうとはしない。

バックは息をひそめ、慎重にティッシュをくすぐりつづけた。彼の指が鼻先から耳へ移り、丸い頭のてっぺんに行き着いた。そこはもう禿げておらず、チョコレート色の柔らかな毛で覆われている。

ティッシュは長々と息をつくと、セイディの腿に頭を預けてまぶたを閉じた。

「やったな、セイディ」バックの胸は喜びではち切れそうだった。

セイディの瞳から涙があふれた。震える声で笑う。「ばかみたいだけど、私、大声で叫びたい気分よ」

「ああ」バックはうなずいた。「僕もだ」

セイディは大きな肩に寄りかかった。「ブッチのおかげね」

自らの目標を思い出したバックは、ここぞとばかりに言い募った。「今さら二匹を引き離すのは酷だと思わないか？　これからもこいつらを一緒に遊ばせてやろう。レジーナもきっと賛成してくれるよ。彼女は最近フリーで仕事をしているから、ブッテと家にいることが多いんだ。仕事で出かけなきゃならない日もあるが、ランチタイムには必ず彼女かライリーのどっちかが家に帰っている。もし僕たちが彼らの隣に住んだら――」

「隣？」彼の肩に頭を預けたまま、セイディは首をひねって視線を合わせた。「じゃあ、あなたはあの家を買うべきだと考えているの？」

「僕たち二人でね」バックは二匹のチワワを交互に撫でた。「いい考えだろう？」

セイディは無言で彼を見つめた。

バックは彼女の反応にいらだった。「ブッチとティッシュはきっと賛成してくれる」

セイディはうなずいた。「そうね。でも……あなたは？　それでいいの？」

バックは彼女の頬に触れた。「僕は大賛成だ」

セイディは下唇を噛み、深呼吸をしてからうなずいた。「私も大賛成よ」

バックの緊張がいっきに緩んだ。

次の瞬間、彼女は付け足した。「だって、あなたを愛しているもの」

バックの背筋がぴんと伸びた。「今なんて言った？」

その張りつめた声に、犬たちがびくりと体を震わせた。バックはあわてた。軽くたたいてやることで二匹を落ち着かせようとした。

セイディが彼の視線をとらえた。「バック・ボズウォス、私はあなたを愛しているの。あなたは最高にすばらしくて愛情豊かな人だわ。あなたみたいな人が存在するなんて、私は想像もしていなかったの。でも、現にあなたはここにいる。庭に座って、小さな犬たちを撫でながら、家を買おうと提案してくれている。こんなにすてきな人を愛さずにいられるわけないでしょう？」

バックは過呼吸になりそうなほど興奮していた。

「僕も君を愛している」ああ、この場で彼女を抱き上げて、大声で笑いながら振り回したい。でも、そんなことをしたら、きっとティッシュが動揺する。「ずっと君を愛していた。君が寝間着姿で僕のうちに駆け込んできて、恐ろしい蝉と戦えと要求したあの日から」

セイディは頬を赤らめた。「あれは悪かったと思っているわ」

「いや、僕はよかったと思っている。もしティッシュがあの怪物を捕まえなかったら、僕は君と付き合っていなかったかもしれない。僕の人生に足りないのは君と禿げたちび犬だと気づかないままだったかもしれない」

彼の予想に反して、セイディは笑わなかった。笑う代わりに、彼女は唇を噛んだ。

バックはセイディにキスをした。そして彼女の歯に痛めつけられた下唇をなめてから尋ねた。「どうした？」

「私と結婚してくれない？」

バックは唖然(あぜん)としてセイディを見つめた。それから、大声で笑い出した。犬たちは平然としていたが、セイディは真っ赤な顔になった。「あと五分待っていれば、僕が片膝をついてプロポーズしたのに。まあ、おかげで手間が省けたけどね」

「ごめんなさい。私、そんなつもりは……」

「愛しているよ、君のすべてを。僕にプロポーズしてくれてありがとう。答えはイエスだ」

「犬はこれからもっと増えるかもしれないわよ。私、今の活動を続けるつもりだから」

彼女の警告の言葉もバックをにやつかせただけだった。「僕はかまわないよ。騒々しい悪友どもと比べたら、犬たちなんてかわいいもんだ」

セイディはにっこり笑った。「あなたの友達はすてきな人ばかりよ」

「まあね」

彼女は勢い込んでしゃべり出した。「今すぐロージーに連絡したほうがよくないかしら？　早く物件を押さえてもらわなきゃ」

「ああ」バックは立ち上がると、セイディの手を引いて立たせ、かすれた声でささやいた。「すぐにそうしよう」

「愛し合ったあとで？」尋ねるセイディの声もかすれていた。

「そうだ」バックはうなずいた。

数カ月後、二人は家の売買契約を終えた。引っ越しがすむと、セイディはまた新たに犬を引き取った。ただし、ずっと手元に置けるようになった今は、犬を手放すことなど考えられなかった。

結局、犬は三匹に増えた。ちょうどいい数だ、とバックに言った。自分にも同じ数の悪友がいるのだからと。

イーサンも犬を二匹引き取った。ハリスは犬と猫を一匹ずつ飼うことになった。四家族の集まりは動物園のような様相を呈したが、気にする者は一人もいなかった。

それどころか、男性陣は犬には一緒に遊べる子供が必要だと言いはじめた。ペットに対する四人の溺愛ぶりを見ていた女性陣は、彼らが子煩悩な父親になることを信じて疑わなかった。

ブッチとティッシュは相変わらず仲良しだった。大勢で集まった時は、いつも二匹で長椅子の下に潜り込み、バックの黄色いパンツにくるまって過ごした。

ティッシュにとって、あのパンツはお守みたいなものなのよ、とセイディは主張した。

バックはそう言うセイディこそが自分のお守なのだと思った。彼は生まれてからずっといい人生を送ってきた。

セイディを妻にできた今、彼の人生に足りないものは何もなかった。

シークと乙女
The Sheikh and the Virgin

キム・ローレンス

高木晶子 訳

キム・ローレンス

イギリスの作家。ウェールズ北西部のアングルジー島の農場に住む。毎日 3 キロほどのジョギングでリフレッシュし、執筆のインスピレーションを得ている。夫と元気な男の子が 2 人。それに、いつのまにか居ついたさまざまな動物たちもいる。もともと小説を読むのは好きだが、今は書くことに熱中している。

主要登場人物

ベアトリス・デブリン……………フリーター。愛称ベア。
エマ………………………………ベアトリスの親友。
タリク・アル・カマル……………王国の皇太子。
ハリッド…………………………タリクの弟。
サイード…………………………タリクの腹心の部下。
アジル……………………………宮殿の使用人の少女。
ジェームズ・シンクレア…………王室のお抱え弁護士。

1

「その子が来たら、すぐ通してくれ」タリクは弁護士に写真を渡した。「この写真の子だ」

ジェームズ・シンクレアは焦点が合っているとは言いがたいスナップ写真を見やった。長期休暇中なのだろうか。どこかの海岸で水着姿の男女三人が写っている。中央の黒い髪の男性は両側の二人の女性に腕を回しかけていた。

ジェームズは上目づかいに、テーラーメードの上質なスーツに長身を包んだ黒髪の男性を見あげ、さっき秘書が言ったことを思いだしていた。いつもは真面目な秘書がくすくすと笑いながら、このビルで働いている女性は全員、プリンスのスーツになんか興味を持っていません、関心があるのは中身だわ、と話していたっけ。

「プリンス・タリク、どちらのご婦人でしょうか？」うやうやしく彼は尋ねた。さりげなく隠したものの、写真の中の女性に目を走らせるジェームズの態度は不安げだ。

落ち着け、ジェームズ。彼は自分に言いきかせた。

飢えた豹と同じ部屋に閉じこめられた人間は、きっとこんな気分になるのだろうな、と思う。そういえばプリンスはどこか豹に似ている。動きがしなやかで、次に何をするつもりなのかが予測できない危険な動物のような男だ。

ザフラト国のロイヤル・ファミリーのお抱え弁護士事務所である彼の会社は、そのおかげでかなりの報酬を手にしている。そうでなければこの仕事を断っていただろう。ザフラト国の未来の国王になるプリンスの前に出ると、新米弁護士だったころのように落ち着かない不安な気持ちになる。同世代の法廷弁護人の中では抜きんでた業績を誇り、それなりの名声を得ているジェームズとしては、それは決して面白いことではなかった。

プリンス・タリク・アル・カマルは、ごくわずかに独特なアクセントがあるものの、申し分のない美しい英語を話す。ジェームズの質問に対して返ってきた言葉には外国人特有のアクセントの代わりに、あきれたような響きが含まれていた。「どっちの女性かって?」

ジェームズは目を上げ、前にいるプリンスに視線を向けたが、自分より十五センチも上背のある彼と対等に目を合わせるのは難しかった。

彼らしくもなく自信のない不安な思いをまだ抱えながら、ジェームズはこんな気持ちにさせられるのはプリンスが権力者だからだろうか、と考えた。いや、アル・カマル家の富と影響力がなかったとしても、このプリンスには逆らいがたい威厳がある。

ジェームズは改めてプリンスの細面の褐色がかった顔を見た。そうだ、彼にはどこか、冷酷で無情なところがある。

彼はたぶん、自分の邪魔をするものや相手を平気できっぱり排除するだろう。

年は三十七歳の自分より四、五歳若いくらいだろうか、と考えながら、ジェームズは漆黒の髪をしたクライアントを盗み見た。あきれるくらいハンサムで、しかも黄金色の肌と整った顔立ちにマッチする優れた知性の持ち主であることも確かだ。ジェームズは最近出てきた自分のお腹にそっと手を置くと、もう少し運動しなければ、と反省した。

タリクは黒々とした眉の片方を持ちあげて弁護士を見た。この男は申し分のない有能な弁護士だと思っていたが、こんなばかな質問をするようでは能力を疑うな。

どちらの女性ですか、だって？

見てわからないのだろうか？　彼は弁護士から写真を取りあげ、目を細めてもう一度それを見た。彼の視線は金髪の女性から弟に、そして赤毛の女性へと移動する。金髪のグラマーな女性はいかにも無邪気な、かわいらしい女の子という印象だ。この子のはずはない。タリクは頭の中でその子のイメージを長い指先で弾きとばした。幼いときから叩きこまれた王族としての責任を弟に忘れさせるだけのパワーはこの子にはない。彼もまた身に背負っているその責任は、特権という別の顔も所有している。

絶対にこっちの子だ。赤褐色のカールした髪のこの子。男を誘うような唇と、雪花石膏を思わせる、透き通った白い肌のこの子に違いない。

この子には男の狂気を引きだすような魅力がある。責任感どころか、自分の名前を男に忘れさせることさえ、簡単にやってのけるだろう。

晴れやかに笑っているその印象的な顔を見ていると、なぜかはわからないがいらいらした気持ちが消えていった。弟のハリッドがこの女性にすっかり魂を抜かれ、まともにものが考えられなくなっているのも無理はないと、彼はしぶしぶながら認めた。焦点がはっきりしないこの写真からでさえ、この女性のセックスアピールは強烈に目に飛びこんでくるし、それればかりかもっと下にある別のところにも影響を与えずにはおかない。

いわゆる美人顔ではない。意志の強そうな丸みを帯びた顎。小さくてちょっと上を向いた鼻にはそばかすが散っている。男心をそそるように曲線を描いている唇は少し大きすぎるが、まつげが長い、大きな瞳には猫を思わせる性的な魅力があった。

彼は彼女の体に視線を移した。背が高く、肩もしっかりしていて、胸も大きい。ウエストだけが細く、ヒップは張って、形のいい長い脚とのバランスは完璧だ。弟の手が触れている肌はミルクを思わせる白さだった。

触れたらさぞ温かく、滑らかで、うっとりと我を忘れるのだろうな。タリクは心に浮かんだ思いを急いで押しのけ、厳しい表情に戻った。ハリッドにそんなことをさせておくわけにはいかない。

弟がまともにものを考えられる状態にないのは明らかだ。どう見たってこの赤毛の女性は、ハリッドにとって最悪の、似つかわしくない花嫁候補だ。

まず家族がいない。出生証明書に父親の名前さえない。親は選べないのだからそこまでは仕方がないとしても、母親が亡くなったあと、彼女は複数の養父母のもとを転々と移動している。一箇所に落ち着けない性格らしく、成人してからも仕事を変えながら世界中を回っている。そんな生き方が好きなのだろうから別に文句は言えないが、問題なのは金を稼いでいる様子もないし、一箇所に長く腰をすえたこともなく、まるで根無し草のような生き方をしていることだ。

そんな女性は皇太子妃にふさわしくない。

タリクはやっと弁護士に視線を戻した。「この赤毛の子だ」余計なことを言わせるな、と言いたげないらだった様子で、彼は写真を胸ポケットにしまった。

黒みを帯びた髪を長い褐色の指先ですくと、彼は銀色の小さな斑点が散っている黒い瞳を窓辺に向けた。窓は閉まっていた。ロンドンや似たような大都市にいるといつも、タリクは圧迫されるような窒息感を覚える。

国にいるときは暖かい砂漠の風が部屋の中まで入ってくるように、オフィスの窓を常に開け放っている。彼のオフィスは宮殿でもっとも古い建物の一番高い塔のてっぺんにあり、旧市街が一目で見渡せた。

旧市街の向こうには新市街が広がり、そこにはガラスで覆われた高いビルが並んでいる。そしてその先に広がるのは砂漠と山脈だ。

今夜は国に戻り、その部屋から日没を眺めることになるだろう。

砂漠に沈む夕日は幼いころから見慣れた光景だが、何度見ても飽きることがなかった。燃えたつような空はいつ見ても彼の心の奥深くに潜む何かを揺り動かし、彼の家族が何世代にもわたって愛し、治めてきた故国やその民との深いつながりを思いださせる。

そのつながりを精神的なきずなと呼ぶ人もあるだろうが、彼はわざわざそれに名をつける必要はないと思っていた。なぜなら、それは彼自身の一部だから。

「とにかく、その子が来たらここに通すんだ」タリクは去っていく弁護士にもう一度念を押した。こういうことは早くけりをつけなければ。お互いに身にふさわしくない、感傷的な恋愛の芽は早いうちに摘んでしまうに限る。

長い指で、貴族的な鷲鼻（わしばな）の小さなへこみに触れると、彼は背中の肩甲骨の間の部分が緊張のために改めてぐっと詰まるのを感じた。ばかなやつだ、ハリッドは。いつもは用心深く、協力を惜しまない弟がしでかしたことを思って、彼は意志の強そうな整った顔をゆがめた。

イギリス人の母親が子どもたちより自由を選んで出ていったあと何カ月もの間、まだ三歳だったハリッドは毎夜タリクのベッドに入ってきて、泣きながら寝てしまったものだ。子どものころにあんないやな思いをさせられたのに、異文化間での結婚は不可能だということがなぜわからないのだろう。

もしかしたら人格の欠陥は遺伝的に引き継がれるのだろうか。父はどんなときにも強く、理性的な判断をして行動する人間だ。たった一つ、愛という場面以外では。それはタリクには理解しがたい父の弱さであり、判断力が欠如していると思える部分だった。

遺伝だとすれば自分にもその傾向は受け継がれているはずだが、自分なら絶対にそれをねじ伏せられる自信があった。タリクは鉄の意志を誇りにしている。独りよがりな衝動に身を任せるなど、とんでもないことだ。結婚はまだ考えていないが、いつか結婚するなら、故国とその民に忠実な、同国人の妃を選ぶつもりだ。外国での暮らしに適応できない――いや、する気がない女性など、彼の眼中にはなかった。

僕は時が来たら、古い伝統と文化がある王国を近代化するという厄介な仕事に全力で協力してくれる女性を妻にする。タリクは、愛という言葉はたいていの場合、不適切な行動の言い訳にすぎないと考えている。花嫁を選ぶ際の選択基準を並べた彼のリストの中では、愛はかなり低いランクに置かれていた。

弁護士はいくつもの続き部屋を抜けてベアトリスを案内し、最後の部屋にたどり着くと、中へどうぞ、という仕草をして去っていこうとした。

彼女はあわてて彼の背に呼びかける。「あの、これはいったいどういう……」

ベアトリスの困惑した問いかけをさえぎって、よく響く声が部屋の中から聞こえてきた。

「ミス・デブリン？　どうぞ中へ」

きびきびと命じるような口調に引きよせられ、彼女はおずおずと部屋に入って内部に目を走らせた。

デスクの向こう側に誰かが座っていた。ベアトリスが一歩踏みだすとその人は立ちあがった。驚くほど背が高く、細くて長い脚と広い肩幅が印象的だ。

そのうえ若く、現実とは思えないほどハンサムだ。堕落した天使を思わせる、ニヒルなこの男性に心を動かされない女性がいるかしら、とベアトリスは思った。

「どうぞ、かけて」よく響く滑らかな声がまた聞こえてきた。

「あの、あなたはいったい……」

「わからないはずはないと思うけどね」のみで削ったような美しい形の頬骨に長いまつげが影を落とす。視線が下方に向けられ、黒みを帯びた瞳がベアトリスの豊かな体をなぶるように見た。

その視線が顔に戻るころには、ベアトリスの頬は屈辱に赤く染まっていた。大胆で無礼な目つきは彼がベアトリスを困惑させるために凝視していることを語っていた。

考えてみればおかしな話だったが、ベアトリスは怒りのあまり、その理由を問う余裕もなかった。私を怒らせようとしているの？　それとも誰に対してもこんなに失礼な態度をとるのだろうか。どちらにしても無視するのが一番に思える。

彼女はつんと顔を上げると、いぶかるように眉を持ちあげ、相手にほほえんでみせた。「どうやら、あまりお行儀がよくない人らしいわね」からかうようにつぶやくと彼女は椅子を引く。「まさか侮辱するために私を呼びつけたわけじゃないでしょう？」

くっきりとした黒い眉が小さく動き、貴族的な鼻の上で真一文字に一つにつながるのを見て、ベアトリスは内心快哉を叫んだ。彼は顔をしかめたまま、ベアトリスが椅子に腰を下ろして細い足首を交差させるのを見守った。彼女はその視線を痛いほど感じたが、絶対に相手にそのことを悟らせまいとした。

こういう相手には弱みを見せたらだめ。この人は野蛮人だわ。どんなものを着て繕ってもその事実は隠せない。相手にももちろん腹が立つが、一方でこの野蛮な男が発する生々しい性的な魅力に無関心ではいられない自分にも腹が立った。

落ち着くのよ、とベアトリスは自分に言いきかせ、呼吸を静めようと努めた。目の前の男が小指の先から発する性的なオーラは、普通の男性が全身から発するオーラに匹敵するほど強烈だった。彼女は男の全身をもう一度見て、ため息を押し殺す。いやな男だけれど、外見は非の打ち所がなかった。

男はやっと無遠慮な視線をベアトリスからはずして口を開いた。「君は頭がいい人らしい」緑色の瞳を見るだけで、そのことはわかる。もちろん、男が彼女を最初に見て考えるのは、知性以外の部分のことだとしても、だ。

豊かなヒップを振るようにして彼女が部屋に入ってきた瞬間、ばらと雨の匂いが小さな部屋いっぱいに広がった。その体から出るオーラは彼の気持ちをそそらずにはおかなかった。

ベアトリスは白い歯を光らせて作り笑顔を見せる。「おほめの言葉をありがとう」礼を言ったものの、彼女は男の言葉を信じてなどいなかった。

靴にこびりついた汚物を見るような目で見られているというのに、信用するほうがどうかしているわ！　それにしても冷ややかに笑っていないとき、この人はどう見えるのかしら。

そんなときがあるのだろうか。少なくとも私に対してはないに違いない。理由はわからないけれど、空気がぴりぴりするような、むきだしの敵意が伝わってきた。だがそれにもかかわらず、ベアトリスはこの横暴な男が心からの笑顔を浮かべたところを想像しないではいられなかった。大きめの官能的な唇の端がきれいに持ちあがり、セクシーな瞳の目尻に笑い皺が寄り、今は氷のように冷たく見える銀色の小さな斑点が散った瞳にぬくもりが宿るところを。

「頭のいい君のことだ。僕がなぜ君に来てもらったか、もうわかっているだろうね」彼は優雅な身のこなしでデスクの後ろの椅子に腰かけた。「お互いに手の内を見せようじゃないか」

彼はそう言いながらマホガニー製のデスクの上に手を乗せた。すらりとした長い褐色の指に、ベアトリスは思わず見とれずにはいられなかった。そしてこんなに不愉快な相手に魅力を感じる自分は、どこかおかしいのではないかと考えた。

「弟は君との結婚を考えている」

ベアトリスは驚いて顔を上げた。あまりに勢いよく顔を上げたので、背骨がおかしくなりそうだった。小さな銀色の斑点が散っている黒曜石を思わせる瞳が、そんな彼女に冷たく注がれた。

もしかして誰かと間違われているのではないかと思っていたが、彼の言葉はそれを確信させてくれた。

「私はあなたの弟さんとなんか結婚しません」

その返事に、相手はいらだった様子を見せた。

「じゃあ、これは君じゃないというのか」

ファイルから引きだされ、目の前に置かれたものを、ベアトリスはいぶかしげに見やり、手に取った。

それが二年前の夏の写真だと気づき、彼女は大きく眉を持ちあげた。ベアトリスが南フランスの家庭で家事手伝いをしながらフランス語を勉強していたときのものだ。

海岸で一緒に写っている二人は、その夏に知り合った友人だった。隣のビラの所有者の娘エマと、エマの知り合いだと紹介されたチャーミングな若い男性ハリッドだ。

二人とは今も付き合いがある。もっと正確に言えば、このロンドンで、ベアトリスは現在エマのフラットに寝袋を持ちこんで泊めてもらっている。

目を細めて写真を見ていた彼女は、その視線を相手に投げかけた。「どうしてあなたがこれを？」

相手はどうでもいいだろう、というようにがっしりした肩をすくめた。「君には関係ないことだ」

だが彼女にしてみれば、自分のビキニ姿の写真が赤の他人の手元にあるのは大問題だった。

「普通なら、弟が旅先で誰と恋をしようと干渉などしない」

「弟って……ハリッドのこと？　じゃあ、あなたは……」ベアトリスはその先をのみこんだ。それなら、この人がタリク・アル・カマル。世界でもっとも裕福な国の一つといわれている国の次期国王。

すぐには信じがたいその事実は、彼の横柄な態度や人を見下すような尊大さがどこから来るかを説明していた。

もちろん、ベアトリスはなんとも思わなかった。生まれながらに持っているものがなんなの？　彼はすべてを与えられているが、それと反対にベアトリスはすべてを自分の力で得てきた。ベアトリスは、金持ちや特権を授かった人間はそれを当然のこととして享受するのではなく、それにふさわしい人間であると証明する義務を負っていると思っている。

その点、ハリッドはとても謙虚で、尊大なところが少しもない。三人で過ごした二年前の夏、彼の生まれをエマとベアトリスが知ったのは、滞在期間を半分以上過ぎてからだった。彼はそれまで、あえて自分が王族であることを隠していた。

「あら、悪かったわ。王子様なら、床にひざまずいてお辞儀をするべきだったかしら」そうしたとしても、彼は当然のこととして受けいれたに違いない。彼は私が忌み嫌うものをすべてひとまとめにして包んだような人間だわ。

しかも、このうえなく美しい包装紙に包まれた……。その彼が上着を脱ぎ捨てるのを、ベアトリスは思わず見ないではいられなかった。胸のあたりが黒く陰っているのが白いシャツの上からも見てとれる。彼女の全身に熱いものが走った。

「今さら演技をしてもむだだ、ミス・デブリン」

彼に見とれている場合じゃないわ、ベアトリス。

「僕は君と弟の関係を知っている」

いったい全体、私とハリッドが恋人だなんてばかなことをどうやって思いついたんだろう。エマが聞いたら大笑いするわ、きっと。本当のことを教えて、さっさとここから逃げだそう。

「もちろん、ハリッドは知り合いよ」ベアトリスは両手を上げて相手を制し、目を合わせた。「友だちよ。でも……」

「男と女の間に友情などない」

もう我慢がならなかった。どんなことについても自分の意見が正しいと思っているのかしら、この人は。「あなたに友情がわかるの？」

官能的な唇に微笑が浮かぶ。「女のことならたいていはわかるさ」

それはそうかもしれないわ、とベアトリスは思った。思わずその唇に見とれた彼女はまた頬が熱くなったのを悟られまいと努めながら、嘲（あざけ）るように言う。「あなたが女を口説き落とした自慢話を聞かされるのは真っ平だわ」ただでさえ脳裏に浮かんでくる怪しげなイメージに油を注ぐような話はごめんだ！

相手はばかにしたように唇を固く結ぶと言い捨てる。「君のような女が何を考えるか、僕にはお見通しだ。もくろみはとっくにばれているよ」

彼の魅力に無関心ではいられなくなっているベアトリスをさらに刺激するように、相手は誘うような声でささやきかける。「ミス・デブリン、君の思い通りにはならない。弟を罠（わな）にかけて結婚しようと思ってもそうはさせないよ」

「脅迫しているつもり？」ばかな質問だった。もちろん、彼は脅迫しているのだ。ベアトリスは、力ずくで屈伏させようと脅してくる相手に屈する気などなかった。いつもどおり、彼女は激怒し、戦闘態勢を取った。

「罠にかけるって言ったわね」丸い顎の中央の小さなくぼみに人さし指をあてると、ベアトリスは考えるようなポーズを取った。「それって、妊娠するっていうこと？　それは考えてもみなかったわ」その言葉を吐きだすと、彼女はのけぞるように顔を上げて面白そうに笑ってみせた。

褐色の肌をした目の前の男は怒りに顔を引きつらせた。高い頬骨の上で黄金色の肌がぴんと張り、軽蔑に満ちた視線がベアトリスをまっすぐに射抜く。

「そんなことは考えないほうが身のためだ」

「そっちこそ、お門違いの意見や命令や、人を見下すような失礼な態度を引っこめるほうが身のためよ！」投げつけるように言うと、ベアトリスは立ちあがって相手をにらみつけた。

「よくもこの僕に向かってそんな無礼なことを……」

怒りが血管の中を音をたてて駆けぬけているせいで、ベアトリスは相手の言葉も耳に入らなかった。

「弟さんはもう大人よ。誰と結婚しようと勝手だわ」こんな男の許可をもらってまでハリッドと結婚したいと思う女性は気の毒だわ、とベアトリスは思った。「あなたにどうこうできる問題じゃないわ」その女性を殺すなら別だけど――実際そうしかねないわ、この人なら。

「僕は理不尽なことを言うつもりはない」

でもすごく怒ってるじゃないの。ベアトリスは歯を食いしばった男の、断続的にぴくぴくと震える頬から目を離せずにいた。

「だからだね、君がこの……プロジェクトに割いた時間とエネルギーに対しては対価を支払いたい」

「プロジェクト？」

「僕はけちな男じゃない。君には満足してもらえると思うよ」よどみなく言いながら、彼は一枚の紙切れをデスクの上に滑らせ、ベアトリスの方に押しやった。「弁護士に相談するのは君の自由だが、話は単純だ。弟と結婚しない、今後連絡は絶つ、という誓約書にサインさえしてくれたら、ここに書かれている金額の半分をすぐに支払う。残りは六カ月後に払われる」

「買収？」ただでさえ非現実的な状況が、ますます現実とは思えなくなってきた。

「慰謝料を払うと言っているだけだ」

「お金にものを言わせて私を追い払うつもり？」

「君が弟の人生から姿を消してくれるのなら、代価を払うと言っているんだ」相手はどうしても事実をそのまま口にしたくないようだ。

「飢え死にすることになっても、あなたからは一ペニーだって受けとる気はないわ」怒りをこめてベアトリスは相手をにらみつけた。

なぜかそれを見て彼はたじろぐ様子を見せた。

「金額を見てもらえば、そんな端金（はしたがね）ではないことがわかるはずだ」

書類に目を落としながら、ベアトリスは軽蔑するように口元をゆがめた。「金額の問題じゃない」自分がどんな侮辱的な言葉を吐いたのか、この人は理解しているのだろうか。「お金なんかいくらもらったって……あら、まあ」書かれた額を目にして、彼女は思わず息を殺した。

目を丸くして視線をデスクの向こう側の男に戻すと、相手は満足げな表情でベアトリスを見つめていた。これだけの額を提示しているのだから、断られるはずはないと思っていることは明らかだった。

「こんな大金……」〝大金〟という言葉で片づけられるような額ではない。「でも、お金をもらったってねえ。それよりも王女様になれば……お金ではその立場は買えないわ。違う？」

相手は瞳を険しく細め、威圧するように椅子から立ちあがった。

男と視線を合わせるためには顔をぐっと上向けなければならなかった。ベアトリスの自信たっぷりの表情が少し揺らいだ。

「ミス・デブリン、それはありえない」彼はきっぱりと言った。

「そうかしら？」

「もっと金が欲しいのなら……」

「いいえ、違うわ。言っておきますけど」ベアトリスは相手の胸先に指を突きつけた。「お金をいくら積んでも私を買うことはできないわ。何かあるたびにそうやってお金で解決してきたんでしょうけど、私はお金では動かない。どんなに大金を積んでもむだよ」

彼女は精いっぱい威厳を保ってその場を離れたが、手が震えてドアを開けるために三度もノブを回さなければならなかったのは残念だった。

もちろん最大の皮肉は、彼の侮辱も買収工作も、本来はベアトリスではない女性に向けられるべきものだということだ。ハリッドの兄は致命的な間違いを犯している。ハリッドの本当のガールフレンドに自分と同じくらい根性と反抗心があるようにと、ベアトリスは祈りたかった。

2

「お嬢さん、どうかしましたか？」

ベアトリスは必死の努力をしてなんとか相手に笑いかけた。立ちどまって心配そうな顔できいてくれたのは初老の男性だった。今どき赤の他人を心配して声をかけてくれる人は珍しい。せめてにっこり笑ってみせることくらいはしたかった。

「ええ、ありがとう」

彼はその言葉をそのまま信じたわけではなさそうだった。今の自分がどう見えているかを考えれば、無理もない話だ。

「どこかに腰かけたらどうです？　水でも……」彼はベアトリスが出てきたばかりの、威圧するような超高層のビルを見やった。

「本当に大丈夫ですから」彼女はまだ震えが止まらない両手をポケットに突っこんで隠したが、声の震えは隠せなかった。

ベアトリスがこれほど動揺するのは珍しかった。腹が立って仕方がなかった。成り行き任せのお気楽な性格で、怒ることなどめったにないだけに、彼女はいったん腹を立てると火山が爆発するほどの勢いで怒り狂うのだ。

怒りに任せてものすごいスピードで歩いたので記録的な速さでエマのフラットに到着した。鍵を差しこみ、勢いよくドアを開けて居間に飛びこむ。

「ちょっと、聞いて」ベアトリスはそこで言葉を切った。居間には誰もいないが、寝室からもれてくる、押し殺したような声でエマが在宅していることがわかった。

「ずいぶん早かったのね」バスローブのベルトを締

めながら居間に現れたエマのカールした金髪は乱れ、なぜか頬が上気している。「弁護士から呼び出しなんて、なんだったの？　お金持ちの親戚の遺産が転がりこんだとか？」

　ベアトリスはなんとか怒りを抑えつけるのに夢中で、エマが息を切らせていることにも気づかなかった。「お金絡みの話だということだけは当たっているわ」彼女は靴を蹴飛ばすように脱ぎ、ソファに腰かけた。「でも、前にも言ったように私には親戚なんかいない。金持ちも、貧乏人も」

　そして母の死後、いくつかの家庭を転々としてきたベアトリスは、エマのようにロマンチックな想像力も持ち合わせていなかった。

　好奇心と持ち前の開けっ広げな性格から、ある日郵便で届いた見知らぬ手紙に応じて深く考えずに相手先に出かけただけだ。それがあんなふうに侮辱されることになるとは、予想もしていなかった！

「ついでに言っておくけど、前の道で理想の王子様と出会うこともなかったわ」

「そんな言い方しなくたって。ベア、そのうちあなたにもきっと……ソウルメイトが現れるわ」

　エマのあまりにもロマンチックな考え方にはときどきむかつくわ、と思いながらベアトリスは答えた。

「わくわくしながらそんな相手を待つのは、私の生き方には……」彼女はそこまで言うと耳を澄ませるように首を傾けた。「あら？　今、そこから音が聞こえなかった？」

　エマは閉まったままの寝室の扉に困惑した視線を投げると、椅子のひじ掛けに座って話題をそらすように急いで尋ねた。「で、弁護士に何を言われたせいでそんなに不機嫌になっているの？」

「弁護士じゃないわ――私を呼びつけた男は。彼、一財産、私にくれると言ってきたわ」

　いや、そんな言い方ではすまされない。とんでもない額だった！　最初にその金額を見たときはゼロの数を見間違えたかと思ったが、間違いではなかった。

　エマは不審そうな表情になる。「それでそんなに怒ってるの？」

「だって、そのお金と引き換えに……聞いたら驚くわよ。信じられない話なんだから」ベアトリスはこぶしを握りしめて大きく息を吸い、笑おうと努めた。どう考えてもばかげた話だった。「引き換え条件はね、私がハリッドと結婚しない、ということなの」

　ベアトリスは言葉を切り、エマが笑いだすのを待ったが、意外なことに彼女の顔からは血の気が引いていった。

「あなたとハリッドはなんでもないと言ったら、相手はなんて？」

「それが聞く耳を持たないの。そのうち怒りだしたわ。最低な、横柄なやつで……」ベアトリスは少し反省する声音になった。「で、私も頭に来て、つい、私、王女様になりたいのよ、と言ってしまったの。ベア王女……どう？」彼女は気取ったポーズを取り、小さく笑う。「ね、どう思う？　この話、ハリッドにしたほうがいいかしら。とにかく一度電話して、彼のお兄さんが何を考えているか知らせないといけないかな」

「まあ、ベア」エマはうめくように言うと、これ以上ありえないほど色を失った。「なぜそんなことを言ったのよ……」

　ベアトリスにはエマの変化が理解できなかった。

「だって、私のこと、お金目あてのあばずれ女扱いしたんだもの。エマ、あなたには状況がわかってないらしいけど」ベアトリスは噛(か)んで含めるように言った。「気の毒なハリッドは誰かに恋してるんだわ。そして彼のお兄さんはお金でその子を追い払おうとしているの。しかも、それが私だと信じこんでる」

ベアトリスは首筋から髪の毛を持ちあげて、猫を思わせる優雅な仕草で伸びをした。「ほんと、ありえないばかげた話よね」

「エマにはわかっているよ、ベア」

恨めしげな声に、ベアトリスはソファから飛びあがった。彼女の目に映ったのはボタンがはずされたシャツからブロンズ色の肌をのぞかせ、寝室から出てきたハリッドだった。

「ハリッド?」ベアトリスは唖然として友人と彼を交互に見た。「あなたたち……」事実を理解して、彼女の顔が一気に赤くなった。「いつから?」ききかけて頭を振る。「あ、ごめんなさい。私が詮索するようなことじゃないわね」

エマはおびえきった表情をしていた。「ベア、打ちあけようと思ってはいたのだけど……」

ハリッドは守るようにそんなエマの肩を抱いた。

「タリクや僕の家族は、こういった話になるとひどく保守的なんだ」

やっとベアトリスにも事情がのみこめてきた。

「何かがあるとは思っていたけど、まさか……」彼女は言葉を切って目を見開いた。「じゃあ、あなたたちは、結婚……」

エマはその言葉に泣きそうな顔になり、恋人を見あげ、悲しげに言った。「とても無理だわ」

「もちろん結婚するさ」エマをさえぎってきっぱりと肯定したものの、ハリッドが続いて口にした言葉はそれほど自信にあふれていなかった。「なんとかして」

そんなに難しいことなのだろうか。

ベアトリスはこわばった笑顔を作ってみせた。

「それって……」まだ状況が完全にはのみこめないが、こうして改まった目で見ると二人は似合いのカップルだ。「最高のニュースだわ」

もちろん、あのいまいましい、時代錯誤の兄さえいなければ、の話だが。

ベアトリスは顔をしかめて胸につかえていた思いを吐きだした。「お兄さんがどう言ったって、関係ないじゃない。だって将来国王になるのは彼で、あなたじゃないんでしょ？　誰と結婚しようと勝手のはずよ」

「実質的には兄のタリクはすでに国王だ。父は心臓発作を起こして以来、国民の前に出なくなっている」

「それにしたって、私が相手なら反対されても不思議じゃないけど」客観的に見て自分が王女にふさわしくないのはよくわかる。「でもエマは……エマ以上にあなたにふさわしい女性はいないわ。完璧よ」

「そうだと思うよ」ハリッドが同意する。

彼が熱いまなざしを未来の花嫁に注ぐのを見たベアトリスは、喉元に熱い固まりがこみあげるのを覚えた。この二人のために一肌脱がなければ。お似合いの二人の恋を絶対実らせてあげたい。

「タリクは結婚については頑固な意見の持ち主だ。僕の相手は……」

「同じような階級の女性でないとだめなんでしょ？」ベアトリスは苦々しく言葉をつがずにはいられなかった。「それはよくわかったわ」

「いや、少し違うんだ。実は僕ら兄弟の母はイギリス人だった。離婚までにはいろいろごたごたがあってね。僕は小さかったからあまり覚えていないんだけど、タリクはかなりいやな思いをさせられた。母は離婚後、イギリスに戻ったが、僕らを一緒に連れていくことは許されなかった」

「つらかったでしょうね」そして残された兄弟にとっても母を失ったことは痛手だったに違いない、とベアトリスは密かに考えた。

「休暇中には母に会えた。少なくとも僕は会ったが、タリクは決して母や腹違いの妹に会おうとはしなかった。そして……事故が……」

「彼はお母様が悪いんだと非難したわ」事情を知っているらしいエマが口をはさむ。

「事故って？」

「高速道路で車が衝突して……即死だった」

「まあ、気の毒に」ベアトリスは胸を突かれた。

そんなことを言ってもハリッドの兄が取った行動の言い訳にはならないと思うが、言わずにはいられなかった。ベアトリス自身も子どものころに母を失っている。それにしても、なんの根拠もないまま死者を非難するようなことを言うなんて、ひどすぎる話だった。

ハリッドは彼女の手を取った。「気の毒なのは君のほうだよ、ベア。兄にそんなことを言われたなんて」

「エマでなく、私でよかったわ」ベアトリスは肩をすくめた。「私は傷つく代わりに頭にきただけですんだもの」

ベアトリスは不幸な恋人たちにすっかり同情していた。あんな理不尽な男が相手では、いつまで待っても結婚にたどり着けないだろう。ハリッドの表情からも、彼が同じことを考えているのは明らかだ。

どうしようもないいらだちが湧いてきた。今朝のことは笑いとばしてそのまま忘れるつもりだったのに、事情がわかった今では、それではすまされない。

「あなたのお兄さんに何か言ってやりたいわ。私にできることはないかしら」時代錯誤の、金で人を動かせると信じているあの男に……そのとき、ある考えが浮かんだ。こんなにいいアイディアに、なぜ今まで気づかなかったのだろう。簡単なことだわ。

「私は絶対に受けいれてもらえないわ」エマがあきらめたように言う。「ハリッドは私か家族か、どちらかを取れと言われるに決まってる。そんなことはさせられないわ」

「ほかに方法があるとしたらどう？」

二人は疑いと期待が混じった表情でベアトリスを見た。

「エマ、最悪な花嫁候補を目の当たりにしたら、次に現れたあなたを見る目も変わると思うの」ベアトリスは緑色の瞳を輝かせた。虫も殺さないような穏やかな表情とは対照的に、そこだけがいたずらっぽく、生き生きとしている。彼女は当惑した顔つきの二人に笑いかけた。「完璧だわ」思いついたアイディアをもう一度頭の中で確かめて、彼女は言った。

「なんなんだい、ベア？」ハリッドが待ちきれないように尋ねる。

「だめよ。ベアの顔を見てごらんなさい。いつものように何かおかしなことを思いついたんだわ」

「おかしくなんかないわ。完璧な解決策よ」ベアトリスは勝ち誇ったように、こぶしで空気を叩く仕草をした。「絶対成功するわ。しかもそもそも彼が言いだしたことよ。それを実行すればいいんだから。ハリッド、私をあなたの国に連れていって」

「なんだって？」

「誤解を利用して、私があなたのフィアンセだということにしておくの。あなたが私との縁を切ると言えば、みんなほっとして、次にあなたが連れてくる花嫁候補を喜んで迎えるわ」厳かにベアトリスは宣言した。

そのうえ、あのいやみな男に復讐してやることができるというおまけもつく。

「彼女、本気なんだろうか？」ハリッドが確認を求めてエマを見る。

「本気よ、もちろん」ベアトリスは二人に言い、きれいな濃い眉の片方をきっと上げてハリッドを見た。

「ほかにもっといい案があるのなら別だけど」

「それは……。だって僕にとっては家族だし……」

弁解するような言葉を聞くと、ベアトリスはほほえんで先を続けた。「私には家族がいないもの。そういう気持ちは全然わからないわ」大人になるまでは家族とか自分のルーツが欲しいと、それだけを願っていたが、今の状況では天涯孤独の身の上なのも悪くないことに思える。

「そんなことをして、もしタリクに芝居がばれでもしたら……状況はますます悪くなりかねないよ」ハリッドが首を振る。

「どんなふうに？」エマが小声できいた。

「これ以上悪くなることがあって？」こわばった声で彼女はささやく。「ハリッド、何も悪いことはしていないのに、いつまでもこんなふうにこそこそ隠れて会うのはいや。親友や家族にさえ打ちあけられないなんて」

ハリッドは一瞬立ちつくし、エマの青ざめた頬を伝う涙を見てため息をつくと改めてベアトリスに向き直った。

「本当にやってくれるの？」

ベアトリスは復讐してやれるという期待にわくわくしながらにっこりした。「もちろんよ」

3

ベアトリスはタリク・アル・カマルと再会するために念入りに衣装を選んできた。その努力がむだではなかったことは、ハリッドに会ったとたんにわかった。空港で落ち合った彼は、ライム色とオレンジの、体にぴったりした合成繊維のミニドレスに包まれたベアトリスの豊満な体を見て、ぎょっとした表情になったからだ。

「まさかその格好で乗りこむんじゃないだろうね」

「趣味の悪い下品なのをわざわざ選んだんだから」

だがガラスに映る姿を見て、さすがにベアトリスも、ちょっとやりすぎたかもしれないと思わずにはいられなかった。

「目的には十分かなっているよ」ハリッドはそう言うと、困ったようにベアトリスのあらわな胸元から目をそらし、額に浮かんだ玉のような汗を拭く。

「ありがとう。ただこの靴、ヒールが高すぎて転ばないか心配なの」ベアトリスが言った。

「ねえ、やっぱり無理だよ、こんなこと」突然ハリッドがうめくように言った。

「初めからそんな弱気じゃ、うまくいきっこないわ。やると決めたからには、ちゃんとやりましょう」

飛行機の中で彼女はずっと、くじけそうになるハリッドを叱咤激励しつづけた。本当のところ彼女も不安でいっぱいなのに、これでは話にならない。男ならしゃんとしなさいよ、と叱りつけたいのを我慢して、なだめるように彼に笑いかけた。

「あの威圧的なお兄さんに頭が上がらないのはよくわかるけど」

ベアトリスからすればタリクは人を思いのままに

するのが好きな、わがままないじめっ子だった。その男をぎゃふんと言わせることができたら、どんなにすっきりするだろうか。

「でもね、考えてみて。そもそも、私たちが恋人だと勝手に思いこんだのはお兄さんなのよ」やっとハリッドが笑うのを見て、少し元気が出てきた。

「いつもこんなに暑いの？」肌にべっとりとまとわりつく布地の感触から少しでも逃れようと身をよじりながら、ベアトリスは尋ねた。ヘリコプターが二人を待ちうけているはずだ。

冷房が効いて快適な温度に保たれていた王室のマークをつけたプライベートジェットを降りたとたん、熱気の壁が四方から押し寄せてきた。

「いや、山から風が吹いて、普段はもう少し涼しいんだけど。それよりベア、本当にやる気？」ハリッドが突然尋ねた。

実を言えばベアトリスの決意も揺らいでいるのだが、今さら引き返すわけにはいかなかった。「あなたのお兄さんの困った顔を見るのが楽しみだわ。ねえ、彼以外に私が誘惑できそうな男性はいない？」

ハリッドは本気で不安に駆られたようだ。「ベア、君は冗談半分にやっているつもりかもしれないが、タリクを相手にゲームをするのは危険だ。君が傷つくよ」

「なぜそこまでお兄さんのことを怖がるのか、私にはわからないわ」

「怖がってなどいないさ。彼はたいした人間だ。僕が困ったとき、何度も助けてくれた」彼はちょっと困ったような表情を浮かべた。「ただ……いったんタリクがこうと決めると……」肩をすくめて彼は続けた。「君ならわかるだろう？　どちらかというと君も頑固な性格だもの」

「ちょっと、あなたのお兄さんと一緒にするつもり？　少しでも似ているところがあって？」あんな男と同類扱いされるのは真っ平だった。

ハリッドはにやりと笑う。「いや、君のほうがずっときれいだ。そうそう、ヘリコプターに乗ったことはある？」二人はヘリコプターの近くに来ていた。

「いいえ、でも新しいことはなんでも歓迎よ」

ヘリコプターからは王宮と、その基礎を成している赤みがかった岩盤が見えてきた。岩盤にはかつて住居だったといういくつもの洞窟が掘られている。まるで芸術作品のようなすばらしい眺めだわ、とベアトリスは思った。

「一九六〇年代までは実際に人が住んでいたんだ」

ベアトリスは感心した表情を隠せなかった。

「今は保存建築物になっている。言ってみれば一種の博物館かな」

「観光客向けの？」

「タリクが決めたんだ」ハリッドは熱心な口調で言った。「僕らのルーツを忘れないことが大事だと彼は考えている」

一瞬だがベアトリスは嫉妬を覚えた。自分がどこから来たのかを知っていたらさぞいいだろう、と思う。特定の場所や人間と自分を結びつけることができたら、ルーツを持てたら。だが彼女はすぐにその女々しい考えを頭から追いやった。私にはルーツはないけど、その分自由だわ。生き方にとやかく口出しする兄さんもいない。

ハリッドが兄のことを口にするのはこれが初めてではなかった。私がしてあげられるのは、彼を兄の支配から自由にすることだと思うが、それは最初に考えていたほど簡単ではなさそうだ。生まれてこの方ずっと当たり前だと思っている習慣を捨てるのは、容易なことではない。何事につけても兄の意見が正しいと信じる彼の傾向は、一朝一夕に生まれたものではないはずだった。

ヘリコプターを降りてから王宮の敷地まではたいして距離がないにもかかわらず、エアコンのきいた車が二人を待っていた。ベアトリスは豪華な車内と、つかの間でも熱気から逃れられたことをうれしく思った。

「殿下」

誰もがいんぎんな態度でハリッドに接するのにはまだどうもなじめない。男が礼儀正しい口調でハリッドに何かを述べるのを聞きながら、ベアトリスは思った。言葉は理解できないが、二人の様子から何か緊急の事態が起こっていることがわかった。

「何があったの？」中年の男性がお辞儀をして、これまで通ってきたいくつもの廊下とよく似た大理石の長い廊下を去っていくと、彼女は尋ねた。

「うん」ハリッドは顔をしかめた。「南の砂漠で灌(かん)漑(がい)事業を進めているんだけど、そこで問題が起こり、僕の力が必要だというんだ。タリクが待っている」

ベアトリスはいいのよ、というように彼の肩に手をかけた。「ハリッド、行って。私なら大丈夫だから」どうしたらいいかわからないけど、でも大丈夫だわ。果てしなく続く廊下を見やって彼女は思った。

「本当に？」ハリッドは感謝するように笑顔を作ったが、まだ迷っているようだった。「こんなふうに君を残していくのは心配だな」

「いいから行って」ハリッドを押しやったとき、若い女性が姿を現した。王宮に入ってから目にしたほかの女性たちと同じように髪は覆っているが、ベールをつけていない。ほかの女たちがしたように、彼女もぎょっとした顔でベアトリスの真っ赤な髪を見た。

「アジルが君を部屋に連れていってくれるよ。できるだけ早く帰る。約束するから」

鳩(はと)を思わせるくりっとした丸い瞳をアイラインで

黒く縁取ったかわいらしい少女は、恥ずかしげにほほえんで廊下を歩きだした。

ベアトリスは慣れないヒールで歩くのに苦労しながら、やっとのことであとをついていく。いつものスニーカーとジーンズとTシャツでは、とても男を、しかも王族を、夢中にさせる女には見られないだろうと思ってこんな格好をしてきたのだ。

「ちょっと待って。痛くてとても我慢できないわ」

「あの……？」

ベアトリスは目をむいて足元を指さした。「靴よ。脱がないととても無理」

少女はベアトリスが細いヒールの靴を脱ぐのをあきれたように見ていたが、彼女が足の指を動かして幸せそうにため息をつくのを見て笑いだした。

まだその笑いが続いている間に、二人の上に影が落ちた。

振り向いたベアトリスの手から、ぶらさがっていた靴が音をたてて床に落ちる。少女の態度が改まったのを見るまでもなく、誰が来たのかがわかった。緊張のあまり首筋に鳥肌が立つ。

相手に何か言われて、アジルはお辞儀をして足早に去っていった。

ベアトリスはそのあとを追いたい思いに駆られた。

タリクはゆっくりと振り返った。前に会ったときには、ベアトリスはメークもしていなかったが、今はこってりと顔に塗りたくっている。着ている服はあまりに派手で悪趣味で、こっけいなほどだ。

だが彼は笑わなかった。ベアトリスを見くびってはならないと彼は思っていた。さっき中庭をハリッドと一緒に歩いてきたときの彼女の身のこなしは、あからさまなほどセクシーだった。二人がべたべたと体に触れ合ったりしないのはせめてもの慰めだった。いや、二人はいっさい相手の体に触れようとしなかった。

けんかでもしたのだろうか。生まれ故郷でこの女性を見て、弟はやっと自分の嫁としてふさわしい女ではないことに気づいたのだろうか。

彼と目が合うと、ベアトリスはどっと体が重くなるのを覚えた。

スーツを着たタリクはすてきだったが、ほこりにまみれた乗馬靴を履き、裾の長い、砂漠の民の衣装をまとって伝統的な被り物をした彼は、現実の世界の住人とは思えなかった。

ベアトリスはぽかんと開いた自分の口を閉じ、忘れかけていた敵意を沸きたたせた。これまで会ったどんな男性とも違うのは当たり前だわ。まるでベドウィンのテントから出てきたみたいじゃないの。

以前と同じように普通の服を着た彼を想像していたベアトリスは、驚くと同時に、異国の服装が強調する性的な魅力に圧倒されていた。

ベアトリス、落ち着くのよ。服を脱いだら、ただの男だわ。しかも尊大で、自分が一番偉いと思い、金持ちであることを自慢している男。

そうよ。彼女は自分を励まして顎をつんと突きだした。びくびくしているのを悟られるくらいなら死んだほうがましってものだわ。

彼がしなやかな身のこなしで一歩近づくと胃がぎゅっと収縮し、ぴくぴくと痙攣したが、ベアトリスは自分に言いきかせた。私は動揺なんかしていないし、自分で自分をコントロールできる状態にあるわ。

彼を見返して、この人は友だちの人生を台無しにしようとしている人間だわ、と改めて自分に告げる。

彼女は大きく息を吸ったが、ひどく体にぴったりした服を着ているせいで、その動作は予想しなかった効果を生んだ。肌に鳥肌が立ち、頭の地肌にぞわぞわした感触が走っているのに、体がかっと熱くなった。ベアトリスはタリク・アル・カマルの、のみで切りだしたような美しい顔をじっと見つめた。イギリス人の血が半分混じっていることは知っているが、一見してそうは見えない。ひげがきれいに剃られた角張った顎、特徴のある高い頬骨とそぎ落とされたような頬は、女心をそそる美しい形の唇とともに男の色気をたたえていた。

ひとことで言えば、これほどいい男は見たことがない。

「ハリッドと一緒じゃなかったの？」

「これから彼のところに行く」

「わざわざその前に挨拶に来てくれたの？　主人役としては立派な心がけだわ」

皮肉たっぷりの言葉を無視してタリクは続けた。

「僕らが戻ってくるまでにここから立ち去っていてくれたら、この間の金額は倍にする」

「ふーん。魅力的な申し出だわね」ベアトリスはなんとか努力して微笑を浮かべてみせた。「でもこうしてここをこの目で見たからには、ますます決意は固くなったわ。王女様になるほうがいい。女の子なら誰だって一度は夢に見ることでしょ」

「君はもう女の子とは言えないだろう」ベアトリスの胸元に彼の視線が注がれた。「ハリッドは君の本当の目的に気づいていないんだろうな」

「そうね。彼は……彼みたいに純粋な人間は珍しいもの。あなたのことも尊敬しているみたい」

タリクは目を細めた。「ミス・デブリン、君がもしもそんな弟を少しでも評価してくれているのなら、結婚しようとは思わないはずだ」

痛烈な言葉を浴びせられたベアトリスは、ハリッドの控えめで一歩譲った観点からものを見るユーモアのセンスと、この兄のセンスとを比べずにはいられなかった。

彼女は心の中で肩をすくめた。タリクのような立場の人間が尊大なのは当たり前かもしれない。生まれたときから未来の国王として育てられたのだから。彫刻のように整った端整な左右対称の顔のあらゆる部分に、横柄さと高慢さが刻みつけられているのも無理はない。

彼のように強烈な個性と存在感を放つ人間と会ったのは初めてだった。まるでその体から電気が放電されているように、むきだしの腕の皮膚がぴりぴりする。ベアトリスは彼をにらんで腕をこすった。

タリクはもう一度ベアトリスの胸に視線を向けた。彼女は胸元を腕でかばいたくなる衝動を抑えた。

その代わりにぐっと顔を上げて胸を張り、わざとらしい笑顔を作ってみせた。

「そうそう、これからはベアと呼んで。だって」彼女は目をぱちぱちさせて上目づかいに色っぽく相手を見やった。「もう家族も同然なんだから」

絶対に阻止してやる、というメッセージをこめた目でにらみ返すと、彼はベアトリスに負けない空々しい笑顔を浮かべた。まつげの長い、伏せた目は軽蔑(けいべつ)に満ちている。「ミス・デブリン、君は絶対に家族にはなれないよ」

ベアトリスは泡のように次々に湧(わ)きあがる怒りをのみこみ、予想どおりの反応よ、これでいいんだわ、と思いながら、白いローブをなびかせて廊下を去っていく彼の背中をにらみつけた。

「あの……？」アジルと呼ばれていた使用人が靴を差しだしている。

ベアトリスは笑ってそれを受けとり、もう一度長身の背中を見やった。彼を相手にするのは疲れるわ。私でさえそうなのだから、気の優しいエマにはどうすることもできないだろう。

4

三日がたった。ベアトリスは与えられたスイートルームとその部屋がある宮殿の一角にかなりなじんでいた。

ハリッドからは電話で二度ほど連絡があったが、いつ帰るかについてははっきりしない。どちらの電話でも、ちゃんと面倒を見てもらっているかを彼は気にしていた。

行き届いた扱いを受けているのは確かだった。想像もできなかったような豪華な部屋で眠り、雑用はすべて使用人がしてくれ、食事は申し分なくおいしい。おかげで三日で二キロは太っただろう。

大事なお客様のように扱われてはいたが、ある意味では美しい檻に閉じこめられた囚人と同じだった。ハリッドの話では王宮には彼の家族も住んでいるとのことだったが、誰にも紹介されず、たった一人で隔離されたままだ。

もちろん、あからさまに隔離されているわけではないが、門に鍵がかかっていたり、「この先立入禁止」という札がドアにかかっていたりして、自由に動ける空間は限られている。しかも常に誰かに見張られているようだ。禁じられた区域に入ろうと試みたことはないが、いい加減限界だった。

ベアトリスはアジルがくれたスカーフで赤毛を隠すように髪をすっぽり覆った。鏡の前で長いスカートとカフタンをまとった自分の姿を点検する。

満足げにうなずいてドアを開け、外に立っていた男ににっこりと笑いかける。

「おはよう、サイード」

伝統的な砂漠の民の衣装をまとった胸板の厚いが

っちりした男はうやうやしくお辞儀をした。見張りらしい人間はほかにもいるが、彼は影のように、もしくは看守のように、いつもベアトリスから離れない。ほかの人の対応ぶりから、この王宮での彼の地位はかなり上だろうとベアトリスはあたりをつけていた。

「これから出かけるわ」

いつも無表情の彼の顔が変わった。「出かける?」声もうわずっている。

彼女は元気よくうなずいた。「町に行ってみたいの。少し探検してみるわ」

「あの、それには賛成しかねますが……」

「あなたのボスには、帰ったら私から言うわ。あなた、皇太子に報告するように命じられているんでしょう?」

相手が深くお辞儀をするまでに少し間があった。

「そのとおりです、デブリン様」

「そう。あなたはさんざん引きとめたけれど私が無視したと言うから心配しないで。タクシーを呼んでもらえる?」

「あの、本当にそんなことをされては……」

「そう。それほど忙しいのなら、イギリス大使館勤務の友人にどこかに連れていってくれないかと頼んでみるわ」これほどすらすら嘘が言えることに、ベアトリスは自分でも驚いていた。「外交官だから忙しいようだけど、何かあったらいつでも言ってくれと言われているし、連絡してみようっと」

「あの、お車を用意します……」

息をのんで相手の出方を待っていたベアトリスはほっとため息をもらして、衣の裾をはためかせて彼が去っていくのを見守った。にっこりして、まずは一点先取、と心の中で喝采する。嘘を言っていると見破られたら事だったが、賭けてみる価値はあった。

うっとうしく横柄なタリク・アル・カマルが何を

目的に私を隔離したいのかは知らないけど、彼が命じたことは間違いがない。

砂漠の灌漑プロジェクトの話だって、弟を悪い女から引き離すための口実かもしれない。それくらいはやりかねないわ。今ごろはハリッドに私の悪口を吹きこんでいるかもしれない。そして当のハリッドは、私が王室の嫁にふさわしい女じゃないことを否定しないだろう。皮肉な話だわ。

タリクは私をこうして閉じこめておけば気が滅入って、脅しやわいろを受けいれる気になると思っているに違いないわ。

残念でした。その逆だわ。確かに疎外感は感じるし、孤独だけど、こんな卑怯なやり方にはますます腹が立つ。簡単ではないけれど、こうなったら、なんとしてもタリクの好まない花嫁候補だということを見せつけてやるわ。

ベアトリスは生意気な彼が当惑する様子を思い描いてにやりと笑った。

広々としているが物音一つしない王宮とは対照的に、にぎやかで人があふれている町の様子は、ベアトリスを圧倒した。

サイードが用意してくれた車に乗ると、自分が現代のシンデレラになったような気がした。王子様のいないシンデレラではあるけれど……。街路樹が左右に植えられた広い通りを走りながら、彼女はサイードの説明に耳を傾けた。

だが彼が話してくれることはほとんど事前の下調べで知っていることばかりだった。ザフラトは多様な文化を持つ政情の安定した国で、抜きんでた経済力を誇ることや、国民が王室を尊敬し、生活水準が高いことも知っている。そしてこの三十年の間に砂漠を灌漑して今や農業国になっていることも。つまり、ザフラトはこのあたりの国の中ではモデル国だった。

「旧市街が見たいわ」

「通りが狭いし、小路も多いので車が入れません」

「なおのことといいわ。歩きたいもの」

サイードはなかなかうんとは言わなかったが、ベアトリスが譲らないので最後には許してくれた。


「サイード？」

年長の男はうやうやしく皇太子に頭を垂れた。

「これはなんだ？」彼はデスクに置かれた大きな箱を指さしている。中には色とりどりの美しい菓子が入っている。タリクはおぞましいものを見るように顔をしかめた。「甘い物は好まない」

「申し訳ありません。これはラジューブ家からデブリン様あてに送られてきた物でして」

ベアトリスの名を聞いただけで、ふっくらしたあの唇にキスをするのを想像しないではいられなかった。きっと彼女は……。ばかな妄想を断ち切るように、タリクは手にしていた鉛筆を乱暴に置いた。静かな中にその音が響く。

こんなふうに欲求不満の兆候を見せるのは僕ではなく弟のはずだ、と思いながら彼はサイードをにらみつけた。「ミス・デブリンに？」

「はい。毎日届きます。デブリン様は甘い物がお好きですが、ほとんどは姉妹が多いアジルにお下げ渡しになられます」

タリクは眉をひそめた。サイードがほほえんでいる。彼の笑い顔をタリクはこれまで一度も見たことがなかったので、石の彫刻が急ににやりと笑ったような気がして気味が悪かった。

「いったい……ラジューブ家だと？」

「はい、あの有名なラジューブ家です。店を構えていまして」

いらだちを抑えきれなくなったタリクはサイード

につかつかと近づいた。「なぜそのラジューブ家が彼女に菓子を贈るんだ？」

「男の子の命の恩人だということで、感謝のしるしに」

タリクは座って片手を額に当てた。まだ頭痛は始まっていないが、すぐにも頭ががんがんする予感がする。「サイード、最初からちゃんと説明しろ」

彼はなんとか途中で口をはさまずにサイードの話を聞きおえた。

「つまり、簡単に言えば、お前はミス・デブリンがこの王宮から出るのを許したのか？」

「出てはいけないと申しあげる権限は私にはございませんし、何より外交官が絡んできますといろいろと面倒なので、それは避けたいと……」

「外交官？」タリクは頭を振った。「もういい。ここまでの話を理解するだけで精いっぱいだ。つまりお前は彼女を外に出し、自由に歩かせた」あの赤毛と人なつっこいほほえみは町でどんな騒ぎを引き起こしただろうか。考えるだけでうんざりだ。

「私がお供いたしました」

タリクはその言葉を退けた。「通りをぶらつき、道に飛びだした子どもを救うために車の前に身を投げだして、その子の家族と生涯の友情を誓う友人になったと……？」

「はい」

「はい？　報告することはそれだけか？」

「とても人なつっこくて、頭の回転の速いお嬢様と思われます」

タリクはサイードを見つめていた。信じがたいことだが、彼の口調にはタリクを非難するような響きがあった。

帰宅したら、無言のメッセージを理解してベアトリスがイギリスに帰っていることを期待していたのに。最悪の筋書きになってここに残っていたとしても、一人で放っておかれて意気消沈していると思っていたのに。

それどころか街をほっつき歩き、ヒロイン扱いされ、もっとも信頼しているもっとも忠実だと思っていた部下まで味方に引きいれていた！

「僕の留守中に父が彼女を夕食に招いたかと思っていたよ」

サイードはその皮肉を正面から受けとめた。「国王はご自分のお住まいから一歩も出られていません」

タリクはうなずいた。父である国王はこの二年間、住居から出ていないが、それを心配するのはまた別の話だ。今はベアトリス・デブリンの問題を解決するほうが先だ。どうやら敵を侮っていたようだ。

「わかった。サイード、ミス・デブリンに僕からの伝言を届けてほしい」

サイードがお辞儀をする。

「三十分後に弟がプールで待っているからと」

「ハリッド王子がお帰りになっているとは存じませんでした」

「戻ってはいないよ。それから、サイード」

「はい、殿下」

「そんなに不服そうな顔で僕を見るのはやめてもらえないか？」

5

ベアトリスはやっと室内プールのある場所を探して中に入った。ハリッドは待ちきれなかったのか、リズミカルなストロークで水をかいている。あんなにスポーツが得意だとは思わなかった。

彼女はサンダルを脱いであたりを見回した。ハリッドはベアトリスが来たのに気づかないらしく、オリンピック競技ができるほど立派なプールの中を正確な動作で、水しぶきさえ上げずに滑らかに規則正しく行き来していた。滝が流れこんでいるプールの端にたどり着いた彼は、きれいなターンをして見る間にこちらに向けて泳ぎだした。

すごいわ。

この室内プールもだけれど。

ベアトリスは上を見あげる。鮮やかな金と青に塗られた、飾り細工を施した漆喰（しっくい）のパネルを張った丸天井には、何枚ものステンドグラスがはめこまれている。モザイクの床も青と金だった。緑が目に染みる椰子（やし）の木や南洋の植物が、背後の青い空をさらに青く見せている。

この王宮では何もかもが最上級だ。一週間が過ぎた今では、どこが一番すばらしいかわからなくなるほどだ。

タオルを椅子にかけるとベアトリスは水際に近づいた。冷たく澄んだプールの水が彼女を誘っている。思わずしゃがんで水に手を入れたとき、ハリッドの指がプールの壁に届いた。

「上手なのね」黒々とした頭が水から上がってくるのを見て、彼女は言ったが、その言葉は唇で凍りついた。目の前にある皮肉をたたえた、銀色の小さな斑点(はんてん)がある瞳はハリッドのものではなかった。

唇の両端をきゅっと持ちあげてからかうような微笑を浮かべていたベアトリスは、ぎょっとした表情になった。相手が滑らかな動きで水から上がってくるのを見て、動揺のあまりプールに落ちそうになる。

ショックに瞳を見開いたまま、彼女は頭を振っているタリクを見ていた。水滴が飛びちり、熱くなっている肌に当たる。タリクは濡(ぬ)れた黒髪に指を差しいれて顔にかかる髪を後方に押しやった。肌は赤銅色に輝き、顔は水滴で光っている。小さな水滴は長いまつげの先にも玉のように宿っていた。

「ご、ごめんなさい。人違いをして……」彼のそんな姿を見るまいとしたものの、首筋がかっと熱くなり、声がかすれた。視線を下に落とすと、今度は息が詰まり、白い肌が赤く染まった。

タリクがすばらしい肉体の持ち主だということはとうに想像がついていたが、これまではあくまで想像の領域だった。だが実際の彼は、ベアトリスの想像をはるかに上回っていた。

いやな男であっても、彼の体はすばらしかった。背が高く、細身なのに肩幅は広く、上半身の筋肉は厚く、腹部は腹筋が見えるくらい固く締まっている。余分な肉はいっさいなく、どこもかしこも筋肉で覆われていた。

「ごめんなさい」

彼が嘲笑(ちょうしょう)するように眉を上げるのを見て、ベアトリスはやっと自分を取り戻した。

「私、てっきり……」

初めて人を好きになったバージンみたいな態度を見せてはだめよ、ベア。しっかりするのよ。彼の裸がなんだっていうの。

大きく息を吸って心の中で十数えると、彼女は改めて言い直した。

「ハリッドとここで会うことになっていたの。彼

「……」ベアトリスの声が小さくなった。タリクの黒い水着が三センチほど下に下がり、ほかの部分よりも明らかに白い肌が見えているのに気づいたからだ。どうしてかはわからないが、その部分から目が離せない。しかも、そのあたりには下向きの矢印の形をした黒い毛まで見えている。

「伝言したのは僕だ」

「あなたが？」理解しようとしたが、頭に綿が詰まってでもいるようにわけがわからない。ベアトリスは彼の顔に視線を戻した。

「君は泳がないの？　少し頭を冷やしたほうがよさそうに見えるけど」

　その言葉に、彼女は反射的にきっと顔を上げた。からかうような彼の視線を受けとめると、再び闘志が湧いてきた。彼は私が動揺したのを見抜いている。それが彼の策略だったんだわ。怒りがこみあげてきた。彼はそういう人よ。その手でこれまで何人もの女を夢中にさせてきたんだわ。

　でも男に魅力を見せびらかされても、私は惑わされて理性をなくしたりはしないし、目的を見失ったりもしない。もっとも彼のように強烈なオーラを出す男に会ったのは初めてだけど。

「金目あてで男をたらしこむ女にしては、ずいぶんと簡単に赤くなるんだな」容赦ない言い方だった。

　この女は守ってやりたい、優しくしてやらなければ、という男の本能を誘う手管を身につけているんだろうか。タリクは自嘲的に考えていた。

　ベアトリスは唇を噛み、すぐに赤くなる白い肌を恨めしく思いながら、熱くなった頬に手を当てた。それは彼女が子どものころからの癖だった。

「暑さに慣れていないだけよ」

「慣れるまでここにいられると思うなよ」

「そんな言い方をされると、あなたは私を嫌っているのかと誤解したくなるわ」ベアトリスは色っぽく唇を突きだしてみせた。相手が顔をしかめるのを見て、成功したようだとうれしくなる。

「君は男に好かれるタイプの女性じゃない。抱きたいと思うタイプだ。そしてじきにあきられる」

自分の言葉の効果を確かめるように、彼は口元を皮肉っぽくゆがめた。ベアトリスの瞳が怒りのために光った。

「で、あなたも私を抱きたいの？」口にしてしまってから後悔したが、遅かった。危ない緊張感が、二人を押しつぶさんばかりに重くのしかかった。

黒い眉の片方が嘲笑するように持ちあがる。「誘われていると解釈していいのかな？」

ベアトリスの頬がさらに赤くなった。「私にはちゃんと恋人がいるわ」

その言葉で相手の瞳の中で怒りが燃えあがり、瞳が銀色に変わった。「彼はここにはいない」

「あなたが十人集まっても彼にはかなわないわ！　それに、私はお金目あてに男をたらしこんだりしないわ。あなたが勝手にきめつけているだけ、私に会う前からね。独りよがりで、聖人ぶっていて、あなたなんか最低だわ」

そんな非難を受けるなんて信じられないというように、彼は音をたてて息をのんだ。「よくもこの僕にそんな口を……」

この尊大な王子をもっと怒らせたかった。ぞくっとする快感が体を走り、ベアトリスは身震いが出そうなのを隠して、わざとらしく肩をすくめた。「あら、そう？　じゃあ私を牢屋にでも入れる？」

この危険な男性を怒らせるような言動をあえてする危なっかしい人間には、牢獄よりも精神病院がふさわしいかもしれない、と彼女は思った。

「僕をそそのかす気か。やめておけ」

「それから言っておくけど、さっきのは誘ったわけじゃないわ」ベアトリスは氷のように冷たい軽蔑のまなざしを向けると、彼にというよりは自分に言いきかせたくて付け足した。「地球上に男があなたしかいなくなっても、相手をするのはごめんだわ」

　タリクはベアトリスの怒った顔から下の方に視線を移動させた。足首まで隠しているたっぷりしたこのカフタンに隠されている透明な肌は、どこまで顔と同じように赤くなっているのだろうか、と考えずにはいられなかった。体中、ピンク色に染まっているのだろうか。

　答えを知る方法は簡単だった。二人の距離はベアトリスがつけている香水が鼻孔を刺激するほど近い。手を伸ばして彼女の腰ひもを引きぬき、カフタンを肩から滑らせて脱がせれば……。

　タリクは急に後ろを向き、プールに飛びこんだ。ベアトリスは気配を感じて一歩下がったが、水しぶきは上がらなかった。水面にゆっくりと波紋が広がっていき、そして静かになった……。

　タリクはプールの底に到達すると、タイル張りの床すれすれに、反対側に向けて泳ぎだした。

　運動したかったわけではない。十代のころ以来、忘れていた性的な衝動をすぐにも静める必要があったからだ。プールに飛びこまなければベアトリスに襲いかかり、罪深いまでに挑発的なその唇に舌をこじいれていただろう。

　ハリッドの手が彼女の体をはい、あの唇に彼がキスをし、彼女を味わいつくすことを思うと、とんでもない女に盲目的な恋をしてしまった哀れな弟に同情を覚えるどころか、わけもなく怒りがこみあげてきた。それが恥ずべきことなのはわかっていた。

　タリクは肺が張り裂けそうになるまで潜水したまま泳ぎ、限界が来てからやっと水面に向かって水を切った。だが冷たい水も、酸素を求めて苦しむ肺も、彼の下腹部の一点に集中している痛みを消してくれることはなかった。

「聞いているの？　あなたが地球上の最後の男だって、ごめんだわ！」ベアトリスはプールの表面に広がった波紋に向かって叫んだ。

思いつく限りの悪口を並べながら、彼女はタリクの向かった方へとプールの縁を歩き、彼が顔を出すのを待った。そうしたら思っていることを思う存分言ってやるつもりだった。

だが彼は浮上しなかった。

こんなに長く潜水していられるだろうか？　それとも……。彼女は首を振ってばかげたいやな想像を振り払おうとした。あの男のことだから、私を脅すためにわざとやっているんだわ。

そうだとしたら、彼の思惑は当たった。一秒ごとにベアトリスの不安はつのった。屋内は物音一つしない。自分の荒い息づかいと濾過（ろか）装置の低い機械音だけが響いている。

だまされちゃだめよ、ベア。彼女は自分に言ってきかせた。考えすぎだわ。

今にも彼の頭が水面から顔を出すはずよ。そうしたら悪口をもっと言ってやる。

でも、プールで人が溺（おぼ）れることは珍しくない。まさか。タリクはあんなに泳ぎが上手よ。

でも万が一……。ベアトリスはプールの縁に膝をついて水の底をのぞきこんだが、差しこんでくる日光がブルーの水面にきらきら反射して、底までは見通せない。

本気で心配になった彼女は飛びあがるように身を起こし、ビキニの上に着ていたカフタンをはぎとるように乱暴に脱いだ。

人並みには泳げるが水泳は得意ではないベアトリスは、さっきのタリクとは比べ物にならない不格好な姿勢でプールに飛びこんだ。その拍子に水をのんでしまい、しばらく水面であえぐように呼吸を整えてから、今度は肺いっぱいに空気を吸った。タリクが飛びこんだあたりをめざして、彼女は懸命に泳ぎだした。

一方タリクはプールの反対側に泳ぎ着き、水から上がっていた。さっきと同様、片手で濡れた髪を払い、目を細めて室内を見渡す。誰もいなかった。ベアトリスは帰ったのだろうか。けんかに負けて逃げだしたり、反論されたのを気にしてその場を立ち去ったりするタイプではないと思ったのに。

肩すかしを食らったような気持ちで彼は椅子の上に重ねられていたタオルを一枚取りあげ、更衣室に向かった。

ほんの数歩歩いたとき、ベアトリスがあえぎながら水面を割って顔を出した。水しぶきを上げて助けを求めている。

数秒後、タリクは彼女のそばにいた。

「力を抜いて！」もがいているベアトリスの胸のあたりを片腕で抱えようとすると、彼女は必死で抗(あらが)った。「僕に逆らうな」彼女の顔をタリクは両手で抱えた。「下手をすると二人で溺れるぞ」

ベアトリスはぜいぜいと息をつきながらぐったりと力を抜いたが、次の彼女の行動はタリクだけでなく、彼女自身をも驚かせた。わっと泣きだし、タリクの首に腕を回して顔を埋(うず)めていたのだ。

「生きていたのね」湿った肌に顔が押しつけられているのと泣いているせいで、声はくぐもっていた。

「離せよ。さもないと本当に溺れてしまう」タリクは押しつけられているベアトリスの体を意識せずにはいられなかった。柔らかい濡れた肌、凹凸のはっきりした女らしい体は、温かく、女性のエッセンスの凝縮に思えた。

ほっとするあまり自分がどんな行動を取っているのか気づいていなかったベアトリスは彼の首から手を離したが、なぜかすぐにはそうしたくない気分だった。彼女は長い息を吐きだし、タリクに押しつけていた顔を離した。

タリクの腕はまだベアトリスのみぞおちのあたりにあり、水中でその体を支えていた。二人の顔はほぼ同じ高さにある。エメラルド色の大きな瞳が彼のすぐ前にあった。だがベアトリスの瞳には霧がかかっていて、彼がショックに似た表情を浮かべているのが見えなかった。

濡れた髪が顔と頭にぴったりと張りつき、水に入ったせいで化粧がはげている。目の下が黒くなったせいで、彼女の瞳はいつもよりずっと大きく見えた。悪口を言わない、素顔のベアトリスはこれまでよりずっと若く、傷つきやすく繊細に見える。

タリクは思いがけなく優しい気持ちが胸の奥にこみあげるのを覚えた。そんな自分に腹を立てて難しいしかめっ面を浮かべ、ベアトリスの髪をなでつけようと伸ばしかけた手をぎゅっと握りしめる。誰がこんな女を守るものか。この女にはそんなものは必要ない。

「気でもふれたのか？　いったい何をするつもりだったんだ。僕がいなかったら……」

激しい口調に、無事だったと安心したベアトリスの安堵は一気に吹きとんだ。まったく、何もわかっていないのね。なんという理不尽な人なのだろう。

「あなたのせいだわ。あなたがいなかったら、私は飛びこんだりしていないわ。誰が好き好んでプールの底を探し回ったりする？」

「僕を救うだって？」

光る白い歯と軽蔑したような笑い声が、たちまち激しい怒りをかきたてた。

「ばかげた考えだったわ、ほんとに」ベアトリスは両腕で思いきり彼の胸を押しやった。

だが、むだだった。彼の片腕が鉄の輪のようにウエストを強く締めつけ、体がぴったりとタリクに押しつけられたからだ。

「私の立場になって考えてみてよ」歯をぎりぎりと噛みしめて、ベアトリスは相手をにらんだ。「どのぐらい長く息が続くかというゲームをしている最中にあなたが死んだら、私の立場はどうなるの？　みんなに殺人者扱いされるわ」

「泣いているのか！」ベアトリスの大きな瞳から涙がこぼれだし、磁器のような滑らかな肌についている水滴と混ざり合うのを見て、タリクはひどく驚いた声で言った。

「心配しなくたっていいわ。私、頭に来ると泣く癖があるの」そしてこの男は、ほかの誰よりも私を怒らせる。

「ハリッドは君がヒステリックに叫んでいるところなど見たこともないんだろうな」タリクは渋い顔で言った。

彼がそんな表情を浮かべたのは、ベアトリスの声に耐えられないためではなく、大きく上下する胸元にどうしても目がいってしまうためだった。「君はいつも感情に任せてこんなにめちゃめちゃなことを言うのか？」水の中で男に抱えられているときだけなのだろうか。しかも半裸で……。タリクは後半の部分は考えまいとした。

「死んだかと思って、ちょっとうろたえただけよ。たとえそれがあなたでもね」

タリクは笑いとも取れる小さな音をもらしたが、その表情はいかめしかった。暴れるのはよせ、と彼は厳しい口調で命じた。

「私なら心配いらないわ」プールサイドに誘導されそうになっているのに気づいて、ベアトリスは言う。だがタリクの視線が彼女を黙らせた。

自分を励まして銀色の斑点が散っている瞳を見返す。言い返すことも考えたが、ここは黙っているほうがいいと思い直した。一人でプールサイドに泳ぎ着ける体力が残っているかどうか、自信がなかったからだ。

ベアトリスを導いてプールサイドに泳ぎ着いたタリクは、水中で身をかがめて彼女の足の下に手を伸ばし、体を水から持ちあげた。ベアトリスはもがきながら、浜に打ちあげられた鯨のように無様な姿で体を水から引きあげ、足先をまだ水中に残したまま、脇を下にしてタイル張りの床に頬を押しつけた。

「起きろ」

横に立ちはだかるタリクを感じた彼女は片目だけを開けた。「ほっといて。こっちは本当に死にかけたんだから」

同情のかけらも感じられない笑い声が上から降ってきた。「大げさだな。少しも危ないことなどなかったのに」

ベアトリスはまだ息を荒らげたまま仰向けの姿勢になり、目を細めるようにして頭上にそびえている黒々とした人影を見あげた。「経験したこともないあなたに、何がわかるの？」また目をつぶってつぶやく。「あのままあなたを溺れさせればよかったわ」

タリクはベアトリスの横にひざまずいた。胸を大きく上下させている彼女の濡れた髪は床に広がり、その姿は南国の花を連想させた。まぶたの上の薄い皮膚を通して青い血管が透けて見える。まぶたがひくひくと動いたかと思うと目が開き、その視線が下から上へと移動して彼の顔まで上がってきた。

「今見えているものが気に入ったかい？」

「どう言ってほしいの？　確かにあなたは完璧だわ」こんなときには本当のことを言うのが最大の防御だと思い、ベアトリスはゆっくりと言った。

しかもそれは事実だ。長い、男らしい筋肉質の脚から完璧に均整が取れた広い肩まで、その間の部分も含めて、彼の体は完璧に美しい。

「心に決めた人が私にいなかったら……」

タリクの唇の片方だけが小さく持ちあがった。

「じゃあ、君は弟を愛してるのか？」

皮肉たっぷりの言葉に、ベアトリスも皮肉で応じる。「もちろん。何よりも、誰よりも」

タリクは突然笑いだした。笑っている彼はひどく魅力的でベアトリスは思わず胸を突かれたが、すぐに軽蔑をこめてやり返した。「私はあなたのようにシニカルで屈折した人間じゃないわ。それより」声に混じりそうになる動揺を隠して、彼女は尋ねた。

「ハリッドはどこなの？　この大嘘（うそ）つきの卑劣漢」

タリクの顔に走った驚愕（きょうがく）の表情は、皇太子である彼がそんな生々しい悪口を言われつけていないことを物語っていた。私がここにいる間に慣れるといいんだわ、とベアトリスは勝ち誇った気持ちで考えた。

「あいにくハリッドはまだ灌漑（かんがい）事業の現場から戻れない。わびの言葉とキスをことづかってきたよ」彼の視線はベアトリスの唇に注がれていた。

「妙な考えを起こさないで！」唇をきっと結ぶと、彼女は上半身を起こし、膝を抱える姿勢を取った。「困った事態になったといって彼を行かせたのだって、あなたの策略じゃないの？」

そして私も今、緊急事態に陥っている、とベアトリスは思った。また涙が出そうになってきた。こんな男の前で弱みを見せたくはない。感情をあらわにしたら、また演技と思われてしまう。

だがタリクは非難されても平然としていた。「緊急事態は本当だ。誓ってもいい」

そしてエンジニアの資格を持っている弟はそれに的確に対処してくれた。タリクは弟の対応に感心し、そろそろ国に戻ってその資格を生かすように言おうかと考えていた。弟も遊び回るだけの生活にはもうあきているようだ。僕なら何もせずに無為に過ごす生活など耐えられないだろうが、ハリッドは僕とは全然似ていない。

いや、同じような女性にひかれる点だけは似ているかもしれない。もっとも僕は弟のようにどうしようもないロマンチストではないが。

「だが、ハリッドがいない今がチャンスなのは確かだ。邪魔者がいないこのすきに本気で戦うか」

ベアトリスはその言葉にどきりとした。タリクとはほんの二十センチしか離れていないし、お互いに裸同然だ。すぐそばに彼の手がある。指の長い、形のいい、褐色の肌をした手。すらりとしたきれいな指は、明らかにこれまで多くの女性を知っている指だ。

私もその中の一人になるのだろうか、と思うと体の奥に震えが走る。胸が苦しくなるような恐怖と息苦しい興奮という矛盾した感情が混ざり合い、複雑な欲求を生んだ。

そしてそれはベアトリスを芯から動揺させ、あきれさせ、自己嫌悪に陥らせた。彼女はあわてて彼の手から視線をはずし、床を見て大きく息をついて気持ちを静めた。野性的な魅力を生々しく発揮しているタリクの前に出たら、多くの女性は砂漠の太陽に照らされたアイスクリームのように溶けてしまうに違いない。その事実は理解していたが、自分もその一人だと気づいたショックは大きかった。

弱点は知っておくほうがいいけど、今の状況ではそれに気づかないほうがよかったわ。でもそんなことを言っている場合ではない。横柄で、救いようのない男尊女卑論者だけど完璧な肉体の持ち主である彼に、自分が気持ちを揺さぶられていることがわかったとしても、私がここに来た理由とは関係ないわ。私はエマとハリッドを助けるために来たのよ。

「君、大丈夫か？」

ベアトリスははっとして顔を上げ、瞳を細めて目の上に手をかざし、顔に当たる日光をさえぎった。

「ええ」本気で心配しているらしい彼に、ベアトリスは嘘をついた。私をこんな気持ちにさせたことに彼が少しでも気づいたら、この不安そうな顔は面白がっているような表情に変わるに決まっている。

「〝本気で戦う〟ですって……？」軽蔑したように彼女はさっきのタリクの言葉を繰り返した。「じゃあ今までは遠慮していたとでも？」

ベアトリスはぐっしょり濡れた髪を片手でねじって水を切ると、肩越しに払いのけた。目を上げて相手の目を見たが、すぐに視線を彼の官能的な口元に移動させ、息を吐いて心に入りこみそうになる危ないイメージをそれと一緒に一掃する。

「弟の結婚相手に何かを言う権利があなたにあるかしら？」

タリクはその問いかけを無視した。たぶん私のことも同じように無視したいと思っているのだわ。私のことは何もかも気に入らないに違いない。ベアトリスはそう考えた。

「ハリッドをあきらめたら、君はどんな損害をこうむる？」

「交渉しているつもり？　心配になったのね」ベアトリスは彼が怒ったのを面白がっているふりをしてみせた。「それとも、弁護士にもっと金額を上げるようにアドバイスされたの？」

「ここには弁護士はいない。君と僕だけの間の話だ」

それは無用なだめ押しだった。ここには二人だけしかいないことを、ベアトリスは痛いほど意識していた。「脅しているつもり？」負けないわ、というように彼女は顎をつんと上げる。

タリクは黒い眉をぐっと持ちあげ、素早い身のこなしでしゃがみこんだ。「僕は事実を言っているだけだ」

ベアトリスはびくっとして視線を落とした。

「ただ、このチャンスに正直な気持ちを聞きたいと言っているんだ」

彼女の口から笑いが吐きだされる。正直な気持ち？　本当にこの人は何もわかっていない。今ここで私が本当の気持ちを言ったら、大変なことになるわ。

「信用できないわ。もしかしたら盗聴器が仕掛けられているんじゃない？」彼ならやりかねない。ぐっと身を寄せられると鼓動がさらに速くなり、心臓がどきどきして口から飛びだしそうになる。

「僕は大金を提示した。あれだけの金額だ。金が目あてなら受けとっているだろう。ということは、金銭的な保証以外に欲しいものがあるんだな？　地位か？　権力者の妻の座か？」

「あなたのご立派な推測を邪魔して悪いけど、たんに私が彼を愛しているだけだとは考えられないの？」そう言いながらベアトリスは、エマがハリッドを愛するように男を愛するのはどんな気持ちなのだろうと考えていた。

私には一生わからないかもしれない。私は誰も愛せない女なのかもしれないわ。でも悪いことではないかも。エマを見たってわかるように、愛が必ずしも喜びを運んでくるわけじゃない。

タリクはのけぞるようにして笑いだした。

ベアトリスは歯を噛みしめ、嫌悪感を見せまいとして偽りの笑顔を作った。

「どうやらあなたにはすべて見通されているらしいわね。確かに私はハリッドを愛していないかもしれない。少なくともあなたの考える愛という形では。じゃあ、愛ってどんなもの？」

「哲学を語るつもりか」

にやにや笑っている、生意気でおぞましいこの男を叩いてやりたいという、普段のベアトリスに似つかわしくない衝動がこみあげてきた。「でも、私は彼のことが好きよ。きっと彼はとても……楽な夫だと思うの。お金はあるし、うるさくないし」

「尻に敷くのが簡単ということか？」

　ひどく怒ったらしいけどそれはおかしいわ、とベアトリスは考えた。私は彼が会う前から想像していた女が言いそうなことを言っているんだから。

「ハリッドはきっと尻に敷かれているなんて思わないわ。要は」にっこり笑ってみせると、タリクが怒りのあまり歯ぎしりするのがわかった。「ハリッドの意見に従っていると思わせればいいのよ」

「そんな君が一生彼に忠実だと、僕が信じると思うか？」

「少なくともあからさまに浮気はしないわ。ハリッドを困らせるような真似はしない」タリクの喉の奥からぐっという音がもれるのを聞いて、ベアトリスはわざとらしく首を傾け、彼に無邪気に笑ってみせた。「私はロマンチストじゃない。あなたもきっと賛成してくれると思うけど……」

　思わせぶりに言葉を切ったが、相手からは何も返ってこなかった。今にも絞め殺したいという形相で、タリクはベアトリスを見ている。

「たった一人の相手で性的に満たされることを期待するのは現実的じゃないと思うわ」

　不愉快そうに彼は口元をゆがめ、きっぱりと言った。「僕の弟と君が結婚することは絶対にない。何があっても、この僕が阻止してみせる」

6

恐怖が背骨を伝って背中に走ったが、ベアトリスはひるまないように自分を励ました。タリクが本気で言っているのがわかった。彼は自分に不利なものであれば法や規則を破ることもいとわない。それどころか、その気になればどんな法律でも書き直させるだけの力を持っている。

「そんなに感情的になることはないじゃないの。正直に話せと言ったのはあなたよ。それなのに怒るなんて、矛盾していない？　偽善者だわ」

食いしばっている歯の間から怒ったような音がもれるのがわかった。「口のきき方に気をつけろ。今の僕は……安全とは言えない」

ベアトリスは彼の態度を理解できないふうを装った。「そんなにかりかりしなくてもいいじゃない。あなただって、誰かと付き合っているときに絶対に浮気はしなかった？」彼女は鈴のような笑い声をたてた。「そんなはずはないわ」

タリクの表情がこわばった。「僕のことが君にわかってたまるか」

「わかりたいとも思わないわ」一瞬素顔の自分に戻って叫ぶと、ベアトリスは相手をにらみつけた。

「僕は結婚したら妻に敬意を払う。不実なことをして屈辱を与えたりはしない」彼は冷たく言い放った。

「それは、それは。もしかしてあなたには健康な性欲がないんじゃないの？　私は違うわ」

言いすぎかも、と思ったがもう遅かった。だが口にしてしまった言葉は取り返せなかった。タリクが身を乗りだすと、ベアトリスの顎の下に指を一本置いた。その拍子に彼の腕が胸をこする。飢えたような、熱く燃えたつ瞳をぶつけられると、それ以上の言葉も、そして理性も、消えてしまった。

一番問題なのは、恐怖ではなく、うっとりするような気持ちと興奮が野火のように血液の中を駆けめぐっていることだった。タリクは彼女の髪を片手でつかみ、顔を上向かせた。

「僕にだって健全な性欲はある」きしむような声だ。

「そう、よかったわ」笑い声をあげようとしたが、口からもれたのは喉に詰まったような小さな音だけだった。「つまり、あなたの言うことを信じるわ。男らしいし……」視線が彼の唇に落ちると、言葉が出てこなくなった。

ものすごい速さでどくどくと血が流れる音が頭の中で聞こえている。彼の指先が頬を伝って下がっていくのがわかるが、手足は重く、体と切り離されたように動かせない。炎を宿した瞳を見ていると判断力が失われていく。

「男を歓ばせる術を心得ている愛人が僕の好みだ」

ショッキングなその言葉で、ベアトリスは正気に返った。

私、何をしているのだろう。

本能的に彼を拒もうと両手を上げたが、その手は逆に彼に捕らえられてしまう。体が引きよせられ、彼の体が覆い被さってきた。タリクが肘を突いているので、二人の間はかろうじて距離が保たれている。

ショックであえぐ声と肺から絞りだされた震える息が混ざり合う。なんとか冗談めかした口調になろうとしたが無理だった。「私では力不足だわ」

だって経験がないんだもの！

ベアトリスの視線は彼の口元に向けられた。頭の中で声が聞こえる。でも彼に教わるのは悪くないかも。ベアトリスは自分のそんな思いに気づき、ぎょっとして緑色の瞳を見開いた。

タリクはほほえんで目を光らせ、紅潮したベアトリスをなめるように見る。「いいさ、力不足は僕が補う。いい思いをさせてあげるよ」

かすれたような声に、彼女はぼうっとして動けなくなり、体の奥に息づき始めた、怖いけれど強烈なうずきを抑制しようとするあまり、震えだした。

これは私じゃない。私はこんなことしないわ。

だがベアトリスはそれをしていたし、それ以上に、したいと願っていた——これまでに経験したことがないほどの激しさで。本能に身を任せたかった。彼に応じたかった。でもそれはできない。自分を抑制しなければ。

タリクの長いまつげが上がり、鋭くとがった頰に影が落ちる。その瞳は、情熱に光るベアトリスの瞳に向けられていた。「僕はそれが好きなんだ。女性を楽しませるのがね」

ベアトリスは藁をもつかむ思いで笑い、必死に皮肉に紛らわした返答を考えた。「そんなに寛大な人だったのかしら？」せっかく思いついた台詞も、あえぐような声でしか口にできなかったせいで効果が薄れてしまった。

「どのくらい寛大か、わかるだろう？」

「タリク、あなたは……」

彼は上向きに横たわる美しい体を見おろした。ベアトリスの片手は頭の上に投げだされ、髪は上気した顔を取り囲んで放射線状に広がっている。息は速く、浅く、豊かな胸は今にもビキニからはみだしそうだ。薄い黒い布地越しに、胸の形がその先端のふくらみに至るまで、くっきりと見えている。

脳裏で鳴る警報を無視して、彼はゆっくりと身をかがめ、ベアトリスのみぞおちの真っ白な肌に開いた唇を押しつけた。白い体が弓なりになり、野生の動物が発するような小さな声がもれると、彼は舌先で腹部をなぞり始めた。

持ちあがってくるヒップを手で押さえつけながら、

絹を思わせる肌を味わいつづける。歓びの声がもれてくるまで、彼はじらすような舌先の動きを止めなかった。

やっと解放し、並んで身を横たえたときには、ベアトリスは震えていた。全身が光る汗に覆われているのがわかる。その唇をふさぎ、温かく湿った口の中を味わうと、彼女は首に腕を巻きつけ、舌を絡めてきた。

長い脚の片方が腰に巻きつけられている。彼はそれを捕らえると、相手が熱病にかかったように震えだすまで、ゆっくりと愛撫した。彼女が愛撫に応えるのを知って、自分の欲求を制御していたが、ベアトリスを征服したいという彼の欲求は耐えがたいものになっていった。

一方ベアトリスは、彼の唇が生む快感に我を忘れていた。神経の末端の一本一本が生気を吹きこまれ、もっと刺激してほしいと懇願している。いつの間にか彼女の手はタリクの胸をなでていた。指の動きに応えるように彼の胸の筋肉が痙攣し、手を下に移動させていくと今度は腹部の筋肉が収縮するのがわかる。

唇を重ねたままの体勢で彼はベアトリスの片手に自分の手を重ね、指を絡ませた。そして反対の手を移動させ、両腕ともぴったりと頭の脇に張りつけて、動きを封じてしまう。

自分で歯磨きを歯ブラシにつける必要もない暮らしをしている人なのに、どうしてこんな固い手をしているのだろう。そんな思いがベアトリスの脳裏をかすめたが、その手が胸に移動するとそれもどうでもよくなってしまった。ビキニの上から触れられただけで、思わず声をあげずにはいられない。体がきりきりと振り絞られ、熱い歓びに何度も貫かれる。

ベアトリスを征服したいというタリクの欲望はもう限界に来ていた。彼女が自分の名を口にするのを聞くと、もう我慢ができなかった。

ベアトリスは左右に頭を振りながら、彼の唇の攻撃に耐えている。

いっさいのコントロールは失われ、何もかもがもうどうでもよかった。「止めないで！」体が彼の片手で持ちあげられると彼女は懇願した。

だがそれにはかまわず、タリクはビキニの肩紐をはずしていった。

視線を合わせたまま、彼はベアトリスの顔を両手にはさみ、顔を近づける。二人の胸がぴったりと合わさるまで。キスは深いものになっていった。溺れてしまうほど。胸の中に複雑な思いを抱えながら、彼女はタリクにしがみついた。恐怖と呵責と混乱を忘れ去ることはできないが、それにもまして体も心も彼に預けたい思いが強かった。

そんなことを考えていいはずはないが、それが一番自然に思えた。

彼がなぜ突然体を離して背を向けたのか、最初はその理由がわからなかった。思わず手を伸ばして腕をつかんだとき、彼の声が聞こえた。ベアトリスではない誰かに話しかける声が。

タリクの背にさえぎられてサイードの姿は見えなかったが、たぶん彼は入り口に立っているのだろう。ただ、声だけは聞こえた。

恥ずかしさに真っ赤になったベアトリスはあわてて胸を両手で隠した。息はまだ大きくはずんでいる。横たわったまま彼女は、タリクの感触や匂いを知ってしまったことを深く後悔した。

私、なんてことをしたのだろう。

二人は長い間黙ったままでいた。

タリクが振りむいたとき、ベアトリスはもうビキニのトップを身につけてカフタンをまとい、両膝を抱えて座っていた。

「僕は行かなければ」

ベアトリスは表情を硬くしたまま、タリクを見ようとしない。いや、見ることができなかった。恥ずかしさと気まずさと、自己嫌悪が胸に渦巻いている。何か言わなければと思ったが、彼のキスの感触のことしか頭にない。彼女は黙ったまま肩をすくめてみせた。今あったことなど気にしていない、というふうに理解されるのを願って。

だが、ベアトリスはひどく動揺していた。考えてみれば、タリクに会って以来、彼のことが頭から離れたことがあるだろうか。

なぜ、と自分に問いかける。もちろん、めったにいないほどのハンサムな男だし、背負っている背景もすばらしい。でもそれだけではなかった。それ以上の何かがある。

目を伏せたまま去っていく彼を見ているうちに、胸が引き絞られるような気持ちが湧いてきた。

タリクが歩みを止めて振り返った。何か言いたげに見えたが、考えを変えたのかそのまま歩き去っていく。

そのあとどれくらい、震えながら一人でその場にいたのか、ベアトリスにはわからない。気がついたときには部屋に戻っていた。

7

部屋に帰ったベアトリスはシャワーを浴び、勢いよく吹きだす湯の下で長い間立ちつくしていた。シャワーから出たときには肌がひりひりしていたが、体の奥深くに生じた不思議な、引っかかる気持ちも、良心の呵責も消えなかった。

自分が恥ずかしかった。理由はなんであっても、さっきしたことは体を売る女がすることと変わりはない。

「でもよかったこともあるわ」濡れた髪を櫛でとかしながら、鏡の中の青ざめた自分に向かって彼女は語りかけた。「彼は私を、想像していたとおりの女だと思ったわ。お金が目的の強欲な女、しかも好色なだらしのない女だと」

どんな計画を立ててもあれほどうまくはいかなかっただろうと思うけれど、満足感は少しもなかった。サイードが来なかったら自分が何をするところだったかを思うとぞっとする。

弁解の余地はなかった。性的欲求が強いほうだとは思わないが、そういうことにあまり関心を示そうとしないベアトリスの気持ちを変えさせようと、熱心にアプローチしてきた――決して感じの悪くない――男たちも多かった。

男たちの視線を感じたのは、初めてブラを買ったころだ。男性にはどちらかというとそっけない態度をとっていたはずだが、男たちはいつ噴火するかわからない火山を見るような目で自分を見ていることに、彼女は気づいた。

タリクの細い褐色の指がゆっくりと白い太腿をはっていく光景を脳裏によみがえらせ、ベアトリスは一人頬を赤らめた。そのことを思いだすと今でも血が熱くたぎり、息がはずんで、下腹の奥に不思議なきゅんとした感覚が生まれる。

うめくような声をあげ、彼女は両手に顔を埋めた。心の葛藤の苦しさで胸が爆発しそうだ。もう一度、今度は冷たいシャワーを浴びて、頭痛薬でものもう。

アスピリンをのんでジーンズと白い麻のシャツに着替える。その二点は別の女性を演じるための服ではなく、いつものワードローブの中から選んで持ってきた物だった。とりあえず芝居は中断したい。どうやら思っていた以上に役になりきってしまった気がするから。

革のパンプスを履いたとき、ノックの音がし、ドアを開けに行くよりも先にタリクが部屋に入ってきた。その権利があると思っているのだろうか？　それとも、当然さっきの続きをするものだと決めこんでいるのだろうか。


だとしても、彼を責めることはできない。恥ずかしさが苦々しくこみあげてきた。男なら誰でも同じように考えるだろう。私はあんなに嬉々として誘いに応じたのだから。

ベアトリスはなんとかさっきの自分の行動を合理的に説明しようと努めた。あれはエロチックな夢だったような気がしてならない。もちろん、今までにそんな夢を見たことはないけれど……。それにしても、あの状況であああなるのは必然だったのだろうか？　二人の間に火花が散り、お互いに妙な気分になって、しかも二人とも半裸だったから？　しかもその一人はすばらしく魅力的な男性だし。じゃあ、私は……？　私は……雰囲気に流されやすいお手軽な女だったにすぎない。そして彼はそんな私を明らかに軽蔑し、それを態度で示した。

そこまで考えて、彼女は大きく息を吸いこんでジーンズのベルト通しに親指をかけ、タリクにクールな微笑を送った。とにかく今大切なのは、二度とあんなことは起こらないとはっきり彼に伝えることだ。

「出ていってくれない？」

見かけは平然としていたが、ベアトリスは内心恐怖を覚えていた。それをはねのけるように顎をつんと上げ、一歩タリクに近づいたが、彼に触れられたら、彼の体のぬくもりが伝わるほど近づいたら、自分はきっとまた彼に抱かれてしまうだろうという懸念は消せなかった。

だめ、しゃんとするのよ。ロマンチックな小説のヒロインじゃないんだから。今は二十一世紀だわ。彼のハーレムの女の一人になってたまるものですか。

「私が騒いだらあなたも困るでしょう？」いや、殺されると、この宮殿内で悲鳴をあげたとしても、周囲の人々はみんな見て見ぬふりをするに違いない。

「本気で声を出すわよ」

タリクは顎を片手でなでて、ひとこと言った。

「事故があった」

ベアトリスに弟のことを告げながら、タリクは責任は自分にあると考えていた。ハリッドを現場に送りこんだのも、帰りを遅らせたのも自分なのだから。

別れる直前にハリッドが言った言葉が頭の中に響いている。

「ベアトリスに、じきに戻ると伝えて。それから……彼女にあまりひどいことは言わないでほしい。見かけと違ってそんなに……タフな子じゃないんだ」

タリクはもちろんそうすると約束した。そのときには嘘(うそ)をつくことになんの呵責も感じなかった。僕の動機は純粋なものだったし——少なくとも自分ではそう思っていた——目的のためには必要な手段を選ばないつもりだった。

弟をベアトリス・デブリンから救うという目的。

こんな代償を払うとは予想しなかったが、その目的はとりあえず達成された。でも絹を思わせる彼女の柔肌を味わう結果になった状況を作りだしたことは、どうだったのだろう。あれも一種の代償と言えるのだろうか？

いや、三十分前、ハリッドを思う気持ちは僕の頭の中にはなかった。あったとしても、ごくわずかだった。

「事故……？」その言葉の意味がよくのみこめないまま、ベアトリスは繰り返した。

「灌漑事業の現場だ」

彼女は息をのんだ。「何があったの？」

「怪我を……」そのことでタリクの良心もまた傷を負った。ハリッドが命と戦っているまさにそのとき、弟が愛する女性を抱こうとしていたのだから。

ベアトリスの全身から血の気が引いた。エマが愛情をたたえてハリッドを見あげていた様子が脳裏によみがえる。ハリッドにもしものことがあったら、エマはどうするだろうか。

「ハリッドが？」

「怪我をしたんだ。とにかく座って」今にも倒れそうなベアトリスを見て彼は言った。

たとえアカデミー賞を取った女優でも、ここまで心配そうな演技はできないだろう。落ち着こうと努力してはいるが、全身から不安と動揺がにじみでている。

今の今まで、彼女が弟を本気で思っているはずがないとタリクは思っていたが、その可能性があるかもしれないと思わずにはいられなかった。そしてそう考えずにはいられない状況になった今、タリクは腹を立てていた。

ベアトリスが金目あてのあばずれだと思っている間は、自分が企んだことが正当化できた。でも、もしそうではなかったら？　弟がこの女性に愛される幸運を本当に得ていたとしたら、僕はどうなる？

　だがベアトリスの気持ちも、ハリッドの気持ちも、今は問題にしているときではない。いや、僕がベアトリスに対して抱いているうずくような欲望も、どうしようもないほどの良心の呵責も、今はとりあえず問題ではない。

　ベアトリスは座れというタリクの言葉を無視した。そうするほうがいいことはわかっていたが、彼の言うことはすべて命令に聞こえ、命令や権威に反抗しないではいられない彼女の性格が本能的にそれを拒んだからだ。

「病院に運ばれた」

　安堵のあまり、一気に力が抜ける。「じゃあ、生きているのね？」吐きだすように言ってから、ベアトリスは震える声で続けた。「よかった！」そのときになって足が震えだし、立っていられなくなった。タリクが受けとめてくれなかったら、そのまま床に倒れていただろう。

「父はもう病院に向かっている。僕もすぐに行くつもりだ」

　王である父が住まいから出るのは久しぶりのことだ。誇り高く、自意識が強い父は、言葉が少し不自由になり、杖をつかなければ歩けない姿を人目にさらしたくなくて、発作以来一度も人前に出ていない。

　ハリッドの事故は皮肉にもタリクがこの二年間できずにいたことを実現させる結果になった。だが今はその希望の兆しを喜ぶ気持ちにはなれなかった。

「ハリッドは……容体はどうなの？」

「詳しいことがわかったら知らせる」タリクはベアトリスの頬に血の色が戻るのを見てほっとした。

「君の面倒を見るために誰かをよこすから」

「そんな必要はないわ。私はいつだって自分一人だけでやってきたんだから」

「それが今は僕の弟に頼ろうとしているんだろう？

これまで仕方なく自分の力だけで生きてきた女性にとっては、それはさぞ魅力だろうな」

その言葉を聞くと、ベアトリスの緑色の瞳が挑戦するように輝いた。彼女はよろめく足で立ちあがった。「そんな古くさい考え方、現代では通用しないわ。わかる？　安定した生活のために自由と自立を喜んで捧げる女性もいないことはないだろうけれど、私はごめんよ。男に頼って生活しようなんて、一度も考えたことはないわ」頼れるのは自分だけだということを、ベアトリスは身にしみて知っていた。

タリクはその力強い宣言を聞いて、ひどく驚いたようだ。「じゃあ、なぜ結婚する？」

彼女は反射的に言った。「結婚なんか考えたことがないわ」それは言いすぎかもしれないが、実際、いつかは生涯をともにしたい男性に会えると思ったことは一度もない。「妥協は大嫌いよ」ベアトリスは結婚とは自分の意見を曲げ、妥協することだとしか考えていなかった。

「そんなときにハリッドに会ったのか？」

我に返ったベアトリスは、口を滑らせたことを後悔した。「ええ、そうよ」気持ちを悟られないように、彼女は目を伏せた。

「とにかく、容体はあとから知らせるよ」

「私も一緒に行くわ！　連れていって」

去りかけていたタリクがびっくりしたように振り返った。

「それは無理だ」

にべもなく拒まれて彼女は反抗的に顎を突きだしてみせたが、争ってもむだだろうということはわかっていた。ここではタリクの言葉は法律に等しい。彼がだめだと言えば、ハリッドに会いたいという希望がかなえられるはずはなかった。

それどころか、タリクがその気になれば、今すぐにイギリス行きの飛行機に乗せられてもなす術はないのだ。

「無理でもなんでもかまわない。ここで心配しながら知らせを待つ気はないわ。私の存在さえ忘れられかねないのに」

ベアトリスには理解できない表情がタリクの顔をよぎった。「君の存在を忘れたりはしないさ」

〝残念ながら〟とは言わなかったが、彼の心の中でその言葉が付け加えられているのは明らかだった。なぜだかわからないが、ベアトリスは突然、胸に鋭い痛みを覚えた。

「ハリッドが怪我をしたのよ。私は絶対に彼のそばに行くわ」そう、行かなければならない、エマのために。容体しだいでエマにすぐに知らせるか、ハリッドが回復するまで少し様子を見るかを決めなければならない。回復するのであれば……。

ベアトリスは急に四方から壁が迫ってくるようなパニックに襲われ、何も考えられなくなった。ぎゅっと目を閉じ、冷たい石がお腹に宿ったような恐怖をやりすごそうと努める。

大きく息を吸って気持ちを落ち着かせ、最悪の事態を想像してはだめ、と自分に命じる。今はとにかく、彼が回復すると信じなければ。

彼女は震える手で髪をなでつけ、濡れたカールに指を巻きつけた。目を開けると、タリクが見つめていた。その表情からは、彼の感情は読みとれない。目が合った。ベアトリスは手を下に落とす。

そして息を吸いこんだ。プライドは大切だ。でも今はそれにこだわっているときではない。彼は人に命じられても決してうんとは言わないだろう。でも下手に出て頼んでみたら、なんとかなるかもしれない。

8

「お願いします」ベアトリスは途方に暮れたように両手を広げて低くかすれた声で懇願した。

タリクのほっそりした頰がぴくりと動き、黒曜石を思わせる瞳の奥に何かが宿るのがわかった。

彼が態度を軟化させたしるしであることを願いながら、ベアトリスは続ける。「どうしても行きたいの。彼についていてあげたいの」

一瞬、すげなく断られると思ったが、やがて彼は仕方なさそうに小さく肩をすくめてうなずいてくれた。ベアトリスはそのままタリクについていったが、幸い彼は拒まなかった。

廊下を歩いていくと重いカーテンに隠れるようにドアがあり、その向こうには螺旋階段があって、直接中庭の一つに出られるようになっていた。

中庭の大きな両開きの扉の外では二人のボディガードが待っていて、無言で二人に従った。ベアトリスはハリッドのことで頭がいっぱいだったので、命をかけて身辺を警護する男たちに常に取り囲まれているタリクの生活がどれほど一般とかけ離れているかを考える余裕はなかった。そっと横目で彼を見ると、彼もまた弟のことしか頭にないように見える。

待ちうけていたヘリコプターは二人が乗りこむとすぐに離陸した。

「どのくらいかかるの？」

「五分で病院に着く」タリクは手にしたモバイルコンピュータから視線を上げないまま答える。

話をする気はなさそうに見えるが、ベアトリスは黙っていられなかった。

「お医者様はなんて……？」

タリクは顔を上げ、固く握ったベアトリスのこぶしから緊張した顔へと視線を走らせた。「君に話したこと以外、僕も聞かされていない」それは嘘だった。同情したせいでも、真実を話して動揺させまいとしたせいでもない。ここでヒステリックになられると困ると思ったからだ。

最後に病院に電話したとき、ハリッドは手術室に向かっていると告げられた。脳に致命的な損傷を受ける可能性があるから、一刻も早く手術をする必要があるということだった。

ベアトリスはいらいらしながら指でとんとんとリズムを取りつづけている。「こんなときによく仕事なんかできるわね」落ち着いていられる彼がうらやましかった。「弟が怪我をしたというのに」

何も表れていない画面をにらんでいたタリクは顔を上げた。その瞳を見たベアトリスは、彼の落ち着きが見せかけだけのものだったことを知った。「心配だと髪をかきむしってでもいたら、君は気がすむのか？」

ベアトリスはすまない気持ちになり、小さく顔をしかめた。「ごめんなさい。今の言い方はあなたにフェアじゃなかったわ」

「いつもは公平な物の見方をしているような言い方だな」彼がからかうように言った。

「そうするように努めているつもりよ。あなたがハリッドのことを心配しているのはわかっているわ。あなたなりのやり方で……」

彼はコンピュータを脇に置いた。「僕なりのやり方って？」ためらっているベアトリスを彼は促した。「遠慮しないで言ってごらん」

「過保護、過干渉、管理したがり」彼の顔色が変わった。素直に気持ちを口にしてしまったが、どうやら相手の言葉をばか正直に鵜呑みにしすぎたらしい。「失礼。私、不安になるとついしゃべりすぎる癖があるの」

タリクは皮肉な微笑を浮かべた。「それには僕も気がついていたよ」

彼の微笑を見て、ベアトリスは少しほっとした。今は彼を怒らせないようにしなければ。彼の気が変わったら大変だ。「正直に言っていいと言われたから言ったんだけど」彼女はシートの上で小さく身じろぎした。「あの、私、気になって……」

「何が？」

「このこと……私のせいじゃなければいいけれど」ある意味では自分のせいだ、と彼女は考えていた。

タリクの表情が変わった。僕のせいだと暗に責めているのか？　弟の身を危険にさらしてしまったことを、僕が気にしていないと思うのか？

「だって、私がここに来なければ、こんな結果にはならなかったでしょうし」余計なお節介をやかなければこうはならなかった。自分がすることは正しいとうぬぼれていた私が悪いんだわ。「ハリッドが今、病院のベッドにいるのは私のせいだわ」

「そうだな。今ごろは君のベッドの中にいたかもしれないのに」誘いかけるような唇を、タリクはちらりと見ずにはいられなかった。男なら誰でも、そうしたくなるだろう。

僕はそうしたい。

ベアトリスは気まずくなって視線をはずした。私がベッドをともにしたい唯一の男性はここにいる、という思いが急にこみあげてきて、恐ろしくなる。

私はどうしてしまったのかしら。

「王宮の長い廊下をひたすら歩いてくるエネルギーが彼にあったら、だけれど」

「愛はどんなことでもさせるものさ」

その言葉に刺を感じて、ベアトリスは思わず彼の顔を見た。

「君は本当にハリッドを愛しているんだな？」

突然の問いかけに、ベアトリスは何も考えずに答えた。「ええ、もちろんよ」

「おかしいじゃないか。愛しているなら、なぜその兄と平気で寝る？」

「私は……」彼女は髪の付け根まで赤くなって肩越しに後ろを振り返り、護衛の男たちを見て、声を落として答えた。「私たち、寝てはいないわ……」

「正確にはね」

「それにあれはセックスで、愛とは別よ。あなたのことは好きでさえないわ」

「君は煽情的に体を見せびらかすわりに、セックスという言葉を口にするだけで処女みたいに赤くなるんだな」

「矛盾だらけなの。それが私の魅力よ」ヘリコプターが降下し始めたのに気づいて、ベアトリスは安堵のため息をもらした。「着いたのね」

「嘘つき！」医師が出ていき、ドアが閉まるとベアトリスは声を震わせた。

タリクは平然と非難を受け流し、肩をすくめる。

「本当のことを言ったらどうなっていた？　ハリッドが脳圧を下げるための緊急手術中と知っていたら、君は、少しは安心したというのか？」

「私が安心するかしないかは関係ないわ」かっとなるのを抑えようと努めながら、彼女は言い返す。

「私は知っておくべきことを知りたかった。私が知るべきことが何かを人に勝手に決められるのは我慢ならないわ」そう言って彼を責めたものの、ベアトリスは自分の言葉の矛盾に気づいて、流れる涙を手でぬぐった。

エマにすぐ事実を伝えないのは、彼が私に対してしたことと同じじゃないの。

彼女は唇を噛んだ。エマにすぐに知らせなかったのは正しい選択と言えるのだろうか？

「ほら」

はっとして顔を上げると、ハンカチが差しだされていた。ベアトリスはそれを受けとり、音をたてて鼻をかんだ。

「ありがとう」すすりあげながら礼を言う。「あなたみたいな身勝手で尊大な人、見たことがないわ」

そしてあなたのように美しい人も、と思いながら彼の口元を見たベアトリスは、急に体が熱くなるのを感じてあわてて視線をそらした。

「それが僕の魅力さ」

さっき自分が口にした言葉を使ってからかわれても言い返す気にはなれなかった。どうしようもないほど彼の魅力に捕らえられているのは事実だから……。そうあってはいけないのに、抗うことができない。

「手術は終わっているの？」

タリクと医師は短い会話を交わしただけだ。なんとなく事態は理解できたが、大事なことは確かめておきたい。

「ああ。すべて順調だった」

「でも意識が回復するまでは、はっきりしたことはわからないんでしょう？」

タリクはベアトリスを見てもう一度うなずいた。

「会ってもいい？」

「今は父が付き添っている。すぐに君を呼びに来るからそれまで待っていてくれ」

タリクが戻ったのはそれから一時間半後だった。不安に駆られてずっと廊下を行ったり来たりしていたベアトリスがとうとう椅子に腰を下ろしたとたん、彼の長身が姿を現した。

飛びあがるように立ちあがった彼女を見たタリクは顔をしかめた。よほど緊張していたのだろうな。不安げに見開かれた瞳を正面から受けとめ、彼は声にならない問いかけに、緊張している馬をなだめるときと同じ穏やかな口調で答えた。

「何も変わっていないよ」

ベアトリスは少しほっとした様子を見せたが、不信感を宿したまなざしを返してきた。「本当に？」

一週間前のタリクだったら、自分の言葉の真偽を疑われたら怒り狂っていただろう。だが彼はいつの間にかベアトリスのずけずけとした批判に慣れたらしい。彼女が本気で心配していることが表情でわかるので、彼はリラックスした口調で応じた。「そこまで僕を疑わなくてもいいじゃないか。ベアトリス、ハリッドに会いたくないのか？」

彼女はうなずいて顔を輝かせ、先に立ってガラスを張りめぐらせた廊下に出た。超近代的な病院のあちこちに警備の者が立っているのは、王族が入院しているからに違いない。

タリクはハリッドの部屋の外で足を止め、戸口に片腕を伸ばすようにして入ろうとしたベアトリスを押しとどめた。

「チューブや包帯に驚かないように」

前もって警告してもらったのは幸いだった。包帯を頭に巻かれ、顔に傷を負ったハリッドを見て、ベアトリスはショックを受けた。意識不明の友人を見ているベアトリスの記憶に、よく似た別のイメージがよみがえってきた。それは母の姿だった。病に冒されたローラ・デブリンを最後に見たとき、母も同じように意識がなく、娘のこともわからなかった。

ベアトリスは過去の思い出をぬぐい去ろうと努めた。そんな姿の母を思いだしたくなかったから。彼女を現実に戻してくれたのはタリクの優しい声だった。

「ベアトリス、大丈夫か？」

慰めるように腕に置かれたタリクの手の重みを感じて、彼女は後ろを振り返った。彼の指に力がこめられ、視線がぶつかり合う。ベアトリスは彼に寄りかかりたい衝動を覚えた。体が揺らいだのか、そんな気がしただけなのか、自分でもよくわからない。ただ、見えない力で彼の方に引きよせられているような気がした。

「ええ」喉がふさがったような感じで声がかすれた。このまま彼の肩に頭を乗せたら、どうなるだろうか。彼は腕を回しかけて私を抱くだろうか。髪に指を差しいれてくるだろうか。

もしかしたら彼は部屋の外にいる護衛の男たちに助けを求めるかもしれない。前のときには、とてもそんなことをしそうには見えなかったけれど……。

タリクはベアトリスの顔を探るようにのぞきこんで不審そうな表情を作ったが、そのまま手を離した。喜んでいいのか、がっかりしているのか、ベアトリスは自分でも自分の気持ちがつかめず、不安を覚えた。

気持ちを落ち着けようとほんの少しの間動きを止めてから、彼女はベッドに近づいた。

タリクは部屋の反対側で、柔らかな髪を片手で一つにまとめ、ベッドの上に身をかがめて弟の頬にキスをするベアトリスを見ていた。

頬が引きつるのを覚えて彼はそのまま部屋を出た。弟に嫉妬するなんて、僕は最低の男だ。しかも彼は今、死と戦っているというのに。タリクの表情が暗くなった。こんなときにこんなことを考えるなんて、許されない。

弟に義務を忘れるなと言った自分が、自分のするべきことを、道義を、もう少しのところで忘れそうになった。女性を自分のものにしたいという欲望に我を忘れて……。彼女を見るたびに、自分のものにしたいという思いが押しよせる。暴走しがちな十代のころにさえ、これほど自分を制することができなかったことはなかった。

ベアトリスは一人でベッドの横に付き添い、ハリッドを見守っていた。ときおり医師や看護師が姿を見せる。目を開けて、と一心に祈りつづけたが、願いはかなわなかった。自分自身のジレンマの苦しさに耐えながら何時間もそうしているうちに、彼女はうとうとと眠ってしまった。

まだ砂漠の砂を服にこびりつかせたままタリクが病院に戻ってきたのは深夜を過ぎていた。彼が弟の部屋に近づくと医師が出てきた。

タリクを見て立ちどまり、深々とお辞儀をする。タリクはいらだったように片手を上げてそれに答えた。

「弟の容体は？」

「何か変わりがありましたら、すぐにお知らせしております」

ほかのスタッフ同様、ハリッドを助けようと夜を徹して働いてくれているこの医師に怒りを向けてはならない。タリクは表情をこわばらせて自分を制した。

「今は何も打つ手はないと？」

医師はすまなそうに顔をしかめ、首を振った。

「待つことしかできません」

「最新の医療機器と最高のスタッフがそろっているのに、待つことしかできないというのか？」

「数値はすべていい兆候を示しています」彼はなだめるように言った。

「先生、慰めはいらない。僕がほしいのは……」

おびえたような顔をしている医師を見て、タリクは言葉を切って大きく深呼吸した。

相手を怖がらせてしまったのを恥じて、無理にこわばった笑顔を作る。「悪かった。最善を尽くしてもらっていることはわかっている。ただ、何もせずに待つことが僕は不得意でね」

　ベアトリスは人をコントロールしたがる人間だと僕を責めた。そうかもしれない。無力だと感じることが僕は嫌いだ。

　医師はほっとした顔になって、〝わかります〟と言った。

「弟に付き添っていよう」

「ぜひそうしてください」タリクがドアに手をかけようとすると、医師は咳払いをして彼の注意をひいた。「その、音を……」医師の言葉はそこで途切れた。彼はタリクから目をそらし、口の中で聞きとりにくいことをつぶやいている。

「え、なんだって？」

「あの、ただ……お嬢さんが眠っていらっしゃるので……」

　タリクはびっくりした。僕がここを出てから六時間もたっているのに。「ベアトリスは……ミス・デブリンはまだこの部屋に？」

「ずっと付き添っていらっしゃいます。献身的に。それにとても美しい方で……」初老の医師は感心したように首を振っている。

「そのとおり」

　医師は未来の国王に見つめられて顔を赤らめ、そそくさと去っていった。

　タリクは静かに病室に入った。ベッドの上のライトだけがついている。

　ハリッドは最後に見たときと変わらない姿で眠っている。いや、もっと悪くなっているように見えた。右目がひどく腫れ、人相が変わっている。左手には何本もの管が差しこまれ、右手はシーツの上に投げだされていた。まだ血がこびりついたままの指に、白い細い指が絡められている。

　ベアトリスはベッドサイドの椅子に座り、ベッドに顔を押しつけるようにして眠っていた。唇が少し開かれ、寝言なのか、何かをつぶやいている。

見つめているうちに顔が傾き、横顔がはっきりとタリクの目に入ってきた。

その寝顔を見るだけで心臓をぎゅっとつかまれるような気分になった。彼女の純な美しさが、タリクの心の奥の何かに触れ、守ってやらなくてはという思いが、潮が満ちるように押しよせてきた。論理も良識も、その潮にのみこまれてしまう。

ベアトリスは何かを叫んでハリッドの手を握っていないほうの手を宙に突きだした。まるで夢に出てきている怪物を追い払うように。

僕もその怪物の一人だろうか。そうなんだろうな、とタリクは考えた。

ベアトリスがまた叫び声をあげる。途方に暮れたようなその声は、刃(やいば)のようにタリクの胸を突きさした。彼は反射的に彼女の肩に手をかけていた。

「大丈夫だよ」

ベアトリスはその声で驚いたように目を開けた。瞳に混乱と恐怖を宿したまま、わけがわからないようにタリクを見あげたが、やがてエメラルド色の瞳に光が宿り始めた。なぜここにいるかをやっと思いだしたに違いない。彼女が状況を認識した瞬間が、タリクには見てとれた。

「寝てしまったのね」ベアトリスは小さく体を震わせた。「ごめんなさい」

ベアトリスがこわばった筋肉の痛みに顔をしかめながら起きあがると、タリクは肩に置いた手をはずし、彼女が弟の手に絡ませていた指をはずすのを見やった。

「帰りたければいつでも誰かが家まで送っていっただろうに」

「ここにいたかったの。それに、あそこは私の家じゃないわ」ベアトリスは椅子の背にかけてあった上着に手を伸ばし、腕を通すと、シーツの皺(しわ)の跡がついてしまったおでこをそっとなでた。

こんなときにどう見えるかを気にするなんて浅はかだと思うが、そうせずにはいられなかった。赤茶けた砂にまみれていてもなお、タリクはあまりにもすてきだから。

「どこに行っていたの？」ついとがめるような口調にならずにはいられなかった。「私、ずっと一人だったのよ」

そう言ってから、彼女は地面が裂けてそこに落ちてしまえばいいと自分を呪った。何をくだらないことを言っているの。私は今まで一人で立派に生きてきたじゃないの。

きっとまたやりこめるようなひとことが返ってくるに違いないと、彼女は心の中で戦闘態勢を取った。普段ならどんな挑戦でも受けるし、ののしり合うのも辞さないが、今はそれほど強気になれない。

だが何も返ってはこなかった。目を伏せてそっと盗み見ると、タリクは彼らしくもなく、困ったような顔をしている。

「馬に乗っていた」いや、本当は逃げていたんだ。タリクの心の中で別の声がささやいた。「考え事をするときは砂漠を馬で走ると頭が冴える」

彼が馬で砂漠を走っている姿は、ベアトリスにも容易に想像できた。長い衣をなびかせて馬に乗っているイメージがあまりに鮮やかだったのでそれに気を取られて、彼が次に言った言葉に気づかないところだった。

「何かあれば病院から連絡をもらえるように、衛星電話を持っていた」

「お医者様や看護師さんが出たり入ったりしていたけれど、私には何も言ってくれなかったわ」

彼は怖い顔になった。「君に無礼な態度をとったのか？」

その質問と彼の理解しがたい様子がベアトリスを混乱させた。こんなときだからこれまで私に見せていた敵意をとりあえず収めるのは理解できるけれど、私に味方するようなことを言うなんて変だわ。

　ベアトリスは男の保護本能を刺激するタイプではないし、そんなものを期待したこともないが、生まれて初めて、男性にかばってもらうのも悪くはないと考えた。時と場合によるけれど……。

「まさか」タリクがまだ怖い顔をしたまま笑おうともしないので、ベアトリスは続けた。「いいえ、失礼なことなんかなかったわ。忙しかっただけ」

「今、外で担当の医師に会った」

「何か言っていた？」

「変わりはないということだ」ベアトリスの瞳に恐怖が浮かぶのがわかった。

「今、何時？」初めて外が暗いのに気づいて、ベアトリスが尋ねた。それまではタリクしか目に入らなかった。彼の風貌はどんなことも、首筋で髪の毛が小さくカールしていることまで、脳裏に焼きついている。きっと一生消えることがなく、いつまでも鮮やかに記憶に残るに違いなかった。

「深夜を過ぎているよ。少しやすみなさい」

　彼女は首を振った。黒い瞳で見つめられるとどぎまぎし、困るくらい自分を意識してしまう。それなのに彼がいなくなったとたん、戻ってくるのが待ち遠しく思えることがわかっていた。

　それは危険とわかっているのに電気のソケットに指を差しこみたい衝動に似ていた。そんな自分の矛盾した気持ちが理解できないが、タリクのような男性に出会ったのが生まれて初めてなのだから、仕方のないことかもしれない。夢見ていた王子様が実在の人間として目の前にいるのだから。

　ここから遠く離れたところに戻ったときに、なぜタリクにこれほどひかれたのかをよく考えてみよう。もしかしたらこの国に特有の、湿った、スパイシーな空気のせいかもしれない、とベアトリスは思った。

「寝ていたんですもの。休めたわ」

「献身ぶりを見せて僕の印象をよくしようとしているのか？」

怒りが湧いてくる。ちょっとすきを見せたら、彼はこういう態度に出るんだわ。

答える前に彼が追い討ちをかけてきた。「そうだったら安心しろ。僕はもう感心しているよ」

乱れた髪をなでつけていたベアトリスは、それを聞いて凍りつき、怒りに代わって警戒心を抱いた。

「えっ？」

「君の弟に対する気持ちが本物だとわかったよ」

その口調にどこか奇妙なものがあるのはなぜだろうか。表情がこわばっているのはどうしてだろうか。

そう思いながら彼女はタリクを見つめた。

「父に話をするよ」

「わからないわ。話すって何を？」

「君たちの結婚に反対はしない。ハリッドが君を妻にすることを認めるよ」

ベアトリスは口をあんぐりと開けた。「認めるって……？」現実の出来事とは思えなかった。嘘！

タリクは小さくうなずいてみせた。口元がぴくりと動くのがわかる。

計画が逆効果になるどころか、とんでもない方向に転んでしまった！「私なんかの血が入ったら、血筋が汚れると思っているんじゃなかったの？」

その言葉に彼の頬骨のあたりがさっと赤らんだ。

「そんなことを言った覚えはない。考えたこともない」

ベアトリスは立ちあがると両手で赤毛をかきあげた。「なぜそんなことを言いだしたの？」困りきったような響きがその言葉には含まれていた。

「こんな状況になると」黒い瞳が包帯に包まれたハリッドに注がれる。「人生で本当に大切なのは何かが見えてくる」

よりによってなぜこんなときに人間らしさを取り戻し、本当に大事なものを発見するの……。ベアトリスは内心のうめきを押し殺した。

長い指に顎が捕らえられ、顔を上に向かされても彼女は逃げなかった。まっすぐに彼の目を見つめ、銀色の星が散っている瞳の深みで溺れているような気分になる。

そうしているうちに、どこかで力が湧き、大きな波のように押しよせてきてベアトリスをのみこんだ。彼を求める思い、一緒にいたいという欲求、条件も際限もなしに自分を与えたい気持ちが心に深くしみた――魂の奥底まで。

そのとき、衝撃とともに彼女は自分の心を理解した。凍りついたようにこわばった喉から、思わず声にならない声がもれる。ベアトリスは雷に打たれたように突然気づいたのだ。疑いなく、この男性こそ一生をかけて愛したい人だと。


報われない一方的な愛情などばかばかしいと思ってきたのに、今それがどんなものかがわかった。どれほどつらい、理性など超越したものかということが。

「君は道徳観に縛られない人間らしいが……」

そうだったらどんなに楽だろうか！

「だからといって悪人ではないらしい。気力があって、強靭で、そして……きれいだ」

私のことを彼はきれいだと言ってくれた。

「そう、もちろん君は花嫁としてはもっともふさわしくない」タリクの唇がきゅっと曲げられた。彼は続ける。「だが君はハリッドを愛している」喉仏が上下するのがわかった。「そしてハリッドも君を愛している。君たちの結婚はうまくいくかもしれないし、うまくいかないかもしれない」彼は苦い口調で付け足した。「だが義務と伝統に縛られるのは家族に一人でたくさんだ」

「明日になったらあなたの考えも変わるかも……」

「いや、この件について僕の考えは変わらない」

「でも……」

「何をけんかしているんだい？」

ベアトリスとタリクは一度にベッドに横たわるハリッドを見た。

「頭が痛い」

「ハリッド！」ベアトリスが駆けよった。

タリクがドアの外にいる男のところに行き、何かを言うと、男は急いで廊下を走っていく。

「また眠ってしまったみたい」戻ってきたタリクにベアトリスが言った。「でも、これで一安心ね、違う？」

ベッドの足元に立つタリクの顔に微笑が浮かんだ。

「そうだ」

二人の視線がしっかりと絡み合い、ほっとしたベアトリスは喜びの声をあげて思わず彼が広げた腕に飛びこんでいった。タリクは大柄なベアトリスをやすやすと抱えあげ、くるくると回した。床に下ろされたベアトリスがまだ笑いながら顔を上げると、タリクの顔が被さってきた。うれしさに、彼女はタリクに唇を押しつけようと身を乗りだした。

だが唇が触れるか触れないうちに、彼女は自分がしていることに気づいてあわてて体を引いた。

タリクは大きく指を広げた手のひらをベアトリスの背に押しあて、その動きを制する。

目と目がぶつかり、ベアトリスの心臓の鼓動を除くあらゆるものが速度を落とした。彼女の喉元から小さな声がもれる。欲望を宿して輝く黒い瞳が、彼女の全身を溶かしていった。

彼は柔らかな感触を味わうように、そんなベアトリスの唇を指先でなぞる。「震えているね」

「あなただって」彼のしなやかな細い体を震えが走っているのが感じられた。

「君は美しい」熱を帯びたように光る瞳に出合うと頭がくらくらし、期待感で胃のあたりが痙攣し始めた。「あなたも。私……」

「黙って」唇が落ちてきた。

深いキスだった。体がぴったり押しつけられると、柔らかな曲線が筋肉に覆われた硬い体にぴったりと合わさる。彼は甘い蜜を味わいつくすようにベアトリスの口の中をむさぼった。唇を重ねたまま、彼女はうめき声をあげ、彼の髪に手を入れて自分の方に引きよせた。

唇は離れたが、まだ触れそうに近い位置にある。二人はどちらも動かないまま激しく息をついて立っていた。やがて戸口でこれ見よがしに咳払いが聞こえ、二人ははっとして体を離す。

「父上」

ベアトリスが真っ赤になって振り返ると、そこには護衛の男にはさまれた王が立っていた。

9

ハキム・アル・カマルはベアトリスが思い描いていたような弱々しい男性ではなく、白髪交じりの黒々とした髪が印象的ながっちりした人だった。ひげをきれいに剃った顔は皺もなく艶やかで、射抜くような鋭い瞳はタリクにそっくりだ。その瞳は今、ベアトリスからタリクに移動しつつあった。

「あの、どう見えたかは知りませんが、誤解です」彼女は唐突に言った。

王はふさふさとしたまつげをぐっと持ちあげた。

「見えたものはたいてい真実を語ると思うがね」

「こちらはベアトリス・デブリンです、父上」タリクは父が突然現れても少しの動揺も見せなかった。

　ベアトリスはどうすればいいのか迷っていた。お辞儀をするのか、片足を引いて優雅に腰を折ればいいのか……。でもできればこのまま地の底に引きずりこまれて消えてしまいたかった。

　そこに大勢の医療チームが到着したために、結局何もしなくてもすんだ。あっという間に部屋は人でいっぱいになり、彼女はそのすきに、目立たぬようにドアににじりよった。

　逃げだせたと思ったとき、後ろから声が追いかけてきた。

「逃げるのか？」

　彼女はそのまま歩きつづけたが、彼はすぐに追いつき、横に並んだ。「人が多すぎるから邪魔になると思って」彼を見ないままベアトリスは言う。

「僕は帰らなくては」

　その言葉に彼女はそっけなく肩をすくめ、「どうぞ」と言ったが、内心では早く彼に消えてもらいたいと願っていた。そして考えると、とてもまともではいられない。キスをした相手が数センチしか離れていないところにいるのだから。

　タリクは表情をこわばらせているベアトリスの横顔を見て、鋭く息を吐きだしてその肩をつかんだ。

「触らないで！」彼女は乱暴に言って瞳を見開き、後ずさりする。

「心配しなくてもいい。父にはああいうことになった事情を説明するから」

　ベアトリスは相手を見つめた。その前に私に説明してほしいわ。なぜ私がこんなことになったのかを。

「父はきっと、君がハリッドと結婚するのを許してくれるよ」

　王宮に戻ったベアトリスはエマに電話をかけた。泣いたり、〝本当にハリッドは危機を脱したの？〟

と質問したりを交互に繰り返していた彼女は、少し落ち着くと次の飛行機でこちらに来ると宣言した。いつものようにおとなしい口調だが、エマには珍しい強い意志が感じられた。

ベアトリスは、そのときには自分はもうここにはいないだろうということを彼女に告げなかった。

ここにいても役には立たないし、つらい真実を突きつけられるだけだ。タリクを愛しているわ。でも私が芝居をしていたと知ったら、彼はこれまで以上に私を軽蔑（けいべつ）するだろう。

だが翌日のロンドン行きの直行便に空席はなく、航空会社の予約係にさんざん交渉した結果、ベアトリスは今日のフランス回りの便なら乗れると告げられた。ルートとしては遠回りでパリで十時間の待ち時間があるから、次の直行便を待ったほうが早く到着できますよ、と彼は言ってくれたが、彼女はその切符を予約した。

またタリクと顔を合わせたら、自分が何を口にしてしまうか自信がなかった。パリの空港で十時間待つほうがずっとましだ。今夜まで身を隠していればすべてがすむのだから。

どうすれば目立たずにここを抜けだせるかと考えているところにアジルが来て、目を見開いたまま驚いたようにベアトリスが王に召されている、と告げた。

彼女は半分荷物が入っているスーツケースを見ると言葉を失い、困惑したような大声を出した。「まさかお帰りになるんではないでしょうね」

「そうよ、帰るわ」帰る家はないけれど……。自分が哀れで、涙がちくちくとまぶたの裏を刺したが、これが私の選んだ生き方なのだから、と自分に言いきかせる。

定住の場所を持たないライフスタイルのおかげで適応力はある。どんな異国に行っても――ザフラトは中でも一番遠い、なじみのない国だった——平気だし、その場所に執着を覚えることなく適応して生きていける。外国の人々に対しても。そして時が来たら次の場所に移る。それが私。

「新しい人と会うのが好きなの。それに、責任を取るのは自分に対してだけでたくさん」

若いアジルはまったく理解できないような顔つきでそんな自分を見ている。あなたはいったい誰を納得させるために話しているの、ベア？

「サイードを呼んで。王様のお召しだなんて、何かの間違いだわ、きっと」王がこのところ誰とも会おうとしないのだということは、ベアトリスも聞いている。

もっとも信頼しているアドバイザーにさえ、タリクを通してでなければ話さないのだという。今日病院で会うまで、彼は病床にあるのだとベアトリスは信じていたほどだ。

ベアトリスが出ていこうとしていることを聞いたのだろう。サイードは彼らしくもなく、招かれる前にずかずかと部屋に入ってきた。

「タリク王子はこのことをご存じなのですか？」

「なぜ彼に言う必要があるの？　彼には関係ないことよ」ベアトリスは顎を突きだすようにして反抗的に答えた。

「同意なさらないかもしれません」

ここでは彼の命令は絶対らしい。「もっともあなたの国の王子様は」スーツケースの蓋を乱暴に閉めて彼女は言う。「すべてが自分の支配下にあると思っているみたいだけど。アジルから王様が私をお呼びだと聞いたけれど、何かの間違いでしょう？」

「いいえ、陛下はあなた様をお召しです」

ベアトリスはぎょっとなって彼を見つめた。「本当に？」サイードの顔を見てうめくように続ける。

「いったいなぜ？」

真面目(まじめ)くさった彼の顔に、笑みに似たものが浮かぶ。「私にはわかりません。お聞きしていませんから」

「聞いていたとしても私に話すはずはないわね。わかっているわ」彼女は自分が着ている服を見おろした。「だったら着替えなければ」

サイードは咳払(せきばら)いをして如才ない口調で言った。

「実は、お召しは緊急を要します」

「つまり、すぐ来いと命令されているわけね」ベアトリスは不安げな大きなため息をついて唇を固く結んだ。「逃げられないなら早くすませるほうがいいわね」有罪宣告をされた被告人のような口調だった。

「なぜなのか見当もつかないけど。飛行機はもう予約してあるとお伝えしてもらえる？」

「それはもうご存じだと思います。この王宮内で起こることはすべて陛下のお耳に入りますので」

「私を怖がらせたくて言っているの？」

サイードは、今度ははっきりと笑ってみせた。

王宮の一番古い建物にある王の私的な居住部分にたどり着くまでに、たっぷり十五分はかかった。なんの目的でお呼びがかかっているのか見当もつかないが、おそらく息子から手を引け、とでも言われるのだろう。黙って聞いていることはない。こっちからも言ってやることはあるわ。

招きいれられた中庭はこぢんまりとしていて、思っていたような威圧感はなかった。白く長い服を着た王は一人きりで彫刻を施した石造りのベンチに座っている。被(かぶ)り物をしていない白髪交じりの髪はライオンのたてがみを思わせた。

ベアトリスが入っていくと、彼は読んでいた本を脇(わき)に置いた。

「ミス・デブリン、お座りなさい。あなたがここに来てしばらくたつようだが、今日までお会いするチャンスがなかった。だが、あなたの……行動については知っていたよ」

タリクが報告したのだろうか？

「タリクは何も言わない」

怖いほど人の心を見抜くタリクの才能は、どうやらこの父から受け継がれたものらしい。「この王宮はスパイだらけなんでしょうか？」ベアトリスは怖くなってそうきかずにはいられなかった。

王は怒った様子も見せずに答える。「他人の耳や目を借りないとね。私は自分の住まいから出ないものでし」

その〝耳〟や〝目〟が自分についてどんな報告をしたのか、わざわざきくまでもなかった。

「息子は……タリクは……彼は」

「彼は」ベアトリスはだんだんつのっていく怒りに耐えかねて、とうとう口をはさんだ。「タリクは、息子さんは……」気持ちを抑えることができなくなった彼女は荒い呼吸を繰り返した。王宮での礼儀など教わったこともないが、自分勝手に閉じこもっていてほかの人にどんな迷惑をかけていると思うんですか、と王に面と向かって言うことが失礼にあたらないはずはない。

「タリクが？」王は穏やかに促した。

「あなたはご病気なのだと聞かされていました。でも……どこも悪くないじゃないですか」

王はなじられて本気で驚いているようだった。

「杖が必要だからなんなんです？」王の横に置かれている杖を、彼女はちらりと見た。「言葉がちょっとばかり出にくいのを気にするのも、自意識過剰だからだわ」

「国民は強い指導者を求めている」

「私は外国人だけど、でも私にもこの国の人たちがあなたを愛していることはよくわかるわ。それを忘れてしまっていいんですか？」

王は瞳を細め、鋭い視線をベアトリスに投げた。

続いて彼の口から出た言葉にたどたどしさはなく、ただ王としての威厳だけが感じられた。

「誰に対してものを言っているのか忘れたのか？」

言いすぎたことはもちろんわかっているけれど、今さら撤回はできなかった。それに、失うものは何もないのだから、怖がる必要もない。

「私にはとても外交官は務まらないのはわかっています。それに……言いすぎたことは謝ります。でもタリクを見てると気の毒になるんです。もちろん彼は頼りがいがあるし、能力もあります。陛下にも彼はきっとそのことを自慢しているでしょう」ベアトリスはそっけない笑い声をもらして髪を両耳の後ろにかけた。「彼は自分にとても自信があるということもよくわかります。そしていつかはすべてが彼の仕事になるということも。でも、まだその時は来ていません」

王はベアトリスに言葉を続けさせていた。一つには、彼に向かってこれほど率直に話す人間が珍しかったからだ。だが、話を聞いているうちにベアトリスの言うことには一片の真実があると思えてきた。それに彼女はこれまでに会った誰よりも表情が豊かだった。王はつい我を忘れ、美しい顔に次々と浮かぶ表情の変化に見とれた。

「タリクはあなたのことも、弟さんのことも心配しています。でもタリクがあんなにたくさん仕事を抱えて大変な思いをしているのに、ハリッドが何も責任を分担せずにプレイボーイのような暮らしをしているのは変です。少しは責任を負わせるのがハリッドのためにもいいことだと思います。ごめんなさい。部外者が余計なことを言って。そうだわ、私を呼ばれたのは何かご用があって……？」

ベアトリスは片方の眉を上げ、真実とはいえ、思ったまま批判してしまって罰せられるのではないか、と思いながら、緊張した表情で王の返事を待った。

「確かに用事はあったが、私が言う前にすべてあなたが答えてくれたよ、ミス・デブリン」

謎めいた言葉の意味がわからずにいるベアトリスに、王はほほえみかけ、何か飲まないかと尋ねた。それは明らかに命令ではなかったので、ベアトリスは不安そうな微笑を返して彼の横に座った。

10

〝父は君とハリッドとの結婚を認めてくれるはずだ〟とベアトリスに言ったとき、タリクはそれを実現させる力が自分にあることを疑っていなかった。

だがその認識は間違っていた。父はかたくなに態度を変えなかった。理路整然と説明してもむだだとわかると、愛する女性と一緒になれなければ弟は終身刑を言い渡されたのも同じだ、それでも心は痛まないのか、とタリクは父を脅した。

「いつかまた誰かを好きになるだろう」

「一生一人の人間しか愛せない人もいます。心の底から気持ちを通じ合える人はそう簡単にいるものじゃない」

父はその言葉を、軽蔑したように笑って聞き流し、どんなことがあっても、何が変わっても、絶対にハリッドとベアトリス・デブリンの結婚には同意できない、と宣言した。

父がベアトリスについて次に言った言葉を聞いて、タリクは親に対する敬意を忘れて言い返し、それは激しい口論に発展した。そして彼は怒りをみなぎらせて荒々しい足取りで父の住居を出た。

向かった先はハリッドの病院だった。ハリッドに今の状態を話し、どんなことがあっても父の気持ちを軟化させるがそれには時間が必要だ、と告げるつもりだった。

部屋に入りかけたとき担当医師が現れ、ハリッドの病状を報告してくれた。

「長期的には後遺症は残らないということですね」

「すっかり治るでしょう」医師は朗らかに言う。

タリクは礼を言うと弟の病室に入った。ハリッドは椅子に座ってにぎやかな下の通りを見おろしながら、携帯電話で何か話している。

彼は静かにドアを閉め、ハリッドの電話が終わるのを待った。

「僕だって愛しているよ、エマ。それは君にも……それに僕らにはもうすぐ……あっ、なんだ……？」

携帯電話をもぎ取られた彼は驚きの声をあげた。

「タリク、いつの間に……？」

「聞こえたぞ」彼はベッドサイドの氷水が入った水差しに奪った携帯電話を放りこみ、厳しい口調で続ける。「エマって、誰だ？」

兄のとがめるような強い視線を避けるようにハリッドは目を伏せた。「聞かれていたのか」

「誰なんだ？」

「仕方がない」彼はそう言うと挑むように兄をにらみつけた。「どちらにしてもこんな芝居を続けるのにはうんざりしていたんだ。エマは僕が愛している人だよ」

心の中では激しい怒りが燃えていたが、タリクは冷たい表情を崩さなかった。「昨日まではベアトリスを愛していたはずのお前がなぜ？」

「エマに会ってさえもらえたら、きっと好きになるよ、タリク」

彼は奥歯を強く噛みしめた。「僕はお前のように簡単に女を乗り換えたりはしない。まさかその子とも結婚の約束をしているんじゃないだろうな。ハーレムでも作ろうっていうのか？」

ハリッドはその言葉に顔を赤らめた。「本当のことを言わせたいのなら教えてやるよ」切羽詰まったように彼は叫んだ。「僕とエマはもう結婚しているんだ。籍は入れた。子どもも産まれるんだ。兄さんと父上の気に入ろうといるまいと関係ない！」

タリクの顔から血の気がなくなった。「本当なのか」

「そうさ。でも……」

「最低なやつだ！」

ハリッドは兄の言葉に含まれている怒りの激しさにたじろいだように見えた。「嘘をつくのはいやだったんだけど、ベアトリスが……」

タリクは鼻孔をふくらませて息を吸いこむと片手を上げて弟を制した。「お前が事故にあったと聞いたときの彼女の顔といったらなかった。そしてお前にずっと付き添ってくれて……」彼は言葉をとぎらせると頭を振り、軽蔑をこめてハリッドを見た。「すでにベッドにいるお前に手は出さないが、元気だったら即刻病院のベッド行きにしてやるところだ」

見下げたように弟をにらむと、タリクはそのまま部屋を出ていった。

ドアを開け、タリクを招きいれたベアトリスは、隣の部屋にあるスーツケースを見られたらと気が気ではなかった。

「今ハリッドのところに行ってきた」

タリクの表情を見たベアトリスは不安になった。

「何かあったのね?」

彼がうなずく。「ああ」

彼女は青ざめてへなへなと椅子に座りこんだ。不安のあまり吐き気さえする。エマはもうこちらに向かっているだろう。ハリッドは大丈夫だと彼女に言ったのに。

「君の思っているような事態ではない」

ベアトリスは顔を上げた。「えっ、彼は大丈夫なのね?」

タリクの顎に力が入るのがわかった。「ああ、元気だ」少なくとも今のところは、だが。

彼女は震える息をゆっくりと吐きだした。「じゃあ、いったい何が……?」

「言いにくいことだが……」黒い瞳をベアトリスに注いでいた彼が、突然背を向け、口の中で怒ったように何かをつぶやいた。

こわばった彼の背を見つめ、いぶかるように額に皺を寄せているベアトリスを尻目に、タリクは部屋の中を行ったり来たりして歩き回り始めた。

「何があったのか聞かせて。そうでないと余計に悪い想像をしてしまうわ」

「彼には別の女性がいた」

ベアトリスはタリクを見つめた。「別の女性?」

軽蔑したように彼は唇をゆがめる。「エミリーというらしい」

事情を察したベアトリスは、やれやれと安心した。

「エマよ」

タリクの眉がぐっと持ちあげられる。「君は知っていたのか?」

「ええ、私の親友よ」

タリクは小さく悪態をついて床にしゃがみ、ベアトリスの顔を正面から見つめてその片手を取った。「もうすんだことだとハリッドに言われているのかもしれないが、それは嘘だ」その口調は優しかった。

「そんなことは言われていないわ。彼がエマを愛していることは私も知っているもの」

タリクは眉を寄せ、黒い瞳を彼女に向ける。「知っている……。それでいてまだ彼と一緒に？」

その口調にベアトリスは思わず赤くなった。「そうじゃないの」なぜハリッドは事情をすっかりタリクに打ちあけなかったのだろうと思いながら、あわてて打ち消す。

だがタリクは首を振り、怒りをこらえるように握りしめたこぶしを額に当てた。「そこまでほれているのか？　ほかの女性と彼を共有してもいいと？　君にはプライドがないのか？　自尊心はないのか？」彼は本気で腹を立てているようだった。「じゃあ、彼がその女性と結婚していることも知っていたのか」

ベアトリスは目を見張った。「結婚？　結婚したの？」

「しかも彼女は妊娠している」

ショックでベアトリスは蒼白になった。「妊娠！」ぎょっとして思わず繰り返す。

「君にとってはこの世の終わりが来たようなショックだろうな」肩に手をかけて立たされたが、ベアトリスは抗わなかった。「でも心配しないでいい」彼はベアトリスの顎に親指をかけ、顔を上げさせた。「君ならどんな男だって手に入れられる」

優しさがこめられたその言葉を聞くと急に涙が湧いてきて、ベアトリスの頬を伝った。「どんな男でもよくなんかないわ。私が望む人はこの世の中で一人だけ」

涙に濡れた瞳を見おろすタリクの胸に、熱い怒りが湧いてきた。ベアトリスの腕をつかんだ手に力が入る。「それは嘘だ。現に君は僕を求めたじゃないか」

どうしよう、彼に真実がわかってしまったんだわ。声にならない声をあげるとベアトリスは逃げようとしたが、タリクに乱暴に引き戻された。体が激しくぶつかり合い、その拍子にベアトリスの肺から激しく息がもれた。タリクの全身から発散されている怒りが伝わってくる。

「ハリッドに対する純粋な思いとは違うかもしれないが、君は僕を求めたじゃないか。今も求めているじゃないか」

触れ合いそうなほど体を寄せて、二人は見つめ合い、荒い息をついていた。

「私……」胸が苦しくて言葉が出ないまま、ベアトリスは頭を左右に振った。

「否定できるものなら嘘だと言ってみろ！」

彼女はそれを聞くとぐいと顔を上げ、怒りに光る瞳をさらに輝かせてその残酷な挑戦に応じた。「言えないわ。それを聞いて満足した？」

だがタリクは喜んでいるようには見えなかった。それどころか、さらに怒りを駆り立てられたように端整な顔を引きつらせ、燃えるような目で上向きになったベアトリスの顔を見つめている。

ベアトリスの怒りは急になえていった。息づかいが速くなり、鼓動が乱れる。今にも糸が切れそうな緊張した空気が張りつめ、二人は互いを強く意識したまま無言で見つめ合った。

「僕があいつを忘れさせてやる」

11

　ベアトリスの背筋を悪寒にも似たものが走った。

あなたなら、私に自分の名前さえ忘れさせられるわ。罪深い美しい顔を見ると彼を求める思いが胸いっぱいになるが、かなわない恋だと思うと絶望で体から力が抜けていく。

「あなたになら、それができるわ」

　彼の瞳に猛獣を思わせる輝きが宿るのを見て、ベアトリスはかすかな希望に体を震わせた。

「僕の美しい人」頬に触れようとした彼の手を、彼女は両手で捕らえ、手のひらにキスをした。目を閉じ、タリクが鋭く息を吸いこむのを聞きながら労働のためにざらついている手のひらに唇を寄せた。

　そのまま目を開けてタリクの目を見る。熱い欲望をそこに認めて、ベアトリスは息を詰めた。自分を制そうとしたが、彼が欲しいという思いが全身に満ち、どうすることもできなかった。けれどもこれ以上状況が進まないうちに、とにかく本当のことだけは話しておかなければならない。

「ハリッドは……」

「あいつは大嘘つきの最低な男だ。それなのに君はまだあいつを愛している。それは知っているが、少なくとも僕のベッドにいる間はあいつのことを考えずにいられるよ」

　ハリッドを愛していると思われていること自体が信じられなかった。タリクへの熱い思いは、ネオンサインのように自分の額に輝き、誰の目にも明らかだと思っていたのに……。

　もちろん、それをタリクに悟られていないのはありがたい。でもハリッドとのことを誤解されたままでは困る。

「いいえ、違うの。タリク、私は……」

その唇をタリクが指で封じた。「君を抱きたい」

彼が体を寄せてきた。ベアトリスは視界がぼやけたまま、温かい彼の香りを吸いこんだ。彼の存在に満たされて、説明をする気持ちが失われていく。

「タリク、私も」

ベアトリスの視線を彼はしっかりと受けとめた。心の炎を反映して燃えているような熱い瞳の奥で、無数の銀色の炎が躍っている。「僕が君の心を癒してあげよう。ハリッドなど忘れてしまえ」

いいえ、あなたは私の心を引き裂くことになるわ——それでもかまわない。「何も忘れたくない。あなたのこともよ」

そう、この思い出を一生の宝物として心の支えにしよう。タリクこそ自分が待っていた人だと、今ははっきりわかっている。彼が現れるまでは、自分が誰かを待っていたことさえ気がつかなかったけれど。

タリクの唇は熱かった。強く唇を押しつけたまま、彼はソファに置かれていたたくさんのクッションを片手で床に払い落とし、ベアトリスをそこに横たえた。

唇を重ねながら器用に彼女のシャツのボタンをはずす。ベアトリスは彼に応え、しがみついたまま、自ら唇を開いて官能的な動きをしている舌を迎えいれた。シャツの前が開かれると熱い肌にひんやりとした空気が触れ、彼女は思わず身を震わせた。彼の手が敏感になっている肌に触れると、その震えはすぐに熱を帯びたような激しいものに変わった。

ベアトリスは耐えきれなくなって彼のズボンのウエストから手を入れ、シャツの下の肌に触れた。

タリクの唇が白い喉を下がっていくと、彼女は体をしなわせてうめき声をあげた。「あなたを感じたいの。肌と肌で」

耳元でそうささやかれたタリクは体を浮かせてシャツを、次にズボンを、そして下着を脱ぎ捨てた。

ベアトリスに視線を戻した彼は、自分の心臓が稲妻のようにとどろいているにもかかわらず、押し殺したような彼女のあえぎをはっきりと耳にした。

片手を頭の上に投げだして横たわり、胸元を大きく上下させているベアトリスに見つめられると、彼の衝動は限界に達した。

震える手で彼女の服を脱がせ始める。絹のように滑らかで柔らかく、起伏に富む体が現れた。このままベアトリスを征服したいという気持ちを抑えるには強い意志が必要だった。

タリクの原始的で生々しい、完璧な美しさはベアトリスの胸を打った。感動のあまり、胸がえぐられるような気さえする。こんなに完璧な、どんな女でも手に入れられるに違いない男性が、自分を見てどう思うだろうか。彼女は一瞬不安になった。

フロントホックのブラがはずされると、柔らかな、それでいて形の崩れていない胸があらわになる。

「すごく……きれいだ」

畏敬の念をこめたようなつぶやきを聞いて、ベアトリスは安堵したが、それはすぐに歓びに変わった。彼の手が胸を捕らえ、唇が小さく震えるピンク色の先端を覆ったからだ。彼を求める思いと本能に導かれた衝動が、わずかに残っていた抑制を押し流していく。

「これはどうだい？　じゃあ、これは？」低い声でささやきながら、タリクはじらすように、丁寧にベアトリスの体に触れていく。彼女の頭のあたりに置いた片手で自分の体を支え、片脚はすでに彼女の両脚の間に差しこまれていた。ベアトリスは耐えきれなくなり、喉の奥で泣くような声をあげた。

下唇を噛んで手を彼の肩に置き、金色に輝く肩から、太腿の震える筋肉へとその手を移動させていった。その間も彼の目から視線がはずせない。溶けた溶岩のように熱い瞳が、ベアトリスの頭をくらくらさせた。

「あなたがすることは全部、とてもいいわ。そこも」彼の手が脚を分けて滑りこみ、動き始めると、ハスキーな声で彼女は言った。

目を閉じて肌に広がっていく熱さを味わう。今まで一度も他人に触れられたことがない部分を彼にゆだね、快感に身を任せているうちに、これ以上耐えられなくなってきた。「もうだめ」

「黙って。何も言わなくていい」

じきにベアトリスは限界に達し、身をよじって満たされることを求め始めた。同じように限界に来ていたタリクはほっとした。彼女ほど敏感な女性は初めてだ、と彼は思った。女性に対して優しい愛情と欲望を同時に抱くのは、彼にとって生まれて初めての経験だった。

だが今は所有し、征服したいという思いが熱く彼の血をたぎらせている。本能的で原始的なその願望に、これ以上逆らうことはできそうもなかった。

その思いはベアトリスも同じだった。

その数秒後だった――ベアトリスが未経験だということに彼が気づいたのは。

「力を抜いて」そのまま続けたい衝動を必死で抑え、彼はありったけの意志の力で勝手に動こうとする体を制御して動きを止めた。

「大丈夫。私……」ベアトリスがうめく。

「君につらい思いはさせたくない。僕に任せて」ゆっくりと侵入すると、自分が彼女に包みこまれるのがわかり、タリクは思わずあえぎ声をあげずにはいられなかった。

ベアトリスはそんな彼の肩に顔を押しつけて何度も切なげに彼の名を呼んだ。まぶたにキスをすると、汗ばんだ肌に置かれた彼女の手に力が入るのが感じられる。

ベアトリスが確かに歓びを覚えたことを確認するまで、タリクは耐えた。

最後の官能の名残が去ったあともずっと、二人は体を離さず、手足を絡ませていた。温かな息が混ざり合っている。不思議なことに、ベアトリスにとっては実際の行為よりも、そのあとのうっとりとした余韻に身を任せているときのほうがずっと親密な、すばらしいものに思えた。

自分の内部から彼が去るのを感じて、満足しきって恍惚状態をさまよっていた彼女は初めて我に返った。目を開け、問いかけるようにタリクの瞳をのぞきこむ。

「大丈夫だったかい？　痛くはない？」答えを待つ彼の頬が赤みを増した。

「いいえ」

タリクはベアトリスにキスをした。「今度はもっとゆっくり時間をかけて、君に感じさせてあげるよ」

そのとおりになった。ベアトリスは長い、優しい彼の愛撫に二度も頂点に導かれ、泣き声をもらした。タリクは懇願に応え、彼女をこれまでよりもさらに激しいうねりの中に引きこんだ。

「ありがとう」タリクの腕の中で体を丸めて、ベアトリスはささやいた。

彼はとても貴重な贈り物をくれた。これを一生大切に、心の中にしまっておくわ。引きこまれるような眠りに落ちたベアトリスが目を開けると、タリクの顔が視界に飛びこんできた。

「弟を愛しているのに、なぜ一度も抱かれなかったんだ？」

穏やかな問いかけだったが、それを聞くとベアトリスの顔から夢見るような微笑が消えた。もう少しで〝私はあなたが好き。これからもずっと〟と言ってしまいそうだったが、舌がしびれ、その愛の言葉が口から出る心配もなくなった。

タリクは頬を小さく引きつらせ、筋肉に覆われた黄金色の背をベアトリスに向けて、彼らしくなく力のない声でもう一度言った。「どうなんだ?」

「私とハリッドは恋人でもなんでもないの」

タリクは目を閉じ、手首の根元を頭に押しつけた。しばらく続く沈黙に気づかないように何か考えつづけていた彼は、聞こえるか聞こえないかの小さな声でやっと言った。「まさか……。どうしてそんな……」

「私の友だちのエマとハリッドは……」

エマ。そうだ、エマといったな。彼は深呼吸をした。「じゃあ、君とハリッドはまったくなんでも……」まだ信じられなかった。

自己嫌悪と呵責（かしゃく）が果てしなく続くかと思えたあの苦しい時間を思いだすと、思わず苦い笑いがこみあげてくる。

これほど皮肉なことがあるだろうか。

「だからあなたにお金を差しだされたとき、本当に腹が立って……」だがシャツのボタンをはめようとしているタリクの手がひどく震えていることに気づいたベアトリスの視線はそこに釘（くぎ）づけになり、言葉は失われた。

二人の視線はほんのわずかの間絡み合ったが、先に目をそらしたのはタリクだった。私と目を合わせることに耐えられないのだわ、とベアトリスは思った。いっそ死んでしまいたかった。

ベア、何を期待していたの? あなたは最初に会ったときからタリクに嘘をつきつづけてきた。それぱかりか自分自身にも。確かにこの国に来たのは友だちを助けるためだったけど……。でもタリクにもう一度会いたいと思ったことや、彼と同じ空気を吸いたいと思ったことも否定できないはずよ。

「エマとハリッドは、あなたに結婚を認めてもらえるはずはないと言って怖がっていたから、私が一肌脱ごうと決めたの。復讐も兼ねて」

「じゃあ、君が自分からこの芝居を？」

今度はベアトリスが目を伏せる番だった。きっと彼は私のことがいやになるわ。

「ここに私を連れてきて、とハリッドに頼んだの。最悪な花嫁候補を演じてみせたら、次に現れるエマは完璧な相手に見えるだろうと思ったから。実際、彼女は……非の打ち所がない女性だわ。私とは全然違うタイプのね」

苦い笑いが自然とタリクのお腹の底から湧きあがってきた。「ベアトリス、君と同じ女性なんか二人といないよ」

苦悩を浮かべた瞳を一瞬彼女に向けて、彼は立ちあがった。

ベアトリスに背を向けたまま、タリクは普段の彼らしくない、ぎこちなく、おぼつかない手つきで服を身につけた。

「タリク、何か言って」ベアトリスは彼の行動に狼狽して懇願した。

「結局、君は僕に一泡吹かせたかった。そして僕はまんまとそれに引っかかった」

「あまりひどいことを言われたから……。それに、こんな展開になるとは思ってもみなかったの」それはベアトリスの心からの叫びだった。「信じて、こうなるように仕組んだんじゃないわ」

「初めから僕の誘惑に乗るつもりではなかったことは信じる」

「誘惑されたとは思っていないわ。あなたに愛してもらったと思ってる。とてもすばらしい形で」かすれた声で締めくくると、彼女は急いで視線をそらした。

だがタリクは見てしまった。そこに宿る真実を。

ベアトリスを腕に抱きとり、自分の心のうちを明かしたい思いに駆られたが、彼はその衝動に耐えた。

僕は順序を間違えて事を運んでしまった。なんとかして早くそれを正さなければ。そのうえで晴れてベアトリスに申しこみたい。彼女が得るべきものを与えてあげたい。

「タリク？」

「僕には……しなければいけないことが……」

一瞬、二人の目が合った。タリクはそれ以上何も言わなかったが、ベアトリスには容易に彼の次の言葉が想像できた。彼は私から離れたがっている。すべてがわかった今、できる限り遠くに。

どなったり、叫んだりして責められたほうがまだましだった。だが彼はただベアトリスを見つめている。それは数時間も続くように思えた。そしてタリクは立ちあがり、無言のまま立ち去った。

12

飛行機がロンドンに到着したのは早朝だった。パリでの乗り継ぎ便の待ち時間は十時間から十二時間に延長され、到着したときには疲れ果てて歩くのもやっとだった。感覚さえなくなったような疲労感をもたらしているのはそれだけではなかった。ゆっくり寝ても回復することのない、精神的な疲れがベアトリスを襲っていた。

入国管理の列に加わったものの、暗い顔をして考えにふけっていたベアトリスは、横に立った人物に気がつかなかった。二度目に声をかけられて初めて、自分が呼ばれていることに気づく。事務所に来るようにと言われたときも、不審には思ったものの警戒心は持たなかった。

「何かの間違いでは……私、ベアトリス・デブリンですが」パスポートを見せて彼女は言った。

男はそれを見ようともしない。「わかっています、ミス・デブリン。あなたに用があるんです」

「用って……なぜ？」通りすがりの旅行客が不審そうなまなざしを送ってくる。

「ご心配なく。たいしたことではありません」

そうかもしれないが、彼女は不安だった。だが連れていかれたのは事務所ではなく、豪華なラウンジだった。

「こちらでお待ちください」

ほかに何か尋ねる前に彼は去っていってしまった。

ベアトリスはのろのろと革張りのソファに腰を下ろし、快適な部屋の中を見回した。

私は何も悪いことはしていないと思うが、悪い事態を考えずにはいられない。なぜ何もきかないで黙ってあの人についてきてしまったのだろう。今度彼が戻ってきたら、おとなしく言うことを聞いたりしないわ。

何があるのか知らないけど、どうでもいいようなちょっとしたことに決まっている。私は悪いことはしていないもの。もし何かしたとしたら、自分にふさわしくない男性に恋をしてしまったことだけ。別に法に触れる行為じゃない。そんなことが罪になるのなら、きっと女性の半数は監獄行きだわ。

彼女は立ちあがると鏡張りの壁に近づき、そこに映るよれよれの自分の姿に顔をしかめた。青ざめた顔をそっとなで、乱れた髪を直しながらふと、この鏡の反対側がガラスで、誰かに私の姿を見られていたら、と考えた。

映画の見すぎかもしれないけれど、向こう側で誰かが自分を見ているかも、と思うと背筋が寒くなる。

彼女は自分の妄想を笑いとばそうとした。ばかね、しっかりしなさい。

「ベア、あなたの被害妄想だわ」声に出して言ってみる。

もう一度腰かけようとしたとき、ドアが開いた。

いったいどうなっているの、と尋ねようと心に決めて、彼女は勢いよくそちらの方を見た。

「やあ、ベアトリス」

顔から血の気が引き、地面がぐらりと、それも大きく、傾いたような気がした。「あなたがここに……なぜ……どうやって？」

黒いジーンズとシャツを着たタリクが立っていた。ドアのフレームの中にいる彼は、背が高く、男らしく、うっとりするほどハンサムに見える。

「飛行機で。君よりも早い直行便で」その黒い瞳は魂まで射抜こうとするかのようにベアトリスに注がれていた。「理由のほうは……」彼がゆっくりと微笑を浮かべると、ベアトリスの心臓は跳ねあがり、鼓動を速めた。

彼はたったの二歩でベアトリスに近づき、彼が目の前にいることがまだ現実だと認識できずにいる彼女の顔を両手ではさみ、唇を重ねてきた。

ベアトリスの小さな叫びは彼の口に吸いこまれてしまう。キスが激しくなると彼女は生命のすべてが彼に吸いとられてしまうのを恐れるように、タリクのシャツの前をつかみ、しがみついた。彼の中にある欲望以上の切羽詰まった思いを感じとって、彼女はそれに応(こた)えるように自分からもキスを返した。

やっと唇が離れると、彼は鼻先をベアトリスに押しつけたまま大きく息をついた。「今ので、君の質問の答えになったかな？」

ベアトリスはまだぼうっとしたまま彼の肩から顔を上げ、細面の顔を見た。キスをするためにここまで追いかけてきたとはとても思えない。

「いいえ。でも、とってもよかったわ」

「よかった、なんていう言葉で片づけてほしくないな」うめくように彼が言うのを聞いて、ベアトリスの胸はときめいた。

彼が再び近づく。全身の細胞が彼の唇を求めてはいるものの、彼女は顔をそむけた。

「あなたは来てはいけなかったのよ」

ささやくような言葉を聞いたタリクはベアトリスの髪に指を差しいれて首筋から持ちあげ、耳のそばの敏感な肌に唇を押しつけてきた。その快感に、彼女の体を震えが走る。「いや、来ないではいられなかった。僕が君を黙って行かせると思うのか？」信じられない言葉だった。

「早く行って。私、何かで捕まったみたいなの。いつ彼らが戻ってくるかわからないわ」ベアトリスはとまどうような視線をドアに向けた。「あなたまで巻きこまれたら大変なことになるわ」

「誰も僕を捕まえることなどできないよ」その口調の優しさに、ベアトリスは泣きそうになった。

「そうかもしれないけど、でも……」首筋に顔を押しつけられ、顎を指先でなでられて、ベアトリスは思わず目を閉じた。

「君がここにいることが、どうして僕にわかったと思う？」

ベアトリスはそれを聞いて目を見開き、思わず声をあげた。「じゃあ、あなたなの！　あなたが私をここに連れてこさせたの？」

「権力の濫用と言われても仕方がないな」口ではそう言ったものの、タリクは悪いとは思っていないようだ。それどころか、自分がしたことに満足しているように見える。

「私、怖かったのよ。どうなるかと思って。みんなに犯罪者を見るような目で見られるし……」さっきまでの気持ちを思いだして、彼女は顔をしかめた。

「怖がらせてしまったのは謝るよ。でもせっかく僕の手元にいた君を、このままどこかに行かせてしまうことはできないと思った。逃げてしまったと知ったとき、僕がどんな気持ちになったかわかるかい？」彼は顔を伏せたが、ベアトリスはそれよりも早く、彼の苦悩をその表情から読みとっていた。

「逃げたわけじゃないわ。ただ飛行機に乗っただけよ」こみあげてくるすすり泣きをもらすまいとしたが、だめだった。絶対にタリクに愛されることなどありえないと思っていたが、うとまれていると思いながら彼のもとを去るのは、ベアトリスにとってとてもつらいことだった。

だが、そうではなかったらしい。これほど疲れていなければ、彼の言葉の意味を理解することができただろうが、頭が働かず、彼が本当のところ何を言いたいのかがよく理解できない。

ベアトリスの苦しげな泣き声はナイフのように鋭くタリクの胸を刺した。「泣かないでくれ。何があっても君を泣かせるようなことはしたくない」

ベアトリスはティッシュを取りだして鼻をかんだ。

「教えて。なんのために私を追いかけてきたの？ただキスするためにじゃないでしょう？」

タリクは落ち着かない様子で視線を移動させ、彼女のふっくらした唇に向けた。「いや、キス以上のことを僕は期待していた」

「キス以上のこと？」ベアトリスは復唱した。また彼によって傷つくんだわ、と思うと腹が立ったが、そうなることは目に見えていた。なぜなら彼に対して抵抗することなど不可能だったから。彼に求められたら、どんな結果になろうと逆らえない。

タリクのことになると、私は理性も分別もなくしてしまう。

「あなたにはついていけないわ」ベアトリスはもやもやした気持ちを爆発させるように、一気に言った。

「最初は私をハリッドと結婚させまいとした。そのためならどんな手段でも使おうとしたわ。それが急に変わって、今度は私とハリッドを結婚させようとした。そしてつい何時間か前には……」彼女は叫ぶように続ける。「ベッドに私を残して逃げるように去っていった。それなのに飛行機でここまで私を追いかけてきたというの？　キスをするために？　いいえ、キス以上の行為を求めるために？　何がなんだかわからないわ」

タリクは熱っぽく吐きだされる言葉を聞きながら涙の跡の残るベアトリスの顔に浮かんでは消えるさまざまな感情を見守っていたが、彼自身はなんの感情も顔に出さなかった。ベアトリスがしゃべりおえても動きもせず、黙って立ちつくしたまま黒い瞳で彼女を見ていた彼は、突然シャツの胸ポケットに手を入れ、畳んだ紙切れを取りだすと、それを開いて皺(しわ)を伸ばし、彼女に差しだした。

いぶかりながら受けとって見てみると、それはフランスの浜辺で撮られたスナップ写真だった。

「この写真を見たときから、僕は理性的な判断ができなくなった」

ベアトリスの視線がはっとしたように彼に移される。そんなことを考えてはだめ、と彼女は自分に言いきかせる。彼をだまそうとした私をタリクが許すはずはないわ。

「本当だよ。この二人の女性のうち、ハリッドが好きになった女性がどちらなのか、僕は迷わずきめつけた。弟がほれたのは絶対に君だと思った。それは、僕自身が君に魅力を感じたからだ」

正直な気持ちがこめられた強い口調に、ベアトリスは雷に打たれたように立ちすくんだ。

「僕は会う前から君にほれたんだ。そして実際に会ったら……」

「私を憎んだわ」

彼は首を振る。「憎みたいと思った。最初は、すべてハリッドのためを思ってやっていることだと自分を納得させようとした。だが実は僕の動機はそんな崇高なものではなかった。自分の行動の本当の理由に気づいて、僕は自己嫌悪に陥った。それで自分を罰するために、事態を収拾しようと思った。良心の呵責(かしゃく)をなくすために、ハリッドを君から遠ざけようとしたんだ。僕のせいで弟はもう少しで死ぬところだった。そして君は愛する男性を失うところだった。いや、あのときは、僕はそう思っていた」

彼が差しだした両手を、ベアトリスはほんの少しだけためらってから握り返した。温かく力強い指がしっかりと彼女の手をつかむ。

「僕は嫉妬(しっと)していた」

いろいろな思いがこみあげてきて、ベアトリスは懸命に涙をこらえた。この誇り高い男からそんな正直な告白をされるとは、想像もしていなかった。

「君を僕のものにしたかった。僕以外の誰にも所有させたくなかった。特に弟には」彼は自虐的に顔をゆがめた。「もっと悪いことに、君は僕が最初に思っていたような冷たい、計算ずくの野心家ではなかった。君は王宮に来てすぐに、みんなの心を捕らえ、子どもを助けた。僕は判断が間違っていたことを思い知らされた」ベアトリスの表情に気づいて、彼は付け足した。「子どものことはサイードに聞いたよ」

「彼は……あなたのスパイだったの？」

「君の人間性に魅せられてからは、その彼も僕を批判するようになった。そしてハリッドの事故のあと君が見せた態度を見て、僕も君がすばらしい、心の温かい、愛すべき女性だと認めないわけにはいかなくなった」

ベアトリスの心は舞いあがった。「私が？　すばらしい？」

「そうだよ、僕のかわいい人。君は信じられないくらいすてきな女性だ」

「今……今なんて言ったの？」

「君にも僕の気持ちはわかっていただろう？」父親でさえ、僕が彼女を好きなのを察知していた。彼女にそれがわからなかったはずがない。お前の思いは誰が見てもわかる、とあの父が言ったくらいなのだ。

「今みたいな言い方で私のことを呼んでくれた人はこれまで一人もいなかったわ」

「本当に？」

「ええ、それにそう呼んでもらいたいと思うような人にも巡り合わなかった」

「で、今は？」

ベアトリスはまっすぐに彼を見た。「あなたのかわいい恋人になりたいわ」

彼の瞳に宿った勝利の表情には安堵が混じっていた。「妻には？」

ベアトリスは青くなって彼を見つめる。「それ、プロポーズ？」


なぜそんな当たり前のことをきくのかと言いたげにタリクは言った。「もちろんそうだ」

「そんな。だめよ。私たちまだ、会って二週間ほどしかたっていないわ。しかもその間あなたは、私を憎むか、そうでなければ弟と結婚させようとしていたのよ！」

「そう、二週間の間にずいぶんいろいろあった」淡々と彼は言った。「人はいつ人を愛するか、誰を愛するか、自分で選べると僕は思っていた。だが自分がどんなに尊大で愚かな人間だったか、思い知らされたよ」

「本当に私と結婚してもいいと？」そんなことが許されるはずはない。彼の父が不釣り合いな自分との結婚を許すはずはないと思うが、それでもタリクが自分を望んでくれることはうれしかった。

恋人でも愛人でもかまわない。そばにいることさえできれば、形式などどうでもいい。ベアトリスにとって大切な唯一のことは、タリクから愛されているという事実だった。

「私は家族というものを持ったことがないの。誰かの人生にとって大切な人間だったことも一度もない」話すうちに涙で声が詰まった。

　家庭を知らない孤独な少女を思うと、タリクは胸がつぶれるようだった。彼女はずっと一人で生きてきて、傷つきやすい心を微笑と強気な性格の後ろに隠すことを学んだのだろう。「今は違う。君にはもう家族がいるよ」

　ベアトリスは悲しげに小さくほほえんだ。「あなたさえいてくれたら、私はそれでいいの。結婚は……現実的だとは思えないわ」彼は私がこう言うのを聞いて、きっとほっとしているだろう。「私がハリッドと結婚するのを認めなかったお父様が、あなたとの結婚を認めるはずがないわ」

「父はもう許してくれた」

　彼女は当惑した梟のように目を丸くした。「えっ？　まったく予想もしていなかった言葉だった。それは……嘘」彼女はただ頭を振るばかりだった。

「僕の言うことが信じられない？」怒るべきなのか、笑うべきなのか、タリクにはわからなかった。「あのとき君をベッドに残して、僕がどこに行ったと思う？」

「だって……あなたは怒って……私があなたをだましていたとわかったから……」

「だまされていたと知ったら、男は自分を恥じ、プライドを傷つけられるものだ。だがあのとき僕はもっと大事なことを考えていた。僕は過去の男たちを忘れさせようと思って君を抱いたのに、君には過去に男がいなかったことがわかった。君は僕が初めてだった。最初の男だったと知って、君がこれまで大切にしてきたものを与えられたと知って、あのとき僕は動揺した。そして君をちゃんと僕の妻にしたいと思って、父のところに行ったんだ。けんかになるだろうと思ったが、それも辞さないつもりだった。だが父の反応は僕を驚かせるものだった」

ベアトリスは首を振った。「許してくださったの？」

「それどころか、君と結婚するべきだと言ったんだ。すでにそのことを考えていたらしく、孫が欲しいから今後は僕の政務の負担を軽くしようとも言ってくれた」

「赤ちゃん……」そんなところまで考えてもいなかったベアトリスは、うっとりとタリクを見つめた。

彼はほほえんで、彼女の顔に紅がさすのを見守った。「どうだい？」

太陽に照らされたように彼女の表情が輝く。「とてもいい考えだわ。でもまだ信じられない。お父様にとっても失礼なことを言ったのに」

タリクは面白がっているようにその告白を聞いた。

「いつかゆっくりその話を聞かせてもらいたいな。だがそれよりも先に、僕と結婚するという言葉を聞かせてくれないか」

ベアトリスは背伸びをして彼の顔を両手ではさんだ。「愛しているわ、タリク・アル・カマル。ほかの何よりも、あなたの妻になりたい。でも、本当にいいの？」彼女は顔を曇らせた。「私、口を滑らせてばかなことを言ったりするわ。それに……」

彼はベアトリスの唇を指で封じた。「僕が欲しいのは妻で、外交官じゃない。それに君が何を言っても、僕は気にしない。なんでも好きなことを言えばいいんだ。その中に〝愛してる〟という言葉さえ含まれていればね」

「それなら約束できるわ」輝く瞳が、どんな言葉よりも雄弁に彼女の気持ちを物語っていた。

「よかった」彼はそんなベアトリスの腰に手を滑らせ、自分に引きよせた。「話はこれで終わりだ。今君にキスしなかったら死んでしまいそうだよ」

「キスをしないせいで死ぬ人なんかいないわ」からかうように言うと、彼女はタリクの頬を指でなぞった。

「僕はそんなことを試してみるのはいやだね」タリクはその手を取り、唇を近づける。笑みが消えた瞳で、彼はベアトリスを見た。「ベアトリス、君なしでは生きられないとは言わないが、君がいない僕の人生は半分の人生でしかない。君がいて初めて、僕は自分の人生をちゃんと生きられる」

その言葉に胸を突かれて、ベアトリスの瞳に涙があふれた。爪先立って、ベアトリスは彼の唇に優しくキスをした。

「あなたは私が知っている人の中で最高の人だわ。私は今まで、誰の力も借りず、一人で生きられることを誇りに思ってきた。でも今は、あなたを必要としている自分を誇りに思うわ。私を家に連れて帰って、タリク」

「ザフラトへ？」

「私の家は」ベアトリスはにっこりと笑った。「あなたがいるところよ――どんな場所でも」

伯爵との消えない初恋

Not Just a Seduction

キャロル・モーティマー

堺谷ますみ 訳

キャロル・モーティマー

ハーレクイン・シリーズでもっとも愛され、人気のある作家の一人。14 歳の頃からロマンス小説に傾倒し、アン・メイザーに感銘を受けて作家になることを決意。コンピューター関連の仕事の合間に小説を書くようになり、1978 年に見事デビューを果たす。以来、数多くの作品を生み続け、2015 年にはアメリカロマンス作家協会から、その功績を称える功労賞を授与された。エリザベス女王からも目覚ましい活躍を認められている。

主要登場人物

シルヴィアナ・ムーアランド……アンプシル伯爵未亡人。愛称シルヴィ。
ジェラルド・ムーアランド……シルヴィの夫。アンプシル伯爵。故人。
クリスティアナ……シルヴィの娘。
クリスチャン・アンブローズ……シルヴィの元恋人。チャンボーン伯爵。
ジョスリン・アンブローズ……クリスチャンの祖母。
シスリー・ホーソン……ジョスリンの友人。
イーディス・セント・ジャスト……ジョスリンの友人。
エレノア・ローズウッド……イーディスの遠縁の娘。愛称エリー。

1

一八一七年四月
ロンドンのレディ・シスリー・ホーソーン邸

「二人とも、わたし抜きで孫に嫁を見つける話を始めていないでしょうね？」ロイストン公爵未亡人イーディス・セント・ジャストは、客間に足を踏み入れるなり言った。ソファに座ってなごやかに会話を交わしている親友二人を、貴族的な高い鼻の上から見おろして眉をひそめる。

「そんなこと、考えもしなかったわ、イーディス」この家の女主人シスリーが立ちあがり、客のおしろいをはたいた両頬に温かく挨拶のキスをした。

「もちろん、まだ話していないわ」チャンボーン伯爵未亡人ジョスリン・アンブローズも、笑みを浮かべて立ちあがった。

　三人の女性は、ともに十八歳でそろって社交界にデビューしたときから五十年来の親友だ。友情は結婚後も続き、三人同じ年に母になり、祖母になった。そして夫の存命中は少なくとも週に一回、未亡人となった今は週に二、三回はこうして集まっている。

　イーディスは友人たちの答えに満足そうにうなずき、同伴してきた話し相手（コンパニオン）の若い娘を振り返った。

「エリー、ミス・トンプソンとミセス・スペンサーの針仕事のお仲間に入れてもらいなさい」

　エレノア・ローズウッド——エリーは、義理の大おばであり保護者でもある貴婦人に軽く膝を曲げてお辞儀をすると、小部屋の窓辺で静かに裁縫をしているコンパニオンの二人に歩み寄った。二人は十九歳のエリーよりかなり年上だが、ここ一年間ずっとそうしてきたように、今日も歓迎の笑みを浮かべて彼女を受け入れた。

公爵未亡人の温情がなければ、わたしは金持ちの愛人になるしかなかったかもしれないわ、とエリーは思う。母と継父が亡くなったあと、自分は一文なしで、しかも膨大な借金があるとわかったのだ。家も何重もの抵当に入っていた。甥(おい)の不始末を知ると、レディ・イーディスはすぐさま残された甥の継娘エリーのもとへ駆けつけ、借金をすべて清算した上でコンパニオンとして自宅に引き取ってくれた。雇われて一年、エリーは大おばの厳しい外見の裏には優しい心が隠れていると気づいていた。

あいにくイーディスの孫は違う。現ロイストン公爵ジャスティン・セント・ジャスト卿(きょう)の傲慢で冷酷な外見は、鋼並みに硬く非情な内面の表れだ……。

「こんなこと、本当に賢明だと思う?」レディ・シスリーがためらいがちにきいた。「わたしがあの子に内緒で嫁を見つけてあげようと企てていると知ったら、アダムはきっとすごく機嫌が悪くなるわ」

イーディスは火を入れていない暖炉脇の椅子に座り、貴族的な高い鼻をふんと鳴らした。「何を企てようとわたしたちの勝手よ、シスリー。ただし、わたしたちが選んであげた嫁を気に入るかどうかは孫たちの勝手だけれど。それに孫息子は三人とも、もう二十八歳になっているのよ。ところが二人はいまだに結婚したことがなく、残りの一人は長年再婚する気配を見せないまま。そして全員が、毎年社交シーズンが訪れるたびに鼻先を練り歩く若く美しい娘たちの列に目もくれない」

「だからって文句を言えるかしら? 若い娘たちは毎年ますます愚かになっていくみたいなのに」シスリーは顔をしかめた。

「若い娘の愚かさは今に始まったことではないわ」

イーディスも顔をしかめた。「うちの嫁も、息子のロバートと結婚したとき十八歳で、やはり愚かだったわ。その一年後に生まれた、わたしのたった一人の孫息子にジャスティンなんて名前をつけたのよ。姓がセント・ジャストなのに！　孫たちには、もっと分別のある嫁を見つけてやらなくては。将来の跡継ぎの母親になる女性ですもの」

シスリーは納得していないらしい。「でもアダムは、怒るとそれは冷たい態度をとるのよ……」

友人の気持ちをなごませようと、ジョスリンがわざと渋面を作ってみせた。「残念ながら、例によって今回もイーディスが正しいわ。孫たちがふさわしい結婚をするのを見たければ、わたしたちがお膳立てするしかないでしょうね。あの子たちも、きっといつかは感謝してくれるはずよ。それに……」ジョスリンはおずおずと言い添えた。「実は明日の夜うちで開く舞踏会で、すでにある計画を進めているの。クリスチャンの将来のためにね」

「計画？」イーディスが険しい眉を上げた。

「まあ、ぜひ教えて！」シスリーがわくわくした声で促した。

うわべは裁縫に集中しているふりをしつつ貴婦人たちの会話に熱心に耳を傾けていたエリーも、レディ・ジョスリンの言葉に興味津々だった。エリーに言わせれば、レディ・ジョスリンの孫は恐ろしいまでに皮肉屋で、人生に倦み疲れた様子なのだ！　そんな孫を、いったいどうやって結婚させるつもりかしら。現チャンボーン伯爵クリスチャン・アンブローズ卿を……。

2

「きみが純潔を……失っていることを、初夜の床で年配の花婿殿にどう釈明したんだい？」

シルヴィアナ・ムーアランド――シルヴィは、背後から聞こえる低くあざけるような声に背筋をこわばらせた。チャンボーン伯爵未亡人のロンドンの邸宅で、蝋燭（ろうそく）の明かりに照らされた舞踏室に一人ぽつんと立っていたときのことだ。声の主はすぐ近くに立っている。近すぎて、こめかみや真珠を飾った耳たぶのあたりのほつれ毛が、彼の温かな吐息にかすかにそよぐほどだ。たくましい体の発する熱が、絹のドレス越しに感じとれる……。

三十分前、シルヴィは伯爵未亡人主催のこの舞踏会にやってきた。そして冷淡で傲慢な現チャンボーン伯爵クリスチャン・アンブローズ卿（きょう）が祖母の隣で主人役を務めているのを目にしたときから、彼に何か言われると覚悟していた。

実際、この舞踏会への招待に応じたときから、クリスチャンが過去の二人の関係について何か口にするだろうとわかっていた。でも、まさかここまで残酷で辛辣な言葉を投げつけられるとは！

シルヴィは背筋をこわばらせ、ゆっくり息を吸って伯爵を振り返った。目と目を合わせるには三十センチも上を向かなければならない。ミケランジェロの彫刻と見まごう男性美の見本のような顔が目に入ると、うわべは冷静に尊大に構えていても彼女の脈は跳ねあがった。懐かしいモスグリーンの瞳。その上に弧を描く傲慢そうな黒い眉。貴族的な鼻と高い頬骨。端整な唇と力強く角ばった顎。広く知的な額にはらりとかかる髪は鴉（からす）の濡（ぬ）れ羽色だ。

顔の下では、見事な仕立ての黒い夜会服が広い肩と厚い胸板を手袋のようにぴったり包んでいる。上着からは純白のシャツといぶし銀の色のベストがのぞき、引きしまった長い脚は黒いサテンの膝丈のズボンにおおわれている。

　こうしたすべては、視線を下げなくてもわかっていた。改めて見るまでもない。クリスチャン・アンブローズの外見は、さっきここに到着したときにじっくり眺めたのだ。そして、ひそかに毒づいた。久しぶりに見るクリスチャンが、以前よりさらに、心乱されるほどに、ハンサムになっていたから。

　でも今のわたしは彼と最後に会った四年前とは違う。今宵、舞踏会にやってきたのは冷ややかで落ち着き払った大人の女性だ。十八歳の夏、この紳士の粋な美男子ぶりにのぼせあがった少女はもういない。

　四年前、少女はこの紳士を信じて純潔を捧げた。そしてたった今、クリスチャンはあの日の少女の真心をあざけり、一笑に付したのだ。

　今宵、祖母が開いた舞踏会の招待客の中に、アンプシル伯爵未亡人シルヴィアナ・ムーアランドがいようとは、クリスチャンは夢にも思わなかった。たとえ現在セントヘレナ島に幽閉されている成りあがり者のナポレオンが、招待状を振りかざして祖母の邸宅の玄関先に現れたとしても、これほどは驚かなかっただろう。とはいえ、ナポレオンについては、できれば永遠に幽閉されたままでいてほしいと願っている。

　一方シルヴィアナ・ムーアランドについては、夫の喪が完全に明けて社交界に舞い戻ってきたことを知らなかったわけではない。ジェラルド・ムーアランド大佐がワーテルローの戦いで名誉の死を遂げてから、ほぼ丸二年になる。伯爵未亡人が今年の社交シーズンの初めにロンドンへ戻ってくると聞き、何かの社交行事で彼女と鉢合わせすることがないよう、クリスチャンは念入りに対策を講じてきた。ところが、その対策は今夜台なしになってしまった。よりにもよって、彼自身の祖母のせいで！

あいにく祖母は、社交界のほかの人々同様、孫息子とシルヴィの以前の関係を知らないのだ。

シルヴィは、クリスチャンの記憶にあるよりもさらに美しかった。もう花開きかけた少女ではない。今や咲き誇る大輪の花だ。金色の巻き毛は頭のてっぺんで凝った形にまとめられ、こめかみやうなじに幾筋かこぼれている。黒く長いまつげに縁どられた茶色の瞳は、ハート形の顔の中で、とろりと濃い糖蜜のように奥深く底知れない輝きをたたえている。小作りで繊細な鼻。大きめでふっくらした唇。そして強情そうなとがった顎。体も、もう子馬のように細くはない。なまめかしく成熟した大人の女性だ。絹のドレスの深い襟ぐりからは、クリームのように白くなめらかな胸のふくらみがのぞいている。

ドレスの色は、彼の目と同じモスグリーン。あの色は、わざとだろうか？　侮蔑をこめて挑むように見あげてくる茶色の瞳からすると、わざとかもしれない。

「これほど長い年月を経ても、相変わらずそのように無作法な物言いしかおできにならない。なんと残念なことでしょう、閣下！」

クリスチャンはあざけるような硬い笑みを浮かべた。「年月がたてば、ましになるとでも？」

「ええ、ひょっとして礼儀を学ばれたかと……」シルヴィは冷ややかな目で彼を見すえた。

「今夜はどうしてここへ来たんだ、シルヴィ？」相手の冷静さにいらだって、彼はきつい口調で尋ねた。「それとも伯爵未亡人になられた今は、シルヴィアナとお呼びしたほうがお気に召しますかな？」シルヴィが彼のなれなれしさに身をこわばらせるのを見て、小ばかにしたようにつけ加える。

「同じ階級の者同士、〝閣下〟〝奥方〟と呼び合うのが適切かと存じますわ」やっと百五十センチに届く体で精いっぱい背伸びをして、シルヴィは答えた。「そして今夜ここへ来たのは、閣下のお祖母様にご招待いただいたからです」

クリスチャンは鼻で笑った。「そしてその招待状に飛びつくとは、社交界からの招待はよほどまれということかな？」

「とんでもない」茶色の瞳が見くだすようにきらりと光った。「閣下はご存じないかもしれませんが、わたしは今年の社交シーズン中、最良の結婚相手と見なされているようですの。ですから、応じきれないほどの招待状をいただいていますわ」

クリスチャンは苦々しげに唇をゆがめた。「ああ、年配のご主人のおかげで裕福な未亡人になったと聞いている。もちろん、そもそもそれを狙ってずっと年上の男性と結婚したんだろうがね」

シルヴィは目を見開いた。「よくもそんな――」

「よくも悪くも、シルヴィ、きみに関しては、ぼくは言いたいことを言わせてもらう」彼の目は不気味にぎらついた。「〝初めての恋人〟に与えられた特権とでも呼べばいいかな？」

「いいえ、よくないわ！」今や彼女の頬からは、すっかり血の気が引いている。

クリスチャンは冷笑を浮かべた。「お年を召した花婿殿が初夜に破るべきものがないと気づいたとき、どんな言い訳をしたんだい？」

クリスチャン・アンブローズの声には、まぎれもないさげすみがにじんでいる。モスグリーンの目は、シルヴィの金色の巻き毛から緑色の靴をはいた足元まで、ゆっくりと軽蔑をこめて眺め渡し、それから豊かな胸のふくらみに戻ってわざと長々と見つめた。

彼の口調と視線にひるまずに耐えるために、シルヴィは意志の力を総動員しなければならなかった。

まるで精肉店のまな板に置かれた肉の塊を、買う価値があるかと品定めしているような目だわ。

この人はまるで、昔のことなど忘れてしまったかのようだ。昔、わたしの服をゆっくりと一枚一枚脱がせて、この世界中の何よりも壊れやすく何よりも貴重なものを扱うように愛してくれたのに。それも一度ではなく、何度も……。

〝昔のこと〟ですって？

いいえ、あれはもう前世の出来事よ！

だって、わたしはもう無邪気な少女ではないのだから。六歳年上で、六年分人生経験も豊富な紳士――クリスチャン・アンブローズが、わたしが彼に感じたのと同じ深い愛を返してくれると信じるほど無邪気だった少女は、遠い昔に消えてしまった。放蕩者のクリスチャンにとって、自分は新たな征服の対象でしかなかったと悟ったときに。

変わって生まれたのがシルヴィアナ・ムーアランドだ。伯爵にして大佐のジェラルド・ムーアランド卿の裕福な未亡人。今、軽蔑の目で彼女を見おろしている紳士同様、愛に対しては疑り深い、冷ややかで落ち着いた二十二歳の大人の女性だ。

気を静めようと、シルヴィは深く息を吸った。

「こんな話――」

「こんな話の続きは、部屋を出てテラスでしたほうがいいだろう」クリスチャンはかすれ声で荒々しく言い返してシルヴィの腕をつかみ、テラスへ続くフレンチドアのほうへ引っ張っていった。

シルヴィは腕をつかむ乱暴な手を振りほどこうともがいた。「放して。今すぐ放さないと――」だが不意にあらがうのをやめた。振り向いたクリスチャンの氷のように冷たい目が彼女を射抜いたのだ。かつては情熱的なモスグリーンの瞳に身も心もとろけたが、今はあの視線には用心しなければいけないといやというほどわかっている。「人が見ているわ」

シルヴィは弱々しく言い直した。

「見させておけばいい」クリスチャンはあっさり吐き捨てると、シルヴィを難なく引っ張って蝋燭に照らされた部屋を横切り、開いたガラス扉のあいだを抜け、暗く人けのないテラスへと進んだ。

3

屋外の暗がりへ足を踏みだしたとたん、シルヴィはクリスチャンのたくましい両腕に抱きすくめられた。そして下りてくる彼の顔が頭上の明るい月の光をさえぎったかと思うと、唇を奪われていた。

口づけは優しくもためらいがちでもない。物慣れた恋人の熱いキス。同じく熱いキスを返すよう求めるキスだ。この経験豊かな恋人は、どんなキスをしてどう愛撫(あいぶ)すれば、腕に抱かれた女性が情熱に我を忘れるか熟知している……。

彼の誘惑に負けまいとシルヴィは必死で耐えた。もう二度とこの男性の危険な魅力におぼれるものですか、と固く心に誓ってもいた。それでも彼の猛攻になすすべがなかった。クリスチャンの舌は彼女の唇を割り、我が物顔で口の中へ突き進んだ。両手は休みなく背中を愛撫し、背筋を滑りおりてヒップの丸みを包み、体を引き寄せる。下腹部が密着すると彼の高まりがくっきり感じられた。

意思に反して脚のあいだに熱いうずきが広がり、ドレスの下で胸の頂が痛いほど張りつめる。その頂を、伯爵の硬い胸板がかすめた。わざとのように何度も何度も。シルヴィの体の奥底から心ならずも渇望と飢えがわきあがってきた。

クリスチャンは重ねていた唇を引きはがし、胸のふくらみに口をつけた。敏感な素肌を舌先で撫でてから、深い襟ぐりをさらに押しさげる。丸いふくらみの一方がドレスからこぼれて、先端に温かな唇が触れた。

たちまちシルヴィの血は熱く沸き立った。夜遅く、一人ひそかに腿のあいだを撫でながら思い描く喜びなど、これには遠く及ばない。

一人でのぼりつめるよりもずっと早く極みが近づいてくる。クリスチャンは舌で胸の頂を転がし、軽く歯を当て、濃密な愛撫を続けている。シルヴィはもっと深い喜びを求め、背を弓なりにそらして胸を差しだした。

二度とこの男性と恋に落ちるつもりはないけれど、今彼の与えてくれる快感を楽しむくらいはかまわないはずよ。かつて彼がわたしの体を楽しんだように。

シルヴィは背伸びをして自分の太腿のあいだにクリスチャンの高まりをぴたりと押しあてると、体を揺らしはじめた。速く、さらに速く……。

そのとき、温かな唇が不意に胸からもぎ離された。シルヴィは抗議のうめき声をもらしたが、クリスチャンは彼女の肩をつかんで一歩身を引いた。モスグリーンの目はぎらぎらと冷たく光っている。「女性から受ける……奉仕に金を払うのに、やぶさかではない。ただ、ベッドへ行く前に値段を知っておきたい。事が終わってから知らされるのではなくてね」袖口のレースの乱れを直し、彼は間延びした口調で軽蔑もあらわに言った。

「値段？」シルヴィは鋭く問い返した。

クリスチャンはあざけるように首をかしげた。

「アンプシル伯爵のご老体は、これほど若く美しい女性を妻に迎えられてさぞご満悦だったろう。だがぼくは、結婚を急いでいない」シルヴィがドレスの襟元を直すのを見て一瞬残念に思いながらも、彼はさげすみをこめて続けた。「しかも、きみを商品としてすでに味見ずみだから、なおさら焦る必要がない」

それ以上侮辱される前に、シルヴィの左手が大きな音をたててクリスチャンの右頬を打った。

「今のささいな過ちは大目に見てやろう」彼は荒々しく吐き捨てた。頬が見る見る赤くなり、ぴくぴくと脈打っている。「ただし次回は同じやり方で報復するから、そのつもりでいるように」

シルヴィの目に怒りがひらめいた。「あなたって、以前も今も最低の人間のままね！」

クリスチャンはからかうように眉を上げた。「四年前、きみの差しだしたものをありがたくいただいたから、最低の人間と呼ばれるのかい？」

茶色の瞳が陰ってぎらついた。「ここで欲しいものを手に入れると、放埒な楽しみを求めてロンドンへ去り、そのまま連隊へ戻ってしまったからよ。残されたわたしがどうなるか考えもせずにね！」

クリスチャンは目をぐっと細めて、シルヴィの紅潮した顔を見すえた。「たしか、きみはアンプシル伯爵夫人になったんじゃなかったかな」

シルヴィは両手を脇で握りしめた。激しい息遣いに胸がせわしなく上下している。「そして、あなたは放蕩生活に戻った。わたしを使い捨て、破滅させたことなど気にも留めずにね」

「〝使い捨て〟とは言えないだろう。中古品ながら、ぼくと別れて数カ月後には結婚できたんだから。しかも、また別の伯爵と。まあ、ぼくほど若い相手ではなかったが」シルヴィの夫というよりは祖父のような老紳士を思い浮かべて、クリスチャンは皮肉っぽく口元をゆがめた。「おそらく彼はきみをベッドに迎え入れられただけで満足して、処女でないことは問いつめないと決めたのだろう？」

シルヴィの顔に冷ややかな侮蔑の色が浮かんだ。そのあまりの冷たさにひるむまいと、クリスチャンは必死だった。

「わたしのことは、好きなだけあざけっていただいてかまいません。でもジェラルドのことは、二度とそんなふうに言わないで。夫は名誉を重んじる高潔な紳士でした。あなたには、あの人のブーツをなめる資格もないわ！」

クリスチャンは不機嫌そうに顔をしかめた。たった今シルヴィにとことん侮辱されたからではない。彼女が年配の夫を愛していなかったにしても、深く敬い好感を抱いていたとはっきりわかったからだ。同時に、その尊敬と好感をクリスチャンには抱いていないこともはっきりわかったから……。

ぼくはシルヴィに好かれ敬われたいのだろうか？

今夜以前なら、声高に否と答えただろう。ふたたびキスをし、愛撫して、まろやかな胸を味わい、彼女の熱い反応を感じる前ならば。だがそのすべてをしてしまった今、ぼくはシルヴィのことをどう思っているのだろう？

四年前、シルヴィはバークシャーでクリスチャンの領地の近くにささやかな地所を持つ一家の一人娘だった。昔から村でよく見かける顔なじみの少女ではあったが、寄宿学校から大学、さらに軍隊と郷里を留守にすることの多かったクリスチャンは、シルヴィと深く知り合う機会がなかった。

ところが一八一三年の夏、クリスチャンは戦いに疲れ、多くの友の死と流血を見すぎて心に傷を負い、連隊から一時帰休していた。そしてたとえ数週間の休暇のあいだだけでも、もうすぐあの血の海へ戻らなければならないことを忘れさせてくれたのが、ほかでもない、若く美しいシルヴィアナ・ブキャナンの人なつっこい笑みと、無邪気でひたむきに喜びを求める情熱的な体だったのだ。

二人の最初の出会いはまったくの偶然だった。帰省後何日かが過ぎ、緑豊かな田園を散策していたクリスチャンは、地元の川のよどみで泳いでいるシルヴィにばったり行き合った。

あの日の暖かさを今でも思い浮かべることができる。泳ぐ彼女の黄金の髪が長く尾を引いて水面にゆらゆらと広がり、木もれ日にきらめいていたことも。岸に立つクリスチャンの姿に気づいて、シルヴィには驚きの悲鳴をあげ、体を顎の下まで川に沈めた。

どうか立ち去ってほしいと請われたが、クリスチャンに従う気はまるでなかった。それどころか、草深い土手にのんびりと腰を下ろし、水から上がっておいでと笑いながら言ったのだ。気恥ずかしさに美しい顔を真っ赤に染めて、それでもシルヴィは果敢に伯爵の誘いをはねつけた。クリスチャンは重ねて誘いかけ、ぼくは急がないからここでくつろいでいくと告げた。そして一時間後、とうとうシルヴィが水から立ちあがったとき、彼は息をのんだ。少女が身につけていたのは、濡れて体にまとわりつくシュミーズだけだったのだ。

水に濡れたせいでシュミーズはほとんど透けており、シルヴィが川のよどみから出てくると、その全身の魅力があますところなく白日のもとにさらされた。サテンのようになめらかな白い肌。高く張りのある胸と先端の薔薇色のつぼみ。太腿のあいだに潜む少し暗いブロンドの巻き毛。そして長くすらりと伸びた脚。クリスチャンは久しぶりに下腹部に高まりを覚えた。実はここ数カ月間、血なまぐさい戦場で心身ともに疲れはて、自分は男として二度と高ぶることがないのでは、とひそかに不安を感じていたのだ。

欲望の喪失は一時的なものだったと知って、クリスチャンはほっと安堵した。だからその最初の日は自分の欲望を抑え、シルヴィに軽いキスをするにとどめた。彼女の姿を見て感じた激しい渇望を解き放ち、少女をおびえさせたくなかったのだ。

シルヴィと話し、その無邪気で純粋な情熱に触れるのが楽しかったので、クリスチャンは翌日も同じ場所で会う約束をした。そしてその翌日も、またその翌日も。こうして日々が過ぎるうちにキスは深まり、熱を帯びて切実になり、じきに愛撫へと進み、ついには川べりの草深い土手で初めて愛し合った。

クリスチャンが二度目、さらに三度目にシルヴィを愛したときも、夏の太陽はまだ二人の上に降り注いでいた。シルヴィを自分のものにしたいという激しい渇望には終わりがないように思えた。

そして今夜、ふたたびシルヴィにキスをしてわかった。ぼくが彼女に抱く渇望はすっかり消えてはいないのだと。消えてくれればいいのにと、たとえどんなに願ってみても……。

4

クリスチャンはいやみがましく口元をゆがめた。

「ぼくとしては、旦那のブーツをなめるより、きみのなめらかな太腿のあいだの蜜をなめるほうがずっといいけれどね。もしも記憶違いでなければ、きみもそのほうがうれしいんじゃないかな？」からかうように片方の眉をつりあげて、思わせぶりにゆっくりと言う。

シルヴィは、はっと息をのんだ。「あなたには虫唾が走るわ！」

「言葉に気をつけるんだ、シルヴィ」クリスチャンは険しく目を細めた。

「気をつけないと、どうなるのかしら？」シルヴィが大胆にも言い返す。

クリスチャンは無造作に肩をすくめた。「その場合は、あえてぼくに挑んだ報いを受けることになるだろうな」

鋼さながらの硬さととげとげしさを秘めたクリスチャンの口調に、シルヴィは思わず身震いした。今夜、チャンボーン伯爵未亡人の舞踏会に来たのは間違いだったわ。

最近社交界に復帰し、クリスチャン・アンブローズの姿をときおり遠目に見ていたシルヴィは、いずれ近いうちに何かの催しで女主人に紹介されるはめになるだろうと悟った。それならば、不意を突かれるより、いつどこで会うかを自分で決めたほうがいい。穏やかな紳士であるジェラルドの妻として長年暮らした今では、クリスチャン独特の危険な官能的魅力に心を動かされない強さが身についたはずよ。

そう思ったのだった。

ところが気がつくと、出会って数分のうちに彼の腕の中にいた。しかも四年前よりもっと激しく、もっとすばやく、クリスチャンの愛撫に応えていた。四年の歳月を重ねたせいかしら。体の欲望も、四年分成熟してしまったのかしら。

理由はどうあれ、今夜ここに来るべきではなかった。クリスチャンの注意を自分に引きつけるような危険は決して冒してはいけなかった。それに言うまでもなく、彼の愛撫に応えるなんてもってのほかだ。たとえ体が反応しただけだとしても。彼は……。

「なぜ待っていなかった？　そう頼んだのに」

シルヴィはまばたきして彼を見あげた。「なんですって？」

クリスチャンは顎をこわばらせた。「四年前に言っただろう。きみを愛している。ぼくを待っていてくれと」この女性がイギリスで待っていると思ったからこそ、生き延びられたのだ。

攻撃に備えて、シルヴィの顎が上がった。四年前、クリスチャンは郷里を去ってから連隊へ戻るまでの一週間、ロンドンで放蕩生活に戻っていたのだ。彼とシルヴィの関係を知らないクリスチャンの実家では、その噂で持ちきりだった。恐ろしい噂をさんざん聞かされた彼女は、わたしとのことはしょせん遊びだったのね、と思い知らされたのだ。

シルヴィはさらに顎を上げた。「二カ月後、あなたから手紙一通すら来なかったとき、二人の情事は終わったと認めるしかなかったのよ」

彼は顔をしかめた。「手紙を書かなかったのには理由が――」

「いいえ、どんな言い訳も絶対に受けつけません」彼女の口元にさげすみの笑みが浮かぶ。

クリスチャンは歯を食いしばった。細菌感染した傷を抱えて生死の境をさまよったあの数週間、シルヴィが故郷でぼくの帰りを待っているという考えだけが生きる支えだったのに。「それできみは、ぼくと離れてからアンプシル伯爵の求婚を受け入れるまで、いったいどれくらい待ったんだ?」上唇が軽蔑にめくれあがる。「一週間か? 二週間か? もちろん、ことわざにもあるとおり、〝手中の〟伯爵は、戦争に行ったばかりでいつ戻ってくるかわからない伯爵よりましだからな」

シルヴィは悲しげにかぶりを振った。「よくもまあ、そこに立ってわたしの移り気を責められたものね。あなたのほうこそ、田舎での退屈な時間をつぶすのに利用した少女を、振り返ってひと目見ることさえなく捨てていったのに!」

「愛していると、待っていてくれと、きちんと言っただろう!」クリスチャンの目は怒りにぎらついている。

矢継ぎ早に非難を浴びせられても萎縮してはだめよ。シルヴィは自分に言い聞かせた。あの怒りは演技かもしれない。信用できないわ。わたしには彼に不信感を抱く立派な理由があるのだ。「わたしは十八歳だったのよ、クリスチャン。まだ若くて辛抱強くはなかった」

「辛抱強くないから、たかが二、三カ月も待てなかったと言うのか?」二人が最後に会ってから三カ月後、ついに帰国したときのことを思いだして、クリスチャンは顔をしかめた。彼女の両親の家へ挨拶に行ったところ、シルヴィアナはもうここに住んでいませんと得意げに告げられたのだ。今はベッドフォードシャーで夫のアンプシル伯爵ジェラルド・ムーアランド大佐と暮らしています、と。

そのあとブキャナン夫妻――ヘンリーとジェシカとどんな会話を交わしたのか、まったく覚えていない。三十分ほど話してからいとまを告げたのだろうが、その記憶もない。まるで胸を一発こぶしで殴られたかのように言葉を失い、感覚も麻痺(まひ)してしまった。

麻痺状態は数日続いた。感覚が戻ると、感じたのは怒りと幻滅だけだった。シルヴィは社交界でよく出会う有利な結婚しか頭にない若い娘たちとは違う、とクリスチャンは信じていた。彼の身分ではなく、彼を、クリスチャンという男を本気で好きなのだと。ところが彼が留守にしたほんの二、三カ月のあいだにシルヴィは年配の伯爵と結婚した。つまり彼女にとっては相手の身分がすべてだったのだ。

そんなしだいで、幻滅のあとには何カ月も何年も続く放蕩の日々が始まった。それらの日々を通じて、彼はふしだらな道楽者として名をはせるようになった。愛のような軟弱な感情には見向きもせず、いっときの喜びだけを追い求める名うての遊び人として。

「明らかに待てなかったようだな」クリスチャンは軽蔑をこめて自分の問いに自分で答えた。「そして幸運にも、年寄りの不器用な愛撫を一、二年ほど我慢しただけで都合よく未亡人となり、彼の財産をすべて手に入れたわけだ」

クリスチャンのわざと侮辱するような物言いに、シルヴィは頬から血の気が引くのを感じた。ほかでもないこの男性に侮辱されるいわれはないわ。今も、そしてもちろん四年前にも。

四年前、わたしはクリスチャンを深く愛していた。彼が去り、ロンドンでの行状が耳に入っても、ただの噂話だと聞き流そうとした。悪意に満ちた中傷で真実のはずがないと。でも、そのあと彼から音沙汰がないまま数カ月が過ぎて、自分はただの気晴らしの相手だったのだと認めざるを得なかった。若い伯爵が郷里で領地の諸問題を処理する数週間のあいだ、無聊(ぶりょう)を慰める相手にされたのだ。

「わたしとジェラルドの結婚生活について、あなたは全然何も知らな――」

「じゅうぶん知っているとも。六十歳の老人には十八歳の娘の若い体を満足させる見こみがないことくらいはね！」クリスチャンは不快そうに唇をゆがめた。「きみのことはわかっているんだ、シルヴィ」低い声で言い添える。「どんなふうに触れれば、絹のようになめらかな肌を隅々まで目覚めさせられるか、よくわかっている」彼は手を伸ばし、ドレスの深い襟ぐりから豊かに盛りあがった胸に軽く指先を滑らせた。「きみが高みにのぼりつめては快感に砕け散るさまを何度も眺めて楽しんだのだから。ジェラルド・ムーアランドもそうしてくれたかい、シルヴィ？　ぼくの知っている敏感な場所に、彼も触れ——」

「やめて！」シルヴィは叫んだ。頬が紅潮して胸が張りつめ、クリスチャンの言葉に体が高ぶったとひと目でわかるのが恨めしい。体は高ぶったけれど、心は二度と彼のせいで傷つかないようにしてみせるわ。「いくら昔の話をしても、なんにもならな——」

「だが、昔の話ではないとしたら？」愛撫にたけた長い指が胸元にもぐりこみ、張りつめたふくらみの先端をぴたりととらえた。「たまたま今、ぼくの愛人の座が空いているので——」

「たまたま今、わたしは男性の親密な愛撫を待ち焦がれてはいませんので。あなたの申し出に応じるか考えてみる気にもならないわ」シルヴィは目を上げて彼をにらんだ。とにかく彼の示す条件で応じる気がないのは確かだ。わたしの心や今の自立した生活を危険にさらすようなまねは絶対にしたくない。

彫刻されたような端整な唇に乾いた笑みが浮かんだ。「とはいえ、きみの体は言葉とは裏腹の反応を示しているようだ」張りつめた胸の頂をクリスチャンは親指と人さし指でつまみ、鋭く息をのんだシルヴィを冷ややかな目で見おろした。「きみの脚のあいだはもう濡れて、ぼくを迎える準備ができているかい？　たぶん、そこにも手を伸ばして自分で確かめてみるべきだろうな」

「わたしに構わないで！」これ以上耐えられないわ。シルヴィは彼の手をはねのけて後ずさった。

「おおせのままに」クリスチャンは落ち着き払って満足そうにつぶやいた。相変わらず冷ややかな目でシルヴィのほてった頰を見つめている。「今現在、きみの体とベッドを分かち合っている紳士の名前を教えてもらおう。一名以上いるなら全部だ」

「どうして、わたしが教えたがるのかしら？」シルヴィはあざけりに満ちた視線を投げた。

「もちろん、その紳士を、あるいは紳士たちを解雇するためさ」彼は広い肩をすくめた。「ぼくは社交界の面々からとことん放蕩者だと思われているかもしれない。だが、ぼくにも譲れない一線がある。自分の女を別の男と共有するわけにはいかない」

「あ、あなたの女になる気はありません！」憤慨のあまり声が喉につかえた。

「おやおや。ところが、そうなるんだよ、シルヴィ」クリスチャンは自信たっぷりに請け合った。「実際、明日きみを訪ねるつもりだ。契約の……条件を話し合うためにね」

シルヴィはしばし相手をひたと見すえた。冷たく情け容赦ないモスグリーンの瞳を見れば、今の彼の言葉が本気だとわかる。「もともと自信過剰だったけれど、今や手がつけられないほど傲慢になったようね！」彼女は吐き捨てた。「さて、そろそろ失礼させていただきますわ。頭痛がするものですから。あなたのお祖母(ばあ)様にご挨拶をして帰ります」彼の申し出をあっさり袖にすると、彼女はサテンの靴でくるりときびすを返し、勢いよく去っていった。

シルヴィがテラスを端まで歩き、軽い足取りで舞踏室へ戻るのを、クリスチャンはきつく目を細めて見守った。自分はあと数分ここで待たなければならない。絹の膝丈(ブリーチズ)のズボンの前が見苦しくふくらんだ姿を祖母の目にさらしてはまずいだろう。

明日は、きっと彼女を満足させてみせるぞ。シルヴィにきっぱり断られたにもかかわらず、クリスチャンは固く決意した。

バークレー・スクエアの自宅に無事帰り着くと、シルヴィはまっすぐ階段を上がり、蝋燭(ろうそく)に照らされた寝室に静かに入っていった。子守(ナニー)の女性に引き取っていいとうなずいてから、入れ替わりに小さなベッドの横の椅子に座る。眠っている娘を見おろすと緊張が解けて思わず顔がほころんだ。

手を伸ばし、ぽっちゃりした頬や薔薇(ばら)のつぼみのような唇を縁どる豊かな黒い巻き毛にそっと触れてみる。たちまち深い愛情がシルヴィの胸にこみあげた。クリスティアナが目を開けば、そこには美しく温かなモスグリーンの瞳があるのだ。

娘の父親とそっくりな色合いの瞳が……。

5

「ここで何をしているんだ？」祖母の館で舞踏会があった翌朝、ロンドンの自宅で客間に下りてきたクリスチャンは、険しく眉をひそめてシルヴィを見た。

つい先ほど、まだ暗いままの寝室に入ってきた執事から、アンプシル伯爵未亡人シルヴィアナ・ムーアランドが階下でお待ちですと告げられたときには、その言葉を疑ったのだ。だが、どうやら執事に謝らなくてはならないようだ。

今朝のクリスチャンは陰気でむっつりしていた。ゆうべはシルヴィが早めに帰ったあと、やむを得ず何時間も舞踏会に居残り、その時間の大半をレディ・ヴァネッサ・スタイルズを避けることに費やしたのだ。二十一歳の令嬢ヴァネッサを、祖母は未来の伯爵夫人に打ってつけと思い定めたらしい。彼女を孫息子と同席させようと、巧妙とは言いかねるやり方でお節介を焼きつづけた。

真夜中過ぎ、クリスチャンはついになんとか祖母の策略を逃れ、あとは夜明けまでいかがわしいクラブに入り浸っていた。熱心に誘いかける女性たちをはねつけ、ブランデーを浴びるように飲み、賭博台で勝負に勝って過ごしたのだ。

結果として、今朝は起こされてあまりうれしくはなかった。服を着たままベッドに倒れこんでからさほど時間がたっていないのに、階下の客間でシルヴィが待っていると執事に告げられたのだ。執事の勘違いに決まっている。そう思ったので、クリスチャンは身づくろいもせずに客間に下りてきた。服を着替えようとさえ考えずに。

痛恨の判断ミスだ。彼のだらしない外見をひと目見るなり、シルヴィが小作りな鼻に不快そうにしわを寄せたのだ。ゆうべから着ている服はくしゃくしゃ。黒い巻き毛はもつれて、顎には無精ひげが伸びている。その顎に、彼は力をこめながら言った。

「ここで何をしているのかと——」

「ご質問は聞こえました」シルヴィは静かに応じた。貴婦人らしく椅子の端に上品に腰かけた彼女のほうは、非の打ちどころのない装いだ。絹のドレスは黄色。そろいの黄色い絹のボンネットの下からは、幾筋か垂らした金色の巻き毛がのぞいている。手と腕はクリーム色のレースの長手袋におおわれていた。

そのすべての明るい色合いがまぶしくて、クリスチャンは目を細くした。「だが、まだ答えは聞いていない」すかさず切り返す。

実のところ、シルヴィはここへ来たことを後悔していた。クリスチャンのだらしない姿を目の当たりにした今は、なおさらそう感じる。夜会服はしわだらけで、あの服のまま寝たように見える。一方、目の下の隈と傲慢そうな顎に伸びた無精ひげからすると、ベッドに入っていないようにも見える。入ったとしても、眠ってはいないのでは……。

シルヴィは姿勢を正した。「お話を始める前に、自室へ戻られて……身づくろいをなさりたいのではありませんか？」

シルヴィと向かい合う椅子にどっかりと座りこみ、クリスチャンはからかうように眉を上げた。「お気遣い、ありがとう。しかし、ぼくはこのままでじゅうぶん快適なのでね」椅子の肘掛けに両肘をのせ、指先を合わせて三角形を作る。「それに、すでに話を始めていると思うが……？」

シルヴィは鋭く息を吸った。クリスチャンのしどけない姿を目にした瞬間、事前に面会の約束を取りつけてから来るべきだったと悟ったからだ。突然の訪問で相手の不意を突こうと思っていた。ところが、またしても不意打ちを食わされたのは彼女のほうだった。「では、ゆうべのご提案の件ですが――」

「きみを愛人にする件なら、あれは提案ではない。そうするつもりだという意思表明だよ」クリスチャンが口を挟んだ。長い指で作った三角形越しに、半ば閉じた目がぎらぎら光って彼女を見すえている。

それはよくわかっているわ。ただし、わたしのほうも、彼がうちに来ることを許すつもりはない。うちにはクリスティアナがいるのだから。

「ひょっとして、ゆうべ……何かあって、表明された意思がすでに変わったのでは？」

端整な唇に、面白くもなさそうな笑みが浮かんだ。

「ゆうべ別の女性をベッドに連れこんだかどうか知りたいなら、はっきり尋ねたらどうだい、シルヴィ？　きみに嘘は言わないと約束するよ」

「まあ、驚いた。それは初耳ですわ！」

クリスチャンは警告するように、ぐっと目を細めた。「覚えている限り、きみに嘘を言ったことは一度もない。そして今回も言わないつもりだ」

シルヴィは頬を紅潮させて、ゆうべクリスチャンが別の女性のベッドへ行ったかどうかを気にする自分を叱った。実際、行ってくれたほうがありがたいわ。そうすれば、下劣な提案を断る立派な口実ができる。「わかりました。では、おききします。ゆうべ、別の女性とベッドをともにされましたか？」

「していない」

「あら」

「そんながっかりした顔をするなよ、シルヴィ」クリスチャンはこわばった笑い声をあげた。「きみと熱い愛撫を交わしたあとで、どうして別の女性とベッドをともにする気になれる？」

からかいのににじむ彼の口調に、シルヴィは唇を引き結んだ。「ご存じのとおり、あなたは一人の女性への節操の固さでは定評がありませんから」

彼の黒い眉が上がった。「それが、われわれの契約の条件になるのかな？　二人が……関係を持つあいだ、きみのベッド以外は訪れないことが」

「でも、契約など交わしていませ――」

「今のところは、まだだ」クリスチャンはきっぱりと締めくくった。「だが、そのために今日ここへ来たのだろう？　二人がその種の関係を結ぶに当たって、条件をじっくり検討するために」今や頭にかかっていたアルコールと睡眠不足の霧が晴れたので、彼はシルヴィが今朝ここに現れた理由をすべて考えてみることができた。

二人のあいだには、今も将来も関係などありえないと言いに来たのか？　それなら手紙を書くか、午後ぼくが訪ねていったときに言えばすむ話だ。

別の男性を愛人にすると決めたのか？　いや、シルヴィはぼくをよく知っている。それではぼくが納得しないとわかっているはずだ。

残る理由はただ一つ。シルヴィは提案を受け入れると決めたが、彼女なりの条件をつけに来た。それがいちばんうなずける理由だ。

それがどんな条件なのか、クリスチャンは興味津々だった。

「どうなんだい？」彼女が黙ったままなので、彼は促した。「そのために来たんじゃないのか、シルヴィ？」

6

憎らしい人！　本当に、たまらなく、癪に障る！　チャンボーン伯爵クリスチャン・マシュー・フォークナー・アンブローズ卿なんて、地獄に落ちればいいんだわ！

ゆうべ眠れない長い夜のあいだ、シルヴィはあらゆる選択肢を考慮したあげく、クリスティアナを守るためにはこうするしかないと決め、今朝彼を訪ねてきた。その訪問理由を、今ずばりと言い当てられてしまったのだ。

ゆうべクリスチャンは、二人がまた出会った以上、二度とシルヴィの人生から静かに立ち去るつもりはないと明言した——とにかく欲しいものを手に入れるまでは。その欲しいものが、ベッドの中の彼女だ。そんな飽きるまで楽しんで、また捨てる気なのだ。そんな彼の卑しい提案など、シルヴィは本来なら無視して当然だし、気にかける必要もなかった。すでに四年前にひどい目にあっているのだから。

実際、無視していただろう。

クリスティアナの存在さえなければ。

ゆうべ再会した男性は、四年前わたしが考えていた彼よりもさらにひどい人間になっていた。昔のクリスチャンは、少なくとも温かく思いやりがありそうに見えたものだ。ところが昨日の彼は、徹頭徹尾冷たく傲慢なチャンボーン伯爵クリスチャン・アンブローズ卿だった。誰にも好意を抱かず、誰からも好意を抱かれることを望まない、名うての放蕩者。唯一の例外は、お祖母様への愛情かしら？　とはいえ、そんな彼でも娘の存在を知れば関心を持つに違いない。万一、面と向かってクリスティアナを見たならば、必ずや関心を持つだろう。

だからこそ、わたしはクリスチャンの申し出を受ける決心をしたのだ。彼が提案する――いえ、要求する――二人の関係に、自分なりの制限を設けられるように。

それと、もう一つ。過去にあれだけのことがあったにもかかわらず、いまだにわたしの体がこの男性の愛撫に応えてしまうから。心のほうは、絶対に彼に傾く危険はないけれど。だって、かつてあれほど臆面もなくわたしを利用した男性に心を許すはずがないでしょう？

シルヴィはきびきびと立ちあがった。「若く裕福な未亡人ですから、ここ何カ月かのあいだに、あなたのような申し出はいくつかいただいています」

「若く裕福で美しい未亡人だ」クリスチャンが低い声で訂正した。

彼のお世辞に心を動かされるものですか。クリスチャン・アンブローズは、何がなんでもわたしを誘惑しようとしている口達者な悪魔にすぎない。その誘惑は、わたしのルールに従って行われるか、もしくはいっさい行われないかだ。「その点については保証しかねますけど——」

「このぼくが保証するよ」彼は苦々しげに吐き捨てた。「四年前より、むしろ今のきみのほうが美しいくらいだ、シルヴィ」お世辞ではない。真実だ。クリスチャンは渋い顔で認めた。今のシルヴィには四年前はなかった自信が備わっている。物腰は優雅で、ふるまいは冷静な性格を映しているように見える。もっとも、それが外見だけなのはわかっている。ゆうべのぼくへの反応は、記憶にある四年前と少しも変わらず情熱的だった。

「それで、実は」シルヴィは彼に刺すような視線を向けた。「声をかけてくださった紳士の中には、しつこく迫ってくる方もいて——」

クリスチャンは目を険しく細めた。「その紳士の名前を教えてくれ。ぼくが地獄に送ってやる」

彼女はかぶりを振った。「今の話は、あくまでも申し出を受けることに決めた理由を説明するためにしただけですから。多くの殿方に悩まされるよりは、自分が選んだ一人の男性の申し出を受けて、ほかのしつこい殿方から守っていただくほうがいいと決めたわけです」

「そしてぼくが、その一人の男性になると？」

シルヴィは冷ややかな目でクリスチャンを見た。「わたしの出す条件どおりの関係を快く受け入れてくださる場合に限って、ですが」

彼はまたぐっと目を細めた。「その条件とは？」

彼女は深く息を吸った。「一つ——この……契約が続くあいだは、ほかの恋人を作らないこと。もしあなたがほかにも恋人を作った場合は、契約は無効となります」

「ほかの女性はいらないとすでに言ったはずだが」

「いいえ。あなたが言ったのは、わたしをほかの男性と共有しない、ということでしたわ」シルヴィはそっけなく指摘した。

クリスチャンは不機嫌そうに眉をひそめた。「二人の関係が続くあいだは、ほかの女性とはつき合わないと約束しよう」

シルヴィは唇をきつく引き結んだ。「二つ――逢引は、週に二晩までとすること」

「二晩だって？」クリスチャンは唖然としてきき返した。「互いに飽きるまでは、毎晩一緒に過ごすものと思っていたが」

「最大限で、週に二晩です」シルヴィは言い張った。

「三晩だ」彼も強情に言いつのる。「この三晩で、きみにじゅうぶん満足させてもらえることを祈るよ。精も根も尽きはてて、あと四晩はほかの女性のベッドを訪れたいと思わないくらいにね！」

シルヴィはしばし彼の顔をまじまじと見つめた。それからゆっくりうなずいた。「わかりました。それでは三晩に」

「では今夜から」彼がそっと言い添える。

シルヴィは驚愕に目を見開いた。今夜ですって？　クリスチャンは、早くも今夜からわたしを抱きたいというの？

ゆうべあれほどいろいろ考えたのに、なぜか実際にクリスチャンとベッドをともにする場面を思い描くことは避けていたのだ。それが今夜――あと数時間後だなんて、想像しただけでおののきが走る。もちろん、不安だからよ。そうに決まっているわ。

「いいでしょう」彼女は承諾して、さらに続けた。「三つ――逢引の場所はわたしの自宅ではなく、こちらのお屋敷とすること」

「なぜだ？」

鋭いモスグリーンの視線に射抜かれて、シルヴィは目をそらした。「そのほうがいいとわたしが思うから。それ以上の説明は必要ありません」

クリスチャンは半ば閉じたまぶたの下から探るように彼女を見た。しばらく眺めてからつぶやく。

「通常のやり方と違うようだが……」

「それはわかっています」

「今朝きみは小間使いすら連れずに独身の男性の家を訪ねた。そのことだけでも、世間に知られたら醜聞の元だ。ましてや、週に三晩ぼくのベッドで過ごしているなどと知られたら大変なことになる」

「では、わたしたちの契約を世間の誰にも知られないよう、せいぜい気をつけなくてはいけませんね。それに、ひと晩中ここで過ごすつもりはありません。ほんの二、三時間だけです」

彼は片方の眉をつりあげた。「真夜中に、この家からこっそり抜けだすつもりだと言うのか？　まるで盗人のように？」

彼女は顎をこわばらせた。「殿方はしょっちゅうなさっていることでしょう。わたしがしても構わないはずです」

「なぜわざわざそんな危険を冒そうとするんだ？」

クリスチャンは思案顔で尋ねた。

シルヴィの目が暗い輝きを放ち、あざけりをこめて彼を見た。「おそらく、夫が亡くなるまでともに過ごした家で、あなたとベッドをともにしたくないからでは？」

その家で、そしてベッドで、シルヴィが別の男と過ごしたと思うと、クリスチャンは激しい嫉妬に心を切り裂かれるのを感じた。しかもその男は、四年前に彼女がぼくを捨てて代わりに手に入れた夫だ。

クリスチャンはゆっくり立ちあがった。すかさずシルヴィが後ずさりして彼から離れるのを見て、口元に硬い笑みが浮かぶ。「つまり、旦那様を愛していたということかな？」

一瞬、シルヴィは虚を突かれたように見えたが、それからまた例の冷静さの仮面が顔をおおった。

「ゆうべも話したとおり、ジェラルドは敬愛せずにはいられないほど立派な人格者でした」

「愛していたかときいたんだ！」クリスチャンはシルヴィの両腕のつけ根をつかみ、難なく目と目を合わせた。

ぎらつく目ににらまれて視線をそらすことができない。シルヴィは乾いた唇を舌先で湿した。「だから言ったでしょう。わたしは――」

「ジェラルド・ムーアランドを敬愛していた」彼女を見すえたまま、クリスチャンはあとの言葉を引き継いだ。力をこめた顎が、いらだたしげにぴくぴくと脈打っている。「それは夫ではなく、大好きな親戚のおじさんに抱く感情だ」

たぶん、ジェラルドのことは本当にそんな目で見ていたんだわ。シルヴィはそう思った。彼は父の友人だった。そしてある日父を訪ねてきたとき、庭で一人泣いていたわたしを見つけ、何を悩んでいるのかときいてくれた。さらに、友人一家が醜聞にまみれることがないよう、きちんと結婚しておなかの子の父親になろうと申しでてくれた。あの日、ジェラルドへの敬愛の情は急激に高まったのだった。

もちろん、最初は彼の申し出を断った。今もなお、おなかの子の父親を愛しているし、クリスチャンの放蕩の噂が嘘ならいいのにと思っている。彼から手紙が来るか本人が現れて、結婚できたらと望んでいる。それなのにあなたと結婚するのは、あまりにも申し訳ないからと言って。

だが、そのあとの数週間、ジェラルドは粘り強く何度も求婚してくれた。一方クリスチャンからは相変わらず音沙汰がなく、シルヴィは彼の沈黙に傷つき、待つことに疲れはて、自分はいっときの情事の相手にすぎなかったのだと悟った。休暇で帰省中の兵士が数週間ほど気まぐれに肌を重ねただけだと。

彼女は顔を上げ、クリスチャンの視線をひるまずに受け止めた。「わたしの夫への気持ちを話し合うことは、契約に含まれません」

憤懣やる方なく、クリスチャンはしかめっ面でシルヴィを見おろした。そのまま何分かが過ぎていった。シルヴィの頑固さに腹が立つ。もっと腹立たしいのは、自分がいまだに彼女を求めるあまり、二人の将来の関係を決めるために、喜んで彼女の言うなりになっていることだ。これまでのところは！

「契約が成立したとき、普通、紳士同士は握手をすると思うが」クリスチャンはぼそっとつぶやいた。「男と女の場合は、キスをする」そうつけ加えるなり、彼はさっと頭を下げてシルヴィの唇を奪った。

彼女は蜂蜜の味と菫の香りがした。両手で抱き寄せてキスを深めると、まろやかな体の曲線が彼の体にぴったり合わさった。高まる下腹部をさらに押しあてる。彼女の柔らかな唇が開き、彼はその隙間に舌を滑りこませて……。

突然、シルヴィは重ねた唇を引きはがして密着した体を押しのけた。彼を見あげる瞳は輝き、頬は紅潮し、鼻には不快そうなしわが寄っている。「安い酒と、もっと安い香水のにおいがするわ！」

クリスチャンはいらだちに顔をしかめた。十八歳のシルヴィは、率直でとてもわかりやすい少女に見えたものだ。彼女の明るさと生へのひたむきな情熱が、何カ月も戦いと死を見つづけてきた彼の心をほかの誰にもできないほど強く引きつけた。ところが、その明るさと無邪気さは、男の気を引くための演技だった。イギリスに戻り、たった三カ月の不在のあいだに彼女が別の男と、しかも別の伯爵と結婚したと知り、クリスチャンは真相に気づいたのだった。

今、目の前に立つ自信に満ちた女性が何を考えているのか、さっぱりわからない。実にいらだたしく、それでいてやはり興味をそそられる。

彼は口元を引きしめた。「今夜は何時に来る？」

シルヴィはごくりとつばをのんだ。「十一時ではどうかしら？」

クリスチャンの眉が上がった。「先に晩餐につき合ってくれる気はないのか？」

彼女は冷ややかに彼を見た。「なんのために？」

クリスチャンはむっとした。「そうすれば、ベッドへ行く前に話ができるからさ」

「それはまた、いったいなんのために？」軽蔑に満ちた視線が彼を射る。「過去の四年間あなたが送った放蕩生活には、なんの興味もありません。あなたのほうも、わたしが送った平穏無事な生活の話など面白くもないでしょう」

「結構だ」クリスチャンは相手の冷淡さにいらだって吐き捨てるように言った。「では今夜十一時にここで。それまでには、安い酒ともっと安い香水のしつこいにおいが消えるよう、せいぜい努力するよ！」もう帰ろうと身なりを整えているシルヴィに、彼はあざけりの言葉を投げた。

シルヴィが出ていってからも、クリスチャンはしばらくそのまま客間に残り、どうもしっくりこないと考えていた。彼女がおとなしく愛人になると言いだしたのはおかしい。確かに、ゆうべはぼくの愛撫に反応していたし、彼女を必ず愛人にするというぼくの決意が固いのも事実だ。それでも、ゆうべはぼくに惹かれる気持ちと闘っていたようだし、ぼくに屈するまいという決意は固かったはずだ。〝あなたの女〟になる気はない、とシルヴィははっきり言っていた。たとえ彼女なりの条件をつけるにしても。

ゆうべから今朝までの数時間のあいだに、何かが起きて気が変わったのだ。そしてそれが、本人の言うように〝しつこい殿方〟から守ってもらうためだとは、クリスチャンはとうてい信じられなかった。

7

「ポート酒を一杯どうだい？」火の入っていない暖炉の脇で肘掛け椅子に座ったまま、クリスチャンは横の小卓に置いたデカンタを指さした。シルヴィは先ほど使用人のスミスが閉めた扉の前におずおずと立ち、部屋を見渡している。暗い金色のドレスを着て、この世のものとは思えないほど美しい。「それとも、ワインのほうがいいかな？」

自分がクリスチャン・アンブローズの私的な領域である図書室兼書斎に案内されたと知り、シルヴィは少なからずうろたえていた。本がずらりと並んだ壁と、窓の前の雑然とした机から見て、まず間違いないだろう。

それにクリスチャン本人の今宵の身なりが非の打ちどころなく洗練されているので、シルヴィはますます落ち着きを失った。深い緑色の極上品の上着に淡い緑色のベストを合わせ、下にのぞく麻のシャツは雪のように白い。淡い黄色のズボンが筋肉質のたくましい脚を際立たせ、つややかな黒のヘシアンブーツが全体を引きしめている。入浴したばかりなのか、黒い巻き毛が少し濡れているように見える。四角い顎に今朝の無精ひげの跡はまったく残っていなかった。

彼のふるまいが紳士らしい外見にそぐわないのは残念だわ、とシルヴィは思った。でも、わたしが部屋に入ったときクリスチャンがわざわざ立ちあがらなかったのは、二人の契約を考えれば当然だろう。

「シルヴィ？」彼女が黙っているので、クリスチャンはやんわり答えを促した。

シルヴィは背筋をこわばらせた。「ありがとうございます。でも飲み物は結構です。むしろ早く寝室へ行って、契約の件をすませてしまいたいので」

クリスチャンは目を大きく見開き、それからぐっと細めた。「今朝は会話を拒否し、今度はワイン一杯を一緒に飲むことも断ると言うのか？」

彼女はうなずいた。「そのどちらも契約に含まれていないと思いますので」

クリスチャンは顔をしかめた。「たぶん社交辞令いっさい抜きで、その場に立ったままスカートをめくりあげられるほうがいいと思っているんだろうな？」

シルヴィはあえいだ。「わざと下品なことをする必要はありません！」

クリスチャンはため息をついて、ポート酒のグラスを脇の小卓に置いた。「正直に言わせてもらおう。今やきみという女性が理解できないよ、シルヴィ」

四年前、頼みどおり待っていてくれなかったシルヴィにクリスチャンは腹を立てた。だが今夜は、あくまでも二人の愛の交歓を彼女に楽しんでもらうつもりだった。たぶん、彼女が失ったものを思い知らせてやるつもりもあった。若かったシルヴィがどうしても伯爵夫人になりたいとジェラルド・ムーアランドとの結婚を焦った結果、何を失ったかを。ところが、シルヴィは愛人になることに同意したものの、相変わらず冷ややかなままだ。まったくわけがわからない。

「理解することなど何もありませんわ」シルヴィは彼の言葉をばっさり切り捨てた。「わたしたちは契約を結び、わたしは……進んで取り決めどおりに事を始めようとしているだけです」

クリスチャンは細めた目でしばし彼女を見すえ、悲しげにかぶりを振った。「ぼくは、もう少し乗り気で熱心な恋人に慣れているんだ」

「そうでしょうとも。でも前もってお伝え……ご忠告しておくべきでしょうね。わたしは……生涯に二人の男性しか知りません」彼女の頬は赤く染まった。「あなたと、そして夫です。そのわたしに、今までの愛人のような手練手管は期待しないでください」

シルヴィがためらいがちに打ち明けるのを聞いて、クリスチャンは鋭く息を吸った。「四年前でさえ、きみが技巧不足だとはまったく思わなかったよ、シルヴィ」それどころか、戦いに麻痺(まひ)した彼の感覚にとって、肉体の喜びのすべてを味わいつくそうとするシルヴィの無邪気な熱意こそが媚薬(びやく)だったのだ。「ご主人の死後、恋人がいなかったと知ってうれしいよ」

シルヴィはまばたきした。「うれしい？」

「ああ」クリスチャンはうなずいた。「この契約をきみがどう思っていようと、ぼくにはきみを傷つける意図は露ほどもない。それどころか、一緒に過ごす時間を二人とも楽しむことを望んでいるんだ」


しかしシルヴィが恐れているのは、クリスチャンの愛撫(あいぶ)を楽しみすぎて、もう一度最初から彼に恋してしまうことだ。

今は恋していなかったら、の話だけれど……。

前回一緒に過ごしたとき、わたしはまだ十八歳だったかもしれないが、クリスチャンに抱いた気持ちは大人の女の深い本物の愛だった。ジェラルドには好意と尊敬を抱いていたが、ロマンティックな愛情を感じたことはない。愛したのはクリスチャンだけだ。そして彼と再会し、話をしてほんの数時間後、気がつけば彼の家に来て、愛人契約に同意していた。

クリスティアナを守るためよ、と自分に言い聞かせはした。クリスチャンのほうから来られて、娘の存在を知られては困るからだ。知られれば、必ずいろいろと面倒なことになるから。

とはいえ、そんな口実では説明できないこともある。今夜ここを訪れる前から――そして今も！――

わくわくするような興奮に体中の血が沸き立っているのだ。逢引のために身支度をしたときも、自分の金色の髪と白い肌を引き立てるドレスをわざわざ選んだときも、体中がどきどきと脈打っていた。ドレスの深い襟ぐりからは、豊かな胸のふくらみがのぞいている。ゆうべクリスチャンが指で触れ、口に含んだ胸……。

そしてあれからずっと、もう一度触れてほしいと切なくうずいている胸だ。

「ここへ来てくれないか、シルヴィ？」クリスチャンが誘うように手を差し伸べた。

クリスチャンに向かって一歩踏みだすと、シルヴィは頬がほてり、心臓が激しく打った。さらに一歩、もう一歩と進んで、いつしか彼の椅子の横に立ち、手袋をはめた手を彼の手にゆだねていた。

「あの、寝室へ行かなくていいのかしら？」シルヴィの胸はどきりとした。答える代わりにクリスチャンが彼女を引き寄せ、自分の脚のあいだに立たせたのだ。そして視線を絡ませたまま、レースの長手袋を少しずつ腕から脱がせはじめた。

彼女を見る目がかすかにほほえんだ。「焦る必要はないさ、シルヴィ」ゆっくりと物憂げに彼は指一本一本から手袋を引き抜いてゆき、ついにすっかり脱がせた。それから絨毯敷きの床に手袋を静かに落とし、彼女の手を自分の唇へ持っていった。目と目を合わせたまま、絹のようになめらかな舌をそっと指先に這わせ、一本の指を根元まで熱い口の中へいざなう。

自分の指が熱く濡れて彼の口を出たり入ったりするさまを見て、シルヴィは息をのんだ。ドレスの下で胸が痛いほど張りつめ、体が渇望にうずく。

「このときを本当に長いあいだ待ちわびてきたから、今は少しもはしょりたくないんだ」クリスチャンは低い声でつぶやき、後ろへ手をまわしてドレスの背中のボタンをはずした。肩から腕、そしてほっそりした体を滑ってドレスが床に落ちる。あとに残ったのは薄いシュミーズだけだ。脚のあいだには金色の巻き毛がのぞき、張りつめた胸の先端が薄い布を突きあげている。クリスチャンはシュミーズの肩紐(かたひも)を腕へ滑らせ、床へ落とした。

「クリスチャン……」

「見せてくれ、いとしい人」あらわになった胸をシルヴィが隠そうとすると、クリスチャンは彼女の両手を一方の手でつかみ、うめくように言った。「ここが、記憶にあるより大きいな」指先が丸い胸をかすめる。「そして、ここの色が濃くなったようだ」柔らかな親指の腹で頂に軽く触れてから頭を下げ、片方ずつ湿った口に含む。硬くとがったつぼみを舌でなぶり、軽く歯に挟んで愛撫を続ける。熱い口の中で、つぼみはふくらみ、ほころびかけていた。

彼の手はシルヴィのなめらかな腿をたどり、そのあいだの敏感な場所に手のひらを当て、そこが脈打っているのを感じた。絹糸のような金色の巻き毛を撫(な)でてから、一本の指を中へうずめる。そしてもう一本の指も。シルヴィの乱れた息遣いがはっと止まった。彼女は高みを極め、喜びの声を放って、力なく彼にかぶさるようにくずおれた。

クリスチャンはシルヴィの豊かな胸に顔をうずめたまま、すっかり安らかな気持ちに浸っていた。彼女の指がそっと髪を撫でてくれる感触が心地いい。シルヴィは彼に寄りかかったまま、まだクライマックスの余韻に身をわななかせている。

これほどの安らぎと充足感を覚えたのは、四年前にシルヴィと愛し合って以来、初めてだった。

8

「いったいどこへ連れていく気？」シルヴィは驚きに息をのんだ。クリスチャンがいきなり立ちあがり、彼女を腕に抱いて扉へ向かったのだ。彼の黒髪は、彼女の指でさんざんもてあそばれ、くしゃくしゃになっている。

「二階のぼくの寝室さ」

「でもわたしの服は……？　使用人の目が……」シルヴィは弱々しく言い返した。

「きみの服は、あとで取りに来ればいい。それに今夜は、きみが来たら人払いをするようスミスに言ってある。大丈夫だよ」クリスチャンは得意げに請け合った。「さあ、扉を開けてくれ」


クリスチャンに愛されていないのはわかっている。愛されたことなどないのだ。でもたった今、軽んじられ、ぞんざいに扱われるだろうと思っていたのに、優しく情熱的に愛撫されて、シルヴィはうれしかった。そして、その優しさと情熱にあらがえなかった。

「いい子だ」シルヴィが扉を開けると、クリスチャンは満足そうにつぶやき、蝋燭に照らされた人けのない廊下へ出た。それから軽々と彼女を腕に抱いたまま、決然とした足取りで階段へ向かった。

寝室では蝋燭が一本だけ燃えていた。窓と四柱式ベッドにかかる深緑と淡い黄色の錦織のカーテン。重厚なオーク材の家具。いかにも彼らしい部屋だ。

もっとも、シルヴィに部屋をじっくり見まわす時間はなかった。いったん彼女をベッドの真ん中に下ろすと、クリスチャンは無言でかぶりを振り、何も着ていない体を隠そうとベッドの上掛けをめくるシルヴィを止めた。それから彼女をひたと見つめたまま、さっそく服を脱ぎはじめたのだ。

彼女は自分のあらわな姿も忘れ、流行の細身の上着とベストをはぎ取るように脱ぎ捨てる彼に見ほれた。彼は次に幅広のネクタイ（クラバット）を取り、喉元のボタンをはずしてシャツを頭から脱いだ。そして黒髪がさらに乱れたのも気にせずに化粧台の前の椅子に彼女のほうを向いて座り、今度はブーツを脱いだ。

クリスチャンの手がズボンにかかると、シルヴィは息をのんだ。ボタンを六つはずしたところで、下に何も着ていないとわかった。クリスチャンはズボンも脱ぎ、一糸まとわぬ姿で彼女の前に立った。

シルヴィは体の下に敷かれた上掛けに思わず指を食いこませた。喉がつかえ、ごくりとつばをのみくだす。彼がどれほど美しいか忘れていたわ。広くたくましい肩と胸。引きしまったウエスト。その下には情熱の源が誇らしげに高ぶり、すらりと長く伸びた筋肉質の脚が優雅だ。

「今でもまだ、ぼくはきみのお眼鏡にかなうかい、シルヴィ？」彼がきいた。

「ええ、もちろん」彼女は小声でささやいた。なんとか上掛けから指を引きはがし、上半身を起こして彼の立つベッドの端へにじり寄る。誇らしげな男性の象徴に熱い視線を注いでから、手を伸ばしてそれを指で包みこんだ。外側はビロードのようになめらかだが、中はあくまでも硬い。「ええ、もちろん」欲望にかすれる声で、彼女は繰り返した。

クリスチャンは喉の奥で低くうめき、彼女の愛撫をさらに求めるように体をゆっくりと突きだした。

「シルヴィ！」彼女が頭を下げ、小さなピンク色の舌をひらめかせて誘惑を続けると、彼は耐えきれずにあえいで彼女の顔を両手で挟んだ。

一瞬クリスチャンを見あげたシルヴィの目がうれしそうにきらめいた。だがまたすぐ頭を下げ、唇を大きく開いて彼の分身を熱い口の中へいざなう。

クリスチャンは熱く濡れた口に包まれながら、手で彼女の胸を愛撫し、頂をつま弾いた。やがて快感は彼の鉄壁の自制心にも抑えきれないくらいふくれあがっていった。今にも破裂しそうだ。

「待ってくれ!」クリスチャンはうなるように言って、しぶしぶ身を引いた。高まりが痛いほど脈打っている。「自分を解き放つときは、きみの中にいたい。だが、それはまだ先の話だ」荒い息をついてつぶやくと、彼はシルヴィを上掛けにあおむけに寝かせた。開いた腿のあいだに膝をつき、秘めやかな部分が腫れてしっとり潤っているのを満足そうに眺める。それから身をかがめて入り口に軽く指を滑らせ、脈打つ芯には触れずに、その敏感なまわりを温かな舌でなぞった。

「クリスチャン!」シルヴィは声をあげて彼の両肩をきつくつかみ、体を弓なりにそらした。

「言ってごらん、シルヴィ。どうしてほしいか言ってくれ」クリスチャンは彼女のヒップの丸みを両手ですくいあげ、敏感な芯にそっと息を吹きかけた。秘めた部分は快感に脈打ち、さらなる愛撫を求めている。彼はしたり顔で目をきらめかせた。

「そこに触って――」彼の舌先がほんの少し触れるのを感じて、シルヴィはあえいだ。「もっとよ。クリスチャン、どうか、お願い……」愛撫を誘うように彼女はそわそわと腰を浮かせた。

クリスチャンは彼女のヒップを支える手に力をこめて高く持ちあげ、快楽の中枢を舌でなぶった。何度も繰り返しざらつく舌で撫でてあげられて、シルヴィは彼の下でクライマックスへとのぼりつめ、わななきながら砕け散った。

クリスチャンはシルヴィの秘部から頭を上げた。今度はベッドに両肘をついて体を支えながらシルヴィにおおいかぶさり、その脚のあいだに自分の高まりをあてがう。そして彼女の中に深く身を沈めた。

たちまち彼を待ちわびていた熱い潤いに包みこまれる。だがシルヴィのクライマックスが続くように、胸の頂に心をこめた愛撫も続けた。やがて彼女の内側の律動に翻弄されて、彼自身もまた喜びの極みにのぼりつめ、心ゆくまで欲望をほとばしらせた。

「クリスチャン……？」

「ぼくの体が重すぎるかい？」シルヴィの上にぐったり倒れこんでいたクリスチャンは、温かな彼女の喉元でささやいた。

確かに彼は少し重い。でもシルヴィはぴったり寄り添う体をまだ離したくなかった。「いいえ」手を上げて彼の熱い肩を撫で、たくましい背中に指を走らせる。「重くないわ。ただ……クリスチャン？」驚きに声がうわずった。左の肩から右の脇腹に向かって斜めに背中をよぎる硬く盛りあがった傷跡に、指が触れたのだ。「いったい何があったの？」自分の目で確かめなくては。彼女はあえいで起きあがろうとしたが、クリスチャンの体の重みでベッドに押し戻されてしまった。「クリスチャン？」

「ただの古傷だよ」相手の詰問を軽くかわして、クリスチャンは彼女の鎖骨にさっと唇を滑らせた。

「でも……」不意に言葉を切り、シルヴィは目を大きく見開いた。「古いって、何年前の傷なの？」

「今その話をしなきゃいけないのかい？」クリスチャンは物憂げにつぶやいた。クリームのように白くなめらかな喉を唇がたどっていく。「ぼくの記憶では、昔のきみは愛し合ったあとに会話など必要としなかったと思うけどな」彼はからかった。

「クリスチャン、答えてちょうだい。お願い！」シルヴィはたたみかけた。これほど恐ろしい傷跡が残るような怪我を負ったのは、正確にはいつなのか、どうしても知りたい。

こんな傷跡は、四年前にはなかったのだから。

9

クリスチャンは片肘をついて起きあがり、重ねた体をゆっくりと離した。それから彼女の隣に横たわった。これ以上はないほど満ち足りた気分だ。こんな気分になれたのは四年前に彼女と愛し合って以来初めてだった。「ぼくの傷のせいで不快な気持ちにさせたかな？」

「まさか」シルヴィは言下に否定した。青ざめた顔で上半身を起こし、傷跡を見ようと彼の背中を少し持ちあげる。「どうしてこんな傷を負ったの？」

クリスチャンは肩をすくめた。「フランス軍の軍刀にやられたんだ」

シルヴィの顔はさらに青ざめた。「いつ？」

クリスチャンは枕に頭を戻した。「そんなことはどうでも――」

「わたしにとっては、どうでもよくないわ！」彼女は激しく言い返した。「いつなの？　教えて！」

クリスチャンは顔をしかめた。「四年前。きみと別れた二週間後。そして連隊へ戻った二日後だ」口元に苦笑いが浮かぶ。「怪我のせいで動けなくなったよ。さらに傷口から感染症を起こし、一週間くらい高熱に浮かされた。そのあとも何週間も衰弱したままだった」彼はまた肩をすくめた。「だから、きみに手紙を書けなかった。だから、きみのもとへ戻るのが遅れたんだ」

そう言われるかもしれない、とシルヴィは思っていた。そして、その言葉を聞くことを恐れていたのだ。「わたしのもとへ戻るつもりだったの？」

「もちろん戻るつもりだったさ！」彼は顔をゆがめた。「いったい何度言ったら信じてくれるんだ？

愛していると言っただろう。できるだけ早く戻ってくると！」

あのとき、確かにそう言われた。だから彼が去ったあと、ロンドンでの放蕩(ほうとう)の噂(うわさ)を耳にしても、ひたすら帰りを待ちつづけたのだ。でも、おなかに子供がいるとわかって、それ以上待てなくなった。そして別の男性の求婚を受け入れた。

ところが、わたしが待っていたあいだずっと、クリスチャンは病気だったのだ。フランス軍の軍刀に切りつけられ、高熱に苦しんでいた。だから帰国できず、やっと戻ってきたときは手遅れだった。わたしはすでに別の男性の妻となり、おなかの子供もその夫の子供となっていた。

わたしは、なんということをしたの？

クリスチャンは眉をひそめた。シルヴィが不意に彼から離れたのだ。ベッドの縁に足を下ろしたかと思うと立ちあがって部屋を横切り、窓辺の椅子にかけておいた彼の黒い錦織のローブをはおった。

「もう帰るのかい？」できるだけ穏やかな口調で言おうと努める。滞在はほんの二、三時間というシルヴィの条件を仕方なく受け入れた以上、文句は言えない。だが愛の交歓をこれほど楽しんだあとでは……。いや、ぼくが何を期待したにしろ、そうではなかったということだ。「次はいつ会える？」

シルヴィはローブの紐(ひも)を結び終えて、暗く用心深い目で彼を見た。「明日……手紙で連絡します」

クリスチャンは眉を上げた。「手紙？」

「ええ」シルヴィは目をそらした。「このローブは、書斎でドレスに着替えたらそこに置いておくわね。それから帰りま——」

「ちょっと待ってくれ。一緒に階下(した)へ行くよ」クリスチャンはベッドから脚を下ろした。

「だめよ！　いえ……」シルヴィは静かに言い直し

た。どんよりと曇った目は青ざめた顔に黒っぽいあざが二つあるように見える。彼女はぼくと目を合わせまいとしている。「明日……また話しましょう」

「話す？」クリスチャンは鋭くきき返した。

「ええ」シルヴィはため息をついた。「話を……話したいことが……ああ、もう行かなくては！」彼女は急ぎ足で扉のほうへ進み、開けて出ていく前に苦痛に満ちた顔でちらりと振り返った。「どうか信じてちょうだい。わたし……後悔しているわ」

クリスチャンは緊張し、胃が引きつるのを感じた。「この関係を早くも終わりにする気か？」

「まさか！　わたし……」シルヴィはかぶりを振った。今や暗い目に涙が光っている。

彼の胸は深い安堵に包まれた。「それなら、何を後悔しているんだい？」

「何もかもよ！」喉がつまり声が途切れる。「何もかも後悔しているの」震え声で彼女は繰り返した。

「よくわからないな、シルヴィ……」クリスチャンは眉根をきつく寄せた。「関係を終わりにする気はないのに後悔している。いったい――」

「明日にしましょう、クリスチャン。明日すべて説明するわ」シルヴィは物憂げに言った。「今はついてこないで。明日のほうがいいの」彼女は廊下に出て、後ろ手で静かに寝室の扉を閉めた。

いったい何が起きたのか、クリスチャンにはさっぱりわからなかった。つい先ほど、二人は抱き合ってベッドに横たわっていた。いまだかつて経験したことがないくらい完璧に愛し合い、満足しきっていた。ところが次の瞬間、まるで地獄の門の番犬に追われたかのように、彼女は慌ててぼくから逃げだしたのだ。

〝明日すべて説明する〟とシルヴィは言った。

その説明の中に二人の関係を終わらせる話が入っていなければいいいが。ふたたびシルヴィと愛を交わした今、彼女との別れは四年前よりもっと受け入れがたい……。

「チャンボーン伯爵がお見えです、奥様」シルヴィの家の執事が彼女の居間の入り口に立って言った。

そわそわと部屋を歩きまわっていたシルヴィは、足を止めて執事のほうを向いた。濃い茶色のドレスが顔の青白さをいっそう際立たせている。「お通ししてちょうだい、ベローズ」

あれこれ思い悩んで眠れぬ夜を過ごしたあと、シルヴィはほんの一時間前に短い手紙を書いてクリスチャンに届けてもらったばかりだった。なるべく早く訪ねてきてほしいと書いたのだが、ゆうべ逃げるように彼の家を立ち去ったことを思えば、クリスチャンが〝なるべく早く〟どころか即座にやってくるはずだと予想しておくべきだった。

彼に何を言うか、どう説明するか、まだはっきり決めていない。わかっているのは、わたしはクリスチャンに説明する義務があるということだけ……。

執事が去って二人きりになると、にこりともせずに立っているシルヴィにクリスチャンは探るようなまなざしを向けた。彼女の金色の巻き毛は流行の髪形に結いあげられ、濃い茶色の絹のドレスも流行の最先端の装いだ。それでも彼女にはどこかはかなげな雰囲気がある。乳白色の透きとおるような肌。そして暗く底知れない瞳に宿る不安の影。「話を聞こう」挨拶も前置きもなしに彼はいきなり言った。

シルヴィはかぶりを振った。拒否したわけではない。ただ、どう話せばいいのか途方に暮れているようだ。つかの間まぶたを閉じてまた開き、衝撃に備えるように顎を上げた。「お話ししたいことが、いえ、話さなくてはいけないことがあるの」彼女は薔薇色の唇を舌で湿らせた。「ほとんどひと晩中考えていたわ。打ち明けたら、その結果どうなるか、すべて考えてみたの。でも打ち明けるしかないわ。人として正しい道は、ほかに思い浮かばないから」

クリスチャンは眉間に深いしわを寄せた。「なんだか不安になってきたよ、シルヴィ」

彼女はごくりとつばをのんだ。「大丈夫。あなたを不安にさせるつもりはないわ。実は――」

「ママ？　まだママのとこへ行っちゃだめって、子守(ナニー)が言うの。今朝はとてもお忙しいからって！」開いた扉の向こうから甲高い小さな声が聞こえてきた瞬間、クリスチャンは振り返った。小さな緑のつむじ風がまっしぐらにシルヴィの腕の中に飛びこみ、それから振り返って興味深げに彼を見た。

クリスチャンは目を鋭く細め、緑色のドレスを着た三歳くらいの美しい女の子を見おろした。黒い巻き毛に……モスグリーンの瞳……。

自分と同じ黒い巻き毛とモスグリーンの瞳？

10

「どうか何か言ってちょうだい、クリスチャン」シルヴィは涙で喉がつまった。ぐずるクリスティアナと、おろおろと娘を叱る子守(ナニー)の女性を子供部屋に連れていって戻ってきたところだ。驚きのあまりまだ呆然(ぼうぜん)としているクリスチャンを見て、シルヴィの頬を涙がとめどなく伝い落ちた。「お願い、なんでもいいから言って！」

彼はつばをのみこんだ。喉仏が引きつるように動く。「あの子の名前は？」

シルヴィはつらそうに顔をしかめた。「クリスティアナよ」

クリスチャンは荒い息をつき、うわずった声で尋ねた。「ぼくの名前を取ったのか？」

「ええ。クリスチャン……」

「なんてことだ。シルヴィ、あの子は本当にきれいだよ！」どっと緊張がほぐれ、彼は崩れ落ちるように肘掛け椅子に座った。シルヴィを見あげる顔は青ざめ、表情は苦痛にゆがんでいる。「四年前、ジェラルド・ムーアランドの求婚を受け入れたのは、あの子のためだったのか？」

「ええ」

「彼は知っていたのか？　きみが……」クリスチャンは言いにくそうに眉をひそめた。

「ええ、知っていたわ。いえ、おなかの子の父親が誰かは知らなかったけれど。彼をだまして、赤ちゃんが自分の子だと思わせたりはしなかったわ」シルヴィは低いかすれ声で答えた。「お願い、信じてちょうだい。あなたの子を宿していると気づいたとき、どうすればいいかわからなかったの。そしてジェラルドは、人生を軍隊に捧げていて結婚する気はまったくなかったのに、求婚してくれたのよ。彼は父の友人だったから」

クリスチャンは鋭い目で彼女を見た。「ご両親はご存じなのか？　あの子が……」

「いいえ」シルヴィは悲しそうにかぶりを振った。「父と母は、クリスティアナが月足らずで生まれたとずっと信じているわ」彼女は落ち着かない様子で指をしきりに絡み合わせた。「そうではないと知っていたのはジェラルドだけよ。そして彼は本物の紳士だったから、誰にも真実を明かさなかった」

「やがて……きみは彼を愛するようになっていったのかい？」

彼女は首をゆっくり横に振った。「ロマンティックな気持ちを抱いたことはなかったわ。でも夫は、わたしの親友になったのよ」

「夫婦の……営みはなかった、ということかい？」

クリスチャンはたたみかけた。

　シルヴィはかすかにほほえんだ。「ジェラルドは、そういう目でわたしを見ていなかったわ。誰ともそういう関係を結ぶことを考えない人だったの」クリスチャンのとても信じられないという顔を見て、彼女は静かにつけ加えた。「夫は文字どおり軍隊と結婚していたのよ。それでもクリスティアナとわたしを大切に思ってくれていたことは間違いないわ。クリスティアナが生まれてから一緒に過ごした時間は短いけれど、彼はすばらしい父親だったもの」

「それを聞いてうれしいよ」クリスチャンはうなずいた。

「心にもないことを言わないで！」シルヴィはうめいた。

「とんでもない。心からそう思っているさ」

「どうしてそんなふうに思えるの？　わたしがあなたを信じられなかったせいで、自分に自信がなかったせいで、あなたは娘の人生の最初の三年間にかかわる機会を奪われたのよ！」シルヴィの目はあふれる涙で光っていた。「本当にごめんなさい。とても後悔しているわ、クリスチャン」

「なぜ手紙をくれなかったんだ？」

　シルヴィはつかの間目を閉じた。「あなたがここを去ってから、連隊に戻る前にロンドンで何人もの女性と会っているという噂が流れたの。あなたのお屋敷はその噂で持ちきり――」

「根も葉もない噂だ」クリスチャンは暗い目で彼女を見た。「ほかの女性になど目もくれなかった。当然だろう？　ぼくが欲しかったのは、愛していたのは、きみだ。きみのもとへ帰るつもりだったんだ」

　シルヴィは彼をまじまじと見つめ、その暗い瞳に真実を読みとった。「ごめんなさい、クリスチャン。疑ったりして本当にごめんなさい」彼女は顔をそむけて、窓の外に広がる庭を見るともなしに見た。

「今どれほどあなたに憎まれ、さげすまれているか、考えることとさえ耐えられないわ！」

　クリスチャンは不意に立ちあがった。長い脚でつかつかと三歩進んでシルヴィの肩をつかみ、自分のほうへ向かせる。「きみを憎んだり、さげすんだりすることなど、できるわけがない」ぶっきらぼうに言うと、彼女の顔を両手で包み、頬に親指を滑らせて涙をぬぐった。「何しろ四年前、あの川で無防備な姿で泳ぐきみを見た瞬間、恋に落ちたのだから。そしてその恋は、決して色あせないんだ。何があってもね」彼はきっぱりと言い放った。

　シルヴィの目は驚きと、そして希望に大きく見開かれた。

「帰国して、きみが別の男性と結婚したと知ったときには、確かに腹が立った。そして、それからの四年間、目も当てられないふるまいをしてきた……」

「そうみたいね」彼女は悲しげな笑みを浮かべた。「シルヴィ、これまでのことは自慢にはならないが、ほかにどうすればいいかわからなかったんだよ。愛するきみは別の男性のものになり、絶対に手の届かない存在だった。その苦痛を乗り越えるために、これまでずっと……」彼は自己嫌悪に駆られてかぶりを振った。「ここではなく、ぼくの家で会うという条件つきで愛人になることに同意したのは、クリスティアナをぼくから守りたかったからなんだね？」

「ええ、一つには」

　クリスチャンは彼女をじっと見た。「ほかにも理由があるのか？」

　シルヴィはつめていた息を吐いた。「もう一つの理由は、あなたに再会しただけで、ほんの少しのあいだ一緒にいただけで、そんなことはないと自分に言い聞かせたけれど、そうでなければいいのにと願ったけれど、まだあなたを思っているとわかったからよ。だから、愛人になろうと決めたの」

彼はぴたりと動きを止めた。「ぼくも同じだ。祖母の開いた舞踏会の夜、ふたたびきみを目にしただけで、ずっと愛していたと気づいたんだ」

シルヴィは息をのんだ。「嘘だわ。わたしがジェラルドの財産と身分目当てに結婚したと信じ――」

「そう信じていても、きみを愛する気持ちに変わりはなかった！」クリスチャンは熱っぽく言いきった。「あの夜、きみを取り戻したいと思ったんだ。どうしても、どんな手を使っても、きみをぼくの人生に取り戻さずにはいられないと」彼は荒々しく息を吸った。「無理やりベッドに連れこまれて、今はさぞかしぼくを憎み、さげすんでいるだろうね」

シルヴィは自分をあざけるように低い声で笑った。「ゆうべあなたのベッドで、わたしが無理強いされて愛の行為に応えているように見えた？」

「いや……」クリスチャンは彼女の顔をしげしげと眺めた。「あれは、まさに愛の行為だったんだよ、シルヴィ。祖母の舞踏会の夜、ぼくのふるまいがどれほど無作法だったとしても、財産と身分目当てに老伯爵と結婚したと信じて、きみを軽蔑しつづけようと努めていたとしても、いったんきみをこの腕に抱いてしまったら、キスしてしまったら、愛し合わずにはいられなかった」

ええ、いろいろあったけれど、ゆうべ愛し合ったとき、クリスチャンは四年前と同じように優しく、わたしを喜ばせようと心を砕いてくれたわ。彼女はしみじみと思い返した。「でもゆうべは、まだクリスティアナの存在を知らなかったでしょう……」

彼はシルヴィの両肩をきつくつかんだ。「むしろ知ったことで、きみへの愛はさらに強まったよ。ジェラルド・ムーアランドの求婚に応じたとき、きみはぼくたちの娘を守るためにするべきことをしたと信じていたんだからね。クリスティアナときみ自身を守るために必要なことをしただけだと」

「でもわたしがそうしたせいで、あなたは娘の最初の三年間の成長を見逃したのよ」シルヴィは切なげに繰り返した。

「だが事情が許せば、これからは見逃さないつもりだ。ほかの子供たちは最初から見守るつもりだしね。この先、もっと子供に恵まれるかもしれないだろう?」ためらいがちに彼はシルヴィを見おろした。

「いったい何を言っているの?」シルヴィは探るように彼を見あげた。そこには、ただ愛に燃える美しいモスグリーンの瞳があった。

「言っているんじゃない。お願いしているんだ」彼の声は低くかすれた。「四年前にすませておくべきだったお願いを今しているのさ。あのときは傲慢にも、今度帰国してからでいいだろうと思ったがね」

自分にいやけがさしたとばかりに、かぶりを振る。

シルヴィは思わずつばをのんだ。「それで、お願いって?」

「結婚してくれないか?」クリスチャンは静かに言いつのった。「あの夏きみに会うまで、ぼくは恋を知らなかった。そしてあれ以来、二度と恋はしなかった。あのときぎみに恋をして、今もきみを愛している。もし妻になってくれるなら、この先二人で生きる人生の毎日、どれほどきみを愛し大切に思っているか、繰り返し口で伝え、体で示すと誓うよ」

シルヴィの目にまた涙がこみあげてきた。でも今度は幸せの涙だ。「クリスチャン、わたしもゆうべ、ずっとあなたを愛していたと気づいたの。あの夏の日あなたに恋をして、今もあなたを愛している。この先もずっと、あなたを愛し大切にするわ」

信じられないという表情で、クリスチャンはさらにしばらくシルヴィの顔をじっと見つめた。濃い茶色の瞳が愛に輝いているのに気づくと、彼の表情は不信から畏怖に変わった。そして彼女の前にひざまずいた。「レディ・シルヴィアナ・ムーアランド、どうかぼくの妻になっていただけませんか？　これから先の人生、あなたを愛し大切にすることをお許しいただけませんか？」

「ああ、クリスチャン。答えはイエスよ！」シルヴィは彼の腕に身を投げた。「何千回でも繰り返して言うわ。イエス、イエス、イエス！」

「きみのおかげで、世界一幸せな男になれたよ」彼は声をつまらせて立ちあがると、シルヴィをそっと腕に抱き、ありったけの優しさをこめてキスをした。深く、そして永遠に続く愛をこめて。

シルヴィを世界一幸せな女性にすると誓いながら。

とうとう思いがかなったのだ。

11

ロンドンのチャンボーン伯爵未亡人ジョスリン・アンブローズ邸

「……というわけで、来月に結婚式の予定なの」レディ・ジョスリンはうれしそうに話を締めくくった。

「でもクリスチャンは、あなたが将来の孫嫁に選んだ女性と結婚するわけではないでしょう？」レディ・シスリーは納得できないという口ぶりだ。

「ええ、まあね」ジョスリンのうれしそうな顔が少し曇った。「レディ・ヴァネッサのことは全然お気に召さなかったのよ。でも、とにかく結婚するわ。それが、わたしたちが孫のためにしてあげると決めたことでしょう？」黙っているロイストン公爵未亡人にお伺いを立てようと、二人はそろってもう一人の友人のほうを向いた。

「そのとおりよ」イーディス・セント・ジャストはきっぱり認めた。「ただし、シスリーの意見も一理あるわ。クリスチャンのお相手があなたの選んだお嬢さんだったら、まさしく大成功と胸を張れたはずよ」

ジョスリンはわざとしょんぼりしてみせた。「その点、きっとあなたたちのどちらかは、わたしより成功するでしょうね」

「ところがアダムのことになると、ささやかな成功さえ自信がないのよ」シスリーの声は沈んだ。「何しろ四年前に最初の妻を亡くしてからは、再婚など考えるだけでぞっとすると言わんばかりですもの」

「それでも再婚させなければ。ほかの二人の孫息子同様、跡継ぎが必要ですからね」公爵未亡人はシスリーの弱気をあっさり一蹴した。

「それでジャスティンについて、あなた自身の計画はどれくらい進んでいるのかしら？」ジョスリンが興味深げにきいた。

「おかげさまで、順調に進んでいるわ」イーディス・セント・ジャストは女王のように堂々とうなずいた。

「ジャスティンが、あなたの選んだ相手と結婚する自信があるの？」シスリーがいかにも感心したような口調で言った。

「ええ、あるわ」

「どれくらいあるのかしら？」ジョスリンは思いきって挑むように尋ねた。孫息子のクリスチャンとレディ・シルヴィアナ・ムーアランドの結婚の話に、イーディスはあまり感心してくれなかった。だから、まだ少し傷ついていたのだ。

「大いにあるわ」公爵未亡人は傲然と請け合った。

「そのお嬢さんの名前を今ここで紙に書いて、あなたの執事に保管してもらってもいいわ。ジャスティンが結婚の意向を明らかにした暁には、はたして大成功だったか、紙を開いて三人で確かめましょうよ」

「イーディス、それは少し自信過剰じゃないかしら？」シスリーが疑わしげに眉を上げた。

「とんでもない。今すぐに」公爵未亡人は力強く言い放った。「さっそくエドワーズを呼んでちょうだい。」

いつもどおり窓辺でほかの話し相手（コンパニオン）二人の隣に座っていたエリーは、公爵未亡人が言葉を実行に移すのを沈んだ気持ちで見守るしかなかった。紙に書かれた女性の名前を想像し、その女性をひそかにうらやむことしかできない。数分後、レディ・ジョスリンの執事が紙を受けとって出ていった。

あの紙に書かれているのが、わたしの名前でないことは確かだわ。

それなのにエリーは、ここ何カ月か、傲慢で尊大なジャスティン・セント・ジャストに恋をしていたのだった……。

ウエディング・ストーリー　2014年5月刊（W-17）
サマー・シズラー　2013年7月刊（Z-26）
サマー・シズラー　2009年7月刊（Z-21）
サマー・シズラー　2014年7月刊（Z-27）

スター作家傑作選～涙雨がやんだら～

2019年7月20日発行

著　　者	シャロン・サラ　他
訳　　者	仁嶋いずる（にしま　いずる）　他
発 行 人	フランク・フォーリー
発 行 所	株式会社ハーパーコリンズ・ジャパン 東京都千代田区外神田3-16-8 電話 03-5295-8091(営業) 0570-008091(読者ｻｰﾋﾞｽ係)
印刷・製本	大日本印刷株式会社 東京都新宿区市谷加賀町1-1-1
装　　丁	居郷遥子
フォト	© Creative Commons Zero（CC0）

定価はカバーに表示してあります。

文章ばかりでなくデザインなども含めた本書のすべてにおいて、一部あるいは全部を無断で複写、複製することを禁じます。

造本には十分注意しておりますが、乱丁（ページ順序の間違い）・落丁（本文の一部抜け落ち）がありました場合は、お取り替えいたします。ご面倒ですが、購入された書店名を明記の上、小社読者サービス係宛ご送付ください。送料小社負担にてお取り替えいたします。ただし、古書店で購入されたものについてはお取り替えできません。®とTMがついているものは株式会社ハーパーコリンズ・ジャパンの登録商標です。


この書籍の本文は環境対応型の植物油インクを使用して印刷しています。

Printed in Japan © K.K. HarperCollins Japan 2019

ISBN978-4-596-58504-2 C0297

ハーレクインは
2019年9月に
40周年を迎えます。

7/20刊

『スター作家傑作選
～涙雨が
やんだら～』
（HPA-4）

※表紙デザインは変更になる場合があります

シャロン・サラ
「初恋を取り戻して」
初版：W-17

ローリー・フォスター
「セクシーな隣人」
初版：Z-26

キム・ローレンス
「シークと乙女」
初版：Z-21

キャロル・モーティマー
「伯爵との消えない初恋」
初版：Z-27

今月のハーレクイン文庫 おすすめ作品のご案内

7月1日刊

「愛を知らなかった花嫁」
インディア・グレイ

権力者との結婚を強いられ、レイチェルは挙式直前に逃げだした。惹かれていた貴族オーランドのもとに身を寄せるが、やがて彼が失明しかけていると知る。

（初版：R-2450）

「夢一夜」
シャーロット・ラム

フィアンセに婚約解消を言い渡され、絶望を隠して、パーティで微笑むナターシャ。敏腕経営者ジョーに甘い愛を囁かれて一夜を過ごすが、妊娠してしまい…。

（初版：I-76）

「地上より永遠へ」
シャロン・サラ

こんなにも誰かを愛しいと思ったのは、生まれて初めてだった。それなのに不治の病に冒されたアニーには、彼との至福の時間は、もうあまり残されていない。

（初版：HP-10）

「純白のジェニー」
イヴォンヌ・ウィタル

恋人を亡くし、悲しみにくれるジェニファーは、ある裕福な老婦人の付き添い人をすることになる。だが婦人の息子ハンターからいわれのない敵意をむけられる。

（初版：R-577）

＊文庫コーナーでお求めください。店頭に無い場合は、書店にてご注文ください。

ハーレクイン・シリーズ 7月20日刊 発売中

ハーレクイン・ロマンス
愛の激しさを知る

二時間だけのシンデレラ	メラニー・ミルバーン／山本みと 訳	R-3427
愛に怯えるシチリア富豪	タラ・パミー／茅野久枝 訳	R-3428
ローズと秘密の億万長者	キャシー・ウィリアムズ／すなみ　翔 訳	R-3429

ハーレクイン・イマージュ
ピュアな思いに満たされる

迷子の天使の縁結び	キャロライン・アンダーソン／仁嶋いずる 訳	I-2571
貴公子と未熟な果実	ニーナ・ミルン／神鳥奈穂子 訳	I-2572

ハーレクイン・ディザイア
この情熱は止められない！

家政婦の娘	サラ・M・アンダーソン／北岡みなみ 訳	D-1859
始まりは秘密の接吻	ジェシカ・レモン／藤峰みちか 訳	D-1860

ハーレクイン・セレクト
もっと読みたい“ハーレクイン”

醜いあひるの恋	ベティ・ニールズ／麦田あかり 訳	K-628
炎を消さないで	ダイアナ・パーマー／皆川孝子 訳	K-629
罪深き誘惑	シャロン・ケンドリック／有森ジュン 訳	K-630

文庫サイズ作品のご案内

◆ハーレクイン文庫・・・・・・・・・・・・毎月1日発売

◆MIRA文庫・・・・・・・・・・・・・・・・毎月15日発売

※文庫コーナーでお求めください。